Née à Paris en 1952, de parents chanteurs lyriques,
Françoise Bourdin baigne dès son jeune âge dans
un univers artistique et féerique, jusqu'au divorce de
ses parents quand elle a dix ans. Passionnée d'équi-
tation depuis l'adolescence, elle passe plus de temps
à cheval que sur les bancs du lycée Victor-Duruy.
Son autre passion est la littérature, et elle dévore
les classiques des étés durant. À quinze ans, elle
commence à écrire des nouvelles, puis un premier
roman naît, *Les soleils mouillés* (1972), qu'elle
publie chez Julliard alors qu'elle n'a que vingt ans.
Depuis le succès des *Vendanges de juillet* jusqu'à
celui de *L'héritage de Clara*, ses romans, tous
publiés aux éditions Belfond, ont conquis de plus
en plus de lecteurs. Parallèlement à son activité de
romancière, Françoise Bourdin est également scéna-
riste pour la télévision.

L'HÉRITAGE DE CLARA

DU MÊME AUTEUR
CHEZ POCKET

L'HOMME DE LEUR VIE
LA MAISON DES ARAVIS
LE SECRET DE CLARA

FRANÇOISE BOURDIN

L'HÉRITAGE
DE CLARA

BELFOND

© Belfond 2001

ISBN : 2-266-12449-8

L'histoire de Clara est dédiée à ma mère, Geori Boué, que j'aime et que j'admire, et aussi à Jacques, « nouveau » venu dans notre clan depuis quarante ans.

1

Vallongue, 1967

VINCENT OBSERVA QUELQUES INSTANTS la course des deux enfants qui nageaient côte à côte, soulevant des gerbes d'eau. Depuis le début des vacances, ils n'avaient pas cessé de se lancer des défis, à pied, à vélo ou dans la rivière, et leur rivalité finissait par exaspérer tout le monde.

Sur la berge, Tiphaine encourageait son frère et son cousin à grands cris, une main en visière pour mieux les voir, l'autre cramponnée à un vieux chrono qui minutait la performance. Un peu plus loin, à l'abri d'un parasol, Magali s'était endormie, assommée par son habituel mélange d'alcool et de médicaments. Pour ne pas céder à l'émotion, Vincent détourna son regard. Même s'il refusait de s'apitoyer, il n'était pas détaché d'elle. Leur mariage sombrait, inutile de se mentir, et le fait qu'il l'aime encore rendait les choses plus difficiles.

À pas lents, il s'éloigna le long du chemin poussiéreux qui partait à l'assaut de la colline. S'il voulait achever son manuscrit avant de rentrer à Paris, il fallait qu'il travaille. Publier était une obligation incontournable dans sa carrière de juge. Il ne pouvait pas se contenter de trancher des litiges et de rendre des jugements, il devait aussi écrire. Faire avancer le droit. Obliger des générations d'étudiants à plancher sur ses bouquins... Quelle dérision !

Il se contraignit à accélérer l'allure. Chaque jour, il se reprochait de ne pas faire assez de sport, mais il avait passé presque tout son temps enfermé dans le bureau du rez-de-chaussée, occupé à rédiger ce fichu livre, et il avait négligé le reste.

Parvenu au sommet, il s'accorda quelques minutes pour contempler le paysage. Sur sa droite, dans la vallée, il discernait les toitures roses de Vallongue puis, au-delà, les contours bleutés des Alpilles. Un endroit qu'il avait adoré durant toute son enfance, puis sa jeunesse, et même lors de sa première nomination à Avignon. C'était au cours d'un été à Vallongue qu'il avait rencontré Magali, qu'il en était tombé éperdument amoureux. Leurs trois enfants étaient nés ici. Et pourtant...

Il sortit les mains de ses poches avant de descendre le versant en pente douce qui menait à la propriété. « Ne mets pas tes mains dans tes poches ! » Une phrase que sa grand-mère lui avait répétée mille fois. « D'abord, ça les déforme, ensuite, ça te donne l'air timide. »

Clara était toujours aussi merveilleuse, malgré ses quatre-vingt-cinq ans. Chef de famille, gardienne du clan, avec des manières exquises dues à une rigoureuse éducation au siècle précédent, sachant manier l'humour ou gérer un portefeuille boursier. Elle avait été autrefois une belle femme, ensuite une maîtresse femme, et tous ses petits-enfants et arrière-petits-enfants lui étaient férocement attachés. Au point d'avoir fait le silence sur le drame épouvantable qui les avait déchirés quelques années plus tôt. Pour préserver Clara, ils s'étaient engagés à se taire, mais le pacte restait fragile. À n'importe quel moment, la haine pouvait resurgir entre eux.

Le long de l'allée bordée de platanes et de micocouliers, il remarqua que les plates-bandes avaient été nettoyées autour des rosiers. Alain y veillait à chacun des séjours de Clara. Pour elle, il avait planté un peu de thym, de romarin, de lavande, juste sous sa fenêtre parce qu'elle adorait leur odeur.

— Mon chéri, regarde celle-là ! claironna la voix de la vieille dame. Je n'ai pas pu m'empêcher de la cueillir…

Il se retrouva nez à nez avec sa grand-mère qu'il n'avait pas entendue approcher. Elle arborait une canne à pommeau d'argent dont elle ne se servait que pour faire de gracieux moulinets destinés à ponctuer ses discours. Glissée dans la poche de poitrine de sa saharienne en lin, une rose blanche s'épanouissait en grosse corolle.

— Tu ne fais pas de sieste aujourd'hui ? s'enquit-il.

— Ne t'accroche pas à des questions de pure forme, tu sais bien que je ne dors jamais dans la journée ! À mon âge, on n'a plus besoin de sommeil...

Glissant son bras sous celui de son petit-fils, elle l'entraîna vers la maison.

— Vincent, mon grand, tu as mauvaise mine, tu travailles trop... Où sont-ils tous passés ?

— Au bord de la rivière.

— Bien sûr ! Et qui surveille les petits ?

— Madeleine, Helen...

— Alors viens boire un thé glacé avec moi.

Depuis toujours, il était son préféré, elle n'y pouvait rien hormis espérer que les autres n'en aient pas conscience. Dans la grande cuisine dont les persiennes étaient fermées, à cause de la chaleur, elle lui fit signe de s'asseoir et sortit elle-même la carafe du réfrigérateur. Des rais de lumière jouaient sur les faïences bleues d'Aubagne, alignées dans un vaisselier, tandis qu'une mouche bourdonnait au-dessus d'une coupe de figues.

— Quand pars-tu ? demanda-t-elle d'un ton désinvolte.

— La semaine prochaine. Les vacances judiciaires se terminent.

— Et ton livre, tu l'auras fini ?

— J'espère.

Il la connaissait trop pour ne pas deviner que,
au milieu de ces questions anodines, elle allait
brutalement en venir à l'essentiel, aussi ne fut-il
pas surpris lorsqu'elle ajouta :

— As-tu pris une décision au sujet de Magali ?

— Non, je ne sais pas quoi faire, avoua-t-il
dans un soupir.

Chaque médecin consulté se révélait impuissant à la soigner. Pour la simple raison qu'elle
n'était pas malade mais seulement mal dans sa
peau. Perdue, incapable de se récupérer, sans
volonté ni repères.

— Vis-à-vis de tes enfants, tu ne peux pas
laisser les choses en l'état, lui assena Clara. Ou
alors fais-les venir à Paris, prenons-les avenue de
Malakoff.

— Tu voudrais que je lui enlève les enfants ?
Mais c'est tout ce qu'elle a !

— Non, Vincent... D'abord elle t'a, toi, c'est-
à-dire un mari formidable. Elle habite ici, dans ce
qui s'appelle pour le moins une belle maison, elle
dispose d'argent pour ses fantaisies, elle est jeune
et elle est belle. Pourtant Helen s'occupe de tout
à sa place. D'ailleurs c'est fou l'importance que
cette petite Irlandaise a prise en si peu de temps !
Tu t'en rends compte ? Tu supportes que tes fils
et ta fille soient élevés par une étrangère qui, si

adorable qu'elle soit, est tout de même une employée ?

— Grand-mère ! Helen fait partie de la famille maintenant…

— Ne te fais pas plus bête que tu n'es ! protesta Clara en tapant sur la table.

Le geste était si familier que Vincent esquissa un sourire en murmurant :

— Je sais tout ça, néanmoins à leur âge les enfants sont mieux près de leur mère. Même si elle n'est pas une mère idéale.

— Comme tu dis !

Clara tendit la main vers la coupe de fruits pour y prendre un abricot qu'elle fendit délicatement. Elle le savoura en silence, déposa le noyau dans un cendrier puis reporta son attention sur Vincent. Jusque-là, elle s'était bien gardée d'intervenir mais le moment était venu de faire des choix. Il allait avoir trente-cinq ans, il était beau, séduisant, brillant, et elle ne le laisserait pas tout gâcher sans broncher.

— Le pire, reprit-elle posément, est que tu leur manques, quoi que tu en penses. En particulier à tes fils. Les garçons ont aussi besoin de leur père. Heureusement ils ont Alain, qu'ils adorent…

Elle le vit froncer les sourcils, pencher un peu la tête de côté d'un air contrarié, et elle comprit qu'elle avait visé juste. Vincent et Alain, qui avaient été des cousins inséparables, ne s'entendaient plus depuis quelques années. Très exactement depuis la mort de Charles.

14

— Seulement voilà, Alain est fort occupé avec ses oliviers. Oh, il fait ce qu'il peut, tu le connais, il a toujours eu un contact merveilleux avec les enfants, mais il n'est que leur oncle. J'ai souvent bavardé avec lui cet été. Si tu lui parlais davantage, il t'aurait appris beaucoup de choses…

À travers la table, Vincent tendit sa main et prit celle de Clara qu'il serra doucement.

— Qu'est-ce que tu cherches à me dire, grand-mère ?

Elle soutint un instant l'éclat de son regard gris pâle. Parce qu'il avait exactement les yeux de son père, elle éprouva une soudaine bouffée de tendresse pour lui.

— Tu ressembles à Charles, constata-t-elle d'une voix mélancolique.

— Réponds-moi, insista-t-il.

Combien de pièges leur avait-elle évités, à chacun d'entre eux ? Combien de fois était-elle intervenue dans leurs vies, avec ou sans diplomatie, mais toujours pour leur bien ?

— Tu as fondé une famille, Vincent, tu en es responsable. Récupère ta femme ou bien quitte-la. Élève tes enfants. Sinon bientôt tu en voudras à la terre entière, Alain en tête. Or il ne fait rien d'autre que te rendre service et palier vos carences, à Magali et à toi…

— Non !

— Si. Et autre chose encore, mon grand. J'ai vu ton père courir après un souvenir durant des années, je ne veux pas qu'il t'arrive la même chose. Un homme comme toi n'est pas fait pour être seul.

Il lâcha la main de sa grand-mère et se recula pour s'appuyer au dossier de sa chaise. Que pouvait-il répondre ? Clara était trop intelligente, il n'avait aucune chance de l'abuser. Tous ces derniers temps, il s'était consacré exclusivement à sa carrière afin de ne pas penser à sa femme. Chaque soir, quand il regagnait l'hôtel particulier de l'avenue de Malakoff, il était ivre de travail, anesthésié, et il ne se posait pas de question. Son père lui avait prédit un jour qu'il finirait par être nommé à la Cour de cassation, but suprême de n'importe quel juge, mais courait-il vraiment après les honneurs ou n'était-ce qu'un moyen de s'aveugler ?

Il ferma les yeux une seconde, soupira, enfouit ses mains dans ses poches et fut aussitôt rappelé à l'ordre par Clara.

— Vraiment, Vincent, quelle mauvaise habitude de...

— Papa ! Papa !

La voix suraiguë de Tiphaine les fit sursauter ensemble. Hors d'haleine, la petite fille fit irruption dans la cuisine et fonça sur son père contre lequel elle s'écroula, en larmes.

— Viens vite, viens ! hoqueta-t-elle.

— Tiphaine ! Qu'est-ce que tu as ? Calme-toi, calme-toi...

Il l'avait prise par les épaules mais elle se débattait farouchement en répétant :

16

— Il faut que tu y ailles… Il est arrivé quelque chose à Philippe…

— Quoi ?

Déjà debout, il souleva sa fille et la serra contre lui.

— Attends mon bébé, je ne comprends pas… Qu'est-ce qui est arrivé ?

— Philippe ! hurla-t-elle.

Ses sanglots devenaient convulsifs et soudain Vincent se sentit paniqué. Il rejoignit Clara en deux enjambées, déposa la fillette sur ses genoux.

— Occupe-toi d'elle !

Il sortit en courant, traversa le hall puis dévala le perron. S'il prenait sa voiture, le détour par la route lui demanderait autant de temps que couper à travers la colline et il se rua dans l'allée. Tiphaine était une enfant très dégourdie pour ses dix ans, il imaginait bien qu'un véritable drame avait dû se produire pour la mettre dans cet état. Il allongea sa foulée, repassant dans sa tête la scène qu'il avait quittée une heure plus tôt. Madeleine assise sur son pliant, en train de tricoter. Virgile et Cyril qui nageaient, plus loin Magali endormie sous le parasol. Helen qui faisait jouer Paul et Lucas… Où donc se trouvait Philippe à ce moment-là ? À bout de souffle, il atteignit la crête puis dévala la descente vers la rivière.

La première chose qu'il vit fut la silhouette d'Alain. Agenouillé sur la berge, son cousin était immobile, la tête dans les mains. Debout derrière lui, Madeleine et Magali semblaient statufiées.

D'un regard fébrile, Vincent chercha les enfants et les découvrit un peu plus loin, serrés autour d'Helen, avec des visages hébétés.

— Non, murmura-t-il, non…

Sous l'effet de l'anxiété, sa respiration se bloqua, lui donnant l'impression d'étouffer. Inconsciemment, il avait cessé de courir et il rejoignit Alain à pas mesurés. Philippe était allongé dans l'herbe, les yeux ouverts, les traits bizarrement bouffis et la peau bleue.

— Oh, mon Dieu… Non, non…, répéta-t-il tout bas.

Pour ne pas regarder le petit garçon, il tourna la tête vers Alain. Celui-ci était trempé, ses cheveux et ses vêtements plaqués sur lui. Livide sous son hâle. Avec une expression que Vincent ne lui avait jamais vue. Quand il parla, sa voix parut sourde, à peine audible.

— Je… j'ai tout essayé… Mais c'était beaucoup trop tard. Il s'était déjà noyé quand Cyril est venu me chercher. J'ai cru que… tu sais, on dit toujours que… enfin, j'ai essayé quand même…

Au prix d'un immense effort, Vincent glissa un nouveau regard au corps de l'enfant avant de saisir un drap de bain dont il le recouvrit entièrement. Ce geste fit réagir Helen : elle prit Lucas et Paul par la main.

— Nous allons à la maison, articula-t-elle. Tout le monde vient avec moi.

Aucun d'eux ne chercha à protester et ils suivirent la jeune fille en silence. Vincent leva alors les yeux vers Magali qui n'avait pas bougé. Il se demanda si elle était lucide mais, d'elle-même, elle passa son bras autour des épaules de Madeleine puis l'obligea à s'éloigner. D'où il était, Vincent ne comprit pas les mots que les deux femmes échangeaient.

— Il faut appeler un médecin quand même, parvint-il à dire.

Alain ne semblait pas avoir l'intention de se relever et Vincent le prit par l'épaule pour le secouer.

— Va téléphoner, je reste ici.

Le regard doré d'Alain chercha celui de Vincent. Depuis longtemps ils s'adressaient à peine la parole, s'évitaient avec soin.

— Où est Gauthier ? murmura Alain.

— À Avignon pour la journée, nous n'avons aucun moyen de le joindre.

À cet instant seulement ils réalisèrent qu'ils allaient devoir apprendre à Gauthier et à Chantal la mort de leur fils. L'idée même était odieuse, insoutenable.

— Va téléphoner et reviens, insista Vincent. Nous attendrons ensemble, d'accord ?

C'était presque une prière et Alain hocha la tête. Il esquissa un geste pour effleurer le drap de bain mais laissa retomber sa main. Quand il se mit enfin debout, Vincent étouffa un soupir de soulagement. Voir Alain craquer était la dernière chose qu'il souhaitait affronter aujourd'hui.

Dès que le bruit de ses pas se fut estompé, le silence retomba sur la berge, à peine troublé par quelques bruissements d'insectes. Rien au monde ne permettrait de remonter le cours du temps, de revenir deux heures en arrière, de modifier le destin. Si Vincent était resté, si Alain était arrivé plus tôt, si Philippe avait pu crier... Mais c'était fini, trop tard, consommé.

— Oh, Philippe...

Un bout de chou qui n'avait pas encore fêté ses six ans et qui zézayait de façon adorable. Vincent s'aperçut que tout le paysage, autour de lui, était en train de se brouiller. Il ferma les yeux et laissa les larmes déborder sur ses joues. Gauthier avait exactement le même âge que lui, c'était un homme charmant, sensible, un peu secret. De quelle façon allait-il encaisser le drame ? Pour lui-même, pour sa femme, pour son autre petit garçon ? Et comment un enfant avait-il pu se noyer dans cette rivière sans danger, sous la surveillance de trois adultes ? Ou au moins deux s'il exceptait Magali. Car bien sûr elle n'avait rien dû voir ni entendre.

— Le médecin va arriver avec les gendarmes, dit Alain derrière lui.

Il rouvrit les yeux, avala péniblement sa salive. Son cousin tenait un drap blanc à la main. Ce serait évidemment plus approprié que la serviette de bain orange. Ils se baissèrent ensemble pour procéder à l'échange avec des gestes délicats, en essayant de ne pas regarder le visage du petit garçon. Puis Alain s'écarta, se dirigea vers le parasol et le replia, comme si cet accessoire aux couleurs trop gaies lui était insupportable. Vincent l'observa avec curiosité durant quelques instants. À la fois il avait l'impression de le connaître par cœur, et pourtant c'était devenu pour lui un inconnu. Ses hanches étroites, ses épaules larges, ses cheveux très noirs, trop longs, sa tendresse ou sa violence étaient des éléments familiers, mais qui était-il aujourd'hui ? Durant toute leur jeunesse, ils avaient été inséparables, complices, aussi dissemblables que solidaires, et toujours d'accord. Même quand Vincent avait appris la liaison d'Alain avec un homme, leur affection mutuelle ne s'était pas démentie. Il avait fallu la mort de Charles pour qu'ils commencent à se regarder avec méfiance, puis à se comporter en étrangers. Et pourtant, là, contraints de veiller ensemble sur le corps de ce petit garçon, ils étaient soudain plus proches l'un de l'autre qu'ils ne l'avaient jamais été.

Le pliant de Madeleine avait rejoint le parasol, les bouées et les ballons, formant un tas d'objets dérisoires devant lequel Alain restait planté. Vincent avait envie de le rejoindre mais ne pouvait pas se résoudre à bouger. S'éloigner d'un seul pas de l'enfant qui reposait sous son drap, c'était comme l'abandonner. Il jeta un coup d'œil dégoûté à l'eau qui miroitait sous le soleil et pensa qu'ils allaient tous prendre en horreur cette rivière où ils avaient tant joué.

Malgré tous les drames et les deuils que Clara avait vécus jusque-là, le décès de son arrière-petit-fils l'atteignit de plein fouet, provoquant chez elle un désespoir aigu. Elle dut s'aliter vingt-quatre heures, incapable d'adresser la parole à qui que ce fût.

Calée sur ses oreillers, elle avait beaucoup pleuré, au point d'avoir les yeux bouffis et de paraître son âge. Celui d'une très vieille dame qui en avait trop vu. En se remémorant le passé, elle constata qu'elle avait été heureuse jusqu'en 1914, mais à compter de la déclaration de la Première Guerre mondiale son existence s'était réduite à une succession de coups durs. Avec des périodes d'accalmie, certes, le temps de se remettre d'un malheur avant d'affronter le suivant. Son mari était mort en 1917, appelé sur le front en qualité de chirurgien malgré son âge, ce qui l'avait laissée seule pour élever ses deux fils, Édouard et Charles. Ce dernier avait été son préféré, de loin, et de toutes les femmes d'ailleurs. Édouard avait embrassé la carrière de chirurgien – une tradition familiale – puis il avait épousé cette stupide Madeleine. Charles avait choisi de devenir avocat et il s'était marié très jeune avec la merveilleuse Judith. Madeleine avait fait trois enfants, Judith aussi, ensuite la seconde guerre était arrivée. Lieutenant dans l'aviation, Charles avait été fait prisonnier presque tout de suite. Édouard, réformé, avait mis toute la famille à l'abri derrière les murs de Vallongue.

À l'abri, vraiment ? Clara tamponna ses paupières gonflées et douloureuses avec un mouchoir de batiste qu'elle se mit à triturer. En fait, quitter Paris avait été une erreur tragique. Vallongue se trouvait en zone libre, soit, et ils avaient tous cru bon de s'y réfugier. Judith était d'origine juive, mais quelle importance dans cette immense propriété de Provence dont elle ne sortait jamais, pas même pour aller à Eygalières ? Aux yeux des gens du village, ils étaient la famille Morvan, des Français de vieille souche, avec six enfants en bas âge. Ceux d'Édouard : Marie, Alain et Gauthier ; et ceux de Charles : Vincent, Daniel et Bethsabée. Des cousins inséparables qui vivaient la guerre comme des vacances prolongées. Clara veillait à tout, dans son rôle de chef de famille. À *presque* tout. Elle avait appris à se débrouiller avec le marché noir, à cultiver elle-même ses légumes, à se passer de personnel. De temps à autre, elle surprenait les regards concupiscents d'Édouard sur Judith, mais que faire ? Comment aurait-il pu ignorer la beauté ravageuse de sa belle-sœur ?

Un sanglot étouffa Clara et elle dut lutter pour recouvrer sa respiration. Tout était parti de là. De la jalousie d'Édouard envers Charles. Parce que Charles réussissait tout ce qu'il entreprenait, parce qu'il était beau – autant que Vincent aujourd'hui –

et parce que Clara l'avait toujours préféré malgré elle.

De Charles ils étaient restés longtemps sans nouvelles. Prisonnier considéré comme dangereux après trois tentatives d'évasion, il croupissait dans le cachot d'une forteresse en Allemagne. Et Édouard ne pouvait détacher ses regards de Judith. Avait-il eu des mots malheureux ? Peut-être des gestes ? Quelque chose s'était produit, en tout cas, car Judith s'était mise à l'éviter. Alors, quand elle avait appris l'arrestation de ses parents, de braves Juifs qui tenaient un petit commerce, elle s'était jetée sur ce prétexte pour s'en aller. Rien n'aurait pu la dissuader de quitter Vallongue, Clara l'avait bien compris. Elle était partie un matin en emmenant sa petite Bethsabée avec elle.

Il suffisait à Clara de fermer ses yeux boursouflés pour revoir le visage de Judith. Une si belle femme ! Qui, dès son arrivée à Paris, se faisait cueillir par la Gestapo, puis déporter au camp de Ravensbrück avec sa fillette. Elles n'en étaient jamais revenues. Charles, lui, était rentré à la fin de la guerre.

Clara s'agita dans son lit, frappant les draps de ses poings fermés. Le retour de Charles ! Un bonheur fou mêlé d'une angoisse lancinante... Elle l'avait serré dans ses bras, incapable de lui venir en aide. La disparition de sa femme et de sa fille dans ce camp de la mort allait le rendre fou, elle le savait. Judith, il l'avait aimée comme on n'aime qu'une fois et, fatalement, il allait se mettre à chercher des explications, des responsables.

Depuis vingt-deux ans, elle se refusait à y penser. Charles n'était alors que l'ombre de lui-même, affaibli par les conditions de sa détention, par les années de séparation, mais ce qui lui restait de forces lui servirait à faire justice lui-même.

Comment les deux frères s'étaient-ils expliqués ? Par quel moyen Charles avait-il obtenu les aveux d'Édouard ? Si elle ignorait tout de ce qu'ils s'étaient dit durant cette horrible nuit de 1945, elle en devinait une partie. Lorsqu'elle s'était précipitée au rez-de-chaussée, pour y découvrir Édouard affalé sur le sous-main, elle avait compris. Dieu merci, Charles ne tenait pas le revolver, celui-ci se trouvait posé sur le bureau et elle avait pu faire semblant de croire à un suicide. Le suicide d'Édouard. Une version à laquelle elle s'était aussitôt raccrochée, puis qu'elle avait eu le courage d'imposer à tout le monde, y compris à Charles lui-même. Il avait deux fils à élever, sans compter les trois enfants d'Édouard. Cinq gamins dont Clara ne voulait pas se charger seule. Pour elle, Charles n'avait pas tué son frère, pas réglé ses comptes, tout simplement parce qu'elle ne concevait pas qu'il puisse retourner en prison. Elle avait besoin de lui, donc elle l'avait fait taire. Cette nuit-là, devant le cadavre de son fils aîné, Clara aurait pu devenir folle. Au lieu de quoi elle avait pris la situation en main, malgré la quasi-certitude que le cadet était son assassin. À trois reprises, Charles avait tenté de parler, avant l'arrivée des gendarmes, et elle l'en avait empêché. Un *suicide*, lui avait-elle répété haut et fort. Et *cinq* enfants à élever.

Elle tendit une main tremblante vers sa table de chevet, pour se servir un verre d'eau qu'elle but d'un trait. Oui, elle avait fait face, menti, ravalé sa peine, trahi l'un pour ne pas trahir l'autre. Et elle avait bien cru qu'ainsi elle sauvait le reste de la famille ! Mais Charles n'avait pas dit son dernier mot, hélas. Ils étaient revenus à Paris, avaient repris possession de l'hôtel particulier de l'avenue de Malakoff, s'étaient remis à vivre tant bien que mal. Charles avait dissimulé sa haine à l'égard de la veuve d'Édouard, cette pauvre Madeleine qui n'avait pas su retenir son mari, et aussi à l'égard des enfants d'Édouard. Marie, l'aînée, avait pourtant vite trouvé grâce à ses yeux parce qu'elle était la seule fille, et il avait bien été obligé de la protéger. Gauthier, le cadet, était assez insignifiant à l'époque pour que Charles ne lui accorde aucun intérêt. Avec Alain, en revanche, il s'était affronté durant des années. Pauvre Alain ! Son indépendance, son désir prématuré de vivre à Vallongue pour y exploiter les oliviers, son manque de goût pour les études : tout avait exaspéré Charles. L'oncle et le neveu s'étaient pris mutuellement en horreur, et Clara avait dû jouer les arbitres une fois de plus.

— J'en ai assez, assez, mon Dieu ! marmonna-t-elle entre ses dents.

Mais elle n'y croyait plus guère, dans ce Dieu qui avait permis qu'elle enterre ses deux fils. Car Charles était mort seize ans plus tard, de manière stupide, renversé par un autobus sur le boulevard Saint-Germain. Alors qu'il était en pleine gloire. Au faîte d'une carrière d'avocat exemplaire qui faisait de lui un des plus grands ténors du barreau. Maître Charles Morvan-Meyer, puisqu'il avait obtenu d'ajouter le nom de Judith au sien, afin que ses fils n'oublient jamais le martyre de leur mère et de leur sœur. Ou que les enfants d'Édouard et les siens ne portent pas exactement le même nom.

C'était désormais comme deux branches distinctes : les Morvan et les Morvan-Meyer. Gauthier, suivant les traces de son père et de son grand-père, avait choisi la chirurgie. Vincent, évidemment, avait préféré le droit. Ils avaient tous grandi, et les choses auraient pu en rester là si Charles, sur son lit de mort, lors d'une agonie qui avait duré deux jours, n'avait convoqué ses fils et ses neveux. Dans un moment de lucidité, il leur avait parlé. Oh, Clara imaginait bien qu'il le ferait un jour, même s'il attendait le dernier ; hélas elle n'avait aucun moyen de l'en empêcher. Que leur avait-il dit, que savait-il exactement ? Quelle vérité avait-il eu la cruauté d'assener aux cinq jeunes gens ? Avait-il osé avouer qu'il était l'assassin d'Édouard ? Pour la mémoire de Judith, il voulait apprendre à ses fils que, non, leur mère n'était pas morte parce qu'elle était juive, mais seulement parce qu'elle était trop belle, et que oui, bien sûr, il l'avait vengée. Horrible histoire dont Clara ne connaissait pas tous les chapitres. Édouard avait-il quelque chose à voir dans l'arrestation de Judith ? Car il n'était pas seulement jaloux de Charles, il en avait une peur bleue.

Pour Clara, ses cinq petits-enfants avaient respecté la loi du silence. Aucun d'entre eux n'avait esquissé devant elle la moindre allusion aux confidences de Charles mourant. Mais ils avaient pris leurs distances les uns vis-à-vis des autres. Brillants, ils avaient fini par réussir leurs vies, même Alain avec son improbable culture des oliviers, puis ils avaient fondé leurs familles, engendré leurs héritiers. Et voilà que le malheur frappait à nouveau, injuste et aveugle, emportant Philippe dans la tombe. Pourquoi lui, innocent gamin de cinq ans ? Pourquoi à Vallongue, sur laquelle le deuil n'en finissait pas de s'étendre ?

Un coup discret frappé à la porte fit émerger Clara de ses sinistres souvenirs et elle grogna une réponse indistincte.

— Ah, c'est toi, soupira-t-elle en reconnaissant Alain.

Il s'approcha du lit de sa démarche souple et silencieuse, puis déposa une brassée de lavande aux pieds de sa grand-mère.

— Comment vont-ils ? lui demanda-t-elle.

— Gauthier tient le coup mais Chantal est prostrée. Quant à maman...

Jamais Alain ne parviendrait à estimer sa mère, ni même à faire semblant. Jusqu'à son dernier souffle, il lui en voudrait d'avoir été livré à l'autorité de Charles. Madeleine s'était en effet déchargée de tous ses devoirs sur le reste de la famille, optant pour le rôle de la pauvre veuve après le suicide de son mari, et elle avait trouvé normal que son beau-frère remplisse le rôle du père absent.

— Oui, j'imagine, soupira Clara.

Madeleine n'était bonne qu'à geindre ou à manger. Elle était devenue obèse et parlait d'une voix plaintive, toujours occupée à critiquer Marie comme Alain, puisque seul Gauthier avait ses faveurs. Elle devait souffrir pour de bon de la perte de son petit-fils, mais personne n'allait la plaindre, c'était évident.

— Je voudrais que tu te lèves, déclara Alain en se penchant vers elle.

Avant qu'elle ait pu protester, il l'avait redressée malgré elle. Il passa un bras autour de sa taille, l'autre sous ses genoux, la souleva sans effort et la déposa sur la carpette.

— Accroche-toi à moi si tu veux, on va faire quelques pas.

— Mais qu'est-ce qui te prend ? protesta-t-elle, outrée.

D'un geste sec, elle rabattit sa longue chemise de nuit.

— Je ne suis pas invalide !

— Tu vas le devenir si tu restes couchée. Et tu n'es pas malade non plus.

— Non, mais je suis si triste, Alain…

— Tout le monde l'est dans cette maison. Or si tu craques, toi, ils vont s'effondrer les uns après les autres.

— Pas toi ?

— Je n'en sais rien.

Il la guida jusqu'à la fenêtre où ils se retrouvèrent face à face.

— C'est moi qui ai tenté de le réanimer, dit-il d'une voix blanche. Peut-être que… Enfin, j'ai fait ce que j'ai pu. Je sais comment on procède. À la fin, je l'ai malmené, je n'arrivais pas à croire que… Excuse-moi.

Avec douceur, il lui prit les mains, l'obligea à traverser la chambre jusqu'à l'autre fenêtre.

— Ne t'excuse pas, lui dit-elle. On peut en parler. Et ne te crois pas responsable.

— Je voulais commencer à lui apprendre à nager, mais cinq ans c'est encore petit ! Seulement il enviait les autres, alors il a dû vouloir essayer en cachette.

— Alain…

— Il faut que je le dise à quelqu'un ! C'est moi qui leur ai appris. À chacun d'entre eux. Cyril et Virgile, Léa et Tiphaine, Lucas et Paul… Je les aime tous…

— Je sais.

— Je ne peux plus dormir, je ne vois que son visage, je…

— Alain !

Le ton sec de Clara le surprit assez pour qu'il se taise enfin. Elle le dévisagea avec attention.

— Tu n'as personne à qui parler, mon chéri ? Tu es solitaire à ce point ?

Elle le prit par le cou et il se réfugia contre elle dans un élan si violent qu'elle chancela.

— Clara, souffla-t-il, je ne peux pas supporter qu'il soit mort comme ça !

Il la tenait serrée, la tête appuyée sur son épaule. À un moment ou à un autre, ils finissaient tous par l'appeler par son prénom. Chez Alain, les accès de tendresse étant rarissimes, elle jugea qu'il allait mal. Mais qui se souciait de lui ? Il était venu habiter seul cette immense propriété alors qu'il n'avait que dix-sept ans, et il s'y était battu contre des terres en friche sans jamais réclamer l'aide de personne. Dans son caractère ombrageux, volontaire jusqu'à l'excès, elle reconnaissait une part d'elle-même.

Au moment où il s'écartait d'elle, embarrassé de s'être laissé aller, elle le lâcha et se mit à marcher toute seule.

— Tu as raison, il faut que je bouge. Rester immobile à mon âge revient à mourir.

Parvenue au bout de la pièce, elle fit volte-face.

— Dis-moi, mon chéri… Comment se fait-il que tu ne sois pas marié ? Que tu n'aies pas d'enfant, toi qui les aimes tant ? Tu as trente-cinq ans, tu ne crois pas qu'il serait temps ?

Elle revint vers lui à petits pas puis le toisa avec curiosité. Elle le vit baisser les yeux, se troubler.

— Il y a quelque chose que j'ignore ? demanda-t-elle d'un ton posé.

— Je ne suis pas venu pour…

— Oh, n'enfonce pas tes mains dans tes poches, on dirait Vincent ! Et, à ce propos, quand mettrez-vous un terme à votre mystérieuse querelle ? Comment deux hommes tels que vous, qui étaient comme les deux doigts de la main, ont-ils pu en arriver là ? C'est encore un secret qu'on me cache ? Tu es très injuste, tu sais… Moi, je t'ai toujours fait confiance, y compris quand tu n'étais qu'un adolescent en révolte !

— Mais je te fais confiance aussi !

— Non, pas du tout. Tu es comme les autres, sous prétexte de me préserver, vous vous fourrez dans des tas de mensonges impossibles. Tiens, par exemple, tu ne m'as pas répondu. Explique-moi ce que tu fais de ta vie. Et pourquoi quelqu'un d'aussi séduisant que toi n'a que des arbres pour compagnie !

Le silence tomba entre eux de façon abrupte.

— Tu pourrais ne pas aimer ma réponse, grand-mère, dit-il enfin.

— Vraiment ? Eh bien, je t'en prie, ne… Oh !

Cette fois, Clara avait compris, pourtant elle ne parvenait pas encore à y croire.

— Tu es…

32

— Je ne suis pas très amateur de jolies filles, coupa-t-il. Enfin, ça m'arrive, mais ce n'est pas ce que je préfère. Je ne te choque pas trop, j'espère ?

— Non, dit-elle en secouant la tête.

Jamais elle n'aurait dû lui poser la question. Elle se reprocha sa curiosité et, en même temps, se demanda qui d'autre était au courant dans la famille. Bien entendu, personne n'était venu le lui dire puisqu'ils avaient tous pris cette stupide habitude de la ménager !

— Viens là, demanda-t-elle doucement.

Il la rejoignit et s'arrêta devant elle, docile mais crispé.

— Tu as toujours été différent des autres. Je t'aime comme tu es, Alain. Et j'aime ce que tu as fait de Vallongue.

Du bout des doigts, elle écarta les boucles de cheveux noirs qui retombaient sur le front de son petit-fils.

— Vois-tu, j'ai longtemps cru que cette maison était un refuge, un asile… Que vous y seriez tous heureux avec moi, après moi… Mais en réalité quand je songe à la guerre, à la mort de ton père, à tout ce qui s'est passé ici… Et maintenant, c'est notre malheureux Philippe qui s'est noyé… Est-ce que je suis maudite ? Ou bien est-ce vous qui l'êtes ?

— Clara !

— Quoi ?

— Tu dis des bêtises. Vallongue est un paradis, je te le jure.

— Pour toi, oui. Mais moi j'ai perdu mon mari, une belle-fille et une petite-fille, mes deux fils, et à présent un arrière-petit-fils ! Ce n'est pas l'idée que je me fais du paradis.

Elle soupira de façon pitoyable mais elle avait repris le contrôle d'elle-même.

— Merci pour la lavande, ajouta-t-elle. Je vais m'habiller…

En récompense, elle le vit sourire, ce qui creusa soudain des rides autour de ses yeux de chat.

— Confiture aux cochons, déclara-t-elle de façon sibylline en le détaillant de la tête aux pieds.

Quand elle passa devant lui pour gagner la salle de bains contiguë, il souriait toujours.

*

Le petit cimetière d'Eygalières était envahi d'une véritable foule qui se pressait en silence le long des allées, attendant pour présenter ses condoléances. Devant l'imposant tombeau des Morvan, Gauthier se tenait très droit, un bras passé autour des épaules de sa femme. Celle-ci semblait hagarde sous son voile de mousseline noire, mais elle ne s'était pas effondrée, ni à l'église ni lorsque le cortège avait suivi le petit cercueil blanc. Un peu en retrait, appuyée lourdement sur sa canne, Clara subissait l'épreuve sans broncher. Vincent et Alain s'étaient placés à ses côtés pour la soutenir si besoin était mais elle ne voulait pas faiblir, elle se l'était juré.

Face au monument funéraire, de l'autre côté de la travée, la tombe de Charles ne se remarquait que par sa simplicité. Dans son testament, il avait exigé de reposer seul, afin de ne pas partager la sépulture d'Édouard. Clara gardait les yeux fixés sur cette sobre dalle de granit noir : « Charles Morvan-Meyer, 1909-1961 ». Avait-il trouvé la paix à présent ou ne subsistait-il rien de lui ?

Les gens défilaient lentement devant la famille. Marie était arrivée de Paris le matin même, et Daniel la veille. Tous les enfants étaient là, figés dans leurs vêtements de deuil, sous la garde de la pauvre Helen. Pour le petit Paul, enterrer son frère Philippe représentait une peine trop dure, Clara en était persuadée, mais ses parents l'avaient voulu ainsi.

Vincent se pencha vers elle, effleura son bras.

— Veux-tu rentrer maintenant ? chuchota-t-il.

Elle ne lui répondit pas. Regagner Vallongue pour s'y coucher était ce qu'elle souhaitait le plus au monde mais il n'en était pas question. Six ans plus tôt, lors de l'enterrement de Charles, elle avait cru mourir. Au moment où elle jetait une fleur sur le cercueil de son fils, elle avait fait une syncope et ils avaient dû la ramener. Elle se reprochait encore cette faiblesse, persuadée qu'elle devait donner l'exemple dans la famille. Ils avaient tous confiance en elle, réglaient depuis toujours leurs attitudes sur la sienne, et ce n'était pas parce qu'elle avait quatre-vingt-trois ans qu'elle allait se comporter comme une poupée de chiffon.

Pour se donner du courage, elle fixa un instant le profil de Vincent. De beaux traits fins et nets, de grands yeux gris acier bordés de cils noirs, une mâchoire volontaire : tout le portrait de son père, avec un charme supplémentaire. Pourquoi Magali n'était-elle pas capable de le rendre heureux ? N'importe quelle femme se serait battue pour un homme comme lui, mais pas elle. Dès le début, elle avait été dépassée, et au bout de quelque temps elle avait rendu les armes.

Discrètement, Clara chercha la jeune femme du regard. Elle se tenait un peu à l'écart, la tête baissée, absorbée dans la contemplation de ses escarpins noirs. Elle avait l'air déguisée, comme toujours lorsqu'elle portait un tailleur de haute couture, et, même si Clara détestait les blue-jeans, elle devait bien admettre que Magali était superbe quand elle s'ingéniait à imiter Marylin Monroe, les fesses moulées dans la toile bleue, avec une chemise d'homme trop ouverte et négligemment nouée à la taille. Le problème était qu'elle ne se limitait pas à la tenue vestimentaire de son idole, elle se bourrait aussi de tranquillisants, de whisky, de cigarettes. Et Vincent s'acharnait à lui trouver des excuses !

Les derniers groupes entouraient à présent Gauthier et Chantal. Embrassades, poignées de main, soupirs. Le cauchemar allait enfin s'achever. Le petit Philippe avait rejoint une partie de ses ancêtres dans le caveau, et les employés des pompes funèbres attendaient patiemment que la famille se disperse.

— Viens, c'est fini, annonça Vincent.

D'un geste autoritaire, il la prit par le coude pour la guider vers la grille. Venant de lui, elle acceptait des choses qu'elle n'aurait pas tolérées de la part des autres, aussi se laissa-t-elle emmener jusqu'à sa Mercedes qu'il avait garée juste à l'entrée. Il l'aida à s'installer sur le siège passager, déposa la canne à ses pieds.

— Je vais chercher Magali, déclara-t-il.

Elle non plus, sans doute, ne pouvait pas rentrer en marchant.

— S'il vous plaît, Vincent... Dois-je ramener les enfants ?

Helen se tenait devant lui, le dévisageant d'un air grave.

— Oui, merci. Essayez de les distraire un peu en chemin, je crois qu'ils ont eu leur dose de malheur pour la journée... Et une fois à la maison, faites-les manger avant nous, voulez-vous ? Il me semble que la cuisinière a tout prévu pour eux.

La jeune fille hocha la tête puis baissa les yeux. Ses cheveux blond cendré, coupés court, auréolaient un joli visage. Il se demanda quel âge elle pouvait avoir. Vingt-trois ans ? Vingt-quatre ? Il n'avait pas remarqué à quel point elle avait changé, s'était affinée. Arrivée d'Irlande bien des années plus tôt, en qualité de jeune fille au pair, elle avait appris le français en quelques mois mais, au lieu de rentrer à Dublin, elle était restée avec la famille. Enthousiaste, Clara l'avait engagée à plein temps.

— Merci, Helen, dit-il doucement.

Il eut la surprise de la voir rougir puis faire volte-face. Qu'est-ce qui avait bien pu la troubler ? Il se montrait toujours très gentil avec elle, conscient du rôle qu'elle assumait auprès des enfants tandis que Magali somnolait ou partait faire la tournée des bars. Il espéra qu'elle ne se sentait pas responsable de l'accident de Philippe. En principe, trois adultes auraient dû suffire à surveiller sept enfants. Cyril et Virgile étaient grands, presque adolescents à présent, et pouvaient se garder eux-mêmes. Helen était censée s'occuper des plus jeunes ; d'ailleurs elle n'avait jamais failli à sa tâche, il avait vraiment fallu un affreux concours de circonstances pour que Philippe puisse disparaître sans que personne ne s'en aperçoive. Ce jour-là, Madeleine avait annoncé qu'elle aurait l'œil sur ses petits-fils, Vincent s'en souvenait très bien. Les enfants de son cher Gauthier, les seuls qui aient jamais compté pour elle. Or elle n'avait fait attention à rien d'autre qu'aux mailles de son sempiternel tricot.

— Tu m'attendais ? Excuse-moi, chéri.

Magali venait de le rejoindre, tenant d'une main son sac et son chapeau, de l'autre un mouchoir avec lequel elle essuyait ses tempes.

— Quelle chaleur ! Bon sang, je hais les enterrements…

— Tu connais quelqu'un qui les aime ? marmonna-t-il en lui ouvrant la portière arrière.

Dès qu'il fut installé au volant, il s'assura d'un coup d'œil que sa grand-mère allait bien puis il démarra.

— Qui va se charger de raccompagner Gauthier et Chantal ? interrogea Clara.

— Alain, répondit Magali.

Dans le rétroviseur, Vincent la vit se laisser aller contre le dossier de la banquette et porter ses doigts à sa bouche. Ainsi donc, même le matin, elle trouvait le moyen d'avaler des tranquillisants. Leurs regards se croisèrent dans le miroir et elle articula, d'une voix nette :

— J'aurais bien besoin d'un remontant.

Un peu d'alcool pour faire passer le comprimé et provoquer plus vite un état second qui la rassurait. Elle prétendait oublier ainsi ses angoisses, ses complexes.

— Moi aussi, pour une fois, soupira Clara.

Arrivés à Vallongue, ils retrouvèrent Marie qui était rentrée la première et qui les attendait. Vincent en profita pour pousser Magali dans le bureau du rez-de-chaussée dont il ferma la porte.

— Sois gentille Mag, fais un effort aujourd'hui, ne te bourre pas de médicaments, je ne veux pas que tu te donnes en spectacle.

Elle le dévisagea, un peu étonnée par son attaque, lui qui détestait les scènes.

— Ne t'inquiète pas, répliqua-t-elle d'un ton boudeur, je resterai à ma place.

— Si, je m'inquiète ! Énormément, même. Tu le sais très bien, nous en avons parlé mille fois.

— Tu as honte de moi ?

Avec cette question, elle le piégeait à tous les coups. Dès le début de leur mariage, les ennuis étaient venus de là. Ils auraient dû rester amants, insouciants, heureux. Elle était d'une origine si modeste qu'il avait été obligé de se battre contre sa famille – en particulier contre son père – pour la faire accepter. Qu'il ait choisi pour épouse une jeune fille qui faisait des ménages avait de quoi révulser les Morvan. Et elle considérait qu'ils l'avaient tous traitée de haut malgré leur pseudo-gentillesse. Parce qu'elle avait peur d'eux, elle les avait détestés en bloc.

— Bien sûr que non, répondit-il en la prenant dans ses bras.

Du bout des doigts, il chercha l'épingle qui retenait son chignon et l'enleva. Une cascade de longs cheveux roux tomba aussitôt sur les épaules de la jeune femme.

— Le noir te va bien, tu es très belle. Je ne veux pas que tu te détruises, c'est tout. Si tu buvais moins, tu aurais davantage confiance en toi.

— C'est tout le contraire !

— Non, chérie, non…

Elle était d'une telle sensualité qu'il sentit une vague de désir le submerger mais ce n'était ni l'endroit ni le moment, et il se demanda comment il pouvait avoir envie de faire l'amour un jour pareil.

— Je t'aime, dit-il d'une voix triste.

Inquiète, elle fronça les sourcils puis s'accrocha à lui alors qu'il voulait s'écarter. Perdre Vincent serait bien la pire chose qui pourrait lui arriver, elle le savait, mais elle ne serait jamais telle qu'il la souhaitait : la très respectable épouse d'un juge parisien, une bourgeoise élégante et sans états d'âme. Elle n'y parviendrait pas, elle avait renoncé. Et tandis qu'il vivait à Paris où elle avait refusé de le suivre, elle multipliait les bêtises ici. Lui recevait des magistrats dans l'hôtel particulier de sa grand-mère, avenue de Malakoff, et elle séduisait un préparateur en pharmacie, à Avignon, pour obtenir les médicaments que son médecin refusait de lui prescrire. Un type affreux, d'ailleurs, une espèce de brute minable mais qui lui donnait tout ce qu'elle voulait.

— Qu'est-ce que tu as encore avalé, tout à l'heure, dans la voiture ? interrogea-t-il en lui caressant les cheveux.

— De quoi oublier.

— Oublier ?

Il la dévisageait sans comprendre et elle se sentit exaspérée par toute cette invraisemblable gentillesse dont il faisait preuve avec elle, avec tout le monde.

— Que je dormais quand Philippe s'est noyé ! explosa-t-elle. Tu crois que les autres n'y pensent pas ? Je le vois dans le regard de Chantal ! J'étais là, mais je dormais.

— Personne ne te le reproche.

— Pas directement, non, vous n'êtes pas comme ça, c'est plus insidieux...

— Qui ça, « vous » ?

— Ta famille ! Si Marie avait été à ma place, ou Chantal, ou même ta grand-mère, eh bien elles auraient surveillé ! Elles sont parfaites en toutes circonstances, ce sont des Morvan, non ? Alors que je ne suis qu'une petite bonne écervelée : c'est ce qu'ils se disent, n'est-ce pas ? Et toi aussi, l'idée a bien dû te traverser la tête ! Si cet accident était arrivé à l'un de nos enfants à nous, ça ne m'aurait pas réveillée davantage !

— Arrête, supplia-t-il.

— Pourquoi ? Tu as peur qu'on m'entende ? Mais ici les murs ont des oreilles, chéri, c'est la maison de ta famille, souviens-toi ! Et elle n'est pas toujours reluisante, ta famille !

— Bon, ça suffit maintenant.

Il la saisit par les poignets et la poussa sans ménagement dans un fauteuil où elle s'écroula.

— Reprends-toi, ajouta-t-il.

Si elle commençait à pleurer, il serait impossible de la calmer avant des heures.

— La mort de Philippe nous a tous bouleversés, dit-il très vite, et chacun d'entre nous se sent responsable. Même Alain qui n'était pourtant pas là !

42

— Mais moi, j'y étais ! cria-t-elle d'une voix stridente. Et quand j'ai senti que j'avais trop sommeil, j'ai prévenu cette punaise de Madeleine ! Oh, tu n'es pas obligé de me croire sur parole, tu peux aller le lui demander à elle !

Incrédule, il la dévisagea sans rien trouver à répondre. Après un court silence elle reprit, cherchant son souffle :

— Tu connais Madeleine, elle bêtifie toujours avec les enfants de Gauthier et uniquement eux ! Paul par-ci, Philippe par-là, les autres n'existent pas. Je lui ai dit que j'allais m'endormir, je le lui ai dit ! De toute façon, Philippe, elle le couvait trop, elle voulait le garder près de son pliant, tu penses comme il avait envie d'y rester !

Madeleine n'avait rien raconté de tout cela. Depuis la mort de son petit-fils, elle restait hébétée, rongée de chagrin, et personne ne l'avait interrogée. Vincent avait fini par reconstituer tant bien que mal la chronologie du drame. C'était Helen qui s'était inquiétée la première de l'absence de Philippe. Elle l'avait cherché en vain tandis que Cyril partait en courant jusqu'à la bergerie proche pour prévenir Alain. Celui-ci avait longé la rive jusqu'à ce qu'il aperçoive le corps du petit garçon, que le courant emportait lentement. Il avait plongé, tout en sachant qu'il arrivait trop tard, l'avait sorti de l'eau, s'était acharné à essayer de le réanimer. Pour le reste, Magali dormait, Madeleine tricotait, mais nul n'avait proféré d'accusation directe, pas même Gauthier.

— Tu l'as prévenue, tu es sûre ? demanda-t-il lentement.

Magali secoua la tête et il vit qu'elle avait les yeux pleins de larmes.

— Elle ne voudra sûrement pas le reconnaître… d'ailleurs ma parole ne vaut rien, je ne suis rien ! C'est à toi que je parle et tu doutes, alors imagine les autres !

Elle s'exprimait avec une telle amertume qu'il se sentit soudain très mal à l'aise. Il s'approcha du fauteuil, s'agenouilla devant elle.

— Je te crois, murmura-t-il. Mais il faut qu'on oublie tout ça…

Désemparé, il n'avait rien d'autre à lui proposer. Accabler Madeleine ne ressusciterait pas le petit garçon et ne ferait que torturer inutilement Gauthier et Chantal.

— Bien sûr, ricana-t-elle, tu protèges ton clan, et moi je n'en fais pas partie. C'est plus facile si tout le monde pense que c'est ma faute.

— Mais c'est faux ! Personne n'a jamais…

— Oh, laisse tomber, tu veux ? J'ai appris à vous connaître, à la longue ! Dans mon milieu à moi, on appelle un chat un chat. Dans le tien, on se tait. On se surveille, on se suspecte, mais on la boucle !

L'énervement la gagnait, son menton s'était mis à trembler. Vincent se demanda si elle ne le haïssait pas, avec tous les Morvan.

— Je ne suis pas tout à fait irresponsable, même si je fais des bêtises, ajouta-t-elle de façon saccadée. Mais je ne supporte pas que tu me juges !

Cette fois elle pleurait pour de bon et il éprouva une brusque compassion pour elle.

— Magali, mon amour…, commença-t-il.

— Épargne-moi tes déclarations ! protesta-t-elle en le repoussant. Tu n'es jamais sincère, tu es trop bien élevé pour ça ! Le seul qui soit spontané, qui soit gentil, c'est Alain ! Au moins lui ne me fait pas de reproches à longueur de temps…

— Eh bien, c'est lui que tu aurais dû épouser ! répliqua Vincent.

À peine l'eut-il prononcée qu'il regretta sa phrase. Il connaissait les mœurs de son cousin et n'avait aucune raison d'être jaloux de lui. Bien sûr, Alain était depuis toujours le confident de Magali, son ami, son complice. Il avait été le premier à s'apercevoir qu'elle buvait, à la ramasser certains soirs ivre morte. Il la plaignait sans la juger, s'occupait volontiers des enfants à sa place. Et surtout il vivait avec elle toute l'année, pendant que lui travaillait à Paris. Alors, oui, Vincent éprouvait parfois un certain malaise quand il pensait à leur intimité, et aussi une pointe de rancœur quand il voyait ses fils ou sa fille sauter au cou d'Alain avec des cris de joie.

— Tu n'es jamais là, Vincent… Tu as préféré ta carrière, ce n'est pas ma faute !

— C'est toi qui n'as pas voulu me suivre, rappela-t-il sans s'énerver.

— Chez ta grand-mère ? Je rêve !

— Non, si tu étais venue, nous aurions pu habiter n'importe où. Un endroit à ta convenance. Je ne vis avenue de Malakoff que parce que je suis seul.

— Et très heureux de l'être ! Clara s'occupe de toi beaucoup mieux que je ne l'aurais fait, n'est-ce pas ? Elle donne de grands dîners pour monsieur le juge ! Avec ton père, déjà, elle avait l'habitude d'organiser des mondanités, elle adore ça !

Il supportait mal qu'elle évoque Charles et il se raidit. Malgré tous ses efforts, il n'était jamais parvenu à oublier qu'elle s'était froidement réjouie du décès de son père. À l'époque, elle avait cru que Vincent renoncerait à ce poste parisien, qu'il ne se sentirait plus obligé de devenir un grand magistrat, et elle n'avait pas compris son obstination.

— Elle vous a tous infantilisés, poursuivait Magali. Même moi, elle voulait me prendre sous son aile protectrice ! Ah, merci bien !

Pour ponctuer sa déclaration, elle envoya son chapeau à travers la pièce.

— Il faut vous habiller comme ça, ma petite, vous tenir comme ça, ne pas dire ça... Et tu te demandes encore pourquoi j'ai préféré me terrer ici ?

Il n'avait rien à répondre, à chacune de leurs querelles il se sentait un peu plus démuni. Elle ouvrit son sac, chercha un tube qu'elle déboucha, mais il se précipita vers elle et le lui arracha des doigts.

— Tu te moques de moi ? gronda-t-il. Tu vas faire ça sous mon nez ?

Furieux, il marcha vers la corbeille à papier dans laquelle il vida tous les comprimés.

— Tu n'en es pas à faire les poubelles, j'espère ?

Il la rejoignit et la prit par le bras, l'obligeant à se lever.

— Maintenant tu viens avec moi, on va rejoindre les autres. Et si tu n'es pas capable de te tenir tranquille, monte te coucher !

La colère de Vincent avait quelque chose d'inattendu, de presque agréable. Elle trouvait qu'il était toujours trop gentil, trop parfait, et inconsciemment elle cherchait à le provoquer pour le faire réagir. Alors qu'il allait ouvrir la porte, elle se colla contre lui.

— Embrasse-moi avant, murmura-t-elle.

— Fous-moi la paix ! répondit-il en l'écartant.

*

Après une interminable journée, suivie d'une soirée morose, Vallongue avait retrouvé le silence de la nuit. Vers dix heures, chacun était monté se coucher, et seul Alain était resté dans la bibliothèque du rez-de-chaussée pour y chercher un livre. Il savait qu'il n'aurait pas sommeil dans sa chambre de la bergerie, ni envie de rejoindre Jean-Rémi au moulin. Près de lui, il aurait pu trouver un peu de réconfort, mais il préférait affronter seul le deuil du petit Philippe.

Installé dans l'un des profonds fauteuils de cuir tête-de-nègre, il feuilletait distraitement un album consacré aux peintres de la Renaissance. Quand la famille était là – et en particulier Vincent –, il fuyait systématiquement la maison. Dans la bergerie, où les bureaux de son exploitation agri-cole étaient installés depuis plusieurs années, il avait fini par aménager le premier étage. Durant plusieurs mois, il avait travaillé d'arrache-pied pour transformer l'ancien grenier à foin en une grande pièce confortable, au plafond bas et aux poutres apparentes, où il pouvait se réfugier quand il le désirait. Certes, il y faisait un peu chaud en été, un peu sombre, mais au moins il se sentait chez lui.

Il essaya de fixer son attention sur la reproduc-tion d'une œuvre de Titien qui s'étalait sur une double page de l'album. C'était Charles qui avait acheté l'ensemble de cette superbe collection consacrée à la peinture. Charles, dont l'érudition et l'éducation avaient été irréprochables, et pour lequel Alain, dans sa jeunesse, avait éprouvé une certaine admiration, même s'il ne l'avait jamais aimé. Par la suite il avait appris à le craindre. Et bien plus tard encore, à le haïr.

Le titre du tableau était : *Présentation de la Vierge au Temple*, et la toile se trouvait à Venise. Lors de ses voyages en Italie, Jean-Rémi hantait les musées sans jamais se lasser. À chaque retour, il pouvait discourir durant des heures de tel ou tel détail, essayant de faire partager son enthousiasme à Alain. Mais celui-ci se gardait bien d'exprimer une opinion, trop conscient de ses lacunes en matière d'art. Si le talent ou les connaissances de Jean-Rémi l'impressionnaient, il n'en montrait jamais rien.

Un bruit de pas, dans le hall, lui fit brusquement lever la tête. Quelques secondes plus tard, Gauthier poussa la porte et soupira de soulagement en découvrant son frère.

— C'est toi que j'espérais trouver... En fermant mes volets, j'ai vu que tout n'était pas éteint en bas... Chantal a réussi à s'endormir mais je me fais du souci pour elle...

— Elle est courageuse, elle s'en sortira, répondit Alain.

— Qu'est-ce que tu lis ?

— Peu importe. Si tu as besoin de parler, je suis content d'être resté.

Gauthier se laissa tomber dans un fauteuil, posa ses coudes sur ses genoux et enfouit sa tête entre ses mains.

— Si elle n'était pas là, je crois que...

— Tu vas dire une idiotie !

— Non... C'est vraiment dur, tu sais.

Dans le silence qui suivit, Alain se leva pour s'approcher de son frère.

— Si je peux faire quoi que ce soit, dis-le-moi. Tu veux que je m'occupe de Paul ? Tu devrais emmener Chantal loin d'ici.

— Elle n'acceptera jamais de s'éloigner de la tombe de Philippe. Pas maintenant, en tout cas. Peut-être un peu plus tard.

Gauthier se redressa et leva les yeux sur son frère.

— En ce qui me concerne, je donnerais n'importe quoi pour me tirer. Je voudrais retourner à l'hôpital, me noyer dans le travail, ne plus quitter le bloc. Et j'aimerais pouvoir pleurer, aussi.

— Vas-y. Avec moi, tu ne risques rien.

— Si je commence, je ne m'arrêterai pas... Bon sang, je crois que je suis en train de prendre cette maison en horreur !

— Vallongue n'y est pour rien, ne sois pas superstitieux.

Ils échangèrent un long regard, songeant tous les deux à la même chose. Vingt-deux ans plus tôt, alors qu'ils n'étaient que des enfants, Charles avait tué leur père d'un coup de revolver. Ici même, de l'autre côté du hall, dans ce bureau où Alain ne mettait jamais les pieds.

— C'est drôle, murmura Gauthier, quand nous étions gamins on s'amusait comme des fous, ici. Y compris dans la rivière. C'était la guerre et on s'en moquait...

D'un geste protecteur, Alain posa sa main sur l'épaule de son frère. À dix ans, il ne jouait pas avec lui mais avec Vincent, et soudain il regretta d'avoir ignoré son cadet. Les cousins allaient par paire, Alain et Vincent, Gauthier et Daniel. Du haut de ses treize ans, Marie les regardait, arbitrant leurs conflits ou imposant sa volonté. À l'endroit où Philippe s'était noyé, ils avaient nagé des journées entières, et il fallait alors que Clara vienne les chercher elle-même pour les sortir de l'eau.

Les doigts d'Alain broyaient la clavicule de Gauthier qui se raccrocha à cette petite douleur pour repousser le désespoir qui menaçait de l'envahir.

2

Paris, hiver 1967-1968

LE NEZ COLLÉ À LA VITRINE, Lucas, Tiphaine et Léa regardaient les automates sans se lasser. Sur tout le trottoir du boulevard Haussmann, des groupes d'enfants émerveillés s'agglutinaient le long des grands magasins qui avaient rivalisé d'invention pour créer la féerie de Noël. Un peu à l'écart, Cyril et Virgile essayaient de se montrer indifférents, comme si, à treize ans, les jouets ne les intéressaient déjà plus.

— Ne soyez pas aussi inquiète, dit gentiment Vincent, ils ne vont pas se faire enlever, ni écraser…

Helen esquissa un sourire navré mais ne parvint pas à se détendre. La responsabilité de surveiller les enfants à Paris était trop lourde pour elle, ainsi qu'elle le répétait souvent depuis leur arrivée. Son angoisse semblait si sincère que Vincent s'était débrouillé pour se libérer quelques heures afin d'accompagner tout le monde jusqu'aux Galeries Lafayette.

— Il faudra que je retourne au Palais tout à l'heure, déclara-t-il. Vous saurez reprendre le métro ? Cyril connaît la ligne par cœur, vous n'aurez qu'à le suivre.

Cyril et Léa, qui vivaient avenue de Malakoff, étaient débrouillards comme des Parisiens, au contraire de leurs cousins.

— Ce séjour va leur faire beaucoup de bien, ajouta Vincent.

Il observait du coin de l'œil ses fils et sa fille, navré de leur découvrir un petit air provincial. Depuis longtemps il aurait dû avoir le courage d'exiger leur présence, au moins pour la durée des vacances scolaires. Naturellement, Magali avait refusé tout net de quitter Vallongue, sourde aux arguments de son mari, et il était parti dès le 26 décembre, emmenant avec lui Helen et les enfants.

— Profitez-en vous aussi, lui suggéra-t-il gentiment. Visitez des monuments, des musées, allez au théâtre...

De nouveau elle lui sourit, plus gaiement cette fois, mais elle secoua la tête.

— Je me sens perdue ici, cette ville me fait peur. Et puis il y a vos enfants.

— Et alors ?

— J'ai promis à votre femme de ne jamais les quitter des yeux.

54

— Ma femme s'en moque ! explosa-t-il.

Elle fut surprise par sa soudaine colère, lui qui était toujours très maître de lui.

— Vous êtes injuste, murmura-t-elle. Magali est très inquiète pour eux.

— Oui, elle peut ! L'exemple qu'elle leur donne est affligeant. Ils doivent la croire atteinte de la maladie du sommeil, en proie aux vertiges et aux hallucinations. Si vous n'aviez pas été près d'eux, depuis cinq ans, je n'aurais pas pu les laisser là-bas.

Le compliment la troubla tant qu'elle se retourna vers les vitrines. De toute façon, elle n'avait pas besoin de le regarder, elle connaissait son visage par cœur, ainsi que toutes les nuances de son regard ou de son sourire. Elle savait qu'il était encore amoureux de Magali, qu'il désespérait de la voir sombrer dans l'alcoolisme, mais qu'il ne se laisserait pas entraîner en enfer. Elle savait aussi qu'elle ne trouverait jamais le courage de le voir autrement que comme son employeur, d'ailleurs elle perdait contenance dès qu'il lui disait plus de dix mots de suite.

— Est-ce que nous verrons Paul pour la Saint-Sylvestre ? finit-elle par demander.

— Bien sûr ! Il y a toujours un grand réveillon le soir du 31, il viendra avec ses parents.

Jusque-là, elle n'avait pas osé poser la question mais elle pensait souvent au petit garçon. C'était redevenu le plus jeune des enfants de la famille, depuis le décès de Philippe, et elle espérait qu'il allait réussir à surmonter le deuil de son frère.

— Il va bien, dit Vincent. Chantal fait de louables efforts pour ne pas trop le materner et elle nous le confie de temps en temps le jeudi afin qu'il puisse voir ses cousins. Vous savez, j'avais une dizaine d'années quand on m'a annoncé que ma sœur Beth était décédée à Ravensbrück et… Et pour être honnête, c'est un âge où on oublie vite.

Malgré tout, Helen avait fini par reporter son attention sur lui et elle remarqua les deux petites rides au coin des lèvres, la tristesse du sourire qu'il essayait de lui adresser, son air las.

— Donc Paul sera là pour le réveillon, reprit-il, et on s'embrassera tous à minuit. Je commencerai par vous, d'accord ?

Ce n'était qu'une plaisanterie ; pourtant elle sentit qu'elle devenait toute rouge.

— Bon, il faut que j'y aille, ajouta-t-il.

Il rejoignit Cyril et Virgile qui semblaient lancés dans une nouvelle dispute.

— Les garçons, je vous charge de ramener tout le monde à la maison, il est tard. Le premier qui n'obéit pas à Helen aura affaire à moi.

Les deux adolescents hochèrent la tête ensemble ; toutefois il attendit encore quelques instants pour être certain qu'il n'y aurait aucune rébellion après son départ. Leur rivalité latente les précipitait souvent dans des bagarres homériques suivies d'interminables bouderies, mais ce qui était tolérable à Vallongue, l'été, ne devait pas se produire ici. Vincent lança un dernier regard significatif à Virgile, parce que c'était son fils et qu'il ne voulait pas que le problème vienne de lui.

Tout en s'éloignant vers l'Opéra, il prit conscience du vent glacial qui s'était levé. Le ciel était plombé, chargé de neige, et il se demanda quel temps il faisait dans le Midi. Est-ce que Magali s'ennuyait, seule, ou au contraire en profitait-elle pour boire du matin au soir ? Et par quelle aberration les choses avaient-elles pu en arriver là ? Il allait devoir téléphoner à Alain pour obtenir des nouvelles, une idée qui n'avait rien d'agréable. Son cousin ne ferait aucun commentaire, il se contenterait de garder une voix neutre pour lui apprendre les dernières bêtises de Magali, mais il avait forcément une opinion sur la situation. Or être jugé par Alain comme un mauvais mari et un mauvais père exaspérait Vincent. Il faisait vraiment son possible, et ce depuis des années.

« Non, je n'étais pas obligé de la quitter, jamais Magali ne se serait enfoncée à ce point si j'avais été près d'elle. »

Pourtant elle avait commencé à boire avant sa nomination à Paris. Il se souvenait d'en avoir discuté avec Odette, qui l'avait mis en garde. Cette brave femme était la seule parente de Magali, à la fois sa tante et sa marraine, et elle avait longtemps travaillé à Vallongue comme cuisinière. Jusqu'à ce mariage qui l'avait sidérée tout en la privant de son travail. Car il était devenu impossible à Clara de garder Odette comme employée à partir du moment où celle-ci entrait plus ou moins dans la famille. Pauvre Odette, obligée de s'endimancher pour tenir un rôle qui n'était pas le sien, de faire bonne figure dans les réunions du clan Morvan.

« Je me suis fourré dans un sacré guêpier ! »

En général, il refusait d'y penser. En tout cas pas de cette façon-là. Il avait commis une erreur en épousant Magali contre la volonté de son père, il était bien obligé de le reconnaître aujourd'hui, même s'il ne l'aurait jamais admis à voix haute. Odette prétendait qu'il ne fallait pas *mélanger les torchons et les serviettes*. Une expression odieuse mais finalement assez juste. Charles avait toujours traité sa belle-fille de haut, augmentant ainsi le malaise qu'elle ressentait. Il voyait en elle la mère de ses petits-enfants, soit, mais aussi la petite bonne qui avait passé la serpillière chez des gens de son monde. Magali ne supportait pas Charles alors que Vincent l'adorait, un conflit supplémentaire entre eux, et une raison pour elle de se rapprocher d'Alain.

— Et merde, gronda-t-il entre ses dents.

Une vieille dame se retourna sur son passage, étonnée d'avoir entendu jurer un homme qui avait autant d'allure. Car, même s'il ne s'en apercevait presque jamais, il créait une forte impression sur les gens. Lorsqu'il siégeait, en tant que magistrat, la plupart de ses collaborateurs lui témoignaient un surprenant respect pour son âge. Doué d'une intelligence brillante, rapide, et d'une prodigieuse mémoire, il savait faire preuve de discernement et d'impartialité. Courtois, attentif, il était aussi charmeur que son père avait su l'être à une autre époque, et il affichait la même élégance innée. Mais, au contraire de Charles, il possédait une douceur irrésistible qui donnait envie à toutes les femmes de se réfugier dans ses bras. Magali l'avait aimé passionnément autrefois, sans se soucier de ses qualités ou de ses défauts, ravie d'avoir séduit un si beau garçon. Il était comme une victoire inattendue pour elle ; elle lui avait cédé sur un coup de tête sans imaginer qu'il lui passerait la bague au doigt. Quand elle s'était retrouvée pour de bon devant le maire, au moment de devenir madame Vincent Morvan-Meyer, elle avait été prise de panique. Et, depuis, la peur ne l'avait plus quittée.

Une demi-heure plus tard, il émergea du métro, dans l'île de la Cité, directement en face du Palais de justice. Durant quelques instants, il resta immobile pour observer la façade, les grilles, les marches de pierre. Il adorait cet endroit, il s'y sentait chez lui. Pourquoi devrait-il renoncer à l'avenir qui l'attendait derrière ces murs ? Son père lui avait ouvert une voie royale, qu'il n'était pas prêt à abandonner, mais il ne pouvait pas non plus sacrifier sa femme et ses enfants à son ambition. Il y avait trop longtemps qu'il fuyait la vérité, il était temps qu'il prenne une décision au sujet de Magali.

Arrivé à la cinquantaine, Jean-Rémi était en pleine gloire. Jamais ses toiles ne s'étaient si bien vendues à travers le monde. Sa cote atteignait un cours vertigineux, il était invité partout, fêté, choyé. Mais toute cette agitation autour de son nom et de son œuvre ne parvenait pas à le combler. Le grand manque de son existence, c'était Alain qui le créait.

D'un geste rageur, il jeta le chiffon imbibé de térébenthine. La lumière était devenue insuffisante pour peindre, et puis il n'en avait plus envie. Un coup d'œil à sa montre augmenta encore son exaspération. Alain pouvait passer des journées entières sans donner le moindre signe de vie, à croire qu'ils n'étaient que de vagues relations. Il était parfois arrivé à Jean-Rémi, furieux, d'aller chercher le jeune homme au milieu de ses oliviers. Mais jamais il ne s'approchait de la maison, ni même de la bergerie. Alain tenait à son indépendance et exigeait une totale discrétion, il opposait un refus brutal à chaque tentative de Jean-Rémi pour obtenir autre chose que l'incertitude du lendemain.

— Et il y a quinze ans que ça dure ! explosa-t-il à voix haute.

Jamais il n'aurait dû s'attacher à ce point, c'était la pire erreur de sa vie. Il aurait mieux fait de fuir, d'aller habiter ailleurs, Venise ou Séville dont il aimait tant les couleurs par exemple, au lieu de rester dans cette vallée des Baux-de-Provence dont chaque mètre carré lui parlait d'Alain.

Il détailla d'un œil critique la toile qu'il avait commencée huit jours plus tôt. Comment savoir si la frustration permanente qu'il ressentait lui ôtait toute inspiration ? Certes, il était malheureux, mais dès qu'il signait un tableau tout le monde criait au génie.

— Est-ce que je te dérange ? demanda Alain dans son dos.

— Tu sais bien que non.

— Tu me fais toujours la même réponse.

— À la même question, oui.

— Mais tu travaillais ?

— J'ai fini pour aujourd'hui, il fait trop sombre.

Jean-Rémi se retourna vers Alain, qu'il dévisagea en silence : le temps semblait n'avoir aucune prise sur lui, il conservait la même silhouette juvénile, le même regard doré, la même allure de gitan qu'à vingt ans.

— Tu dînes avec moi ?

— Oui.

Incapable de dissimuler son soulagement, Jean-Rémi eut un large sourire. Il adorait faire la cuisine, à condition de ne pas manger seul.

— Veux-tu qu'on invite Magali à se joindre à nous ? proposa-t-il gentiment.

— Il faudrait d'abord la trouver ! Elle disparaît toujours après le déjeuner et je ne l'entends rentrer que tard dans la nuit.

Depuis que les enfants et Helen avaient suivi Vincent à Paris pour les vacances, il dormait dans la maison en essayant de veiller sur Magali dont l'état se dégradait chaque jour davantage.

— Tant que les petits étaient là, ils représentaient une sorte de garde-fou pour elle, expliqua-t-il. Je me demande si Vincent ne souhaite pas les lui enlever, à terme.

— On ne peut pas lui donner tort, dit Jean-Rémi d'une voix douce.

Alain faillit répliquer mais se ravisa, se contentant de hausser les épaules. Au bout d'un moment, il ajouta quand même :

— Je comprends ce qu'elle ressent.

— Toi ? Tu es l'être le moins sujet à la dépression que je connaisse ! Magali est tout en faiblesse alors que tu es un bloc de granit.

— Elle réagit en femme.

— Ne fais pas de généralité, la force de caractère n'est pas une question de sexe, pense à ta grand-mère…

La différence entre Clara et Magali était si grande qu'Alain sourit malgré lui.

— Les enfants te manquent aussi, non ? demanda Jean-Rémi.

— Énormément.

— Et tu en veux à Vincent de les avoir emmenés. Ah ! ta famille a l'art des situations complexes ! En général, c'est toi qui sers de père aux enfants de Magali tandis que Vincent assume ce rôle-là avec ceux de Marie à Paris. Un vrai chassé-croisé où personne ne trouve son compte. Les gamins, peut-être, et encore...

— Tu vois ça de loin, Jean.

Il répugnait toujours à parler des Morvan, comme s'il s'agissait d'un territoire secret compris de lui seul. Mais Jean-Rémi, depuis le temps, avait appris ou deviné beaucoup de choses sur eux. Après la mort de Charles, Alain s'était muré dans le silence durant des mois. Puis il avait lâché quelques confidences à contrecœur, avec une phrase en leitmotiv : « Ce salaud a tué mon père de sang-froid. » Charles était devenu la cible d'une colère qui l'empêchait de penser à Édouard comme à un monstre. L'histoire de Judith avait de quoi révulser n'importe qui, et Alain ne supportait pas d'être le fils de celui qui avait provoqué le drame. Tant qu'il avait pu croire que Charles le haïssait de manière injuste, il s'était senti dans son droit, fort de ses révoltes, mais en apprenant la vérité il avait été obligé de compatir malgré lui.

Jean-Rémi posa la main sur son épaule, le faisant tressaillir.

— Je vais faire du thé, tu en veux ?

La main remonta jusqu'à sa nuque, caressa ses cheveux. Un contact auquel il résistait difficilement. Les yeux bleus de Jean-Rémi restaient rivés aux siens, lumineux et pleins de tendresse, tandis que ses doigts s'emmêlaient dans les boucles brunes. Alain avait souvent essayé d'échapper à cette attirance physique, en vain. Ses expériences avec les femmes le laissaient insatisfait, désappointé. Il trompait Jean-Rémi, sans le lui cacher, refusait de considérer leur relation comme de l'amour ; pourtant il revenait toujours chercher près de lui ce qu'il ne trouvait pas ailleurs. Dès le début, dès la première nuit passée au moulin alors qu'il était encore mineur, il avait voulu maintenir une distance entre eux. À cette époque-là, il avait désespérément besoin d'aimer mais il se méfiait de lui-même. Jean-Rémi le fascinait autant qu'il le troublait ; d'ailleurs tous les interdits l'attiraient, comme un défi lancé aux Morvan. Il avait cru régler ses comptes, au lieu de quoi il s'était pris à son propre piège.

La sonnerie du téléphone les fit sursauter ensemble. Très contrarié par cette interruption, Jean-Rémi traversa toute la grande salle pour aller décrocher.

— Oui ? Ah, bonjour ! Il est là… Tu veux lui parler ?

Il couvrit le combiné pour murmurer :

— C'est Magali. Elle paraît bouleversée.

Tandis qu'Alain prenait la communication, il se dirigea vers la cuisine pour préparer du thé. Puis, en attendant que la bouilloire siffle, il ouvrit la porte du réfrigérateur et considéra les clayettes, sourcils froncés. S'il s'y mettait tout de suite, il pouvait préparer sa nouvelle recette de rougets.

— Jean, je file à Avignon, je crois qu'elle a des ennuis.

La voix d'Alain était tendue, inquiète, Jean-Rémi fit volte-face.

— Graves ? Tu veux que je t'accompagne ?

— Non, ça ira. Je reviendrai peut-être, je ne sais pas. Je t'appelle.

Il se précipita au-dehors et démarra en trombe.

Hagarde, Magali venait de ressortir du bar d'où elle avait téléphoné. Les clients l'avaient suivie du regard, interloqués. Malgré le double whisky avalé d'un trait au comptoir, elle ne parvenait pas à se sentir mieux. Elle se trouvait dans les faubourgs de la ville, un quartier qu'elle connaissait bien. La pharmacie où travaillait René n'était pas très loin de là, tout comme le studio où elle l'avait rejoint en début d'après-midi.

Elle rajusta ses lunettes noires, parfaitement inutiles à cette heure tardive. Les réverbères venaient de s'allumer de loin en loin sur l'avenue, et les rares passants se hâtaient, pressés de rentrer chez eux. Quand la voiture d'Alain se rangea devant elle, le long du trottoir, elle se sentit un peu moins désemparée. Il était bien le seul homme sur qui elle pouvait compter, elle le savait, pourtant, une fois installée sur le siège passager, elle éclata en sanglots convulsifs.

Au lieu de redémarrer, il coupa le contact, se tourna vers elle. D'un geste doux, il lui ôta ses lunettes puis alluma le plafonnier et la dévisagea en silence.

— Vas-y, raconte, dit-il d'une voix calme.

— Ramène-moi à la maison d'abord. S'il te plaît…

— Non.

Il l'attira vers lui pour qu'elle puisse pleurer sur son épaule.

— J'ai besoin d'un calmant, finit-elle par hoqueter. Ou d'un verre…

— Attends un peu. Je veux savoir ce qui s'est passé.

L'hématome qui s'étendait sur sa pommette n'avait pu être provoqué que par un coup de poing, elle ne s'était évidemment pas cognée dans une porte.

— Et surtout, ajouta-t-il, je veux que tu me dises de qui il s'agit.

Il se pencha au-dessus d'elle, fouilla la boîte à gants où il trouva un paquet de mouchoirs en papier qu'il lui tendit. Elle se mit aussitôt à en triturer un entre ses doigts puis s'écria :

— Je lui ai toujours payé les médicaments qu'il me procure ! Pour lui, c'est facile, il n'a qu'à se servir, il travaille dans cette pharmacie. Oh, d'accord, je lui ai fait un peu de charme à l'occasion, mais comme ça, en offrant ma tournée… Je m'adresse à lui quand je suis à court, et là je suis vraiment à sec, mon médecin est un abruti, il ne veut jamais rien me prescrire, je suis sûre que Vincent a dû lui faire la leçon ! Alors ce type, en fait il s'appelle René, bref je croyais que… Je l'ai appelé aujourd'hui et il m'a donné rendez-vous chez lui.

Elle parlait si vite qu'il avait du mal à suivre ; cependant il se gardait bien de l'interrompre.

— Je sais, j'aurais dû me méfier, exiger de le rencontrer dans le bar où on se voit d'habitude, mais je n'ai pas réfléchi, j'étais tellement énervée ! Et puis, les mecs comme lui… Comment a-t-il pu s'imaginer un truc pareil ! Parce que j'avais de l'argent pour le payer, bien sûr, seulement il voulait autre chose.

Sa dernière phrase fut suivie d'un long silence. Elle ne pleurait plus et Alain soupira.

— Oui, dit-il enfin, quand on te regarde, toi, ce n'est pas de fric qu'on a envie. Tu as beau essayer de te détruire, tu es trop belle pour ne pas faire des ravages. Qu'est-ce qui s'est passé, ensuite ?

Au lieu de lui répondre, elle ouvrit son blouson en jean pour montrer son chemisier déchiré.

— C'est une brute, un porc ! Je me suis mise à hurler à pleins poumons et ça lui a fichu une peur bleue. La gifle, c'était par réflexe ; je suis sûre qu'il ne voulait pas en arriver là. Après il m'a flanquée dehors, mais il a gardé mon sac, ce salaud. Heureusement que j'avais de la monnaie dans les poches…

La colère était en train de submerger Alain qui dut faire un effort pour rester impassible. Elle s'accrocha à sa manche en ajoutant :

— Maintenant il sait qui je suis puisqu'il a mes papiers d'identité. Tu crois qu'il me les rendra ?

— Oui, j'en suis certain, ricana-t-il.

Elle comprit tout de suite ce qu'il allait faire et elle s'écria :

— Je ne veux pas que Vincent l'apprenne !

— Désolé, Magali, mais quand tu fais des choses aussi stupides, tu devrais y penser avant.

— J'ai besoin de ces médicaments ! Sinon je vais devenir folle, je te jure.

— Tu as surtout besoin d'être soignée par quelqu'un de sérieux. Tu as raison, ton toubib est un charlatan.

Elle était toujours collée à lui et il sentit qu'elle tremblait comme une feuille. À défaut de tranquillisants, il fallait qu'il lui donne quelque chose à boire ou elle allait lui faire une crise.

— Bon, décida-t-il, on va rentrer. Mais, avant…

Elle s'écarta un peu pour le laisser enlever le frein à main.

— Conduis-moi chez lui, il faut que je récupère ton sac.

— C'est vrai ? Tu y arriveras ?

Tout ce qu'elle souhaitait, c'était que Vincent ne sache rien. L'idée de ce qu'il pourrait dire, s'il découvrait la vérité, la terrifiait d'avance. Leurs enfants, la morale, la dignité, le nom de

Morvan-Meyer, elle imaginait très bien le genre d'arguments qu'il utiliserait contre elle, avec un air de reproche et de tristesse qui la pousserait à bout. Sans hésiter, elle indiqua l'adresse de René à Alain, qui démarra sèchement.

— Est-ce que tu avais de l'argent ? Un chéquier ?

— Du liquide, oui… J'en ai toujours dans mon portefeuille, je…

Elle n'avait pas besoin d'achever sa phrase, il savait pertinemment qu'elle dépensait beaucoup pour satisfaire son besoin d'alcool et de médicaments. En quelques minutes, elle se retrouva en bas de l'immeuble qu'elle avait quitté deux heures plus tôt.

— C'est là ? s'enquit Alain. Quel étage ?

— Troisième, à droite.

Au moment où il ouvrait sa portière, elle chercha à le retenir.

— Je ne veux pas qu'il t'arrive quoi que ce soit, dit-elle en s'accrochant à son bras.

Le sourire qu'il lui adressa était d'une telle douceur qu'elle eut de nouveau envie de pleurer.

— Je suis un grand garçon, Magali, il ne va rien m'arriver du tout. Attends-moi là bien sagement, je ne serai pas long, mais promets-moi que tu ne bougeras pas de cette voiture.

Leurs visages étaient si près l'un de l'autre qu'elle pouvait sentir son souffle.

— Juré, murmura-t-elle.

L'espace d'un instant, elle se demanda s'il n'allait pas l'embrasser mais déjà il était sorti de la voiture. Sans hésiter, il pénétra dans le petit immeuble vétuste et crasseux, grimpa jusqu'au troisième étage en courant. Il n'y avait aucun nom sur les portes et il sonna un coup bref à celle de droite. Presque tout de suite un homme lui ouvrit.

— Vous êtes René ? demanda Alain en le détaillant des pieds à la tête.

L'autre semblait surpris mais pas inquiet. Il était grand, massif, portait une chemise largement ouverte sur son torse velu et des lunettes à monture d'écaille.

— Oui... Et vous ?

Au lieu de répondre, Alain fit un pas en avant, obligeant l'homme à reculer, puis il entra carrément.

— Hé ! Où allez-vous comme ça ? Où vous croyez-vous ?

Les mains de René s'abattirent sur les épaules d'Alain qui se dégagea aussitôt. En deux enjambées, il fut au milieu de la pièce unique qui semblait constituer tout le studio. Sur une table de bridge, dans un coin, le sac de Magali gisait grand ouvert parmi des objets épars : poudrier, chéquier, miroir, carte d'identité.

— Je suis venu chercher ça, déclara Alain d'une voix glaciale.

Stoppé net dans son élan, René s'immobilisa pour riposter :

— Je le rendrai à sa propriétaire, elle n'a qu'à venir le réclamer elle-même !

À l'évidence, il n'était pas décidé à se laisser impressionner. Alain lui paraissait trop mince pour faire un adversaire redoutable et il ne voulait pas laisser échapper son butin.

— Vous êtes un de ses copains de beuverie, hein ? ricana-t-il. Alors dites-lui que je l'attends de pied ferme. Parce que, son sac, je ne le lui ai pas volé ! Non, elle est venue chez moi d'elle-même, bien contente… Et je crois qu'elle n'aimerait pas du tout que j'aille restituer tout ça directement à son mari, un certain…

Il s'approcha de la table pour jeter un coup d'œil sur le chéquier ouvert, mais Alain le devança.

— Vincent Morvan-Meyer. C'est moi.

Incrédule, René considéra Alain en fronçant les sourcils.

— Vous ?

— Oui. Et pour le chantage, c'est raté.

Se présenter comme le mari était un mensonge intelligent qui, effectivement, coupait court à toute menace. Mais utiliser le nom de Vincent comme le sien venait de procurer une sensation étrange à Alain. L'autre l'observait toujours avec autant de stupeur que de méfiance, essayant de se remémorer les confidences que Magali avait laissé échapper au sujet de son mari. Il se souvint qu'il s'agissait d'un juge ; or le jeune homme n'en avait pas l'air avec sa peau brûlée de soleil, son jean usé, son allure de gitan. Mais René n'eut pas le temps d'y réfléchir car déjà Alain ajoutait :

— J'ai un compte à régler avec vous. Non seulement vous avez voulu profiter de la situation, mais vous l'avez frappée…

— Profité de quoi ? cria l'autre. Votre femme est prête à s'offrir au premier venu pour obtenir ce qu'elle veut ! Vous ne le saviez pas ? Pourquoi la laissez-vous traîner n'importe où ? Vous feriez mieux de la surveiller, mon vieux, et de…

Le poing d'Alain s'écrasa avec une telle violence sur le menton de son adversaire qu'il chancela, mais, comme il s'entraînait deux soirs par semaine dans une salle de boxe, il encaissa le choc. Ensuite il riposta et parvint à décrocher quelques coups bien placés avant qu'Alain s'énerve pour de bon. Plus léger, plus mobile, et surtout beaucoup plus en colère, le jeune homme réussit à l'assommer par un brutal coup de tête dans lequel il mit toute sa force. Quand René s'écroula à ses pieds, il reprit son souffle, essuya d'un revers de main rageur le sang qui coulait de son arcade sourcilière ouverte, puis il alla récupérer le sac de Magali et son contenu.

*
**

— Faire son testament est une simple précaution qui n'a jamais fait mourir personne ! affirma Clara.

72

Aussi furieux l'un que l'autre, Vincent et Marie se contentèrent de hocher la tête. Mal à l'aise, le notaire sortit quelques papiers de son porte-documents, tout en se demandant ce qu'il faisait là. Au téléphone, Clara lui avait affirmé qu'elle trouverait deux témoins pour signer le document – et effectivement Helen et le jardinier se tenaient debout dans un coin du boudoir, un peu intimidés –, mais elle n'avait pas précisé que les actes se dresseraient en présence d'une avocate et d'un juge qui se trouvaient être ses petits-enfants. Morvan-Meyer était un nom célèbre dans le monde des juristes, la carrière de Charles ayant marqué les mémoires, et le cabinet de groupe qu'il avait fondé de son vivant était l'un des plus connus et puissants de Paris. Quant à Vincent, il s'était déjà signalé comme le plus jeune magistrat du Palais, et pas le moindre.

Bien calée dans son fauteuil, avec un gros coussin dans le dos, Clara agitait son stylo, pressée d'en finir.

— Alors voilà, mes chéris, vous savez l'essentiel, dit-elle en souriant. La fortune Morvan a passablement fondu avec toutes ces histoires d'impôts et de charges sociales... Et puis j'ai négligé mon portefeuille d'actions, la Bourse ne m'intéresse plus depuis la mort de Charles... Mais tout de même, il va vous rester des choses à vous partager. D'abord il y a ce navire...

D'un geste circulaire, elle fit comprendre qu'elle désignait ainsi l'hôtel particulier de l'avenue de Malakoff.

— En toute franchise, j'aimerais que vous puissiez le garder après moi, mais c'est vraiment très lourd. Vous êtes bien placés pour le savoir, vous deux, puisque vous en assumez déjà l'entretien avec moi. Seulement je ne crois pas que Daniel ou Gauthier, sans parler d'Alain, se sentent concernés.

Elle s'interrompit quelques instants puis finit par hausser les épaules.

— J'ai passé de bons moments ici... Et vous y avez tous été plus ou moins élevés... Enfin, vous ferez ce que vous pourrez !

Avec une surprenante souplesse pour son âge, elle quitta son fauteuil et gagna la fenêtre. De là, elle voyait la pelouse et les parterres de plantes vivaces. Le fidèle Émile faisait bien son travail, même s'il ne s'agissait que d'un petit jardin parisien, et cette année encore il y aurait quelques roses de Noël.

— Qu'est-ce que c'est que ce numéro qu'elle nous fait ? murmura Marie à l'oreille de Vincent.

Pour toute réponse, il leva les yeux au ciel avant d'enfouir ses mains dans les poches de son pantalon.

— Vincent ! protesta Clara qui s'était retournée.

Souriante, elle regagna sa place, se rassit.

— Bref, je ne vous impose rien du tout, débrouillez-vous. En revanche, il y a un endroit qui me tient à cœur, à un point tel que même une fois morte je ne veux pas qu'il passe aux mains de n'importe qui. Vallongue a une immense valeur sentimentale à mes yeux, je ne comprendrais pas qu'il n'en aille pas de même pour vous. Vous tous…

Elle ne souriait plus et son regard se planta dans celui de Vincent.

— Je connais vos disputes, vos rancunes… Au moins en partie… Et je sais bien qu'il n'y a pas eu que des bonheurs à Vallongue… Mais vous ne braderez pas cette propriété au premier venu, je vais tout faire pour m'y opposer. Seulement c'est compliqué, parce que c'est aussi l'outil de travail d'Alain. Lui, on a eu tendance à le négliger un peu…

Le notaire se taisait, résigné, mais il observait avec curiosité les réactions de Vincent et de Marie. Celle-ci prit la parole d'une voix nette :

— Pas toi, en tout cas ! Tu l'as toujours aidé, il t'en est très reconnaissant.

— Oui mais, après moi, je ne veux pas que vous l'empêchiez de cultiver ses oliviers en paix. Ce n'est pas que son gagne-pain, ce sont aussi les lettres de noblesse de Vallongue aujourd'hui. L'huile « Morvan », ça m'a toujours plu, même si ça énervait Charles…

Elle y avait fait référence deux fois déjà, preuve qu'elle y pensait sans cesse et que jamais elle ne se remettrait de sa mort.

— Je vous léguerai donc Vallongue en indivision, avec interdiction de la vendre. Vous y aurez les mêmes droits et les mêmes obligations tous les cinq. Au préalable, je vais l'amputer d'une petite parcelle, trois mille mètres carrés à peine, sur laquelle se trouve la bergerie, dont je fais une donation immédiate à Alain.

— En indivision ? répéta Marie, incrédule.

— Eh oui ! Vous serez bien obligés de vous entendre. C'est ma façon à moi de vous réconcilier malgré vous. Et ce sera l'endroit idéal pour vous retrouver en famille… Avec tous vos enfants, et tous ceux à venir… Mais vous êtes des juristes avisés, vous allez me dire que « nul ne peut être contraint à demeurer dans l'indivision », c'est bien la formule consacrée, non ? Alors si vous n'en voulez pas, si vous n'êtes pas capables de le conserver, vous le laisserez à l'association caritative de votre choix. C'est ça ou rien, vous ne ferez pas de bénéfice là-dessus, ce serait… amoral.

Très contente de sa tirade, elle les défiait du regard. Quand elle fut certaine qu'il n'y aurait aucune contestation de leur part, elle baissa les yeux sur les papiers qu'elle tenait toujours à la main.

— Le reste a peu d'intérêt, voyons… Mes bijoux à toi, Marie, puisque tu es ma seule petite-fille, et deux ou trois legs sans importance. Alors, si tout est en ordre, je signe.

Elle s'appuya sur un guéridon pour parapher les feuilles puis tendit son stylo à Helen.

— À votre tour, petite, ensuite ce sera mon brave Émile…

Le jardinier s'approcha, un peu éberlué, et fit ce qu'on lui demandait. Clara rendit les deux exemplaires du testament au notaire, qui en profita pour prendre congé, et elle interpella son petit-fils :

— Vincent, j'aimerais te parler une minute !

Marie entraîna les autres dehors, sans pouvoir s'empêcher de claquer la porte en sortant la dernière.

— Et voilà, soupira Clara, elle est en colère…

— Grand-mère ! Mais tu te rends compte ? Tu nous convoques, tu nous mets devant le fait accompli, tu n'as discuté de rien avec personne…

— J'aurais dû ? Il s'agit de mes biens !

— Ce n'est pas ce que je veux dire.

— Je suis une très vieille dame, mon petit, j'ai le droit d'avoir des caprices.

L'éclat de rire de Vincent avait de quoi la rassurer : il ne s'inquiétait pas du tout de son état de santé.

— Tu penses que je suis indestructible, c'est ça ? dit-elle doucement. Eh bien, non…

Le décès du petit Philippe l'avait beaucoup marquée, ébranlant sa conviction qu'avec la fin de Charles le mauvais sort s'était enfin éloigné de sa famille. Certes, elle soignait toujours son apparence, se maquillait légèrement, allait chaque semaine chez son coiffeur ; néanmoins elle commençait à accuser son âge. Pis, une certaine lassitude accompagnait désormais ses gestes ou ses sourires.

— Tu sais, Vincent, la famille, c'est le plus important. Tu verras, au fur et à mesure, rien ne peut se comparer aux liens du sang. Nous avons de la chance, nous sommes nombreux, nous avons accumulé les réussites, mais toute médaille a son revers. Vous êtes brillants, les uns comme les autres, et pourtant vous n'êtes pas fichus d'être heureux ! Remarque, je ne devrais pas me plaindre puisque vos malheurs m'ont en quelque sorte… profité.

Déconcerté, il se rapprocha d'elle, s'assit sur un gros pouf recouvert de soie bleu-gris.

— Je ne comprends pas ce que tu veux me dire, Clara.

— J'aime bien quand tu m'appelles par mon prénom, ça me rajeunit.

Ses arrière-petits-enfants avaient tous pris l'habitude de le faire, pour le plaisir de la voir sourire.

— Profité de quelle façon ? insista-t-il.

— Eh bien par exemple, ton père. C'est parce qu'il s'est retrouvé veuf qu'il est revenu vivre avec moi. Or cet hôtel particulier est fait pour être rempli d'enfants, alors d'une certaine manière j'ai été comblée. Ensuite, il y a eu Marie. Oh, j'aurais préféré qu'elle ne soit pas mère célibataire, crois-moi, mais au bout du compte c'est pour cette raison même qu'elle a élevé Cyril et Léa sous mon toit. Et je pense que tu ne vas pas tarder à en faire autant pour les tiens... Je me trompe ?

Elle le vit baisser la tête et son cœur se serra. Il était malheureux, elle le devinait, mais elle pouvait encore l'aider à faire face.

— Si c'est le cas, tu sais que ça ne pose aucun problème, n'est-ce pas ? Il faut bien que ce grand paquebot serve à quelque chose, tes trois enfants sont les bienvenus sous mon toit.

— Je pourrais louer un appartement, répondit-il sans conviction, et prendre Helen à mon service...

— Seigneur Dieu ! Tu n'y penses pas ! D'abord tu me ferais un affront, et ensuite je ne veux pas que tu te jettes dans le piège ! Cette petite Irlandaise est vraiment très bien, elle a toujours été parfaite avec les enfants, mais elle est un peu trop jeune, un peu trop jolie, et un peu trop béate devant toi pour que tu habites avec elle !

— Helen ?

À l'évidence, il tombait des nues, ce qui la fit rire.

— Tu n'as rien vu ? Alors tu es le seul ! Elle te mange des yeux, elle boit tes paroles. Elle doit s'endormir en pensant à toi, ce serait très malsain que vous soyez seuls.

— Malsain ? Voyons, grand-mère, nous ne sommes plus au début du siècle, redescends sur terre, je...

— Ce n'est pas une question de convenances mais de simple bon sens ! Tu veux que je te dise pourquoi ? Eh bien, s'il y a une chose qui ne doit pas t'arriver, à toi, c'est de retomber amoureux d'une de nos employées ! Si tu n'as pas compris la leçon, c'est que tu es stupide. La prochaine fois que tu aimeras, choisis quelqu'un à ta mesure, Vincent, ne pioche pas dans le personnel.

Choqué par le dernier mot, il s'était mis debout, et elle dut lever la tête pour soutenir son regard.

— La leçon, dit-il entre ses dents, c'est toi qui me la donnes, et tu ne fais pas dans la dentelle.

Avec curiosité, elle le dévisagea pendant un moment. Elle ne connaissait pas cette expression dure qu'il lui opposait soudain, et sa ressemblance avec Charles s'en trouvait accentuée. Elle supposa qu'il devait avoir cet air-là dans un tribunal, ce qui ne devait pas encourager les contestations.

— Tu fais une drôle de tête. Je t'ai vexé ? Ne monte pas sur tes ergots, pour moi tu n'es qu'un gamin, tu sais bien.

— Clara…, soupira-t-il.

Il s'en voulait déjà d'avoir réagi en se drapant dans sa dignité. Il n'avait aucun orgueil à avoir devant elle. Hormis ses propres enfants, Clara était la personne qu'il aimait, admirait et respectait le plus au monde.

— On devrait t'offrir une casquette d'amiral, dit-il en souriant. Continue à commander ton paquebot et conduis-nous tous à bon port.

80

Spontanément, il se pencha vers elle, prit son visage entre ses mains.

— Ne disparais jamais, grand-mère.

— Alors tu ne m'en veux pas ?

— Bien sûr que non.

— Et je peux encore ajouter quelque chose ?

— Vas-y…

— Fais soigner Magali. Même si votre couple est fichu, tu es responsable d'elle.

Ainsi elle avait deviné ce qu'il s'apprêtait à faire, elle l'encourageait même à se hâter. Mais elle était toujours la première à montrer l'exemple, à prendre la bonne décision au moment opportun, et il fallait qu'il cesse de tergiverser.

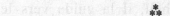

— Non seulement tu es la bienvenue mais en plus tu leur sauves la vie ! dit Daniel en riant.

Il verrouilla les portières de son coupé et rejoignit Sofia sur le trottoir.

— Sans nous, ils étaient treize à table, un désastre pour un soir de réveillon !

— Ils sont superstitieux dans ta famille ? demanda la jeune femme avec son adorable accent italien.

— Non, pas vraiment. Je voulais juste te mettre à l'aise… ou me donner du courage ! En fait, je ne leur ai jamais présenté personne… Voilà, c'est là.

D'un geste désinvolte, il désignait la façade de l'hôtel particulier dont toutes les fenêtres étaient illuminées.

— Quelle merveille, s'extasia-t-elle. Tu as été élevé ici ?

— Oui. Avec mon frère, mes cousins... Une vraie tribu, tu vas voir !

Négligeant la lourde grille noire, il ouvrit une petite porte latérale et s'effaça pour la laisser entrer dans la grande cour pavée. Il se réjouissait à l'idée de la présenter aux membres du clan Morvan, mais plus particulièrement à Vincent en qui il avait une confiance absolue. Son frère ne lui avait jamais menti : s'il ne trouvait pas Sofia à son goût, il le lui ferait savoir.

Une fois dans le hall, il la guida vers le vestiaire, une petite pièce aménagée par Clara entre les deux guerres, aux murs tendus de chintz gris pâle, où trônaient deux coiffeuses Louis XV, plusieurs poufs capitonnés et de grands miroirs vénitiens. Après l'avoir débarrassée de son boléro de fourrure, il détailla Sofia de la tête aux pieds.

— Tu es superbe...

Des femmes, il en avait connu de toutes sortes, collectionnant les succès avec désinvolture, mais Sofia n'appartenait pas à cette catégorie éphémère. Ils s'étaient rencontrés à Rome, alors qu'il travaillait à l'ambassade de France, et ne s'étaient plus quittés depuis. Pour la première fois de sa vie, à trente-trois ans, il se sentait enfin amoureux.

Leur entrée dans le grand salon, qui ne servait que pour les réceptions, fut saluée par un instant de silence puis par un joyeux brouhaha. Daniel prit la main de Sofia qu'il conduisit d'abord vers Clara.

— Ma grand-mère, dont je t'ai si souvent rebattu les oreilles...

— Je suis ravie de vous rencontrer, madame Morvan.

Elle ne l'avait pas appelée Morvan-Meyer, comme Daniel, preuve qu'elle avait bien retenu tout ce qu'il avait pu lui raconter au sujet de sa famille, et Clara sourit.

— Mon frère, Vincent, poursuivait Daniel, ma tante Madeleine... Et voici Helen... Et mes cousins, Marie, Gauthier et Chantal... Il ne manque qu'Alain, qui est resté dans le Midi...

— Comme toujours ! marmonna Madeleine d'une voix rageuse.

Daniel ignora l'intervention et acheva :

— ... dans le Midi avec la femme de Vincent qui est souffrante. Les enfants se présenteront eux-mêmes en nous passant les petits-fours, j'imagine !

Il agissait avec l'aisance due à une longue habitude car ses différents postes de haut fonctionnaire l'avaient formé à la diplomatie et rompu aux mondanités. Il installa Sofia sur un canapé avant de se diriger vers la desserte où rafraîchissait le champagne et où son frère vint le rejoindre presque tout de suite.

— Tu es amoureux, cette fois ? murmura Vincent en lui tendant deux coupes.

— Est-ce que ça se voit ?

— Oui !

— Tant mieux. Comment la trouves-tu ?

— Je te le dirai en fin de soirée.

— Bien, monsieur le juge ! plaisanta Daniel.

Du coin de l'œil, il constata que Sofia était en train de faire la connaissance de ses neveux groupés autour d'elle.

— Gauthier me paraît mieux, non ?

Il n'avait pas revu son cousin depuis quelques mois mais il avait souvent pensé à lui, à l'horreur de ce deuil qui avait dû le déchirer et qui avait profondément marqué la famille.

— Il a surmonté l'épreuve, et Chantal aussi.

Reportant son attention sur son frère, Daniel le dévisagea avec insistance.

— Et toi ? Tu sais qu'en vieillissant tu ressembles de plus en plus à papa ? Tout le monde doit te le dire, j'imagine…

Vincent lui heurta l'épaule, par jeu, juste assez fort pour qu'un peu de champagne déborde des coupes, et il chuchota :

— Va lui donner à boire avant de tout renverser !

— Qu'est-ce que vous complotez ? demanda Marie en surgissant entre eux.

— Rien du tout. Je faisais remarquer à Daniel qu'il a une tache sur sa veste…

84

Vincent se mit à rire et Daniel se sentit brusquement ramené loin en arrière, à l'époque bénie où il était le plus jeune des cinq et où tout le monde le taquinait mais veillait sur lui. Tandis qu'il s'éloignait à travers le salon, Marie le suivit des yeux.

— Je parierais bien qu'il est mordu de son Italienne ! Un mariage dans la famille nous remettrait Clara sur pied.

— Elle n'est pas malade, protesta Vincent.

— Non, mais fatiguée…

Ensemble, ils tournèrent la tête vers l'endroit où se tenait leur grand-mère. Helen s'était assise près d'elle pour prévenir ses moindres désirs, aussi dévouée que de coutume, ravissante dans une longue robe de satin émeraude.

— Si tu la regardes encore trois secondes, elle va se mettre à rougir, plaisanta Marie à voix basse.

Vincent leva les yeux au ciel, agacé à l'idée que toute la famille ait pu remarquer ce qu'il n'avait pas été capable de voir tout seul.

— Est-ce que par hasard ça t'agacerait de plaire aux femmes ? ironisa Marie.

— À elle, oui. J'ai besoin d'elle pour les enfants, je ne veux pas de malentendu.

Néanmoins, il commençait à se sentir gêné lorsqu'il était seul avec elle dans une pièce, et à la considérer autrement que comme la jeune fille qu'il connaissait depuis si longtemps. De manière détachée, il la trouvait jolie, constatait qu'il éprouvait même un vague désir pour elle, dont il n'avait pas été conscient jusque-là, mais qu'il jugeait plus embarrassant qu'agréable.

— Ce n'est qu'une gamine, je serais navré de devoir m'en séparer, soupira-t-il.

— Elle ne fait rien de mal, répliqua Marie. C'est juste qu'à force de te voir malheureux, de s'apitoyer sur toi, ses sentiments ont évolué.

— S'apitoyer ? Oh, c'est vraiment trop gentil ! Je suis tellement à plaindre ?

Son ton rageur surprit Marie qui fronça les sourcils.

— Pourquoi te mets-tu en colère ? On est tous navrés pour toi...

Il allait riposter lorsqu'il aperçut Cyril et Virgile qui luttaient en silence pour s'approprier un plateau d'allumettes au fromage.

— Nos fils sont encore en train de se battre, constata-t-il.

Elle se détourna, mesura la situation et les rejoignit en deux enjambées.

— Vous avez un problème, les garçons ?

Presque aussi grands l'un que l'autre, habillés du même costume bleu marine, ils avaient l'air de deux adolescents modèles – mais ne l'étaient pas. Cyril baissa la tête sans répondre, sachant à quelle vitesse sa mère pouvait se mettre en colère.

— Je ne veux pas un seul incident de toute la soirée, c'est compris ? Le premier qui se fait remarquer prend une paire de claques. À bon entendeur...

86

Virgile avait envie de répliquer mais il croisa le regard de son père, qui se tenait toujours près de la desserte et observait la scène de loin. Une fois de plus, il regretta amèrement de ne pas être à Vallongue. Là-bas, il pouvait faire ce qu'il voulait, il bernait Helen facilement, sans parler de sa mère que ses caprices faisaient rire et qui dormait la moitié du temps, et surtout il n'avait pas à supporter Cyril. Ici, il fallait qu'il obéisse à des tas de gens, son père le premier, qu'il change de chemise pour passer à table et qu'il subisse d'interminables visites de musées ou de monuments.

— Est-ce que mes arrière-petits-enfants ont droit à une coupe de champagne ce soir ? demanda Clara à la cantonade.

— Peut-être pas Paul, s'effraya Madeleine, il n'a que huit ans !

Gauthier la foudroya du regard, exaspéré qu'elle ait répondu à sa place, tandis que Chantal déclarait, d'une voix posée :

— Mais si, juste une larme, pour fêter la nouvelle année.

Si elle n'avait jamais apprécié sa belle-mère, depuis la mort de Philippe elle s'était mise à la détester. Même si elle ne la rendait pas responsable, elle lui en voulait d'avoir préféré tricoter plutôt que de surveiller les petits le jour de l'accident. Avec Gauthier, ils évitaient d'en parler mais ils étaient d'accord sur le sujet et ne recevaient Madeleine qu'avec réticence.

Marie servit des fonds de coupes pour Léa, Tiphaine, Lucas et Paul ; toutefois elle octroya une dose plus généreuse à Cyril et Virgile. Ensuite, elle alla s'installer à côté de Sofia, pour faire plus ample connaissance, amusée à l'idée que la jeune femme ferait peut-être bientôt partie de la famille. Plus le clan Morvan s'agrandirait, plus il serait fort. Déjà, Cyril envisageait de faire des études de droit, et elle l'y encourageait avec l'espoir vague qu'un jour il puisse devenir aussi brillant que Charles l'avait été. Le cabinet Morvan-Meyer ne cessait de prendre de l'importance et certains avocats se battaient désormais pour y entrer. Marie dirigeait l'ensemble d'une main de fer, versait des dividendes considérables à Vincent et Daniel, qui restaient propriétaires des locaux, mais, chaque matin lorsqu'elle s'asseyait dans le fauteuil de Charles, elle éprouvait une bouffée de nostalgie. Sans doute était-elle la seule à le regretter autant, à se souvenir de lui avec une telle précision. Leurs années de collaboration l'avaient marquée pour toujours car elle n'avait pas rencontré, après lui, quelqu'un de son envergure. Elle aurait pu réciter certains passages de ses plaidoiries par cœur, en particulier celles qui avaient défrayé la chronique, à l'époque, lorsqu'il parvenait à sauver in extremis la tête d'un accusé, autant grâce à son intelligence de la procédure qu'à ses talents d'orateur. Dans un prétoire, Charles subjuguait les gens, ses partisans comme ses adversaires, parce qu'il était exceptionnel.

Marie avait éprouvé à son égard des sentiments très forts, ambigus, qui l'avaient empêchée de mener une vie affective normale. Quand elle était étudiante, les garçons de son âge ne l'intéressaient pas, elle les jugeait médiocres ou maladroits, et à travers chaque rencontre elle cherchait en vain quelqu'un qui ressemble à son oncle. Elle n'avait ainsi trouvé que des partenaires d'un soir dont elle s'était débarrassée le lendemain. Cyril et Léa n'avaient pas été conçus par le même père, deux jeunes gens qu'elle avait d'ailleurs oubliés depuis longtemps.

— À quoi penses-tu ? lui demanda Vincent en s'asseyant sur l'accoudoir du canapé.

— À ton père, répondit-elle spontanément.

Il se tut un moment, songeur, puis murmura :

— Verrais-tu un inconvénient quelconque à ce que mes enfants restent ici au lieu de repartir à Vallongue ? Clara me l'a proposé et je crois que je vais accepter, sauf si tu estimes la cohabitation impossible.

— Ne dis pas de bêtises, il y a toute la place voulue, on ne se marchera pas sur les pieds. Est-ce qu'Helen restera aussi ?

— Helen ou une autre, en tout cas quelqu'un pour s'en occuper, bien sûr.

— Et Magali ?

— Je vais essayer d'en discuter avec elle.

Il l'affirmait sans y croire. *Discuter* avec Magali n'était plus vraiment possible, mais il l'aimait encore trop pour ne pas continuer à la respecter, même contre l'évidence. Il espérait toujours qu'elle se serait reprise en son absence, qu'elle allait enfin trouver le courage de s'en sortir, et il était chaque fois déçu. La veille, il l'avait appelée longuement pour la persuader de prendre un avion et de venir réveillonner avec eux, mais elle avait refusé tout net.

— Le téléphone n'arrête pas de sonner, déclara Madeleine qui avait encore l'oreille fine.

L'espace d'un instant, les conversations s'interrompirent et ils perçurent tous la sonnerie qui retentissait dans les profondeurs de l'hôtel particulier. Clara n'ayant pas jugé bon de faire installer un poste dans ce grand salon qui ne servait que rarement, Vincent fut le premier à se lever pour aller répondre. Il traversa le hall, surpris de l'insistance de celui ou celle qui cherchait à les joindre un soir de fête, et décrocha nerveusement.

— Vincent Morvan-Meyer, marmonna-t-il par habitude.

— Salut, vieux, c'est Alain. J'espérais tomber sur toi.

Dans le silence qui suivit, Vincent prit une profonde inspiration. Il savait très bien que son cousin ne l'appelait pas pour lui souhaiter une bonne année.

— Quelque chose de grave ? finit-il par demander.

90

— Ne t'affole pas, il n'y a rien d'irrémédiable mais… Si tu pouvais descendre ici assez rapidement, ce serait bien.

— Il s'agit de Magali ?

Question stupide, évidemment. Alain réglait ses problèmes seul, il fallait qu'il soit dépassé par les événements pour téléphoner à dix heures du soir.

— J'ai fait ce que j'ai pu, Vincent.

La voix posée d'Alain avait malgré tout quelque chose de rassurant et Vincent trouva le courage de répondre.

— J'en suis certain. Tu t'es beaucoup occupé d'elle, ce n'était pas vraiment à toi de t'en charger. Qu'est-ce qui se passe, au juste ?

— J'aimerais mieux t'expliquer ça de vive voix. Tu as un vol Air Inter demain matin à dix heures, si tu peux le prendre je t'attendrai à l'aéroport.

L'angoisse submergea brutalement Vincent. La dernière fois qu'il avait parlé aussi longtemps à Alain, c'était près du cadavre du petit Philippe. Seules les choses graves parvenaient à les rapprocher encore, donc la situation devait être catastrophique.

— Ne te fais pas trop de souci d'ici là, ajouta Alain. Elle n'est pas seule, je reste avec elle.

Il allait passer le réveillon de fin d'année à veiller sur une femme ivre morte ? Vincent déglutit avec peine, se sentant aussi coupable qu'humilié.

— Merci, balbutia-t-il. Le vol de dix heures, c'est le premier ?

— Oui.

— À demain alors.

D'un geste sec, il raccrocha et resta immobile près de la table demi-lune. Il regarda sans les voir les innombrables bloc-notes de Clara, le cendrier en argent, la pendulette ancienne. Que faisait-il là ? Pourquoi n'était-il pas auprès de Magali ? Avait-il définitivement abdiqué ?

— Papa ! Papa !

Il fit volte-face et découvrit Tiphaine qui courait vers lui à travers le hall, les yeux brillants d'excitation.

— Tu sais quoi ? Cyril dit que je suis *très* jolie ! Et que cette robe me va *tellement* bien qu'il pense qu'elle a été faite pour moi !

Elle effectua une pirouette qu'elle acheva par une profonde révérence, ses cheveux auburn flottant autour d'elle. Il faillit lui dire que, oui, elle était belle, et qu'elle ressemblait déjà beaucoup à sa mère. Mais ressembler à quelqu'un d'autre n'était pas forcément agréable, on le comparait lui-même trop souvent à son père, et il se contenta de lui sourire tandis qu'elle ajoutait, d'un air contrit :

— Ah, j'allais oublier, on passe à table !

Pour Avignon, c'était un hiver très rigoureux. Alain avait trouvé du givre sur son pare-brise et quelques plaques de verglas sur la route. Il était onze heures passées lorsqu'il pénétra dans le hall de l'aéroport où Vincent l'attendait depuis cinq minutes.

Indécis, ils faillirent s'embrasser, mais finalement se serrèrent la main de façon maladroite. Alain portait un jean, un col roulé et un blouson de cuir tandis que Vincent était habillé d'un long pardessus bleu nuit sur un strict costume gris.

— Je t'offre un café, le bar est ouvert, proposa Alain.

— On a le temps ?

— Oh, tout le temps, oui…

Au lieu de s'installer au comptoir, ils choisirent une table isolée, dans un coin où personne ne pourrait les entendre.

— Tu as eu un accident ? demanda Vincent.

Il fixait avec curiosité les trois points de suture, sur l'arcade sourcilière de son cousin.

— Une altercation avec un pauvre con. Mais il faut que je t'explique un certain nombre de choses…

Alain esquissa un sourire forcé avant de poursuivre, en baissant la voix :

— Le type avec qui je me suis battu travaille dans une pharmacie et il ravitaillait ta femme en médicaments de toutes sortes… Ensuite les choses se sont envenimées entre eux. Il a eu peur de se faire prendre par son patron, l'argent ne le

93

motivait plus assez. En revanche, il trouvait Magali à son goût.

Effaré, Vincent soutint encore un instant le regard d'Alain avant de baisser la tête. Il lui fallut une ou deux minutes pour digérer ce qu'il venait d'entendre, puis il esquissa un geste de la main qui pouvait signifier qu'il était prêt à supporter la suite.

— Elle était aux abois, en manque, elle a fini par accepter un rendez-vous chez lui. Mais ça s'est mal passé, il l'a bousculée avant de la flanquer dehors, en conservant son sac. C'est moi qui suis allé le récupérer parce qu'il contenait ses papiers, son chéquier, ses clefs... Morvan est un nom assez connu par ici, il aurait sûrement essayé de lui faire du chantage par la suite, alors pour couper court à toute tentative je me suis présenté comme le mari, Vincent Morvan-Meyer, et je l'ai démoli.

Vincent s'obligea à relever la tête, à plonger ses yeux dans ceux d'Alain. Un serveur vint déposer deux tasses de café devant eux et repartit de son pas traînant.

— Je ne pensais pas te raconter cet... incident. Magali ne voulait pas que je t'en parle et elle m'avait promis de ne plus toucher aux médicaments. J'ai eu la bêtise de croire que l'alcool pourrait lui suffire, que... Oh, je suis navré, j'aurais dû t'appeler à ce moment-là, mais tu venais juste de partir avec tes enfants, et pour une fois que tu pouvais en profiter... Bref, elle a trouvé une autre solution, j'ignore laquelle, en tout cas elle s'est procuré des tubes de Valium et des boîtes de somnifères.

— Sois gentil, arrête deux secondes, murmura Vincent.

Il fouilla la poche de son pardessus, en sortit un paquet de cigarettes blondes et une pochette d'allumettes avec lesquelles il se mit à jouer tandis qu'Alain buvait son café. Des voyageurs en attente commençaient à envahir le bar.

— Vas-y, finis, décida Vincent au bout d'un moment.

— Je ne la surveille pas comme le lait sur le feu mais je me sentais inquiet, et quand je suis allé la voir, hier matin, elle était inconsciente. J'ai eu beaucoup de mal à la réveiller, ça m'a fait très peur, alors maintenant je veux que tu t'en occupes. Mais n'interprète pas mal ce que je dis, j'aime énormément Magali, je ne cherche pas à me débarrasser du problème, seulement c'est toi son mari, pas moi.

— Bon sang, Alain ! explosa Vincent en donnant un violent coup de poing sur la table.

Il lui en voulait de s'être substitué à lui, d'avoir pris sa place et d'avoir assumé ses ennuis, de conserver son calme dans des circonstances pareilles.

— Tu l'aimes énormément ! Et je ne peux même pas te soupçonner de faire ça avec une idée derrière la tête, forcément elle ne t'attire pas, mais voilà, toi tu es altruiste, solide, dévoué ! Alors que je l'ai complètement abandonnée... Donne-moi une seule raison de t'en vouloir, que je puisse passer ma colère sur toi, que...

— Qu'est-ce que tu en sais ? l'interrompit Alain.

— De quoi ?

— Quand tu prétends qu'elle ne m'attire pas.

Trop désemparé pour réagir, Vincent laissa échapper un long soupir.

— Certaines femmes me font envie, il m'arrive aussi d'avoir des aventures avec elles, enchaîna Alain.

Un petit silence suivit sa déclaration, jusqu'à ce que Vincent hausse les épaules et réplique :

— Non, tu ne m'auras pas comme ça, mon vieux. Je ne suis pas jaloux de toi, ce serait encore plus misérable que le reste...

— D'accord. Mais alors ne te prends pas pour le dernier des derniers. On ne sauve pas les gens malgré eux. Si Magali veut toucher le fond, tu n'y changeras rien.

— Pas d'accord. Je peux la faire soigner.

— Oui, tu peux. Seulement ça s'appelle un placement volontaire de la famille, parce qu'elle n'ira pas de son plein gré. Tu seras obligé de la faire interner en psychiatrie.

— En psychiatrie ?

— Elle est suicidaire, Vincent... Un jour ou l'autre, elle va y arriver.

— Et si je revenais vivre ici, sans la quitter d'une semelle ?

— Tu ne le feras pas, et tu as raison. Même si je sais que tu l'aimes. Pourtant il est vraiment temps que tu interviennes. Odette ne peut rien faire, j'ai bavardé avec elle, on a envisagé toutes les possibilités... À propos, elle m'a appris qu'il y avait des antécédents, le père de Magali buvait comme un trou et il en est mort. Tu le savais ?

— Non. Tu me l'apprends, comme tout le reste...

Cette fois, Vincent paraissait plus accablé qu'en colère. Il finit par allumer une cigarette sans en proposer à Alain, qui cherchait de la monnaie dans sa poche. Vingt ans plus tôt, ils étaient insé-parables, soudés comme deux frères siamois, et même ensuite, lorsqu'ils n'avaient plus habité ensemble, ils étaient restés tellement proches l'un de l'autre qu'ils n'avaient pas besoin de se voir ou de se parler pour se comprendre. Jusqu'au jour où ils avaient appris la vérité sur leurs pères respectifs, sur les haines et le sang répandu, sur cette trop lourde hérédité qui les transformait soudain en ennemis. Là, un fossé infranchissable s'était creusé entre eux. Alain n'était pas venu à l'enterrement de Charles, un geste de provocation que Vincent ne lui avait pas pardonné. Depuis, ils s'étaient soigneusement évités, et leur brouille était devenue quelque chose d'officiel, d'impor-tant, d'irréversible. Sauf que, fâchés ou pas, Alain était le meilleur – le seul, en fait – ami de Magali, l'idole de Virgile et de Lucas, le chouchou de

Tiphaine. Et qu'aujourd'hui Vincent était devenu son débiteur.

— Dans quel état est-elle, ce matin ?

— Pas brillante au réveil. Jean-Rémi est avec elle. Désolé, en principe il ne met pas les pieds à Vallongue mais je n'avais personne d'autre sous la main et je ne voulais pas la laisser seule.

Un peu embarrassé par cet aveu, Alain se leva le premier. Vincent aurait voulu lui dire quelque chose, n'importe quoi, au moins au sujet de Jean-Rémi et du fait que son cousin avait le droit de recevoir qui il voulait, mais il ne trouva rien à ajouter. Ils quittèrent l'aéroport en silence, rejoignirent le parking et prirent la direction des Baux. Hormis au moment de la mort de son père, Vincent ne s'était jamais senti aussi mal de toute sa vie.

***

Affolée, Magali regarda autour d'elle. La chambre était spacieuse, claire, impersonnelle. Un lit, un chevet, deux fauteuils, et une petite table à roulettes qui devait servir à poser les plateaux des repas. Son sac de voyage était par terre, devant l'unique placard, blanc comme tout le reste. La porte donnant sur le couloir était fermée tandis que celle qui communiquait avec le cabinet de toilette était entrouverte, laissant apercevoir un lavabo et un petit miroir.

98

— Je ne vais pas rester là, déclara-t-elle d'une voix enrouée.

Vincent voulut passer un bras autour de ses épaules mais elle se dégagea brutalement pour le regarder bien en face.

— Qu'est-ce que tu es en train de faire ? Tu m'enfermes, c'est ça ? Je suis chez les fous ?

— Madame Morvan-Meyer, intervint le médecin qui les avait accompagnés, les asiles de fous n'existent plus depuis longtemps et vous n'êtes pas en prison. Vous avez besoin d'être soignée, c'est tout. L'équipe médicale est là pour vous entourer, vous aider…

Elle ne lui accorda même pas un regard, soudain écrasée d'angoisse.

— Ne me laisse pas ici ! s'écria-t-elle en saisissant le bras de son mari.

Au même instant, elle découvrit que la fenêtre ne possédait pas de poignée mais, en revanche, était équipée de barreaux. Elle se sentit aussitôt prise de claustrophobie.

— Je ne suis pas malade ! hurla-t-elle.

— Calme-toi ma chérie, je t'en supplie, murmura Vincent. C'est juste pour quelques jours, le temps que tu te désintoxiques de toutes ces saloperies… Je viendrai te voir…

— Où est Alain ? le coupa-t-elle d'un ton où perçait l'hystérie.

— Il viendra aussi.

— Toi, tu vas retourner à Paris, tu vas garder les enfants et tu vas me laisser croupir avec les dingues ! Ah ! mais tu n'as pas le droit, Vincent, c'est de l'abus de pouvoir, je refuse ! Je veux Alain, tout de suite ! Il t'empêchera de faire une chose pareille, va le chercher !

Son menton tremblait, ses yeux étaient pleins de larmes. Elle avait beaucoup maigri en quelques mois ; pourtant son visage semblait boursouflé.

— Écoute-moi, la supplia-t-il, tu ne te rends plus compte de ce que tu fais, tu te détruis, Magali…

— Arrête tes discours, je n'ai aucune confiance en toi !

Elle le lâcha, croisa les bras sur sa poitrine comme si elle cherchait à se protéger, puis se mit à aller et venir à travers la chambre. Elle ne voulait pas le croire, elle ne voulait pas de son aide, elle commençait même à avoir peur de lui. Pouvait-il vraiment la faire disparaître dans un hôpital et l'y maintenir contre son gré ? Où était passé le si gentil jeune homme qu'elle avait aimé, bien des années plus tôt ? Il était juriste, il connaissait la loi, il allait s'arranger pour la laisser là et lui voler les enfants, tout ça parce qu'elle buvait parfois un verre de trop ? Parce qu'elle avait des insomnies ? Vincent, que tout le monde prenait pour un mari idéal, un mari parfait, était devenu son bourreau sans qu'elle y prenne garde, et maintenant c'était fichu, elle était bouclée entre ces quatre murs dont on ne la laisserait plus sortir.

— Le mieux serait que vous partiez maintenant, dit le médecin à mi-voix, avant qu'elle ne devienne trop agitée…

Indignée, Magali l'apostropha en hurlant :

— Non seulement vous me croyez folle, mais sourde ?

— Madame Morvan-Meyer, voyons, protesta-t-il comme s'il parlait à une enfant.

Elle lui lança un regard haineux puis se tourna vers Vincent.

— Ramène-moi à la maison, je t'en prie !

— Pas tout de suite… bientôt, je te le promets.

Les mains en avant, elle fonça sur lui, l'attrapa par le revers de sa veste et se mit à le secouer.

— Espèce de sale menteur !

Elle le gifla à la volée, avec une force inattendue, sans qu'il réagisse. Ce fut le médecin qui intervint, passant derrière Magali pour la ceinturer tandis qu'elle se mettait à hurler. Presque tout de suite, deux infirmiers vêtus de blouses blanches pénétrèrent dans la chambre. Vincent eut à peine le temps de voir qu'on couchait sa femme sur le lit, qu'on relevait la manche de son chemisier pour lui administrer une piqûre de tranquillisant. Elle criait toujours, de façon incohérente à présent, et tremblait des pieds à la tête.

— Venez, dit le médecin.

Il l'obligea à sortir, referma la porte.

— Ce que vous venez de vivre est très déstabilisant ; toutefois ne vous alarmez pas. Votre femme est en état de manque, ce n'est pas grave, ça s'arrangera en quelques jours.

Appuyé au mur du couloir, la tête baissée, Vincent murmura :

— Je ne peux pas la quitter comme ça…

— Si, vous pouvez. C'est pour son bien que vous le faites.

— Est-ce que tout ça est vraiment indispensable ?

— Quoi donc ? Les barreaux aux fenêtres, c'est pour prévenir les accidents, vous me comprenez… Et cette piqûre va la plonger dans le sommeil, elle en a besoin. Votre femme est alcoolique, son organisme réagit en conséquence. Au fur et à mesure du traitement, j'ajusterai les doses d'anxiolytiques, d'antidépresseurs, puis je les réduirai peu à peu. Ne vous faites aucune illusion, ça prendra un certain temps. Nous avons déjà discuté de tout ceci, vous et moi.

Vincent releva la tête et dévisagea le médecin. Non, cet homme n'avait pas l'air d'un tortionnaire ; d'ailleurs cet hôpital n'était pas une prison.

— Quand puis-je revenir ? demanda-t-il.

— Exactement quand vous voulez. Mais si vous souhaitez mon avis, et dans son intérêt à elle, attendez un peu. Pour les cas de ce type, la famille ou les proches sont plutôt indésirables. La dépression est une maladie comme une autre, l'alcool n'en est qu'une conséquence.

Le discours avait le mérite d'être clair, peut-être même rassurant. Vincent retrouva assez de sang-froid pour tendre la main au médecin, puis il fit demi-tour et s'éloigna le long du couloir, jusqu'à la sortie du service de psychiatrie. Aucune des décisions qu'il avait eu à prendre dans un tribunal ne lui avait paru aussi dure que cet internement délibéré. Pour s'y résoudre, il lui avait fallu faire appel à la neutralité d'Alain. L'amitié de ce dernier avec Magali garantissait son impartialité, c'était une sorte de caution dont Vincent avait ressenti le besoin avant de signer les formalités d'admission. Tout comme la longue conversation téléphonique qu'il avait eue avec Gauthier pour obtenir son approbation en tant que médecin. Car, quel que soit son état, Magali restait la mère de ses enfants, la femme qu'il aimait. Du moins qu'il avait aimée passionnément.

En émergeant de l'hôpital, il prit une profonde inspiration, enfouit les mains dans ses poches et contempla le ciel. Le temps avait changé, il ne restait plus un seul nuage dans l'immensité bleue. Mais le mistral s'était levé, soufflant avec force. Un peu à l'écart, sur le parking, la voiture d'Alain était garée en plein soleil. En partant maintenant, ils pourraient gagner l'aéroport assez tôt pour le vol prévu à quatorze heures. De toute façon, Vincent n'avait rien à faire à Vallongue, et plus aucune raison de s'y attarder.

3

L'ANNÉE QUI SUIVIT L'INTERNEMENT de Magali fut très difficile. La révolution des étudiants, en mai 68, n'aurait pas dû toucher les enfants qui étaient encore trop jeunes pour y prendre part, mais un vent de révolte soufflait sur Paris et même les lycéens s'en donnaient à cœur joie.

Marie, qui n'était pas patiente, remit vite Cyril dans le droit chemin ; Vincent, lui, connut de vrais affrontements avec Virgile. Les rapports entre le père et le fils n'avaient fait qu'empirer au fil du temps. Avenue de Malakoff, où il se déplaisait, Virgile répétait sans le savoir l'attitude qu'avait affichée Alain vingt ans auparavant en se rebellant contre Charles. Le jeune garçon rêvait de retourner à Vallongue et ne s'en cachait pas, ce qui exaspérait Vincent. Plus porté sur le sport que sur les études, il n'était assidu qu'à son club de basket, où il s'était lié avec des garçons plus âgés que lui. Leurs idées de révolte et de liberté le fascinaient au point qu'il les avait accompagnés un jour sur une barricade pour lancer des pavés contre les forces de l'ordre. L'aventure s'était terminée dans un car de CRS puis au commissariat de la rue Bonaparte, où son père était venu le chercher, fou de rage. Durant la leçon de morale qui avait suivi, Vincent s'était montré assez dur, refusant qu'un gamin de treize ans se laisse manipuler par ce qu'il appelait de pseudo-anarchistes et, pis encore, crache dans la soupe d'une bourgeoisie dont il profitait largement. Afin de détourner la colère paternelle, Virgile avait fait référence à Alain, qui vivait comme un paysan, puis à sa mère, simple femme de ménage dans sa jeunesse, enfin à la grand-tante Odette, modeste cuisinière : à savoir les seuls membres de la famille pour lesquels il éprouvait de l'admiration. À ses yeux, les autres n'étaient que des nantis, des réactionnaires imbus de leurs privilèges, à qui on pouvait désormais répondre : « Il est interdit d'interdire ! » Atterré, Vincent était parvenu à garder son sang-froid, se souvenant que jamais Charles n'avait levé la main sur lui et que l'éducation des enfants ne passait pas par la brutalité. Mais un mur semblait dorénavant érigé entre Virgile et lui, Virgile et le reste du clan.

Pour Clara, qui commençait à décliner, toute l'agitation des Morvan et des Morvan-Meyer lui rappelait une autre époque. Avec cinq adolescents

106

sous son toit, elle pouvait se croire revenue après guerre, même si les temps avaient bien changé. De sa chambre, elle entendait des galopades dans les escaliers, des éclats de voix ou de rires, des claquements de portes rageurs. Et souvent, l'un de ses arrière-petits-enfants débarquait chez elle et lui confiait ses états d'âme. Usée par les chagrins, tourmentée par ses rhumatismes, elle conservait une étonnante lucidité pour son âge. Jamais elle ne confondait les prénoms, ni ne mélangeait les générations, et elle accueillait chacun avec une patience égale. Bien sûr, les visites qu'elle préférait – qu'elle attendait, en fait – étaient celles de Vincent. Il était toujours son favori, celui qui lui rappelait Charles et sur lequel on pouvait compter. Lorsqu'il venait s'asseoir à son chevet, elle l'observait inlassablement, supputant qu'il serait le seul, après elle, à savoir prendre en main la destinée de la famille. Son éducation était parfaite, sa volonté sans faille. Bien qu'ayant parfois bousculé les conventions dans sa jeunesse, il appréciait les traditions, elle le constatait à sa façon de s'habiller, de parler, et surtout d'écouter. Le voir allumer une cigarette blonde, puis croiser les jambes avec nonchalance avant de réclamer une anecdote du passé la comblait.

Pour montrer qu'elle était toujours attentive aux progrès d'un siècle qui n'avait cessé de la stupéfier, elle avait fait l'acquisition d'un premier poste de télévision, destiné à la famille et installé dans le petit salon. Quelques mois plus tard, enthousiasmée par ces spectacles à domicile, un second poste avait pris place dans son boudoir. L'année suivante, en apprenant que des astronautes américains comptaient débarquer sur la Lune, elle n'hésita pas à équiper Vallongue d'un téléviseur.

Même si elle passait presque tous ses après-midi allongée sur son lit, Clara pouvait encore présider les dîners dont elle confiait désormais l'organisation à Marie. L'une comme l'autre mesurait l'importance des réceptions et savait y évoluer avec cette aisance qui avait fait si cruellement défaut à Magali. La carrière d'un magistrat se construisant aussi dans les salons, elles œuvraient ensemble pour Vincent et, une fois encore, l'histoire Morvan-Meyer se répétait avenue de Malakoff. Vincent était seul, pas vraiment heureux, mais tout à fait conscient de ses devoirs de père ou de ses responsabilités de juge, et Clara restait persuadée qu'avec lui elle tenait le pilier de sa descendance. Elle avait vu Charles tenir bon, alors qu'il était désespéré. Vincent n'aurait pas d'autre choix que celui de faire face.

Helen avait accepté de rester, au moins pour le petit Lucas qui venait juste d'avoir dix ans, même si elle souffrait en silence de l'indifférence de Vincent qui évitait de la regarder ou de lui parler. Tout naturellement, à Paris comme à Vallongue, il s'installait dans le bureau de Charles pour étudier ses dossiers en cours ou pour écrire jusqu'au milieu de la nuit. Il se noyait dans le travail afin de ne pas trop penser à Magali, au naufrage de sa vie sentimentale. Les médecins continuaient de le tenir à l'écart de sa femme, et à chaque visite on lui faisait comprendre qu'il n'était pas le bienvenu. Si elle allait mieux, sevrée de ses poisons et moins neurasthénique, elle estimait toutefois Vincent responsable de tout ce qu'elle avait enduré au début de son hospitalisation. Après une interminable dépression, lorsqu'elle avait enfin retrouvé sa lucidité, elle s'était sentie horriblement humiliée. S'être donnée en spectacle durant des années devant ses enfants, son mari, ses amis, lui ôtait toute envie de revoir sa famille. Elle étouffait de honte, repliée sur elle-même, sans parvenir à envisager ce que serait son avenir. Alain avait dû forcer sa porte, à la clinique où elle achevait sa longue convalescence, et user de toute sa patience pour qu'elle accepte sa présence. Vincent savait que son cousin était le seul à être admis près d'elle, ce qui l'obligeait à lui téléphoner directement quand il voulait des nouvelles plus précises que les bulletins de santé communiqués par l'équipe médicale. Dans ces échanges laconiques, où son orgueil souffrait, Vincent était contraint de s'en remettre au bon vouloir d'Alain et à son jugement.

Daniel ne quittait plus Sofia. Il était passé gaiement du rôle de célibataire endurci à celui d'amoureux transi. Sans regret, il avait abandonné son duplex de la rue Pergolèse pour acheter un superbe appartement rue de la Pompe, à deux pas de son ancien lycée. Clara avait noté avec satisfaction que Daniel, comme les autres, n'éprouvait aucune envie de s'éloigner d'elle ni du quartier où il avait grandi. D'ailleurs, il venait fréquemment lui rendre visite, à elle mais surtout à son frère, comme s'il cherchait le soutien de Vincent au moment de se lancer dans une demande en mariage. Car il voulait épouser Sofia et il s'était mis à rêver d'enfants.

Clara estimait que le mariage de Daniel serait sans doute le dernier grand événement familial auquel elle pourrait assister. Partir sur cet ultime bonheur devenait son vœu le plus cher, ensuite elle pourrait envisager sereinement le terme d'une existence qu'elle jugeait bien remplie. Deux guerres, son mari et ses deux fils enterrés, des deuils trop lourds à porter, et malgré tout elle avait tenu son rôle jusqu'au bout sans faillir. Elle s'en irait en laissant derrière elle une grande famille à peu près unie. À peu près seulement, même si elle avait fait l'impossible, depuis des décennies, pour les rapprocher les uns des autres. Le clan ne s'était pas disloqué, les deux branches Morvan et Morvan-Meyer n'avaient pas rompu. Elle pouvait se féliciter du chemin parcouru, elle qui avait été fille unique et qui n'avait engendré que deux enfants. C'était pour ces deux-là qu'elle avait vécu, jusqu'à ce qu'ils finissent par s'entre-tuer. Caïn et Abel. Elle aurait pu sombrer avec eux, cependant elle s'était redressée, avait fait front à chaque coup du sort. Aujourd'hui, ils étaient assez nombreux – peut-être même assez *heureux* – pour se passer d'elle. Du moins elle l'espérait car elle ne durerait plus très longtemps, elle le pressentait. En attendant, elle comptabilisait ses victoires et les ressassait. Marie était devenue avocate, elle dirigeait une affaire énorme, et ses deux enfants, s'ils n'avaient pas de père, portaient en revanche le nom de Morvan. Gauthier avait réussi à devenir un grand chirurgien, comme son père et son grand-père, sans oublier qu'en épousant Chantal il s'était allié à la famille du fameux Pr Mazoyer et pouvait ainsi prétendre – pour peu que son fils fasse médecine à son tour – établir une véritable dynastie médicale. De son côté, Vincent effectuait une impressionnante carrière de juge malgré ses soucis personnels et sans doute irait-il très loin, obstiné comme il l'était. D'ailleurs, le bruit de sa prochaine nomination à la cour d'appel commençait à courir dans les couloirs du Palais. Quant à Daniel, ses différents postes de haut fonctionnaire lui ouvraient peu à peu les portes du monde politique. Même Alain, sur qui personne n'aurait misé un sou vingt ans plus tôt, avait atteint ses objectifs et se retrouvait à la tête d'une exploitation florissante. Ils avaient réussi tous les cinq, grâce à la vigilance de Clara, l'intransigeance de Charles, ou simplement grâce à leur bonne étoile, mais c'était un parcours sans fautes. Et chaque soir, en s'endormant, Clara priait un Dieu auquel elle ne croyait plus vraiment pour que sa famille continue à s'agrandir et à s'élever.

*

Jean-Rémi savoura une gorgée du mennetou-salon bien frappé qu'Alain venait de lui servir.

— Un délice, apprécia-t-il. Mais un peu trop froid à mon goût.

De sa main libre, il repoussa les boucles qui retombaient sur le front d'Alain et dissimulaient son regard. Ils étaient assis face à face, dans la cuisine du moulin, tandis qu'un carré d'agneau finissait de cuire.

— Je trouve qu'elle va mieux, reprit Alain en s'écartant légèrement.

Son mouvement de recul agaça Jean-Rémi qui laissa retomber sa main. Ils se dévisagèrent jusqu'à ce qu'Alain se mette à sourire.

— Excuse-moi, murmura-t-il.

— Je t'en prie. Continue, tu parlais de Magali. Comme chaque fois qu'il avait passé un moment auprès d'elle, il semblait nerveux, tendu.

— Elle se fait un sang d'encre pour les enfants. Elle est persuadée que Vincent ne les lui rendra pas, quand elle sera sortie de clinique.

— Les lui *rendre* ? Quel drôle de mot... Il s'agit de leurs fils et de leur fille, à tous les deux.

— Oui, mais elle n'est pas certaine de... de pouvoir revivre un jour avec lui. Ou même de remettre les pieds à Vallongue.

112

— Vraiment ? Et comment envisage-t-elle l'avenir ?

— Avec terreur.

Jean-Rémi s'était souvent demandé pourquoi Alain éprouvait une telle affection pour Magali et pourquoi il se sentait obligé de la protéger.

— C'est normal qu'elle s'inquiète, dit-il avec un haussement d'épaules. Il y a plus de six mois qu'elle végète dans cette maison de repos !

— Elle ne végète pas, Jean, elle guérit. Jusque-là, elle n'était pas prête, elle aurait replongé dans l'alcool. Maintenant, je crois qu'elle sera assez solide pour ne plus y toucher. Et j'essaierai de l'aider.

— Bien sûr !

Dans ces deux mots, il avait réussi à mettre un peu d'ironie et un peu d'amertume, des nuances qui n'échappèrent pas à Alain.

— Est-ce que ça te pose un problème, Jean ?

— Non, pas du tout.

— J'aime beaucoup cette femme, elle compte pour moi.

L'ambiguïté de la déclaration intrigua Jean-Rémi. Alain parlait rarement pour ne rien dire, chacun de ses mots était sincère et précis, il avait utilisé le verbe « compter » à bon escient. Depuis quinze ans qu'Alain connaissait Magali, son attitude envers elle n'avait cessé d'évoluer vers une tendresse de plus en plus marquée. Était-il sensible à son désarroi ou bien à son charme ? Même déprimée, même saoule, elle possédait vraiment la beauté du diable. Et surtout, elle était la femme de Vincent.

— De quelle manière compte-t-elle ? Comme une… tentation permanente ?

Jean-Rémi réalisa trop tard qu'il n'aurait pas dû poser la question : quelle que soit la réponse, il n'avait aucune envie de l'entendre.

— Peut-être.

En principe, Alain ne parlait jamais de femmes, du moins pas à Jean-Rémi, mais il lui arrivait d'avoir des aventures sans lendemain, tout le monde le savait dans la région. C'était un célibataire tellement séduisant qu'elles étaient nombreuses à tenter leur chance et celles qui réussissaient à passer une soirée avec lui n'hésitaient pas à s'en vanter.

— Tu ne sais pas ce que tu veux ! lui lança Jean-Rémi de façon abrupte. Et tu ne l'as jamais su !

La jalousie finirait par le rendre fou, il aurait mieux fait d'éviter le sujet, cependant il poursuivit :

— Tu entres, tu sors, il y aura bientôt vingt ans que ça dure et je n'ai toujours pas la moindre idée de ce que tu penses ! Ni si je te verrai le lendemain ! Tu m'as imposé un mode de vie aberrant. Depuis le temps, tu as tout de même compris que je t'aime ?

Lâchant son verre qui se fracassa sur le carrelage, Jean-Rémi se leva.

— Bon, j'ai tort, mais je craque !

114

Il traversa la cuisine et alla se planter devant la fenêtre. Après un bref silence il reprit, plus bas mais d'une voix nette :

— Je vais avoir cinquante ans, et toi trente-six. J'ai longtemps cru que je finirais par me détacher de toi. À Venise, les jeunes gens sont merveilleux... j'espérais qu'ils m'aideraient à t'oublier. Et chaque fois que tu m'as trompé, j'ai essayé de te rendre la pareille. Mais sans joie, sans goût. Les visages et les corps qui ne sont pas le tien ne me retiennent pas. Pas plus d'une heure. C'est toujours la même désillusion, le même échec...

Avouer avait une étrange saveur, qu'il découvrait avec étonnement. Il appuya son front contre la vitre et continua à parler sans se retourner.

— Peindre, vendre, je m'en fous... Tous ces gens qui me parlent de ma carrière... Je devrais fréquenter les salons, les galeries... au lieu de quoi j'attends ici que tu daignes te montrer. Que tu me fasses l'aumône d'une nuit ! Mais je suis fautif, après tout, c'est moi qui t'ai... initié.

Juste derrière lui, il sentit la présence d'Alain, puis ses mains sur ses épaules, son souffle sur sa nuque, sa voix qui murmurait :

— C'est moi qui l'ai voulu, Jean.

— À cette époque-là, c'était ta façon de te révolter. Tu voulais faire l'amour avec un homme, pour voir. Moi, j'avais presque l'âge d'être ton père, or c'est ce que tu cherchais. Tu tenais à te démarquer, et peut-être à te protéger de cette manière-là. Tu te sentais orphelin, tu méprisais ta mère, tu avais peur de Charles… de toi-même aussi, sans doute !

— Et de toi.

— De moi ? Pourquoi ? J'ai toujours été à tes pieds ! Je t'ai laissé vivre à ta guise, j'ai accepté que tu me caches comme quelque chose de honteux. Le milieu dans lequel j'évolue accepte parfaitement l'homosexualité, ça ne me posait aucun problème, mais à toi, oui, vis-à-vis de ta famille de bourgeois coincés. Tu ne voulais pas leur ressembler ; pourtant tu n'aurais pas toléré être exclu de leur clan. Chaque fois que je t'ai emmené dîner quelque part, il a fallu faire cent kilomètres pour que tu sois certain de ne rencontrer personne ! À ta majorité, j'ai cru que ça changerait, ensuite à la mort de Charles, j'ai espéré que… Mais non. Tu me tiens à distance parce que ça t'arrange.

Quand les mains d'Alain glissèrent de ses épaules vers ses hanches, il se dégagea brusquement, se retourna.

— Non, ne fais pas ça. Pour une fois que je te parle, écoute-moi jusqu'au bout. Si mes souvenirs sont bons, je ne t'ai jamais ennuyé avec mes déclarations ?

Alain recula d'un pas et chuchota :

— L'agneau brûle.

— Je m'en fous !

Exaspéré, Jean-Rémi traversa la pièce, coupa la minuterie du four.

116

— Pour qui crois-tu que je me suis mis à faire la cuisine ? Pas par vocation, quand même ! C'était pour te retenir une heure ici, pour te voir sourire... Pour que tu boives deux verres de plus, que tu te détendes un peu. Mais tu es toujours sur la défensive ! Quand nous serons vieux, nous en serons au même point. Nulle part...

Il attrapa un torchon, sortit le plat brûlant et le jeta dans l'évier avec une telle rage que la sauce jaillit partout.

— Et rendu là, c'est-à-dire beaucoup trop loin, autant que je te le fasse savoir une fois pour toutes, je ne veux plus vivre comme ça parce que j'en crève...

D'où il était, Alain fixait Jean-Rémi avec stupeur. Il fit un pas vers lui, s'arrêta.

— Si je n'avais pas..., commença-t-il.

— Pas quoi ? Oh, ne regrette rien, va-t'en si tu préfères, tu n'es pas obligé de m'écouter délirer !

— Pas maintenu des distances, tu m'aurais vite préféré un de tes Vénitiens, non ?

— Quoi ?

— Peut-être que je voulais durer, dans ton existence ?

La voix d'Alain était devenue rauque, comme si cet aveu lui coûtait, mais il continua sur sa lancée :

— Peut-être que tes voyages en Italie me laissaient croire que je n'étais pour toi qu'une parenthèse ? Une distraction ? Ton aventure locale quand tu revenais te poser ici ? Tu es beau, tu es riche, tu es célèbre ! Et moi, quoi ? Un fils de famille qui déparait dans le paysage Morvan, qu'on a laissé faire joujou avec les arbres de la propriété ! Rien d'autre à mon palmarès. Pas d'études. Le peu que je sais, c'est toi qui me l'as appris, et je ne voulais pas être ton élève.

Il franchit la distance qui les séparait, prit sans ménagement Jean-Rémi par le cou et l'attira vers lui. Il l'embrassa avec une violence inattendue qui ressemblait davantage à du désespoir qu'à de l'amour. Quand il reprit son souffle, ce fut pour murmurer :

— Pour quoi nous disputons-nous, Jean ?

— À propos de Magali… De ton indépendance farouche, de tes mystères.

Cette fois, Jean-Rémi n'avait plus envie de fuir, il frissonna sans bouger quand Alain commença à déboutonner sa chemise, se contentant de soupirer :

— Je ne te crois pas amoureux d'elle, non. En réalité, ce qu'elle représente pour toi, c'est surtout Vincent… Je me trompe ?

Alain se raidit d'un coup et s'écarta de Jean-Rémi.

— Vincent ? Pourquoi lui ?

— À ton avis ?

— Nous sommes fâchés depuis des années ! Je… Vincent est…

Comme il ne parvenait pas à achever, Jean-Rémi le fit pour lui.

— Quelqu'un que tu as beaucoup aimé.

118

— Oui mais pas comme ça ! se défendit Alain, au bord de la colère. Tu ne comprends vraiment pas ? Vincent était mon frère, bien davantage que Gauthier n'a jamais pu l'être. Je ne me suis pas interrogé sur cette amitié et je refuse de le faire.

Avec certitude, Jean-Rémi sut que s'il insistait, ne serait-ce que d'un mot, il irait droit à la catastrophe. Il n'avait rien de mieux à espérer que ce qu'Alain venait de lui avouer à contrecœur : ses complexes, ses doutes, et une partie de ses sentiments. C'était déjà un cadeau inattendu, presque une promesse d'avenir.

— Viens là, dit-il en tendant la main. Viens…

La tendresse qu'il ressentait envers Alain n'avait pas de limites, pas d'entraves, il pouvait tout lui sacrifier sans regret. Au moins, désormais, il avait identifié son vrai rival, qui n'était qu'un fantôme.

— Mais enfin, Vincent, ça fait trois fois de suite ! Je ne conteste pas tes arrêts mais on dirait que tu t'acharnes sur nos avocats !

— Ne mélange pas tout, Marie. Personne n'a de passe-droit quand je siège dans un tribunal. Je ne vais tout de même pas tenir compte du fait que tel ou tel défendeur appartient au cabinet Morvan-Meyer ?

Ils étaient installés à une table isolée, au fond du restaurant dans lequel ils avaient l'habitude de se retrouver, quai des Grands-Augustins. Elle repoussa son assiette, l'appétit coupé.

— Tu es très intransigeant...

— Et mes jugements sont rarement cassés. Ce qui prouve leur bien-fondé. Tu es d'accord ?

— Oh, Vincent !

Du bout des doigts, elle s'était mise à pianoter sur la nappe damassée.

— Ta carrière me préoccupe beaucoup plus que les avocats du cabinet, concéda-t-elle de mauvaise grâce. Mais je subis leurs litanies tous les matins ! Et parce que tu portes ce nom de Morvan-Meyer, ils ont l'impression que tu seras forcément dans leur camp.

— C'est stupide !

— Oui, oui...

Elle le dévisagea une seconde, agacée de ne pas pouvoir reconnaître en lui le gentil petit cousin pour qui elle avait longtemps été l'aînée, celle qui arbitrait les conflits des quatre garçons. Ou encore l'adolescent studieux qui voulait plaire à son père et qui venait la trouver dans sa chambre pour qu'elle lui explique tel ou tel chapitre de droit administratif. Ou même le jeune homme qui avait su la consoler lors de sa première plaidoirie ratée. Une horrible expérience que ce jour où elle avait parlé pour la première fois dans un tribunal. Charles n'était pas resté jusqu'au bout, lui infligeant ainsi une humiliation dont elle avait eu du mal à se remettre, mais Vincent l'avait attendue à la sortie et l'avait emmenée boire un verre. C'était peut-être à cette occasion qu'il avait décidé de s'orienter vers la magistrature, afin de ne pas commettre l'erreur d'avoir à plaider.

— Oh, là ! Où es-tu partie ?

Il souriait, bienveillant, sûr de lui, et elle se demanda si elle n'allait pas finir par le détester tant il était maître de lui en toutes circonstances.

— Nulle part. Laissons tomber le boulot pour l'instant. Où en es-tu, toi ?

Les questions directes concernant sa vie privée le plongeaient dans l'embarras, elle le savait très bien.

— Je descends à Vallongue dans quelques jours, bredouilla-t-il à contrecœur.

— Tout seul ? Avec les enfants ?

— Non, c'est prématuré, Magali ne tient pas à les voir en ce moment. Elle a juste accepté de discuter avec moi.

Sa douleur était perceptible, même s'il conservait tout son calme. Marie se pencha un peu au-dessus de la table et chuchota :

— Et si tu te laissais un peu aller ? Tu en baves encore, hein ?

Une ombre passa dans les yeux gris de son cousin, effaçant leur douceur habituelle, et Marie eut la désagréable impression d'avoir croisé le regard de Charles.

— Je ferai ce qu'elle veut, déclara-t-il d'une voix sourde. Je n'ai pas envie de parler de ça, je n'arrive même pas à y réfléchir.

Si elle s'obstinait, elle pouvait faire tomber son masque d'homme parfait – et parfaitement maître de lui –, pourtant elle hésitait.

— Pense à tes enfants. À ce qui est bon pour eux. Tu as déjà beaucoup de mal avec Virgile... Tu pourrais revivre avec elle ? Où ça ? Pas avenue de Malakoff, en tout cas, elle n'accepterait jamais. Tu quitterais Paris ? Non, évidemment... Alors que vas-tu lui proposer ? Si vous devez vous séparer, c'est maintenant. Dès qu'elle sera sortie de clinique. Parce que, si jamais elle devait y retourner, tu ne pourrais plus divorcer. On ne peut pas quitter quelqu'un de malade, d'irresponsable. Tu connais la loi aussi bien que moi.

— Marie, s'il te plaît !

Sa voix avait claqué, tranchante, dissuasive, mais elle sourit, elle avait enfin réussi à le mettre en colère. Elle s'adossa de nouveau au dossier de sa chaise, observa la salle autour d'elle. C'était très flatteur de déjeuner avec lui, il était sûrement l'homme le plus séduisant de tout le restaurant et la plupart des femmes lui avaient jeté des regards éloquents lorsqu'il était entré. Tel père, tel fils, Charles avait connu le même succès autrefois.

— Ton audience reprend dans une demi-heure, je vais réclamer l'addition, décida-t-elle.

La main de Vincent effleura la sienne, et elle cessa de pianoter tandis qu'il disait :

— Non, tu plaisantes ? C'est moi qui t'invite, voyons...

122

Jamais il ne la laisserait payer, son éducation le lui interdisait, cousins ou pas, mais de lui elle voulait bien accepter ce genre de galanterie qu'elle jugeait démodée. Pour manifester son indépendance, les autres hommes ne manquaient pas. Pas pour l'instant, du moins, et pas tant qu'elle dirigerait l'un des plus importants cabinets d'avocats de Paris. Elle ne protesta pas quand il sortit son chéquier.

**

Cyril avait rougi jusqu'aux yeux et Tiphaine était restée saisie. À moitié tournée vers lui, elle finit par éclater de rire.

— Entre ou sors ! lui lança-t-elle en attrapant son peignoir.

Précoce, elle n'était plus vraiment une petite fille mais déjà une adolescente, et son corps commençait à prendre des formes. Le jeune homme de quinze ans qui la regardait toujours, fasciné, n'arrivait pas à bouger et elle dut aller le chercher par la main.

— Secoue-toi, ce n'est pas si terrible ! Tu n'auras qu'à frapper, à l'avenir...

Une fois la porte refermée, il retrouva assez de présence d'esprit pour s'asseoir loin d'elle, sur la chaise de bureau. Il baissa les yeux vers le cahier de géographie mais sa vue se brouilla sur la carte de l'Afrique à moitié coloriée.

— Tu voulais quoi, Cyril ? s'enquit-elle de sa voix mélodieuse.

Enveloppée dans son kimono de soie bleu pâle, elle était tout aussi troublante et il dut faire un effort pour se rappeler la raison de sa présence.

— Ton dictionnaire de latin. Le mien a disparu, c'est sûrement cet abruti de Virgile qui l'a pris ; il ne se donne jamais la peine de demander…

La rivalité des deux garçons s'exerçait dans tous les domaines et, au début, le fait de s'être retrouvés dans la même classe les avait rendus enragés. Mais, très vite, Virgile avait dû s'incliner devant les résultats de Cyril qu'il ne parvenait jamais à battre, sauf au gymnase.

Tiphaine s'approcha du bureau et se pencha au-dessus de lui pour atteindre l'étagère. Elle sentait le savon, le shampooing à la pomme.

— Tu es très jolie, articula-t-il en se demandant comment il avait trouvé le courage de le dire.

Au lieu de se mettre à rire, ainsi qu'elle le faisait toujours lorsqu'il lui adressait un compliment maladroit, elle s'écarta brusquement de lui. Ils se dévisagèrent une seconde en silence, aussi conscients l'un que l'autre du malaise qui était en train de naître.

— Tu n'es pas mal non plus, déclara-t-elle au bout d'un moment.

C'était ce que lui répétait sa meilleure amie sur tous les tons, et chaque jeudi où elle était venue déjeuner avenue de Malakoff elle s'était pâmée en répétant : « Ton cousin Cyril est à tomber par terre ! » Jusqu'à ce que Tiphaine finisse par répliquer que Cyril n'était pas exactement son cousin, que c'étaient leurs parents respectifs qui l'étaient.

— J'ai une boum samedi. Tu voudrais venir ?

Elle recula encore de deux pas, éberluée par la proposition. À quinze ans, il allait s'encombrer d'une gamine de treize ? Bien sûr, elle faisait plus que son âge, elle était délurée et savait déjà très bien danser le rock, mais jamais un garçon de première n'accepterait de se montrer avec une fille de quatrième, c'était insensé, ridicule.

— J'adorerais ça, s'entendit-elle répondre, seulement je ne sais pas si papa sera d'accord.

— Eh bien, allons le lui demander !

Dans le mouvement qu'il fit pour se lever, elle remarqua enfin qu'il était effectivement l'un des plus séduisants garçons de son entourage. Pourquoi ne s'en était-elle jamais aperçue ? Parce qu'elle le voyait tous les jours depuis des mois ? Parce qu'elle le connaissait depuis qu'elle était née ? Elle détailla ses cheveux châtains, qu'il portait un peu longs ainsi que le voulait la mode, son regard bleu pâle presque délavé, son nez droit. Il était grand pour son âge, mince et musclé, avec un sourire désarmant qui découvrait de petites dents un peu écartées.

— Tout de suite ? Alors laisse-moi m'habiller ! Sinon…

Elle lui tourna le dos pour enfiler un jean à pattes d'éléphant et un petit pull en shetland ridiculement court.

— C'est chez qui, ta boum ?

— Un copain du lycée.

— Est-ce qu'il y aura Virgile aussi ?

— Non, pas question, nous n'avons pas les mêmes amis ton frère et moi !

Elle ne fit aucun commentaire, préoccupée de ce qu'elle allait dire à son père.

— Tu es sûr que tu veux m'inviter ? insista-t-elle par acquit de conscience.

Il se contenta de sourire avant de lui ouvrir la porte. Si Vincent leur donnait sa permission, il allait compter les heures jusqu'à samedi. Aucune autre fille n'avait d'importance pour lui, il pourrait attendre dix ans s'il le fallait, c'était Tiphaine qu'il voulait. Et ça, il le savait depuis longtemps.

**

À sa manière, Magali avait trouvé le moyen d'infliger une leçon à Vincent en refusant de le recevoir avant sa sortie de clinique. Plus jamais elle ne serait en état d'infériorité devant lui, elle se l'était juré. Le vendredi où elle quitta la maison de convalescence, ce fut donc Alain qui vint la chercher pour la conduire chez Odette. Celle-ci avait fait repeindre de frais la minuscule chambre dans laquelle Magali avait grandi et où elle comptait passer quelque temps.

Au fil des mois de solitude, elle avait beaucoup réfléchi. Ses enfants lui avaient cruellement manqué mais elle ne s'était pas sentie en droit de se plaindre. Après tout, elle avait été une très mauvaise mère pour eux et leur avait donné un exemple lamentable. Elle ne savait pas de quelle façon Vincent avait justifié sa longue hospitalisation, jusqu'où il avait pu aller avec eux dans les confidences, ni si le clan Morvan, avenue de Malakoff, n'avait pas raconté n'importe quoi sur elle.

Penser à Clara, à Marie, ou même à Madeleine, la mettait mal à l'aise. Ces femmes n'avaient pas dû lui pardonner mais pouvait-elle le leur reprocher ? Elle s'était montrée incapable de s'intégrer à la famille, incapable de rendre heureux Vincent – le *si merveilleux* Vincent –, incapable d'élever leurs trois enfants dignement. En fait, tout simplement incapable de saisir sa chance, elle, l'ancienne petite bonne devenue grande bourgeoise par faveur exceptionnelle, puis retombée dans l'ornière par sottise.

Durant les dernières semaines, avant de quitter l'équipe de psychologues qui l'avait suivie si longtemps, elle avait réussi à dominer sa peur. Alain s'était montré compréhensif, très présent, débordant d'imagination pour lui proposer des solutions d'avenir. Il lui avait même offert l'hospitalité au moulin, chez Jean-Rémi, certain qu'elle ne voudrait pas rentrer à Vallongue. Elle avait cependant préféré la maison d'Odette parce que c'était celle de sa jeunesse, celle d'avant toutes ses erreurs.

Le samedi matin, en se réveillant dans l'étroit lit en fer, avec une odeur de lavande fraîche et de café chaud qui flottait autour d'elle, elle se sentit renaître. Si elle faisait preuve de volonté, elle allait pouvoir repartir du bon pied, il lui restait juste à affronter son mari, une corvée devenue inévitable. Elle alla prendre une douche, enfila un pantalon noir et un pull de coton blanc, puis gagna la cuisine où son petit déjeuner l'attendait. Odette s'était éclipsée avec discrétion, sachant que Vincent arriverait vers onze heures, mais elle avait disposé sur la table une jatte de confiture recouverte d'un papier sulfurisé, un pain de froment, une coupe de fruits et deux tasses. Des tasses, pas des bols, ce qui fit sourire Magali. Pour une femme comme Odette, un juge ne buvait pas dans un bol. D'ailleurs, après avoir été le « fils aîné de monsieur Charles », Vincent était devenu « monsieur le juge ».

Elle se versa du café et, juste au moment où elle commençait à boire, elle entendit le bruit d'une voiture qui s'arrêtait dans la rue. Un coup d'œil vers la fenêtre lui confirma qu'il s'agissait bien de son mari descendant d'un taxi. À travers les rideaux de macramé, elle eut tout loisir de l'observer tandis qu'il réglait le chauffeur. Il n'avait pas changé, toujours aussi svelte et élégant dans un costume gris clair admirablement coupé qui avait dû coûter les yeux de la tête. Quand il se tourna vers la maison, elle retrouva la pâleur de son regard, ses pommettes hautes, sa mâchoire volontaire. L'homme qu'elle avait aimé, épousé, à qui elle avait donné trois enfants, un homme qui avait su la séduire à vingt ans mais dont elle ne voulait plus aujourd'hui.

D'un pas décidé, elle alla ouvrir la porte d'entrée alors qu'il s'apprêtait à sonner, et ils se retrouvèrent face à face.

— Bonjour Vincent, dit-elle posément.

— Bonjour...

Aucun des discours qu'il avait préparés dans l'avion ne parvint à franchir ses lèvres. Désemparé, il la détailla de la tête aux pieds jusqu'à ce qu'elle ajoute :

— Viens, il y a du café. Tu as fait bon voyage ?

Elle le précéda vers la cuisine, s'assit sur l'une des chaises de paille en lui désignant l'autre.

— Odette n'est pas là, elle a préféré nous laisser seuls mais elle m'a chargée de t'embrasser.

Vincent l'observait avec une telle insistance qu'elle se sentit obligée de lui sourire.

— Pourquoi me fixes-tu comme ça ? Tu me trouves changée ?

— Oui. Beaucoup...

La sobriété et le repos avaient rendu à Magali son teint clair et sa merveilleuse silhouette. Ses longs cheveux acajou tombaient librement sur ses épaules, ses yeux verts, étirés vers les tempes et bordés de longs cils, avaient le même éclat qu'autrefois.

— Tu es très belle, murmura-t-il.

Mais elle l'avait toujours été, même quand elle allait mal. Elle venait d'avoir trente-cinq ans, elle atteignait la maturité, la plénitude. Quelles qu'aient pu être les souffrances qu'elle lui avait infligées, il l'aimait toujours et il la désirait.

— Pourquoi as-tu systématiquement refusé de me voir ? demanda-t-il d'une voix sourde.

Il pouvait enfin lui poser la question, depuis des mois qu'il se sentait torturé par l'incertitude.

— Je n'en avais aucune envie ! Je voulais rester seule pour m'en sortir. Et réfléchir à tout ça...

— C'est-à-dire ?

Elle acheva de beurrer une tartine avant de lui répondre.

— Toi, moi, les enfants. Nos enfants. Tu m'as fait interner, j'en ai vraiment bavé, je me demandais ce que tu pouvais encore me faire.

Incapable de démentir l'accusation, il baissa les yeux pour chercher ses mots.

— Tu étais devenue un danger pour toi-même, Mag... Et pour les enfants aussi, c'est vrai. Je n'avais pas le droit de regarder ta descente aux enfers en me croisant les bras. Je ne regrette pas ton hospitalisation... forcée. La preuve, tu es guérie.

— Qu'en sais-tu ?

— Je le vois.

130

— Tu ne vois rien du tout ! Tu as juste envie de me faire l'amour, c'est ça qui crève les yeux !

La colère non plus ne l'enlaidissait pas, au contraire. Il répliqua, d'une traite :

— Oui, et alors ? Tu rendrais fou n'importe quel homme, et moi, je suis ton mari. Tu sais, Mag, je ne t'ai pas trompée, je n'ai pas touché une autre femme que toi.

— Comme c'est gentil ! Non, tu n'en as pas profité, bien sûr, tu es trop moral pour ça. Un homme modèle ! Mais je me moque de tes états d'âme, de ta chasteté ou de tes désirs, je veux qu'on parle des enfants. Que leur as-tu raconté à mon sujet ?

— Mais… rien ! Enfin, la vérité. Ce ne sont plus des bébés, on ne peut pas leur servir un conte de fées à leur âge.

— Très bien. Tu as eu raison, je suis prête à assumer mes responsabilités vis-à-vis d'eux. Me laisseras-tu les voir pour que je puisse m'expliquer moi-même ou bien as-tu déniché une loi qui m'en empêchera ?

Effaré par ce qu'elle lui assenait autant que par le ton ironique qu'elle employait, il recula sa chaise et se leva.

— Tu me prends pour qui ? se défendit-il. Un monstre ? Ce sont tes enfants et tu leur as manqué.

— Oh, je suis persuadée qu'Helen s'est occupée d'eux de la façon la plus… maternelle qui soit ! Et puis ta grand-mère, ta tante, ta cousine Marie ! Ah, elles ont dû prendre leur rôle très à cœur pour faire oublier aux chers petits que leur mère n'est qu'une ancienne souillon devenue pocharde !

Elle le vit pâlir mais n'en retira aucune satisfaction. Elle ne tenait pas à le faire souffrir, ni à se venger de lui, elle voulait seulement se débarrasser le plus vite possible de cette pénible conversation.

— Écoute-moi, reprit-elle d'un ton plus calme, je crois que nous devrions divorcer.

Il la dévisagea, incrédule.

— Magali…

— Le plus tôt sera le mieux, arrange-nous ça.

Le ton était tellement froid qu'il en devenait cynique. Il comprit que le pire allait arriver s'il ne réagissait pas.

— Attends ! s'exclama-t-il.

En deux enjambées, il contourna la table, vint s'agenouiller près d'elle.

— Tu vas trop vite, c'est stupide, tu viens juste de sortir… Il te faut du temps, ou au moins laisse-m'en. Et n'oublie pas que je t'aime.

— Tu plaisantes ?

Il lui prit la main pour embrasser le bout de ses doigts mais elle se dégagea brutalement.

— Ne me touche pas !

C'était un tel cri du cœur qu'il eut l'impression qu'elle venait de l'injurier. Lâchant sa main, il se redressa lentement. La dernière fois qu'il l'avait vue, c'était le jour de son internement, quand elle l'avait supplié de ne pas la laisser à l'hôpital, quand elle l'avait giflé, au bord de l'hystérie, avant que les infirmiers l'immobilisent. Jamais elle ne lui pardonnerait ce qu'elle considérait comme une trahison, c'était évident.

— Je crois que nous devrions réfléchir à…

— C'est tout vu ! J'ai eu des mois pour y penser, Vincent, et ma décision est prise. Rends-moi ma liberté.

Il chercha sa respiration mais secoua la tête sans pouvoir articuler un mot. Au bout de quelques instants, il retourna s'asseoir, sortit son paquet de cigarettes.

— Tu permets ? murmura-t-il.

Il attendit encore un peu avant de craquer une allumette dont la flamme trembla. La souffrance l'asphyxiait, il ne parvenait plus à rassembler ses idées. Il avait attendu si longtemps ce moment, il se l'était projeté tant de fois en pensée qu'il avait du mal à affronter la réalité. C'était le contraire de ce qu'il avait prévu qui était en train d'arriver. Il s'était promis de tout faire pour la déculpabiliser, l'aider à retrouver sa place, faciliter son retour. Prêt à s'opposer au reste du clan, il tenait assez à elle pour tenter de reconstruire leur vie ensemble. Il avait même envisagé, lorsque la solitude le rendait fou, de sacrifier sa carrière parisienne si vraiment elle l'exigeait.

— Je t'ai proposé de venir te voir des dizaines de fois et tu as toujours refusé, plaida-t-il. Je ne voulais pas te forcer, j'ai cru bien faire. Mais je n'imaginais pas que tu mettrais notre séparation à profit pour me rayer de ta vie. En arrivant aujourd'hui, j'étais comme un collégien à son premier rendez-vous. Je n'espérais pas que tu me tombes dans les bras, pourtant j'aurais adoré ça. Que tu éprouves une certaine rancune, je le comprends, mais je n'ai pas agi contre toi.

Son regard implorant avait quelque chose d'irrésistible et elle dut se contraindre pour répliquer :

— J'ai beaucoup parlé avec Alain. Il m'a aidée à voir clair.

Elle ne pouvait rien lui dire de pire. Alain était trop souvent sur son chemin, il occupait une place à laquelle Vincent n'avait même plus droit désormais : la jalousie s'ajouta au désespoir.

— Alain, encore... Décidément, il aura marqué notre histoire du début à la fin, constata-t-il amèrement.

— J'ai de la chance de l'avoir pour ami, ça m'en fait au moins un !

Énervée, elle leva les yeux vers la pendule et il surprit son mouvement.

— Tu es pressée ? Je t'ennuie ?

— Non, mais nous devons mettre certaines choses au point. Je suppose que tu exigeras la garde des enfants ?

Il n'en savait rien mais il commençait à ressentir le besoin de lui rendre coup pour coup.

— C'est probable, répondit-il d'un ton froid.

— Je ne me fais pas d'illusions, je ne pourrais pas lutter contre toi devant un tribunal, je vais donc être obligée d'accepter tes conditions... J'aurai un droit de visite ?

— Évidemment !

— Bon, alors j'aimerais trouver une maison, une toute petite maison, rassure-toi, où habiter et où les recevoir quand ils descendront ici. Est-ce que tu... Est-ce que j'aurais un peu d'aide, financièrement, au moins au début ?

Jamais elle n'avait été à l'aise pour aborder les questions d'argent, et de nouveau il se sentit bouleversé. L'émotion balaya sa colère, lui arrachant un sourire triste.

— Tu auras une pension alimentaire, je veillerai à ce que tu ne manques de rien. Tu peux acheter la maison de ton choix.

— Je ne veux pas être à ta charge pour le restant de mes jours, je vais travailler.

— Ah ? Et... que comptes-tu faire ?

— Pas des ménages, ne t'inquiète pas ! jeta-t-elle de façon agressive. Nos enfants n'auront plus jamais honte de leur mère, je te le jure. Jean-Rémi pourra peut-être m'obtenir un boulot... On doit en discuter, lui et moi, je te tiendrai au courant.

D'un geste naturel, elle rejeta ses cheveux en arrière, découvrant son cou, long et fin, sa nuque délicate. C'était toujours Magali, pourtant c'était déjà une autre femme et ce n'était plus la sienne. Il se demanda ce qu'il faisait là – et aussi pourquoi il était incapable de la contredire – tandis qu'elle poursuivait :

— Je te laisse t'occuper des démarches du divorce ? Je ne connais aucun avocat, alors… Tu peux m'écrire ou me téléphoner ici, je te préviendrai quand j'aurai trouvé un logement. Voilà…

Pour signifier que leur entretien se terminait, elle se leva. Sous le pull de coton blanc, il pouvait deviner ses seins, son petit ventre plat.

— Magali, dit-il à mi-voix. S'il te plaît…

— Non, s'il te plaît, à toi, j'ai une faveur à te demander.

Il se mit debout à son tour, aussi groggy que s'il s'était battu, très inquiet à l'idée qu'elle puisse encore ajouter quelque chose.

— Je ne souhaite pas revoir qui que ce soit de ta famille, articula-t-elle lentement. Personne, jamais. Les Morvan et les Morvan-Meyer, c'est fini pour moi, vous avez failli me casser pour de bon.

Il encaissa le choc puis riposta :

— Sauf Alain, si j'ai bien compris ?

— Oui. Il est différent. D'ailleurs, c'est lui qui récupérera mes affaires à Vallongue. Enfin, mes vêtements… Je n'ai rien d'autre à moi, n'est-ce pas ? Je n'ai fait que passer !

Instinctivement, il la prit par les épaules et essaya de l'attirer vers lui, mais elle se débattit pendant qu'il balbutiait :

— Tu es *passée* pendant quinze ans, et chaque matin où je me suis réveillé à côté de toi j'ai remercié le ciel ! Même quand tu étais au plus bas, j'avais envie de te serrer dans mes bras. Du jour où je t'ai rencontrée, je t'ai aimée par-dessus tout… Je t'avais épousée pour la vie, Magali, quelles que soient les tempêtes qu'on aurait pu traverser ensemble…

— Lâche-moi, Vincent ! Moi je ne t'aime plus, c'est fini ! Va-t'en d'ici, sors de mon existence, laisse-moi respirer ! Trouves-en une autre dont tu feras ta poupée docile, une de ton monde, une qui saura te flatter !

Elle réussit à lui faire lâcher prise, les épaules et la nuque douloureuses, puis releva les yeux vers lui. L'espace d'un instant, elle regretta ce qu'elle venait de dire et de faire. En une phrase, elle pouvait tout effacer, il était prêt à n'importe quoi pour la garder, elle le voyait bien.

— Quittons-nous   bons   amis,   dit-elle seulement.

— Quittons-nous ? répéta-t-il. Alors c'est vraiment ce que tu souhaites ?

Depuis des mois, elle se persuadait qu'il n'avait pas été sa chance mais son malheur. Ils n'étaient pas faits l'un pour l'autre, ils finiraient par se haïr s'ils commettaient la folie de vouloir se retrouver par-delà leurs différences. Le timide fils de famille qui l'avait séduite dans une voiture, un soir d'été, alors qu'elle était encore vierge, n'existait plus. À force d'être sans défauts, il la faisait douter d'elle-même, il l'empêchait d'exister.

— Au revoir Vincent, dit-elle en lui ouvrant la porte.

Il n'eut qu'une brève hésitation avant de franchir le seuil. Il était toujours très pâle et ses yeux paraissaient cernés mais elle refusa de s'attendrir. À partir de cet instant, leurs chemins divergeaient.

4

Paris, 1971

SOUS LA DIRECTION DE CLARA, qui donnait ses ordres depuis sa chambre, Marie avait organisé une réception fastueuse pour les noces de Daniel. Durant trois semaines, elle avait appelé chaque matin l'Italie afin de consulter les parents de Sofia, mais sans vraiment tenir compte de leur avis. Clara voulait marquer l'événement : elle mariait son dernier petit-fils, le plus jeune des cinq ; ce serait pour elle le chant du cygne, elle le savait.

Sofia et Daniel avaient tout accepté d'avance, enfermés rue de la Pompe où ils étaient plus occupés à se regarder dans les yeux qu'à participer au choix du traiteur ou du fleuriste. « Ta grand-mère est la personne la plus incroyable que je connaisse, je l'adore ! » affirmait la jeune femme avec son délicieux accent romain. Elle était issue d'une grande famille qui comptait plusieurs députés et un ministre, parlait couramment le français et l'anglais, possédait une maîtrise d'économie. Clara avait pavoisé en apprenant ces détails, jugeant que Sofia serait décidément une parfaite épouse pour Daniel et saurait l'aider dans sa carrière. Une chance que Vincent n'avait pas eue avec Magali.

Du fond de son lit où elle passait désormais la moitié de ses journées, la vieille dame se réjouissait avec une lucidité intacte. Charles aurait été heureux de ce mariage, ou du moins satisfait. Quelques jours avant la cérémonie, une autre bonne nouvelle était venue la combler : Gauthier lui avait annoncé que Chantal attendait un bébé. Cette perspective avait ému Clara aux larmes et, comme elle ne pleurait presque jamais, elle en avait déduit qu'elle était vraiment trop âgée pour continuer à s'occuper de sa famille. À deux reprises, elle avait donc profité des moments que Vincent passait quotidiennement avec elle pour lui parler à cœur ouvert. Elle savait que son divorce venait d'être prononcé, qu'il en souffrait encore, mais elle n'avait pas le temps de s'apitoyer sur lui. Tout ce qu'elle voulait obtenir était une promesse solennelle, un engagement à poursuivre l'œuvre pour laquelle elle avait lutté toute sa vie : son clan. « Préserve-les malgré eux, sois l'élément fédérateur, n'exclus jamais personne, et dis-toi toujours que rien ne peut remplacer une famille », lui répétait-elle sur tous les tons. Il souriait, mais c'était un discours qu'il comprenait, elle en avait la conviction.

Dans le grand salon où les invités se pressaient, Clara s'était installée à son aise sur une méridienne. À quatre-vingt-neuf ans, elle n'avait plus à se lever pour personne et attendait qu'on vienne la saluer là où elle était. Du coin de l'œil, elle observait Marie qui faisait office de maîtresse de maison, particulièrement élégante dans une robe bustier de soie ivoire, signée Yves Saint Laurent. Les après-midi passés dans les maisons de couture – à l'époque Clara se plaisait à habiller son unique petite-fille – avaient porté leurs fruits. Marie était devenue une femme de goût, autant qu'une femme de tête, et Clara s'amusait de voir tant de gens importants s'incliner devant elle. Dix-huit ans plus tôt, quand elle avait annoncé qu'elle attendait un enfant, quand elle avait provoqué ce scandale de fille mère au grand désespoir de la pauvre Madeleine, qui aurait pu croire qu'elle se réaliserait ainsi ? Aujourd'hui, ces magistrats, ces grands pontes de la médecine, ces hommes politiques qui lui baisaient la main cérémonieusement, ignoraient tous en quelle piètre estime elle tenait les hommes. Un spectacle réjouissant pour sa grand-mère qui pouvait se féliciter d'avoir su se montrer libérale.

— Un peu de champagne, Clara ?

Daniel se penchait vers elle, souriant, superbe. Elle tendit la main et saisit la coupe qu'il lui présentait. L'alcool lui était déconseillé par son médecin mais elle s'en moquait, jugeant impossible de ne pas trinquer avec le héros de la fête.

— Tu es magnifique, mon chéri ! L'habit te va très bien... Je bois à ton bonheur !

— Pour un toast pareil, tu fais cul sec ?

Elle acquiesça avec un clin d'œil et vida le verre d'un trait, ce qui la fit tousser.

— Est-ce que tu veux manger quelque chose ? s'inquiéta-t-il. Le buffet est divin...

— Alors fais-moi un petit assortiment, j'ai la tête qui tourne...

— Ta tête est la plus solide de toutes celles qui s'agitent ici, répliqua-t-il d'un ton péremptoire.

Il tenta de s'éloigner à travers la foule mais fut arrêté dix fois par des gens qui tenaient à le féliciter ou à bavarder avec lui. Au bout d'un quart d'heure, il aperçut Alain juste à côté de lui et le chargea de ravitailler leur grand-mère. La réception battait son plein, des invités arrivaient encore et Sofia était coincée dans le hall d'entrée pour les recevoir, radieuse malgré le poids de sa robe de shantung dont elle avait joliment replié la traîne autour d'elle. Il la contempla quelques secondes, sans qu'elle s'en aperçoive, muet de bonheur.

Près d'un des somptueux buffets, Alain adressa un signe au maître d'hôtel et se fit composer une assiette de canapés aux asperges, au saumon et aux noix de Saint-Jacques. Puis il rejoignit Clara à côté de laquelle il s'assit.

— Tu as toujours une bonne mémoire, mon chéri, lui lança-t-elle, tu t'es souvenu de mes goûts !

— S'il y a bien quelqu'un qu'on ne peut pas oublier, c'est toi, répondit-il en souriant.

— Mariné dans quelle huile, ce saumon à l'aneth ? La nôtre, j'espère !

Sa réflexion le bouleversa instantanément. Qu'elle ait pu dire « la nôtre » était un cadeau inestimable. L'huile d'olive A. Morvan n'était donc pas pour elle une honte mais une fierté, alors que Charles avait piqué une colère mémorable quand il avait découvert leur nom sur une étiquette alimentaire. D'un geste impulsif, il se pencha vers elle pour l'embrasser sur la joue.

— Ton parfum, c'est vraiment toi ; n'en change jamais, lui dit-il tendrement.

— À mon âge, il n'y a pas de risque ! J'use mes fonds de flacons, ce n'est plus la peine d'investir...

— Grand-mère !

— C'est très gentil à toi de prendre l'air outré, mon chéri, mais qui crois-tu abuser ?

Elle lui tapota la main puis soupira.

— Finalement, je n'ai pas faim. Mange-les... Est-ce qu'il ne fait pas affreusement chaud, ici ?

Alarmé, il l'observa attentivement. Elle était un peu rouge et semblait respirer avec difficulté.

— Veux-tu t'isoler un moment ? proposa-t-il. Te reposer ?

— Je crains qu'il n'y ait pas un seul coin tranquille dans tout le rez-de-chaussée, et ma chambre me paraît bien loin…

— S'il le faut, je te porte !

— Oh, tu en serais capable, mais non, je…

Elle s'interrompit, soudain oppressée. Devant elle, les silhouettes des invités se brouillaient, le bruit de leurs conversations s'estompait.

— Alain, chuchota-t-elle au bout d'un court moment, je ne me sens pas très bien.

C'était une phrase qu'elle n'avait jamais prononcée, en tout cas pas devant lui. Clara était *toujours* en forme et trouvait ridicule de se plaindre. Il se leva d'un bond et parcourut l'assistance du regard pour essayer de repérer Gauthier. Il l'aperçut, à l'autre bout du salon, lancé dans une discussion avec son beau-père, le Pr Mazoyer, mais trop loin d'eux. En revanche, Marie était à quelques pas, il la rejoignit aussitôt.

— Va chercher Gauthier, Clara a un malaise !

Effarée, elle jeta un coup d'œil vers la méridienne où sa grand-mère s'était un peu affaissée, puis elle s'éloigna en hâte. Alain retourna près de Clara et s'agenouilla devant elle.

— Les renforts arrivent, dit-il en s'efforçant de sourire.

— Qu'est-ce qui se passe ? interrogea Vincent que Marie avait prévenu au passage.

144

— Un petit coup de fatigue, répondit Clara d'une voix sans timbre.

Elle avait dégrafé son camée afin d'ouvrir le col de son chemisier et la broche était tombée sur sa jupe sans qu'elle cherche à la récupérer. Ses joues étaient marbrées de plaques rouges, les veines saillaient sur ses mains crispées.

— Alors, grand-mère, trop d'agapes ? lança Gauthier en arrivant près d'eux.

Un regard lui suffit pour comprendre que la situation était critique. Il saisit le poignet de Clara entre ses doigts et trouva un très mauvais pouls. L'assiette, posée à côté d'elle, était intacte. Il se détourna une seconde vers Alain et Vincent qui attendaient.

— Nous allons la transporter dans sa chambre, il faut que je l'examine...

Autour d'eux, tout le monde riait et buvait, il y avait au moins deux cents personnes qui se pressaient à travers les salons. Alain se pencha vers Clara, passa un bras dans son dos, l'autre sous ses genoux, et la souleva sans effort.

— Tu es fou ! protesta-t-elle dans un souffle. Je ne veux pas que les gens...

— Personne ne s'intéresse à nous, affirma-t-il d'un ton rassurant.

Vincent, Gauthier et Marie les entourèrent pour leur frayer un passage et les dissimuler à la vue des invités. Dans le hall, où les groupes étaient moins nombreux, Marie aperçut Cyril à qui elle fit signe de les rejoindre.

— Monte avec nous qu'on ne se fasse pas remarquer ! lui lança-t-elle.

Ils gravirent l'escalier ensemble, autour d'Alain, et gagnèrent la chambre de Clara.

— Allonge-la sur son lit, dit Gauthier en se précipitant pour arranger les oreillers derrière elle. Je n'ai aucun matériel ici, même pas un stéthoscope...

Il déboutonna davantage le corsage de soie, posa son oreille au niveau du cœur. Quand il se redressa, son visage n'exprimait rien.

— Qu'est-ce que j'ai ? lui demanda Clara qui ne le quittait pas des yeux.

— Je crois que tu nous fais un petit problème cardiaque. Ce n'est pas grave, ne t'affole pas. Je vais appeler une ambulance.

Alors qu'il s'écartait pour aller téléphoner, elle le retint par le bras.

— Il n'en est pas question ! siffla-t-elle. Tu perds la tête ? Nous sommes en pleine réception ! Tu veux gâcher le mariage de Daniel ? Tu veux que les invités s'agglutinent en haut du perron pour me voir partir sur une civière ? Moi ?

Son accès de colère la fit suffoquer mais elle ne lâcha pas Gauthier pour autant.

— Je te l'interdis, tu m'entends ? C'est moi qui décide...

Elle retomba sur les oreillers, la bouche grande ouverte pour chercher sa respiration. Puis la douleur déforma ses traits et elle laissa échapper une plainte vite réprimée. Gauthier s'assit à côté d'elle, consterné.

— Grand-mère, sois raisonnable. Je ne peux pas te laisser comme ça, je n'ai pas le droit. Tu comprends ?

— Rien du tout. Tu vas faire ce que je te dis... Je n'ai jamais eu confiance dans aucun médecin, alors toi, au moins, ne me trahis pas.

— Tu me demandes quelque chose d'impossible. Je vais te parler franchement, Clara, il y a urgence...

— Mais non ! Quelle urgence, à quatre-vingt-neuf ans ? Je sais depuis un moment que j'arrive au bout du rouleau. J'aurais aimé une journée de plus, c'est tout. Le temps que les tourtereaux partent en voyage de noces et ne voient pas ça.

Comme sa voix était à peine audible, elle essaya, sans succès, de se racler la gorge.

— Approchez-vous un peu, mes chéris, dit-elle aux autres.

Marie passa du côté de Gauthier, tandis que Vincent et Alain se retrouvaient épaule contre épaule.

— Je ne veux pas mourir dans une ambulance. Ni dans un hôpital, comme Charles.

— Tu ne vas pas mourir, protesta Gauthier.

— Oh, je serais bien la première ! répliqua-t-elle avec une petite grimace qui se voulait souriante.

Une nouvelle onde de douleur la fit suffoquer et Gauthier pensa qu'elle était en train de faire un infarctus. Mais elle s'accrochait toujours à lui, ses doigts cramponnés sur son bras comme des serres.

— Vincent, réussit-elle à articuler, tu vas prendre la suite, tu as promis...

La porte s'ouvrit à la volée, les faisant tous sursauter, et Daniel se précipita vers le lit.

— Cyril m'a dit que... Mon Dieu, qu'est-ce qu'elle a ?

— C'est toi, Daniel ? chuchota Clara. Oh, mon pauvre petit, je suis désolée...

Il s'arrêta net, atterré, considérant avec stupeur son frère et ses cousins qui semblaient incapables de bouger ou d'agir.

— On ne peut rien faire ? demanda-t-il à Gauthier.

Celui-ci secoua la tête sans répondre puis il y eut un long silence. Quand Clara rouvrit les yeux, son regard voilé se déplaça lentement de l'un à l'autre.

— Je ne vous vois plus très bien, mes chéris. Mais puisque vous êtes là tous les cinq...

Sa voix était si faible qu'ils se penchèrent en même temps vers elle comme s'ils voulaient la retenir.

— Vincent, parvint-elle encore à dire.

Le dernier spasme fut très ténu et seul Gauthier comprit que c'était fini. Les autres restèrent immobiles longtemps avant de réaliser que Clara était partie pour toujours.

⁂

Un enterrement sans Clara. L'enterrement *de* Clara. Devant le monument funéraire des Morvan, ils étaient tous les cinq hébétés, se sentant inutiles et perdus parce qu'ils n'avaient plus leur grand-mère à soutenir. Même s'ils avaient fini par admettre qu'elle ne serait pas éternelle, aucun d'entre eux ne parvenait à accepter le deuil, à admettre qu'elle avait disparu à jamais.

Le choix du caveau les avait fait longtemps hésiter. Impossible d'ignorer que Clara aurait voulu reposer près de Charles, mais celui-ci était seul dans sa tombe, de l'autre côté de l'allée, ainsi qu'il l'avait souhaité, et finalement la place de Clara était avec son mari.

Marie, Alain, Gauthier, Vincent et Daniel se tenaient très droits, les yeux rivés sur le cercueil de celle qui les avait élevés, soutenus, aimés. En la perdant, ils abandonnaient pour toujours leur jeunesse, ils en avaient douloureusement conscience. Derrière eux, Chantal et Sofia gardaient la tête basse, ainsi que tous les arrière-petits-enfants. Enfouie sous un voile de mousseline noire, Madeleine laissait parfois échapper un sanglot bruyant et sincère. Le prêtre achevait son ultime bénédiction mais ses paroles étaient incompréhensibles, emportées par le mistral qui soufflait avec une force inouïe.

Vincent se décida à bouger, esquissant un signe de croix, puis il s'éloigna de quelques pas pour recevoir les condoléances. Les allées étaient encombrées d'une foule de gens qui avaient tenu à rendre un dernier hommage à Clara et dont il allait falloir subir les marques de sympathie. Mâchoires crispées, visage fermé, Vincent essayait depuis presque deux heures de dominer son émotion. Dans l'église, il avait failli craquer à l'instant où il avait entendu les premières notes du *Pié Jesus* s'élever. Ce requiem de Gabriel Fauré, il était allé l'écouter à plusieurs reprises avec Clara, lors de toutes ces sorties où il l'avait accompagnée quand il n'était encore qu'un très jeune homme bien élevé escortant sa grand-mère. D'abord par devoir, ensuite par plaisir, car c'était elle qui lui avait fait apprécier la musique, la peinture, le théâtre. Elle qui lui avait appris comment recevoir ou comment assortir ses cravates à ses costumes. Elle qui l'avait laissé feuilleter durant des soirées entières les vieux albums où il cherchait inlassablement les photos de son père en uniforme de lieutenant.

Alain lui toucha l'épaule et il émergea de son hébétude pour serrer les mains qu'on lui tendait.

— Est-ce que ça va ? chuchota son cousin entre ses dents.

Une question banale, qu'Alain avait dû lui poser des centaines de fois par le passé, précisément dans les moments où il se sentait mal, et qui l'atteignit de façon aiguë. Il répondit en hochant la tête, incapable de prononcer un seul mot. Alain était juste à côté de lui, à sa gauche, et

Daniel venait de se glisser à sa droite. Il pensa qu'il n'allait jamais tenir jusqu'au bout de cette cérémonie, qu'il allait finir par s'écrouler pour pleurer comme un gosse.

— Dans dix minutes, c'est terminé, murmura encore Alain.

Comment pouvait-il si bien le connaître ? Et pourquoi faisait-il preuve d'une telle sollicitude alors qu'ils étaient brouillés ? Parce qu'il se sentait seul, lui aussi ? Pourtant ils n'étaient pas les plus à plaindre, ni l'un ni l'autre, car Gauthier et Chantal, qui avaient sous les yeux la sépulture de leur petit Philippe, devaient trouver ce moment insoutenable. Chantal avait beau attendre un nouvel enfant, rien ne lui ferait jamais oublier celui qui s'était noyé à cinq kilomètres de là.

Il ne restait plus que quelques personnes et Odette fut l'une des dernières à serrer Vincent contre elle, de façon brève et maladroite, en prononçant quelques phrases de circonstance. Lorsqu'il releva enfin la tête, soulagé d'être resté digne, il découvrit la silhouette de Magali, qui se tenait à l'écart. À aucun moment il n'avait remarqué sa présence, ni à l'église ni sur le chemin du cimetière, et il se reprocha de ne pas avoir songé à elle. Leur divorce l'avait tellement blessé qu'il avait essayé de la chasser de sa tête, de la pousser hors de sa vie. Depuis quelques mois, leurs échanges se bornaient à des coups de téléphone au sujet des enfants. Jamais un mot personnel, pas même à propos de cette petite maison qu'elle avait choisie à Saint-Rémy-de-Provence, qu'il avait payée sans sourciller et qu'il ne connaissait toujours pas.

Embarrassé, il fit deux pas dans sa direction, s'arrêta. Elle portait un tailleur gris, un chemisier blanc et des escarpins noirs. Ses cheveux étaient relevés en chignon mais le vent faisait voler quelques mèches rousses sur son front. Il la trouva incroyablement belle et il enfouit les mains dans ses poches, un geste qui lui rappela aussitôt Clara.

— Tu ne vas pas lui dire bonjour ? demanda Alain d'une voix cinglante.

Vincent fit volte-face pour dévisager son cousin.

— Pour une fois, ne t'en mêle pas ! répondit-il brutalement.

Aller saluer son ex-femme, la mère de ses enfants, oui, c'était la moindre des choses, mais comment l'aborder ? La soudaine agressivité d'Alain n'arrangeait rien, les remettait au contraire sur le terrain d'une rivalité absurde. Il haussa les épaules avant de se diriger vers Magali sans savoir ce qu'il allait lui dire.

— Je te remercie d'être venue, marmonna-t-il en se penchant vers elle.

Il se contenta d'effleurer sa joue ; toutefois il eut le temps d'apprécier la douceur de sa peau, de respirer son parfum.

— Je n'aimais pas beaucoup Clara, pour des raisons personnelles, mais c'était une femme

152

extraordinaire, on ne pouvait que l'admirer, répondit-elle très vite.

La phrase semblait préparée d'avance, artificielle. Qui la lui avait soufflée ? Alain ? Jean-Rémi ?

— J'inviterais bien les enfants à dîner ce soir, ajouta-t-elle. Si ça peut leur changer les idées... Leurs cousins sont aussi les bienvenus, naturellement.

Dérouté par l'assurance dont elle faisait preuve, il acquiesça d'un signe de tête. Elle le regardait droit dans les yeux, avec une froideur qui le mettait très mal à l'aise. Jamais il n'aurait pu imaginer qu'ils se tiendraient un jour dans ce cimetière comme deux étrangers, ne s'adressant la parole que pour régler quelques détails d'emploi du temps.

— Veux-tu que je les dépose chez toi ? proposa-t-il.

— Ne te donne pas cette peine. Je viendrai les chercher vers sept heures, qu'ils m'appellent d'ici là pour me dire combien ils seront.

Sans prendre congé de lui, elle se détourna et s'éloigna. Elle était assez perspicace pour avoir deviné sa curiosité, mais apparemment elle refusait d'en tenir compte et ne souhaitait pas le voir approcher de chez elle. Après tout, il s'était comporté jusqu'à présent avec une telle discrétion qu'elle pouvait le soupçonner d'indifférence. Il n'avait posé aucune question, chez le notaire, le jour où elle avait signé l'achat de la maison, se bornant juste à faire établir l'acte de propriété à son nom à elle – pourtant il avait vécu là l'un des plus mauvais moments de son existence. En la quittant, sur le trottoir, il aurait donné n'importe quoi pour qu'elle lui parle, ou au moins pour qu'elle le regarde, mais elle l'avait ignoré jusqu'au bout. Ensuite, il lui avait viré une somme importante afin qu'elle puisse effectuer quelques travaux indispensables et s'installer à son goût ; néanmoins, par pudeur, il n'avait jamais manifesté le désir d'en savoir davantage. C'était Tiphaine, compatissante, qui avait fini par décrire l'endroit à son père. Sur un boulevard ombragé de platanes, il s'agissait d'une maison étroite et haute, avec une façade ocre, un toit de tuiles, des volets verts. Il n'avait pas d'autres détails.

Relevant la tête, il constata que les allées étaient à présent désertes. La famille devait l'attendre sur le parking du cimetière, personne n'ayant osé interrompre son bref échange avec Magali. Au loin, les employés des pompes funèbres étaient toujours groupés près du caveau et patientaient tout en lui jetant des coups d'œil agacés. Quand il se détourna, une rafale de mistral fit voler sa cravate noire qui le gifla. Il la remit en place puis se hâta vers la grille, de nouveau submergé par le chagrin d'avoir perdu Clara, et en proie à une sensation de solitude aiguë.

**

154

Avec des gestes d'une douceur presque maternelle, Sofia caressait les cheveux de Daniel. Assis à côté d'elle sur l'un des canapés, il avait appuyé sa tête contre son épaule, en signe d'abandon, comme s'il avait un infini besoin de consolation. Gauthier et Chantal leur faisaient face, dans une position à peu près semblable, mais là c'était Chantal qui se reposait dans les bras de Gauthier, épuisée par l'enterrement et par sa prochaine maternité. Tandis que Marie avait pris place dans un fauteuil, où elle se tenait très droite, Alain était resté debout près d'une fenêtre, affichant un comportement d'invité qui exaspérait Vincent.

— Tu peux t'asseoir ! lança-t-il à son cousin. Tu es chez toi autant que nous…

L'allusion au testament de Clara était délibérée et il en profita pour enchaîner :

— D'ailleurs, nous voilà tous copropriétaires de cette maison et du parc. Toi, tu as déjà les terres.

— Est-ce que ça te gêne ? répliqua Alain d'une voix dure.

— Absolument pas. Ton exploitation est un modèle du genre, qui flattait beaucoup grand-mère.

Alain baissa les yeux, brusquement embarrassé. Dix ans plus tôt, il avait tellement dû se défendre contre les attaques de Charles qu'il était toujours à vif dès qu'on parlait de l'huile Morvan. Cependant il n'y avait eu aucune trace d'ironie dans la phrase de Vincent, qui ne faisait que constater une évidence.

— Marie et moi connaissons les termes de son testament, poursuivit-il. Elle nous en a offert la primeur quand elle l'a établi, sans doute parce que nous sommes des… spécialistes de la loi. Depuis la mort de Castex, elle n'avait plus vraiment confiance dans les notaires. En résumé, c'est simple, elle n'a manifesté aucune préférence, nous héritons tous les cinq.

Agacé par le ton docte qu'employait son cousin, Alain intervint de nouveau.

— Il y a eu cette donation qu'elle m'a faite de la bergerie…

Empêchant Vincent de répondre, Gauthier soupira :

— Oui, et alors ?

Un silence contraint plana sur eux jusqu'à ce que Marie prenne la parole.

— En ce qui me concerne, je suis légataire de ses bijoux, et je ne pense pas que ça vous ennuie, les garçons ?

Daniel esquissa un sourire, amusé par le tour que prenait la discussion. Il avait remarqué que Vincent s'était empressé d'annoncer que leur grand-mère n'avait marqué aucune préférence. Sinon il se serait retrouvé en première ligne, évidemment ! Il avait été le chouchou de Clara comme Gauthier celui de Madeleine, des positions peu enviables au bout du compte. Pour sa part, il se félicitait de n'avoir bénéficié d'aucun favoritisme. Il était le cadet des cinq et n'avait souffert de rien, il aimait son frère et ses cousins sans se poser de question.

— Que va devenir l'avenue de Malakoff ? interrogea-t-il pour les détourner de Vallongue, qui allait forcément dégénérer en sujet de dispute.

— Il faut y réfléchir et nous décider ensemble. On peut le vendre et se servir de l'argent pour payer les droits de succession, suggéra Vincent.

— Vendre ?

Contrarié par cette perspective, Daniel se redressa dans son canapé, s'écartant de Sofia.

— Bon sang ! Aucun d'entre nous n'est dans la misère, que je sache ! Pourquoi ne pas le garder ? Vous pourriez continuer de l'habiter, Marie et toi, et nous payer une sorte de… loyer, en attendant.

— En attendant quoi ? s'enquit Vincent. Nos enfants grandissent, ils partiront un jour. Tu ne nous imagines pas à deux là-dedans ? Et puis…

Il chercha à croiser le regard d'Alain mais celui-ci était toujours debout près de la fenêtre, fixant obstinément le tapis. À contrecœur, il acheva :

— Ta solution n'arrange pas Alain, je suppose.

Pris au dépourvu, son cousin leva la tête, hésita, finit par hausser les épaules.

— Faites ce que vous voulez, je m'en fous, je ne tiens pas à parler d'argent aujourd'hui.

Il traversa la pièce pour sortir mais Marie quitta son fauteuil d'un bond, lui barrant le passage.

— Ah, non, c'est trop facile, reste là ! Cette discussion, il faudra bien que nous l'ayons. Tu n'as aucune raison de ne pas récupérer ta part. Tu en as peut-être besoin pour investir dans l'exploitation ? Autant que tu nous le dises maintenant...

Marie l'aimait sincèrement, il le savait, pourtant il eut envie de l'écarter de son chemin sans ménagement.

— Clara s'est montrée très généreuse avec moi, répliqua-t-il. Elle a payé ma première voiture d'occasion, mon premier broyeur, ma première centrifugeuse. Quand elle a vu ce que j'en avais fait, elle m'a donné les oliviers. Elle a même pris parti pour moi contre son fils chéri !

— C'est de mon père que tu parles ? lui lança Vincent, furieux.

— De qui d'autre, à ton avis ? Pas du mien, en tout cas, je ne crois pas qu'elle l'ait beaucoup aimé.

Chacun à un bout du salon, ils se défiaient du regard et les autres n'existaient plus. C'était bien entre eux deux que le contentieux restait le plus lourd. Alain reprit, d'un ton tranchant :

— Quand ton père m'obligeait à lui écrire pour rendre des comptes, Clara me téléphonait pour prendre des nouvelles. Quand il fracassait de rage mes bouteilles d'huile d'olive, elle les montrait fièrement à ses amies. Je n'ai aucune considération pour lui mais tout le respect possible pour sa mémoire à elle. Si vous croyez qu'elle aurait été heureuse de nous voir conserver l'avenue de

Malakoff, je m'incline volontiers. Et, puisqu'elle tenait à ce que nous gardions la propriété de Vallongue, on va la garder. Mais Dieu merci, rien ne m'oblige à y cohabiter avec vous !

D'un geste ferme, il repoussa Marie puis sortit en claquant violemment la porte. Vincent réagit aussitôt, hors de lui, et traversa la pièce en trois enjambées pour se lancer à sa poursuite. Il le rattrapa sur le perron où il le saisit par le col de sa chemise.

— Qu'est-ce qui te prend ? Tu as vraiment besoin de mêler mon père à une conversation sur la succession de Clara ? Je ne veux pas t'entendre parler de lui, c'est clair ? Ou alors je vais te dire ce que je pense du tien !

Ils étaient aussi grands l'un que l'autre, aussi minces, avec un indiscutable air de famille, et la même colère les habitait.

— Essaye, articula Alain. Dis un seul mot...Vas-y, je t'écoute...

La menace était assez évidente pour que Vincent le lâche puis recule. Dans leur enfance, quand Alain disait : « Tu sais, ton père ! » en levant les yeux au ciel, Vincent répliquait : « Oui, mais ta mère ! », et ils riaient ensemble de l'intransigeance de Charles comme de la sottise de Madeleine. Solidaires contre le monde des adultes, complices, heureux. Désormais, c'était difficile à croire.

— Alors ? insista Alain. Tu te décides ?

Peut-être avait-il envie de se battre, de vider l'abcès ; toutefois Vincent, qui n'était pas décidé à le suivre sur cette pente dangereuse, secoua la tête en silence.

— Non, vraiment ? Au pied du mur, tu renonces ? Tu veux peut-être que je le fasse pour toi ? Tu vas me dire que je suis le fils d'un salaud, c'est à peu près ça ? Mais Charles représente quoi pour toi, un modèle de héros ou un assassin qui a agi de sang-froid ? Je te rappelle qu'on est logés à la même enseigne et qu'on pourrait se tenir la main pour vomir sur leurs tombes à tous les deux !

— Arrête ! Arrête...

Le passé venait de resurgir entre eux avec une telle force que Vincent se sentait soudain prêt à n'importe quoi pour faire taire Alain. Il pensa aux carnets écrits par sa mère pendant la guerre, à ces dizaines de pages couvertes de son écriture élégante et qui racontaient des horreurs sans nom. Un récit dont ils avaient pris connaissance tous ensemble, écœurés, anéantis.

— Mon père s'est vengé, gronda-t-il, j'en aurais fait autant à sa place.

— Toi ? Tu serais capable de tirer une balle dans la tête de Daniel, tu es sûr ?

— Oui ! S'il avait envoyé ma femme et ma fille à la mort, mille fois oui !

— Tu dis n'importe quoi. Ta femme, tu la méprises, tu l'as jetée comme un mouchoir en papier. Tu es lâche et tu n'aimes personne. De Charles tu n'as que l'arrogance...

Alain fit volte-face, sachant qu'il était allé trop loin, et dévala les marches du perron, fuyant une bagarre dont il ne voulait plus. Affronter Vincent était pour lui à la fois un soulagement et une douleur, au point qu'il avait du mal à retrouver son souffle. Depuis longtemps, ils auraient dû s'expliquer, ne pas en arriver là. Quel démon l'avait poussé à une pareille provocation ? Le chagrin intense et lancinant qu'il ressentait depuis le décès de Clara ? Ou seulement le besoin absurde de se justifier ?

Au bout de l'allée, il s'arrêta une seconde pour s'appuyer contre un arbre. Il jeta un coup d'œil derrière lui et vit, en haut des marches du perron, la silhouette de Vincent qui était toujours immobile. En le traitant de lâche, il était certain de l'avoir blessé de façon durable. Bien davantage qu'en accusant Charles puisque, évidemment, c'était Édouard le plus ignoble des deux, personne ne pouvait l'ignorer, surtout pas ses enfants.

— Un monstre et une idiote, j'ai eu des parents formidables...

Chaque fois qu'il y pensait, il se sentait envahi de dégoût. Comment Marie et Gauthier pouvaient-ils supporter leurs origines sans broncher ?

— Oh, Clara ! Clara, tu vas nous manquer...

Il l'avait dit tout bas et sa voix avait tremblé sur le prénom. Pourquoi parler d'argent alors que le ciment du caveau n'était pas encore sec ? En ce qui concernait Vallongue, il connaissait la position de sa grand-mère depuis toujours. Elle avait aimé la propriété presque autant que lui et s'était débrouillée pour qu'aucun de ses petits-enfants ne puisse y échapper tout à fait. Tant mieux. Lui non plus ne pourrait jamais supporter de voir des étrangers s'y installer. Au pire, il était prêt à habiter sa bergerie et à arpenter ses terres sans jamais franchir la grille du parc, mais à condition de savoir que seuls des Morvan avaient le droit d'ouvrir les volets bleus.

Il possédait donc le sens de la famille, la notion du clan ? La vieille dame avait réussi à le lui inculquer sans qu'il s'en aperçoive ? D'un mouvement rageur, il se tourna carrément vers la maison. Vincent avait disparu et il se demanda dans combien de temps il le reverrait. Parviendrait-il à l'éviter jusqu'à la fin de ses jours ? La tête basse, il poussa du pied un caillou. Sa volonté ne lui servirait à rien tant qu'il refuserait de regarder la vérité en face, une réalité que Jean-Rémi lui avait laissé entrevoir et qu'il redoutait par-dessus tout.

**

Cyril et Virgile furent les premiers à réagir en s'écartant de la façade contre laquelle ils étaient restés plaqués tous les six sans bouger, retenant leur respiration. Léa et Tiphaine se tenaient toujours la main, cramponnées l'une à l'autre avec un air hagard.

Une demi-heure plus tôt, Magali les avait ramenés, entassés dans sa petite voiture comme des sardines pour ne pas faire deux voyages, et ils avaient hurlé à tue-tête des chansons de Claude François tout le long de la route. Alors qu'ils pénétraient dans le vestibule de la maison, ils avaient perçu des éclats de voix en provenance du salon et ils étaient ressortis sur la pointe des pieds pour aller jouer dans le parc en attendant que leurs parents respectifs se calment. Mais ils étaient à peine parvenus en bas des marches que la sortie furieuse d'Alain les avait fait se précipiter sous la balustrade du perron. Là, ils avaient tout entendu.

— C'est quoi, cette histoire ? finit par marmonner Cyril.

Jamais il n'aurait cru Alain capable de s'exprimer avec une telle violence.

— Aucune idée, répondit Virgile, laconique.

Il se sentait tout aussi choqué que Cyril mais ne voulait pas le montrer.

— J'ai eu peur qu'ils finissent par se taper dessus, dit Tiphaine dans un souffle.

Quand Alain avait insulté son père, l'accusant de lâcheté et d'arrogance, elle s'était raccrochée à Léa, sur le point de se mettre à pleurer et de trahir ainsi leur présence. Elle croisa le regard tendre que Cyril posait sur elle et se sentit un peu réconfortée.

— Il s'agit de nos grands-pères, ce serait bien qu'on arrive à comprendre quelque chose ! lança Léa.

La nuit tombait peu à peu sur le parc et le mistral n'avait pas désarmé depuis le matin. Ensemble, les deux jeunes filles frissonnèrent.

— Le moins qu'on puisse dire, c'est qu'il y a des cadavres dans les placards ! s'exclama Lucas.

Il n'avait que treize ans mais il n'avait pas perdu une miette des phrases échangées sur le perron par les deux hommes en colère. Plus bas, il ajouta :

— Vomir sur leurs tombes, rien que ça…

— Le plus simple serait peut-être de leur poser la question, suggéra Virgile.

— À qui ? riposta Cyril.

Pour sa part il ne se sentait pas le courage d'aller interroger sa mère, et il doutait que Virgile puisse trouver le culot d'en parler à son père. Quant à Alain, qui était leur dieu, ils venaient de le découvrir sous un jour nouveau, plutôt inquiétant.

— Qui a tué qui ? demanda Paul.

De nouveau ils se turent, conscients qu'ils n'auraient pas dû se trouver là ou en tout cas pas se cacher.

— J'ai toujours pensé qu'ils nous dissimulaient des tas de trucs, lâcha Virgile avec une assurance qu'il était loin de ressentir. L'antipathie entre papa et Alain, personne ne me l'a jamais expliquée mais, quand tu les vois ensemble, tu comprends qu'il y a anguille sous roche ! En fait, je croyais que… que…

Il se sentit incapable d'achever, d'avouer qu'il avait soupçonné sa mère et Alain d'être plus que des amis, et d'avoir espéré que ce soit vrai.

— Tout ça ne me dit pas qui est mort, insista Paul. Mon grand-père à moi, il s'est suicidé, et le vôtre a été renversé par un autobus… C'est pas ça ?

Ils se tournèrent tous vers lui, perplexes. Les propos qu'ils avaient surpris étaient vraiment incompréhensibles pour eux. Jusque-là, ils ne s'étaient pas beaucoup intéressés aux vieilles histoires de la famille. La déportation de Judith avec sa fillette, leur décès en camp de concentration, puis le calvaire enduré par Charles à son retour de la guerre faisaient partie intégrante du passé des Morvan, mais rien dans cet épisode tragique n'expliquait les propos échangés par Vincent et Alain.

— Bon, trancha Virgile, à seize ans, je ne veux pas qu'on me prenne encore pour un gamin. Il suffit de demander à maman ; elle est en dehors de tout ça mais elle doit connaître la réponse.

— Elle ne te dira rien, et fiche-lui la paix ! s'écria Tiphaine.

Le divorce de ses parents l'avait bouleversée et elle savait très bien que sa mère ne voulait plus qu'on parle devant elle des Morvan-Meyer ou des Morvan.

— Oh si, tu verras ! affirma son frère. Elle est moins coincée que papa, et à mon avis elle n'en a plus rien à foutre de toutes leurs salades !

— Papa n'est pas…

— Si. Monsieur le juge est très, très chiant.

— Virgile !

— Quoi ? Libère-toi un peu, ma puce ! Ne me dis pas que tu le trouves rigolo ?

Par jeu, il bouscula sa sœur qui faillit tomber, mais le bras secourable de Cyril la retint.

— Ah, ton chevalier servant est là, scout toujours prêt !

Il voulait plaisanter mais il vit Tiphaine rougir jusqu'aux yeux et il la dévisagea avec stupeur.

— C'était pour rire, Tif…

— Ne m'appelle pas comme ça ! hurla-t-elle, folle de rage.

À cet instant, les lanternes s'allumèrent, juste au-dessus d'eux, éclairant brusquement la façade, et la voix de Marie les cloua sur place.

— Qu'est-ce que vous avez à crier ? Vous feriez mieux d'aller vous coucher, il est tard.

Sa silhouette se découpait sur le perron mais son visage restait dans l'ombre. Cyril s'écarta prudemment de Tiphaine avant de répondre à sa mère.

— On y va dans cinq minutes. Bonsoir, maman.

Au lieu de disparaître, Marie descendit vers eux.

— Pas dans cinq minutes, non, vous rentrez tout de suite. Je vais fermer les verrous… C'était bien, votre soirée ?

Elle alternait l'autorité et la diplomatie avec un art consommé et n'aurait pas supporté que ses enfants, son neveu, ou même leurs cousins répliquent. En fait, ils avaient tous pris l'habitude de s'entendre appeler cousins, même s'ils ne l'étaient qu'au second degré, car depuis toujours les membres de la famille les englobaient dans un groupe unique, celui des enfants.

Exaspéré de ne pas être traité en adulte, Virgile se permit un petit rire dédaigneux.

— Un jour ou l'autre, tu finiras bien par t'apercevoir que nous avons grandi, Marie…

Il s'était arrêté à côté d'elle, tandis que les autres s'engouffraient dans la maison, et effectivement il mesurait une bonne tête de plus qu'elle. Avec un sourire froid, elle leva les yeux sur lui.

— Ne t'inquiète pas, j'avais remarqué… Tu es d'ailleurs tellement grand et fort que tu seras gentil de mettre les barres de fer aux volets, ton père a oublié de le faire. Merci, mon chéri.

Du regard, elle le mettait au défi de protester et il n'osa pas.

Avec une lenteur calculée, Cyril caressait le dos de Tiphaine. Parti de la nuque, il massait maintenant le creux de ses reins et elle ne pouvait pas s'empêcher de tressaillir chaque fois qu'il s'aventurait un peu plus bas. À Vallongue comme à Paris, il y avait des mois qu'il venait la rejoindre juste avant l'aube, se glissait en silence dans son lit, la prenait dans ses bras. Au début, vraiment effrayée, elle n'avait rien accepté d'autre que rester collée à lui sans bouger. Puis elle avait découvert qu'il avait aussi peur qu'elle. De nuit en nuit, la crainte et la culpabilité avaient reculé devant le désir qu'ils éprouvaient l'un pour l'autre et qu'ils s'étaient mis à explorer pas à pas.

Cyril avait dix-sept ans mais aucune expérience, et ce n'était pas à Virgile qu'il pouvait aller demander des conseils. Alain, à qui il avait osé poser quelques timides questions, s'était contenté de sourire en affirmant que la tendresse, la douceur et la patience constituaient d'assez bonnes qualités pour un début avec les filles. Même s'il brûlait de se confier à son oncle, Cyril s'était retenu de faire allusion à Tiphaine. Après tout, elle n'avait pas encore quinze ans et il était plus sage de se taire.

À présent, il effleurait l'intérieur de ses cuisses, là où la peau était d'une incroyable douceur. Délibérément, elle déplaça ses jambes pour l'inviter à continuer. Le plaisir allait arriver, elle le sentait déjà monter, et elle ne tarderait plus à étouffer ses gémissements dans l'oreiller.

— Cyril, soupira-t-elle.

Tout à l'heure, quand elle serait apaisée, elle s'aventurerait à le caresser à son tour, elle adorait ça. Le sentir vibrer, grincer des dents puis se tendre comme un arc lui donnait l'impression de posséder un pouvoir extraordinaire. Bien sûr, ils n'allumaient jamais la lumière et prenaient bien garde de ne faire aucun bruit, mais cette découverte du corps de l'autre, effectuée à tâtons, les rendait fous tous les deux.

— Attends un peu, chuchota-t-il.

Il la retourna avec précaution, comme une poupée fragile, pour la mettre sur le dos. Du bout de la langue, il commença à lécher ses seins l'un après l'autre, en prenant tout son temps. Lorsqu'il l'entendit respirer plus vite, il lui écarta doucement les genoux et fit remonter sa main jusqu'au sexe. Au lieu de se défendre, elle s'ouvrit sous ses doigts. Il l'avait amenée à un point d'excitation intense, qu'elle n'allait bientôt plus pouvoir contrôler, et dont il était chaque fois très fier.

— J'ai envie d'essayer, murmura-t-il. Tu veux ?

À trois reprises, durant ces dernières semaines, il avait tenté de la pénétrer mais elle s'était dérobée, surprise par la douleur. Peu importait à Cyril, il avait la vie devant lui, il était prêt à y consacrer toutes ses nuits, à recommencer jusqu'à ce qu'elle l'accepte et qu'elle en soit heureuse.

— Je ne te ferai pas mal, je te le promets...

Il avait fini par comprendre qu'il existait un moment précis dont il devait profiter, avant qu'elle n'atteigne la jouissance et tant qu'elle en mourait d'envie. Son désir à lui était devenu douloureux mais il s'en moquait et il se contraignit à patienter, tendu au-dessus d'elle, jusqu'à ce qu'elle vienne à sa rencontre. Quand il commença à s'enfoncer en elle, sans qu'elle le repousse, il réalisa qu'il était en train de devenir son amant et cette idée le fit chavirer. Il essaya désespérément de résister encore, pour la ménager, mais c'était trop tard.

Stupéfaite, Marie détailla avec attention le visage de son interlocuteur puis elle baissa les yeux sur la carte de visite épinglée au dossier. Si le nom n'avait rien évoqué pour elle jusque-là, en revanche le prénom, une fois associé aux traits de l'homme assis devant elle, lui redevenait affreusement familier.

— Je crois que ça fait un bail, dit-il d'une voix chaleureuse.

Laissant son regard errer sur le bureau, elle cherchait quelque chose à quoi se raccrocher. Le bureau de Charles. Sur lequel son oncle avait travaillé tant de nuits à construire ses célèbres plaidoiries. Dont elle n'avait changé ni le sous-main ni la pendulette, mais qui soudain ne l'inspirait plus.

— Et je suis très heureux de te revoir, poursuivit Hervé. J'ai suivi ta carrière, de loin... Difficile de ne pas entendre parler des Morvan-Meyer au Palais !

170

Il souriait gentiment, un peu inquiet de son silence, mais elle ne savait toujours pas quoi dire.

— Tu n'as pas beaucoup changé, tu es aussi jolie que dans mon souvenir.

Une phrase de politesse, qu'il avait dû se sentir obligé de prononcer et qui fit enfin relever la tête de Marie.

— N'exagère pas, nous avons tous pris quinze ans ! répliqua-t-elle de façon trop sèche.

Elle se souvenait très bien de lui maintenant. À l'époque, elle ne l'avait pas choisi par hasard mais justement parce qu'il avait de beaux yeux bleus, une allure de sportif et d'excellents résultats aux examens. C'étaient alors ses critères de sélection pour qu'un homme ait le droit de partager son lit. Depuis, Hervé n'avait pas grossi, son regard était resté charmeur et son palmarès professionnel, qu'elle avait étudié longuement, était assez impressionnant. Un excellent avocat, voilà ce qu'était devenu le bon élève d'autrefois.

— Célibataire, je vois, articula-t-elle en ouvrant le dossier.

— Divorcé.

— Et sans enfant…

Une complète catastrophe. Si encore il avait été marié, avec une ribambelle de bébés pendus à ses basques, elle se serait sentie un peu soulagée.

— Oui, hélas, confirma-t-il. Mais je suppose que ça représente un atout supplémentaire pour entrer chez vous. Je sais que vous êtes plutôt intransigeants avec les candidats et qu'il vaut mieux être disponible si on veut travailler ici !

Il souriait, plein d'espoir. S'était-il imaginé que leur ancienne aventure aurait une quelconque incidence sur la décision qu'elle prendrait ? Personne n'ignorait que, en dernier ressort, c'était elle qui tranchait pour tout ce qui touchait au légendaire cabinet Morvan-Meyer. D'ailleurs, elle occupait le bureau du fondateur, ce n'était pas par hasard.

— En ce qui concerne les capitaux, ajouta-t-il, il n'y a aucun problème, mon banquier m'a établi toutes les garanties exigées.

— Très bien…, dit-elle en faisant semblant de feuilleter les divers papiers étalés devant elle.

Pas question qu'il devienne associé ici. Ni qu'elle le croise chaque matin. Et encore moins qu'il puisse apercevoir un jour Léa.

— Écoute, Hervé, je ne peux pas me décider aujourd'hui, je dois prendre conseil auprès des autres membres du groupe.

Cette fois, elle planta son regard dans le sien sans ciller. Elle n'éprouvait ni regrets ni remords, mais une peur diffuse lui nouait l'estomac.

— Naturellement, s'empressa-t-il d'affirmer. Est-ce qu'au moins je peux t'inviter à déjeuner pour que nous refassions connaissance ?

— Non, désolée, j'ai plein de rendez-vous.

Plus elle l'observait, mieux elle cernait le problème. C'était d'une désespérante évidence : Léa ressemblait à cet homme trait pour trait.

— Fixons un jour, insista-t-il sans se vexer. Demain ? Après-demain ?

D'un mouvement souple, elle se leva, contourna le bureau.

— Je t'appellerai, dit-elle très vite. Ton numéro est dans le dossier ? Alors, c'est parfait ! Maintenant, si tu veux bien m'excuser…

Elle se laissa embrasser sur les joues puis le reconduisit jusqu'à la double porte capitonnée.

— À bientôt, Hervé.

À peine seule, elle poussa un long soupir de soulagement. Il lui suffisait de dicter dès ce matin une lettre de refus circonstanciée. Elle pouvait inventer des arguments, s'abriter derrière n'importe quel associé du cabinet pour justifier sa décision. Et donner des ordres pour qu'on ne le lui passe jamais au téléphone ! Toutefois elle restait à la merci d'une rencontre. Ils avaient déjà dû se croiser dans les couloirs du Palais sans qu'elle le reconnaisse. Était-elle indifférente au point d'avoir oublié le père de Léa ? Et celui de Cyril, à quoi ressemblait-il aujourd'hui et qu'était-il devenu ? Elle n'avait jamais songé à s'y intéresser, elle les avait purement et simplement oubliés. Un jour prochain, son fils et sa fille poseraient des questions, c'était inévitable, mais les réponses qu'elle avait préparées n'incluaient aucun Hervé et aucun, comment donc, déjà ? Sourcils froncés, elle fit un effort de réflexion et le prénom lui revint presque aussitôt.

— Étienne, dit-elle à mi-voix.

Un autre étudiant charmant, bien sous tous rapports. À trois ans d'écart, elle avait utilisé le même stratagème avec l'un et l'autre. Une aventure brève, quinze jours de passion sous les draps, en calculant la date de ses règles, celle de l'ovulation, mais aussi celle des examens de fin d'année. Des grossesses planifiées, délibérées, avec deux beaux mâles pour lesquels elle n'avait éprouvé qu'une sympathie passagère. Deux garçons qu'elle n'avait présentés à personne, surtout pas à Charles. Parce que c'était un homme comme lui qu'elle voulait trouver, qu'elle avait désiré de toutes ses forces, et qu'elle n'avait jamais rencontré. Les autres étaient tous trop jeunes pour compter, insignifiants, transparents.

« J'ai suivi ta carrière de loin. » Qu'est-ce que ça signifiait exactement ? Hervé savait-il qu'elle avait deux enfants naturels ? Possédait-il une assez bonne mémoire pour établir le rapprochement ? Elle n'avait pas la prétention de l'avoir marqué à ce point, mais elle ne voulait pas commettre la moindre erreur.

À présent, l'angoisse ne la lâcherait plus, il fallait qu'elle en parle à quelqu'un. Elle regagna le bureau pour appuyer sur le bouton de l'interphone.

— Je veux joindre le juge Morvan-Meyer au plus vite, annonça-t-elle à sa secrétaire. Il doit être au Palais, tâchez de le trouver et passez-le-moi, c'est important.

Vincent parviendrait à la rassurer, il était le seul à qui elle avait envie de se confier. Alain était trop loin – et surtout trop braqué contre toute la famille –, quant à Gauthier, elle ne se sentait pas assez proche de lui.

— J'ai monsieur le juge en ligne, maître, avertit la voix de la secrétaire.

Elle décrocha le téléphone tellement vite qu'elle faillit le faire tomber.

— Vincent ? Oh, que je suis contente de t'entendre ! J'avais peur que tu ne sois en train de siéger, je... J'ai un gros problème...

— À ton cabinet ?

— Non, un truc personnel qui ne concerne que moi.

— Et c'est grave ? s'inquiéta son cousin avec sa gentillesse habituelle.

— Disons que ça pourrait le devenir. Tu es libre pour déjeuner ?

— Je vais me libérer. Je te retrouve quai des Grands-Augustins, dans notre restaurant, mais pas avant treize heures trente. Réserve une table.

Une soudaine envie de pleurer prit Marie au dépourvu. Elle fut obligée d'avaler sa salive plusieurs fois avant de pouvoir répondre :

— Tu es le plus chic type que je connaisse.

Elle perçut son rire puis il coupa la communication.

**

Sur le seuil du boudoir, Vincent n'osait pas avancer. Il avait trouvé l'interrupteur à tâtons et le lustre éclairait la pièce de manière crue. Bien davantage que sa chambre, cet endroit recelait encore la présence de Clara, peut-être grâce à la délicatesse d'Helen, qui avait disposé des bouquets de fleurs fraîches, comme du vivant de la vieille dame.

Le chintz pastel des petits canapés anglais offrait des reflets brillants sous la lumière. Assise le dos bien droit, sa grand-mère s'était tenue là presque chaque après-midi de sa vie. Au contraire de Madeleine qui brodait sempiternellement dans le petit salon du rez-de-chaussée, jamais Clara n'avait d'ouvrage de couture entre les mains. Elle préférait bavarder, rire, poser des questions. Ou bien elle recevait des amies, téléphonait, donnait des ordres à son personnel, regardait une pièce de théâtre à la télévision. D'ici, elle avait dirigé comme d'une timonerie cette maison qu'elle appelait son navire.

Il avança de quelques pas et finit par s'asseoir sur un gros pouf. Sa place de jeune homme quand il feuilletait les vieux albums de photos. Quand il voulait savoir comment s'habiller pour l'accompagner à la Comédie-Française. Et aussi chaque vendredi soir, quand il ramenait son carnet de notes, toujours inquiet à l'idée de le faire signer à son père. Alors que Daniel obtenait des résultats éblouissants sans effort, lui devait se battre dans chaque matière, y consacrer des nuits entières.

Adolescent, il avait vraiment travaillé comme un fou pour être toujours dans les premiers de sa classe. Alain ne fichait rien, il se moquait de tout ce qui n'était pas son but unique : Vallongue.

À l'idée que sa grand-mère ne serait plus jamais là, Vincent faillit se mettre à pleurer. Mais non, il n'avait pas versé une seule larme jusque-là, il n'allait pas commencer maintenant. D'ailleurs, Clara ne pleurait pas souvent, elle avait su montrer l'exemple. Charles lui-même ne s'autorisait jamais un moment d'émotion. Leur dignité à tous les deux le condamnait à rester digne à son tour, à ne pas faillir s'il voulait leur succéder.

Un sourire amer accentua une ride au coin de ses lèvres. Prendre la tête du clan ? Même si Clara avait souhaité que ce soit lui, les autres ne seraient pas forcément de cet avis. Chacun pouvait très bien se débrouiller dans son coin, en particulier Alain qui avait manifesté son agressivité comme son indépendance le jour de l'enterrement. En revanche, Marie s'était adressée à lui, affolée par la visite de cet Hervé Renaud, persuadée que seul Vincent saurait l'aider. Gauthier l'avait aussi appelé, la veille au soir, pour lui annoncer, d'une voix terriblement émue, la naissance de son fils prénommé Pierre. C'est à Vincent qu'il voulait le dire d'abord, avant ses beaux-parents, avant quiconque. Le bébé, qui arrivait quatre ans après le décès de Philippe, représentait une sorte de revanche sur le destin, un défi à la mort. Gauthier espérait que leur fils Paul allait se sentir très concerné par ce nouveau petit frère, peut-être même soulagé d'avoir une responsabilité de « grand » à exercer, comme par le passé. Il avait parlé longtemps, il semblait à la fois heureux et triste. Avant de raccrocher, il avait demandé à Vincent de s'occuper de tout au mieux. Tout quoi ? Les affaires de la famille, justement. Et Daniel, qui nageait dans le bonheur avec Sofia, trouvait normal que son grand frère décide. Madeleine ne comptait pas, personne n'aurait eu l'idée aberrante de lui demander son avis, donc lui seul restait.

Abandonnant son pouf, il se mit à marcher de long en large. D'abord il y avait cet hôtel particulier, à propos duquel il fallait trouver une solution acceptable. Dès que le notaire aurait achevé le bilan de la succession, les choses deviendraient plus claires. Impossible de tricher avec les chiffres.

— Je ne veux pas m'en aller d'ici, énonça-t-il à voix haute.

Au moins une chose dont il était sûr. Où pourrait-il mieux achever l'éducation de ses enfants qu'entre ces murs ? Dans quelques années, il serait toujours temps de vendre, mais pas maintenant. De plus, pour sa carrière, il était obligé de continuer à recevoir des tas de gens, il avait besoin de la présence de Marie. Tout comme elle comptait sur lui, il le savait, pour symboliser une autorité masculine auprès de Cyril et Léa. Malheureusement, Marie risquait de connaître des difficultés financières. Sa part d'héritage, une fois les droits acquittés, se trouverait peu à peu engloutie dans l'entretien de l'hôtel particulier, ensuite elle ne disposerait plus que de ses honoraires d'avocate. Vincent et Daniel, eux, avaient déjà hérité de Charles, ce qui les avait mis à l'abri. Enfin il restait Vallongue, qu'ils devaient assumer équitablement tous les cinq.

— Je vais demander à Madeleine une contribution, il n'y a aucune raison...

Elle se plierait à son autorité sans protester, elle aimait remettre son destin entre les mains d'autrui, elle passerait de Clara à Vincent avec soulagement, exactement comme elle était passée d'Édouard à Charles.

Une petite toux discrète le fit se retourner. Helen hésitait à entrer, intimidée par sa présence inattendue dans cette pièce, et il lui adressa un sourire attendri.

— C'est vraiment triste, n'est-ce pas ? dit-elle doucement.

— Oui, c'est la pire chose qui pouvait nous arriver, mais c'était dans l'ordre... Merci d'avoir mis ces fleurs, je pense que cette pièce doit continuer à être accueillante malgré tout.

Elle semblait avoir envie de parler, sans parvenir à s'y résoudre, et il essaya de l'aider.

— Vous vouliez me voir en particulier ou vous montiez juste vous coucher ?

— Non, je... Eh bien, c'est l'occasion, je suppose...

Troublée, elle fit deux pas vers lui, s'arrêta.

— Je crois que je vais vous quitter, annonça-t-elle d'une voix tendue.

— Quoi ? Vous ne pouvez pas faire ça, Helen ! Où iriez-vous ?

Il avait franchi la distance qui les séparait encore et lui avait pris les mains d'un geste spontané. Ce contact la fit frémir mais elle s'obligea à lever les yeux sur lui.

— Lucas a treize ans, il n'a aucun besoin d'être surveillé.

— Mais vous l'aidez à faire ses devoirs, et Tiphaine aussi !

— Je ne leur sers plus à rien, ils sont grands. Vous devez penser que je choisis mal mon moment pour partir, après ce deuil… Mais je… Je n'ai plus de…

Elle s'interrompit abruptement, la gorge serrée. Il était trop près d'elle, son regard était trop doux, elle ne parvint pas à résister au désir d'appuyer sa tête contre lui.

— Helen ?

Il l'avait laissée faire sans bouger, pas vraiment surpris, seulement embarrassé. Elle sentit sous sa joue brûlante la douceur du tissu de sa veste et se demanda comment elle avait eu le culot de faire une chose pareille. Surtout que, bien sûr, il n'avait pas refermé ses bras autour d'elle, n'avait pas profité de l'occasion pour l'embrasser. Alors qu'elle trouvait enfin le courage de s'écarter, elle l'entendit murmurer :

— Je suis désolé.

D'autant plus qu'elle était jolie et qu'elle venait d'éveiller en lui un certain désir.

— Vous êtes ravissante et je suis flatté, mais je suis vraiment très vieux pour vous, Helen ! dit-il en riant.

Après avoir fait discrètement un pas en arrière, il alluma une cigarette puis la lui tendit. D'un signe de tête, elle refusa, les yeux rivés sur le tapis. Vieux ? Il n'avait pas quarante ans et il était l'homme le plus séduisant qu'elle ait jamais vu.

— Voulez-vous boire quelque chose ? Il faut que nous parlions de votre avenir. Si vous tenez à nous abandonner, au moins que ce soit pour un travail intéressant et je peux vous en procurer un. Sauf si vous avez déjà quelque chose en vue...

Avec sa gentillesse coutumière, il tentait de dédramatiser l'incident, de lui faire oublier l'humiliation qu'elle venait de subir. Elle l'entendit déboucher une carafe et elle lui jeta un regard timide. Il se tenait près de la desserte où Clara conservait quelques alcools rares et des verres de cristal alignés sur un plateau d'argent.

— Venez, Helen.

Impossible de lui résister quand il employait ce ton charmeur. Elle le rejoignit, prit l'armagnac qu'il lui avait servi et accepta de trinquer.

— Les enfants seront très déçus de votre départ, mais c'est vrai qu'ils sont grands. Qu'aimeriez-vous faire ? Vous êtes parfaitement bilingue, c'est déjà un avantage.

— Je n'y ai pas encore réfléchi sérieusement, avoua-t-elle à contrecœur.

Échapper à la tentation qu'il représentait pour elle, à la torture d'une cohabitation sans espoir, elle y avait souvent pensé, mais en conservant l'illusion qu'un jour il la verrait enfin. Elle s'était même persuadée que, si elle faisait le premier pas, tout s'arrangerait.

— Marie peut très bien vous engager comme secrétaire au cabinet et vous offrir une formation de sténodactylo. Ils traitent un certain nombre d'affaires internationales, vous seriez la bienvenue avec votre connaissance de l'anglais... sans parler de tous les charmants jeunes avocats qui ne manqueront pas de tomber à vos pieds !

Elle aurait dû se sentir contente de ce qu'il lui proposait, cependant elle lui en voulut de son humour, de l'indifférence avec laquelle il acceptait son départ, de la rapidité de sa solution.

— Je vous remercie beaucoup, dit-elle à voix basse.

Il reposa son verre vide sur le plateau avant d'esquisser un sourire.

— Non, c'est moi. Merci de tout ce que vous avez fait pour mes fils et ma fille depuis des années. En particulier à l'époque où leur mère était un peu... défaillante.

Jamais il ne l'avait regardée avec une telle attention, étonné de la découvrir si émouvante, si tentante.

— Bonsoir, Helen. Marie vous tiendra au courant.

Déjà il s'était détourné, traversant la pièce à grands pas. Il espérait qu'elle n'avait pas senti cette soudaine attirance car, s'il n'éprouvait aucun sentiment pour elle, il lui aurait volontiers fait l'amour, là tout de suite, sur l'un des canapés en chintz. Sauf qu'il s'était souvenu à temps de la mise en garde de Clara et qu'il n'était pas près de renouveler l'erreur commise avec Magali. « Pas le personnel », avait dit la vieille dame, cynique mais lucide.

Il longea le couloir, passa devant les chambres de ses enfants sans s'arrêter. Ils n'avaient plus l'âge des câlins depuis longtemps, hormis Tiphaine qui semblait toujours assoiffée de tendresse. Il hésita une seconde devant sa porte mais renonça à frapper chez elle, de peur de la réveiller.

5

Paris, septembre 1974

VIRGILE RELUT LA LISTE trois fois avant d'accepter l'évidence : son nom n'y figurait pas. Ajourné, il allait devoir redoubler cette seconde année de droit qui avait été un véritable cauchemar, peut-être même la tripler, faire trente ans d'études pour rien car il ne parviendrait jamais au concours d'avocat. Dont il n'avait aucune envie.

Il s'écarta brusquement du tableau d'affichage, bousculant un groupe d'étudiants au passage. Il détestait cette faculté d'Assas, les profs et les élèves, les cours et les examens. Jamais il n'aurait dû céder : mieux valait affronter la colère de son père que continuer à perdre son temps ici. Le seul problème était qu'il n'avait aucune autre idée, qu'il n'était pas davantage tenté par la médecine ou la littérature, qu'il voulait seulement qu'on le laisse vivre à sa guise. Ce qui était absolument inconcevable dans sa famille, bien entendu. Chez les Morvan, tout le monde travaillait d'arrache-pied, la réussite était obligatoire.

Après le bac, obtenu d'extrême justesse et par chance, Virgile avait savouré un été entier à Vallongue puis s'était retrouvé précipité sur les bancs d'un amphithéâtre où un vieux barbon pérorait à propos du droit romain. Une horreur. Pourquoi s'était-il inscrit là ? Pour que Cyril ne soit pas le seul à reprendre le flambeau ? Cyril qui, après son bac avec mention, avait évidemment décidé d'être avocat, comme sa mère. À l'idée que ce soit lui qui tienne un jour les rênes du cabinet Morvan-Meyer, Virgile éprouvait une rage folle. Cette fureur, ajoutée à la position inébranlable de son père, l'avait fait se fourvoyer dans le droit. La première année avait été atroce, mais la deuxième s'avérait pire.

À présent, il devait annoncer le désastre. Alors que Cyril, de son côté, avait obtenu brillamment sa licence et allait commencer sa maîtrise. La course était définitivement perdue. À moins que Tiphaine ne parvienne à sauver la situation puisqu'elle avait choisi de suivre la même voie. Y parviendrait-elle ? Elle n'avait que dix-sept ans et un bac tout frais en poche, mais elle pouvait se montrer très opiniâtre quand elle le voulait.

Il releva la manche de son pull pour regarder sa montre et se hâta de quitter le hall. Il avait rendez-vous avec Béatrice, ce serait son seul bon moment de l'après-midi, autant en profiter. Il courut tout le long des trottoirs jusqu'au square où ils avaient l'habitude de se retrouver. S'il était trop en retard, elle serait capable de ne pas l'attendre, il le savait. Lorsqu'il l'aperçut, de loin, assise sur un banc et la tête penchée vers un livre, il s'arrêta pour pouvoir l'observer. C'était vraiment une femme parfaite, sublime, divine. Tous les superlatifs lui convenaient et il se serait volontiers damné pour pouvoir la déshabiller. Comme chaque élève de son groupe, d'ailleurs. Mais voilà, pour elle ils ne représentaient que des gamins débutants, qu'elle regardait du haut de ses vingt-quatre ans. Chargée de cours pour les travaux dirigés, elle arrondissait ses fins de mois à Assas en bûchant sa thèse. Et ne copinait jamais avec les étudiants, par principe. Il avait fallu toute l'obstination de Virgile – et aussi son nom de Morvan-Meyer, il n'était pas dupe – avant qu'elle se décide à lui manifester un peu de sympathie.

— Béatrice ! cria-t-il.

Quand elle releva la tête, il se sentit fondre.

— Alors ? lança-t-elle en se redressant.

Il attendit d'être arrivé devant elle pour répondre :

— Raté. Et sans regret, je suis très loin du compte.

Ce rattrapage de septembre représentait sa dernière chance, qu'il avait manquée.

— C'est normal, Virgile, tu n'as pas travaillé.

— Disons pas assez. Mais je suis venu à tous les TD…

Il appuya sa déclaration d'un sourire enjôleur qu'elle ne parut pas remarquer. Durant les travaux dirigés, il n'avait fait que la regarder, sans vraiment l'écouter. Elle le dévisagea un instant, étonnée de le trouver si gai après un tel échec. Il était vraiment mignon malgré ses cheveux beaucoup trop longs, qu'il laissait retomber en boucles brunes sur ses épaules pour être à la mode, avec de beaux yeux verts hérités de sa mère, et une finesse de traits qu'il devait à son père. Pas très grand mais athlétique, souple, racé. En lisant son nom sur sa fiche, la première fois, elle avait eu du mal à y croire : Virgile Morvan-Meyer, le fils du juge, le petit-fils de l'avocat ! Pourtant elle était décidée à le traiter comme les autres, persuadée qu'il se révélerait un excellent étudiant et qu'elle n'aurait pas besoin de lui manifester un quelconque favoritisme. Or il était nul, et le droit l'assommait, elle l'avait découvert très vite. En revanche, à chaque sortie de cours, il l'avait attendue pour l'inviter à boire un café, ce à quoi elle se refusait toujours. Le jour où elle avait enfin accepté, il ne l'avait plus lâchée.

— Je suis désolée pour toi, lui dit-elle gentiment.

— Oh, pas moi ! Je n'y ai jamais cru… Le plus difficile sera de faire passer la pilule à la maison. Mon père est tout sauf un marrant.

Il évoquait volontiers les membres de sa famille, devinant l'intérêt qu'elle ressentait à leur égard.

— J'ai un marché à te proposer, ajouta-t-il.

— À moi ? Écoute, Virgile, je croyais avoir été très claire ! Je t'aime bien mais ne cherche pas à…

— Attends de savoir avant de protester.

Délibérément, il l'avait interrompue pour qu'elle ne lui redise pas ce qu'il n'avait aucune envie d'entendre. Toutes ses tentatives de séduction s'étaient heurtées jusqu'ici au même refus ironique mais il ne voulait pas désarmer, persuadé qu'un jour ou l'autre elle finirait par s'intéresser à lui.

— Tu as envie que je t'introduise au cabinet Morvan-Meyer, non ?

Un peu surprise par la brutalité de la question, elle choisit néanmoins d'être franche.

— Évidemment. Je dois valider un stage obligatoire avant mon inscription au barreau, et le faire dans ce sanctuaire, ce serait la voie royale !

Elle n'y croyait pas vraiment et s'était mise à rire.

— De toute façon, rien que par curiosité, j'aimerais voir à quoi ça ressemble, un cabinet d'une telle importance. Mais fais bien attention à ce que tu vas me demander en échange. Je t'aurai prévenu…

Son regard bleu, pailleté de noir, brillait de malice. Elle s'appuya au dossier du banc, attendant la réponse avec une curiosité amusée. Sa jupe courte laissait voir ses longues jambes, fines et musclées, tandis que son buste menu était mis en valeur par un chemisier de soie très ajusté. Il la trouvait si jolie qu'il acheva, avec un grand sourire :

— Je ne suis pas un mufle, je ne te ferai jamais de chantage. En fait, je veux juste ton aide pour amortir le choc. Devant une femme, surtout une femme comme toi, papa ravalera sa fureur ! Il te suffit de m'accompagner là-bas…

— Ton père n'est pas au Palais ?

— Non, le lundi soir il passe toujours au cabinet. Lui sera de mauvaise humeur mais Marie est plus relax ; or c'est elle qui dirige tout. Si tu veux, on y va maintenant.

L'offre était beaucoup trop tentante, elle ne songea pas un instant à refuser et se leva pour le suivre. Ils prirent le métro jusqu'à la Madeleine, puis descendirent le boulevard Malesherbes vers l'immeuble qui abritait le cabinet. Après les deux grands appartements du rez-de-chaussée, achetés successivement par Charles, le groupe s'était encore agrandi et avait fait l'acquisition du premier étage tout entier. Désormais, les associés étaient trop nombreux pour que leurs noms figurent dans la raison sociale du cabinet qui continuait de s'intituler Morvan-Meyer et de prospérer sous cette appellation devenue célèbre.

Dès qu'ils furent dans le vaste hall, Béatrice fut saisie par l'impression de ruche qui y régnait. Des stagiaires et des secrétaires passaient dans tous les sens, chargés de dossiers, des sonneries de téléphone retentissaient derrière les cloisons, et la réceptionniste semblait ne pas savoir où donner de la tête. Néanmoins, l'atmosphère était largement aussi luxueuse que studieuse, et l'épaisseur des moquettes, les boiseries de chêne ou les meubles anciens étaient là pour attester de la réussite des avocats de la maison.

Virgile se fit annoncer auprès de Marie puis s'engagea dans un large couloir aux murs tendus de soie, jusqu'à la porte capitonnée de ce qui avait été le fief de Charles. Derrière lui, Béatrice observait chaque détail du lieu, très impressionnée.

— J'espère avoir été assez explicite, chuchota-t-il avant de frapper, ce ne sont pas des joyeux drilles…

À peine entré, il fit les présentations. Marie était assise à sa place habituelle, derrière le grand bureau d'acajou, et Vincent se tenait debout, négligemment appuyé aux rayonnages. S'ils furent surpris par la présence de la jeune femme qui escortait Virgile, en gens bien élevés ils n'en montrèrent rien. Néanmoins Vincent remarqua les yeux pailletés de Béatrice, lorsqu'il lui tendit la main, et il se dit que son fils avait bon goût.

— Très heureux de vous rencontrer, déclara-t-il aimablement.

Jamais elle n'aurait pu imaginer que le *jeune* juge Morvan-Meyer était aussi séduisant. De lui elle ne connaissait que les commentaires de Virgile, assez peu flatteurs, ou les bavardages du Palais qui faisaient toujours état de l'âge et du talent de Vincent, mais pas de son charme. On le disait intraitable, austère, elle le trouva surtout très beau. Nommé depuis peu comme l'un des présidents de la cour d'appel, sa réputation de magistrat était connue de toute la profession, et Béatrice avait de quoi être intimidée, elle qui n'avait généralement aucun complexe.

— Les amies de mon fils sont toujours les bienvenues, ajouta-t-il par politesse.

Puis son regard, qu'elle jugea d'emblée irrésistible, la quitta pour se poser sur Virgile, d'un air interrogateur.

— Alors, ces résultats ?

— Échec complet.

— Tu plaisantes ?

— Pas du tout.

Si le jeune homme conservait une assurance un peu artificielle, Béatrice, elle, avait envie de disparaître, de rentrer sous terre.

— Donc tu vas te réinscrire en deuxième année ? intervint Marie.

Il y eut un court silence avant que Virgile ne réponde, à mi-voix :

— Non, j'arrête.

Vincent et Marie échangèrent un coup d'œil tandis que Béatrice, à la torture, se sentait soudain obligée de prendre la parole.

— Je vais vous laisser, murmura-t-elle.

Que venait-elle faire dans cette discussion de famille qui n'allait pas tarder à s'envenimer ? Le visage de Vincent s'était durci et son fils ne lui tiendrait plus tête très longtemps.

— Reste, je t'en prie, lui lança le jeune homme en se raccrochant à elle comme à une bouée de sauvetage.

Il la poussa vers le bureau de Marie à qui il s'adressa avec un grand sourire.

— Béatrice voulait te rencontrer au sujet d'un stage. Je me suis peut-être engagé un peu vite mais tu verras si tu peux faire quelque chose pour elle parce qu'elle s'est montrée formidable avec moi pendant cette horrible année !

Sur ces derniers mots, il se retourna vers son père qui n'avait pas bougé et qui se contentait d'observer la jeune femme, appréciant sa silhouette longiligne.

— Papa, je ne suis pas fait pour le droit. J'ai vraiment essayé...

Vincent le toisa quelque peu avant de répondre, d'un ton tranchant :

— Il n'entre pas dans mes intentions de t'y obliger, tu es majeur.

La loi avait deux mois à peine mais la majorité venait d'être abaissée de vingt et un ans à dix-huit depuis le 5 juillet et Vincent était contraint de s'incliner devant cette réalité. Néanmoins, il ironisa :

— Tu as pensé à autre chose ? Tu as un projet, un but, une ambition ? Parce que je serais curieux de les connaître !

La présence de Béatrice l'obligeait à rester calme et courtois, ainsi que Virgile l'avait espéré, mais même sans élever la voix il pouvait se montrer très désagréable.

— À dix-neuf ans, je suppose que tu sais à quoi tu veux consacrer ton existence ?

— Eh bien, je… Il faut que j'y réfléchisse.

— Ah… Et ça va te demander combien de temps ?

— J'aimerais prendre une année sabbatique à Vallongue.

— Sabbatique ? répéta Vincent d'un ton incrédule. Mais ça concerne les gens qui ont beaucoup travaillé ! Ne me dis pas que, toi, tu as besoin de repos ? Et pourquoi Vallongue, c'est à l'autre bout de la France !

— C'est le paradis. En plus, il y a maman, il y a Alain.

— Et alors ? Tu ne vas pas aller te réfugier dans les jupes de ta mère ? Quant à Alain, il ne peut rien pour toi.

— Pas si sûr. Sa passion de la terre est assez… communicative. Je sais qu'il a dû se battre contre grand-père pour imposer ses idées mais, depuis, le monde a changé, tu ne me feras pas le même genre de plan.

— De plan ? Qu'est-ce que c'est que ce jargon ? Tu veux qu'Alain t'engage comme ouvrier agricole avec ma bénédiction ?

Exaspéré, Vincent fit deux pas vers Marie, prêt à la prendre à témoin ; toutefois ce fut d'abord à Béatrice qu'il s'adressa :

— Je suis navré, mademoiselle. Effectivement, je crois que... Venez avec moi, la secrétaire de Marie va vous donner un rendez-vous.

D'un geste amical mais ferme, il lui posa la main sur l'épaule pour la guider vers la porte. Obligée de le précéder le long du couloir, Béatrice se sentait incapable de protester et elle décida d'abandonner Virgile à son sort. Ils s'arrêtèrent dans le grand hall, devant le bureau de la réceptionniste qui téléphonait et qu'il n'hésita pas à interrompre.

— Maître Morvan recevra mademoiselle en début de semaine, trouvez-lui un créneau horaire...

Tandis qu'il se penchait vers l'un des agendas, essayant de lire à l'envers, Béatrice eut enfin le loisir de l'observer. Le nez droit, les yeux clairs bordés de longs cils, les pommettes hautes, deux rides qui marquaient les joues creuses : elle adora son profil.

— Voilà, dit-il en lui tendant une carte. Mardi à dix heures, ça ira ?

Sa sollicitude était agréable, même s'il ne s'agissait que de simple politesse.

— C'est extrêmement gentil à vous, monsieur, bredouilla-t-elle.

Elle devait absolument lui dire quelque chose d'autre, qu'il n'aille pas imaginer n'importe quoi à son sujet, et surtout qu'il ne l'oublie pas dès qu'elle serait partie.

— Virgile n'arrivera à rien s'il s'obstine dans cette voie, ajouta-t-elle en hâte. J'étais sa chargée de TD cette année : à mon avis il déteste le droit.

— C'est possible. Après tout, ce n'est pas héréditaire !

Pour atténuer la sécheresse de sa repartie, il sourit et précisa :

— Il n'aurait pas dû vous demander de lui servir de paratonnerre… quelle idée de gamin !

Il l'avait raccompagnée jusqu'au bout et déjà il ouvrait la porte. Sans prendre le temps de réfléchir, elle lui fit face, la main tendue.

— Est-ce que j'aurai le plaisir de vous voir, mardi ? s'enquit-elle avec une fausse désinvolture.

— Moi ? Non, je ne travaille pas ici, je…

— Je sais qui vous êtes, monsieur le juge. Tout le monde le sait.

Délibérément, elle garda sa main dans la sienne deux secondes de trop, puis s'enfuit sous le porche de l'immeuble.

✲
✲

Tiphaine et Léa levèrent leurs verres pour trinquer.

— À nous ! dirent-elles ensemble.

Seules dans la vaste cuisine, elles avaient débouché une bouteille de muscadet pour fêter leurs inscriptions réciproques puisque Tiphaine allait intégrer Assas, dans la pure tradition familiale, tandis que Léa préférait attaquer des études de médecine, à la grande joie de son oncle Gauthier. Il fallait bien quelqu'un pour reprendre le flambeau dans cette génération-là mais ce n'était pas la raison de son choix, elle se sentait vraiment attirée par le domaine scientifique où elle avait toujours obtenu d'excellents résultats. Trois mois plus tôt, elle avait demandé à assister à une opération, en simple spectatrice, et l'expérience l'avait enthousiasmée. Loyal, Gauthier ne lui avait pas caché les difficultés qui l'attendaient, et également les grands bonheurs. Il adorait son métier, dont il pouvait parler avec des accents lyriques, et à la fin de leur discussion elle était tout à fait convaincue d'avoir trouvé sa voie.

Le transistor diffusait en sourdine une chanson de Françoise Hardy qu'elles n'écoutaient pas, trop occupées par leurs confidences.

— Virgile est fou d'être parti sans rien dire, papa est capable d'aller le chercher lui-même à Vallongue ! s'exclama Tiphaine.

— Il a pris le train ?

— Oui. Comme il n'avait presque pas d'argent, j'ai dû lui en prêter.

— Eh bien, quand Vincent l'apprendra, les vitres vont trembler ! conclut Léa.

Tiphaine haussa les épaules, résignée. Elle ne redoutait pas son père, qu'elle adorait sans réserve et qui se montrait toujours très gentil avec elle ; pourtant, la veille, on avait entendu sa colère contre Virgile à travers tout l'hôtel particulier, malgré les portes fermées. Quand le jeune homme était enfin sorti du salon, très pâle, il était allé se réfugier dans sa chambre et avait fait ses valises.

— Je ne pouvais pas le lui refuser, murmura Tiphaine. Tu aurais vu sa tête, ce matin… À mon avis, il n'a pas dormi de la nuit.

Lorsque son frère avait frappé chez elle, un peu avant six heures, Cyril venait juste de la quitter et elle s'était sentie paniquée à l'idée qu'ils avaient failli être surpris ensemble. Virgile en aurait fait une maladie, un scandale.

— À quoi penses-tu ? interrogea Léa. Je déteste cet air béat, on dirait que tu rêves au prince charmant !

— Qui sait ?

— Mais non, pas toi ma vieille, tu as trop les pieds sur terre, tu vas nous trouver un type bien sous tous rapports, et comme ça ton père aura au moins une raison de se réjouir.

Elles s'entendaient à merveille, depuis toujours, parce qu'elles avaient exactement le même âge et qu'elles étaient deux filles solidaires contre quatre garçons turbulents.

198

— En quel honneur, mes chéries ? interrogea Vincent en entrant dans la cuisine. Il y a une bonne nouvelle que j'ignore ?

Marie, qui le suivait, désigna la bouteille.

— Vous vous saoulez avant le dîner ?

— C'est juste un peu de vin blanc, maman...

— Tu nous le fais goûter ? demanda Vincent à Léa.

Il lui adressa un clin d'œil affectueux, auquel elle répondit par un large sourire. Il prenait toujours la peine de lui accorder une attention particulière, sensible au rôle de chef de famille qu'il était bien obligé d'assumer. Car, même si Marie était une très bonne mère, ses enfants avaient forcément besoin d'une référence masculine.

Tandis qu'il cherchait des verres dans un placard, Marie s'assit au bout du banc, observant sa fille du coin de l'œil. Elle la trouvait de plus en plus jolie mais ne pouvait pas la regarder sans penser à Hervé. La ressemblance était devenue criante, impossible à ignorer.

— Papa, murmura Tiphaine, Virgile m'a dit de te dire que...

— Il ne peut pas me le dire lui-même ?

Vincent s'était redressé, déjà furieux, et Tiphaine acheva dans un souffle :

— Il est allé voir maman.

— À Saint-Rémy ? Il aurait pu me prévenir, il n'est décidément pas très courageux ! Quand doit-il rentrer ?

— Je ne sais pas… Pas tout de suite, je pense… Enfin, pas avant quelques semaines… ou quelques mois.

Interloqué, Vincent resta silencieux un instant puis quitta la cuisine sans avoir prononcé un mot.

— Oh, la charmante soirée en perspective, soupira Marie. Bon, les filles, vous commencez à préparer le dîner ?

Depuis le décès de Clara, la cuisinière n'était plus employée qu'à mi-temps, comme la femme de ménage, et chacun mettait la main à la pâte, surtout Madeleine, chargée des menus. Marie adressa une mimique navrée aux deux jeunes filles, avant de partir à la recherche de Vincent. Elle le trouva dans le boudoir du premier, ainsi qu'elle s'y attendait, en train de composer un numéro de téléphone.

— Attends ! s'écria-t-elle. Qui appelles-tu ? Magali ?

— Non, Alain.

En deux enjambées, elle le rejoignit et raccrocha le combiné.

— Tu ferais mieux de remettre ça à demain.

— Pourquoi ?

— Tu as assez engueulé ton fils comme ça. Et si Alain prend sa défense, c'est avec lui que tu vas t'accrocher ! Tu te rends compte que tu es en train de faire exactement la même chose que Charles ?

Elle le poussa vers un fauteuil tout en continuant à parler.

— Ne perds pas la mémoire, Vincent. Tu avais trouvé ton père très dur, tu n'approuvais pas la façon dont il traitait Alain… N'inflige pas ton mépris à ton fils, il ne s'en remettrait pas. Il a le droit de ne pas être dans le moule. Je l'étais, moi ?

— Non, mais tu savais ce que tu voulais, Marie. Et Alain aussi. Tandis que Virgile n'a aucune volonté, il se contente de rejeter sans rien proposer d'autre.

— Mai 68 est passé par là…

— Bonne excuse pour tous les paresseux !

— Tu es injuste.

Vincent haussa les épaules mais sa colère s'estompait peu à peu. La fuite de son fils ne le surprenait pas vraiment. Ils n'avaient pas cessé de s'opposer tous les deux depuis des années, très exactement depuis que Vincent l'avait ramené à Paris contre son gré. Il prétendait que sa mère lui manquait, ainsi qu'Odette pour laquelle il éprouvait une réelle tendresse, et son insistance à repartir pour Vallongue avait déjà provoqué bien des conflits.

— Il m'en veut à cause du divorce, soupira Vincent, et il prend modèle sur Alain en sachant que ça m'exaspère…

— Alain est le dieu de tous nos enfants, je crois qu'on n'y peut rien.

— Toi, ça t'arrange… moi pas !

— Qu'est-ce qui te gêne avec Alain ? Ses… mœurs ?

— Ne me fais pas ce procès-là, Marie. J'ai su que ton frère préférait les hommes bien avant que tu ne le découvres toi-même, et ça n'a rien changé à mon affection pour lui.

— Pourtant, tu le détestes !

Il sembla d'abord effaré par cette expression puis secoua énergiquement la tête.

— Ce n'est pas le mot juste. Tu m'accuses de perdre la mémoire mais je ne suis pas près d'oublier son comportement ! Il n'est même pas venu à l'enterrement de papa…

Une absence que Vincent n'avait toujours pas pardonnée, c'était évident. Marie ne répondit rien et se contenta de s'asseoir en face de lui. Elle savait qu'il allait sortir son paquet de cigarettes, ce qu'il fit presque aussitôt. Il fumait très peu mais passait beaucoup de temps à jouer avec, dès qu'il était contrarié.

— Et le jour de l'enterrement de grand-mère, il m'a carrément insulté… Il mélange tout. L'histoire de nos pères et la nôtre… Quand je te regarde, Marie, je ne vois pas la fille d'Édouard, je te vois, toi. Ma cousine. Une femme formidable que j'adore. J'aurais fait pareil pour Alain.

— Il a dû avoir peur que non ! C'est un écorché vif… La dernière chose au monde qu'il avait envie d'apprendre, à l'époque, c'est qu'il était le fils d'une ordure pareille.

Le silence tomba entre eux, sans qu'ils cherchent à le rompre, perdus dans leurs pensées. Ils se remémoraient la lecture des carnets de Judith, lors de cette horrible nuit où ils avaient découvert la vérité. Charles venait à peine de mourir, à l'hôpital, et ensemble, tous les cinq, ils étaient allés ouvrir le coffre-fort de son bureau. Ils y avaient trouvé la pile de petits carnets noirs qu'ils s'étaient passés en silence, l'un après l'autre. Ensuite, Alain n'avait plus jamais été le même.

Au bout d'un long moment, Vincent murmura :

— Les rancunes, le passé, toutes ces horreurs... ça pèse tellement lourd, au bout du compte... Regarde-nous ! Parfois je me dis que nous devrions parler aux enfants, que c'est l'histoire de leur famille et qu'ils ont le droit de la connaître ; pourtant je ne parviens pas à m'y résoudre. Chaque fois que l'un d'eux pose une question, j'élude. Je crois que j'ai peur...

— Moi aussi. Et en ce qui me concerne, c'est pire, parce que ce n'est pas seulement à propos de leur grand-père qu'ils vont m'interroger ! Un jour ou l'autre, ils voudront savoir avec qui je les ai fabriqués.

Sa voix avait une intonation si étrange que Vincent releva la tête, intrigué.

— Hervé te harcèle toujours ?

— Harceler est excessif. Mais je le croise régulièrement au Palais, j'ai l'impression qu'il fait tout pour se mettre sur mon chemin.

— Et ça t'inquiète ?

— Eh bien... non, pas du tout.

Il la dévisagea, essayant de comprendre ce qu'elle cherchait à lui dire. Lorsqu'elle s'était confiée à lui, désemparée par la première visite d'Hervé, il n'avait eu aucun mal à la rassurer. Tant que cet homme ne verrait pas Léa, elle ne risquait rien, elle pourrait toujours nier, elle était la seule à savoir qui étaient les pères de ses enfants. Hervé n'avait cherché à la rencontrer que pour entrer dans le cabinet Morvan-Meyer et, depuis, il s'était installé ailleurs ; il avait sûrement d'autres chats à fouetter que courir après une vieille aventure qui n'était plus qu'un souvenir de jeunesse dont il ignorait les conséquences.

— J'ai fini par accepter de déjeuner avec lui la semaine dernière, avoua-t-elle brusquement. Et pour être honnête, j'ai passé un bon moment.

Stupéfait, il commençait à comprendre et il faillit se mettre à rire.

— Marie ! Est-ce que par hasard tu aurais... tu voudrais...

— Il est plutôt mieux aujourd'hui qu'il y a vingt ans. Il a bien vieilli. Tu me suis ?

Hilare, Vincent se pencha en avant pour frapper du plat de la main le genou de sa cousine.

— Je t'adore ! C'est la première fois de ta vie que tu m'avoues un truc pareil, tu sais ? Jusqu'ici, tu n'as fait confiance à personne, motus et bouche cousue sur tes petits copains. Alors maître Hervé Renaud a la chance de te plaire ? De te re-plaire ? Mais c'est merveilleux, que ça tombe sur lui !

Il allait encore ajouter quelque chose quand la voix de Léa retentit sur le palier, les appelant pour dîner, et ils se figèrent tous les deux.

— Je ne compte pas lui parler de Léa dans l'immédiat, chuchota-t-elle.

D'un signe de tête, il approuva sa décision puis se leva. Leur conversation lui avait fait oublier Virgile, qui aurait donc un sursis jusqu'au lendemain, et peut-être davantage. Marie avait utilisé des arguments auxquels il ne pouvait pas être insensible car, quelle que soit l'admiration qu'il conservait pour son père, il ne voulait pas forcément lui ressembler. À certains moments, Charles s'était trompé, aveuglé par son besoin de vengeance, alors que Vincent n'avait aucune revanche à prendre, sinon sur lui-même.

Il fallut deux semaines à Béatrice pour se décider. Elle avait écrit une longue lettre de remerciement à Virgile, puisque Marie l'avait engagée comme stagiaire pour un an, mais son courrier était resté sans réponse. Elle devait intégrer le cabinet Morvan-Meyer le 1er octobre et, à partir de là, elle aurait une chance d'apercevoir Vincent chaque lundi soir. Mais elle ne se sentait pas la patience d'attendre cette éventualité. Quinze jours de réflexion l'avaient mise sur des charbons ardents. Faisant appel à ses souvenirs, elle s'était acharnée à reconstituer les bribes de confidences faites par Virgile au sujet de son père. Divorcé. Sans maîtresse en titre ni liaison connue, en tout cas pas de son fils. Obnubilé par son

travail et ses responsabilités familiales. Carriériste. Sombre. Bloqué au Palais du matin au soir.

Finalement, elle avait choisi de le guetter
là-bas. Au début, elle s'était dit qu'une rencontre
dans les couloirs aurait pu sembler naturelle,
fortuite. Cependant, comment le retenir au-delà
d'un banal échange de politesses ? À force d'envisager toutes les hypothèses, elle avait renoncé à
ce faux hasard dont il ne serait sans doute pas
dupe. Si elle voulait obtenir son attention, elle
devait trouver autre chose. De quoi le surprendre
ou le faire rire. Elle en était tout à fait capable, à
condition de surmonter la timidité inattendue qu'il
lui inspirait.

À court d'imagination, elle opta pour le plus
simple – qui était aussi le plus risqué – et alla
carrément se poster devant son bureau. Elle dut
patienter presque toute la matinée, mal installée
sur une banquette de velours rouge, sous l'œil
indifférent d'un huissier. Pourtant, elle s'était
habillée avec un soin particulier, choisissant une
robe bleu ciel au décolleté croisé, fendue sur le
côté et soulignée d'une large ceinture de cuir
beige, assortie à ses escarpins.

Un peu avant treize heures, Vincent sortit enfin,
mais elle faillit manquer de courage lorsqu'il la
dépassa sans même la remarquer.

— Monsieur le juge ! s'écria-t-elle en se levant
d'un bond.

Surpris, il jeta un coup d'œil derrière lui et la
découvrit enfin.

206

— Béatrice Audier, rappela-t-elle en le rejoignant. Nous nous sommes rencontrés le jour où Virgile a...

— Je sais très bien qui vous êtes, mademoiselle Audier.

Parce qu'il avait utilisé une phrase semblable à celle dont elle s'était servie lorsqu'ils s'étaient rencontrés pour la première fois, assortie d'un sourire charmeur, elle se sentit stupide. Elle avait craint qu'il ne la reconnaisse pas, ou qu'il ne se débarrasse d'elle en deux secondes ; or il restait là, attentif à ce qu'elle allait dire, avec une attitude presque familière.

— D'abord je tenais à vous remercier, réussit-elle à articuler.

— N'en parlons plus.

— Et à vous inviter à déjeuner.

Soulagée d'être parvenue à l'énoncer sans bafouiller, elle leva enfin les yeux vers lui, croisa le regard pâle dont elle se souvenait si bien.

— Je pense que ça doit vous paraître un peu... incongru ? hasarda-t-elle.

— Eh bien... non, en fait ça me paraît une bonne idée mais...

— Vous êtes sûrement très occupé !

— Oui, très.

— J'imagine. Alors votre jour sera le mien. N'importe quand.

Elle comprit qu'elle avait réussi à l'intriguer quand elle vit ses yeux se plisser pour un second sourire.

— Aujourd'hui ira très bien, à condition de faire vite.

Là, c'était lui qui marquait un point et elle s'inclina, bonne joueuse.

— Un croque-monsieur si vous voulez ! On y va ?

Côte à côte, ils remontèrent les couloirs et les galeries du Palais de justice. Il portait un costume léger, bleu-gris, avec une cravate claire sur une chemise blanche. Il aurait pu avoir l'air trop strict, il était simplement élégant.

— Je connais une brasserie sympathique place Dauphine, il faut juste faire le tour du Palais, annonça-t-il.

Par courtoisie, il avait réglé son pas sur celui de Béatrice qui restait silencieuse. Elle essayait de rassembler ses idées, d'échafauder une tactique. La rapidité de sa victoire l'avait un peu déstabilisée et elle avait besoin de reprendre ses esprits avant de se lancer à l'assaut. Elle attendit donc d'être assise face à lui, à l'excellente table où le maître d'hôtel s'était empressé de les conduire, pour lui demander :

— Est-ce que vous avez le temps de siroter un apéritif ? Sinon on peut passer directement au plat du jour.

— On va tout commander ensemble, d'accord ? Que prenez-vous ?

— D'abord une coupe de champagne, ensuite une sole grillée.

Amusé par la façon dont elle s'exprimait, il fit signe à un serveur qui leur apporta leurs verres presque aussitôt.

— À quoi allons-nous boire, mademoiselle Audier ? Je suppose que vous voulez me parler de Virgile et m'annoncer quelque chose qu'il n'a pas le courage de m'apprendre lui-même ? De quoi s'agit-il, cette fois ? Il veut vous épouser ?

Elle resta interdite quelques instants avant de réaliser l'ampleur du malentendu. S'il avait accepté de la suivre en croyant qu'il serait question de son fils, il allait tomber des nues.

— Virgile ? répéta-t-elle lentement. Non, pas du tout.

Devant l'expression perplexe qu'affichait maintenant Vincent, elle dut lutter pour surmonter sa panique.

— Votre fils a été mon élève, et c'est devenu un ami. Le mot est un peu fort mais je n'en trouve pas d'autre. Je lui suis très reconnaissante de m'avoir présentée à sa tante Marie… et à vous. Il n'y a rien d'autre.

Il continuait d'attendre, sa coupe de champagne à la main, ses yeux gris posés sur elle.

— Ce n'est pas la raison de ma présence au Palais aujourd'hui, précisa-t-elle.

Sans cesser de la fixer, il reposa la coupe à laquelle il n'avait pas touché.

— Bien. Je vous écoute.

Que s'imaginait-il, à présent ? Qu'elle avait un service personnel à lui demander ? Brusquement, elle perdit pied et se mit à rougir. La situation devenait intenable, elle allait se couvrir de ridicule et le plonger dans l'embarras. Ou le mettre en colère. Ou pis encore. Comment avait-elle pu croire qu'il comprendrait à demi-mots et qu'ensuite il ne manquerait pas de succomber à son charme !

— Je me sens très gênée, avoua-t-elle d'un trait, je crois que j'avais la prétention de vous draguer.

Incapable de soutenir son regard une seconde de plus, elle avait baissé la tête et il ne voyait plus que ses cheveux. De très beaux cheveux bruns, longs, lisses et brillants, qui lui donnaient un peu l'allure d'une Asiatique. Autour de son cou, un collier tout simple, fait de petites boules d'argent, luisait sur sa peau mate.

— Vous ne buvez pas ? demanda-t-il avec une intonation presque tendre.

Elle se redressa, constata qu'il lui souriait gentiment.

— À la vôtre, murmura-t-elle.

Ils burent en silence, à petites gorgées, attendant que le malaise se dissipe.

— Vous n'avez sûrement qu'à claquer des doigts pour que des tas de jeunes gens de votre âge se précipitent à vos pieds, dit-il enfin. Vous intéresser à quelqu'un comme moi est une pure ineptie. On va vite oublier ça et finir de déjeuner. À propos, c'est moi qui vous invite, bien entendu.

La chaleur de sa voix était aussi irrésistible que la douceur de ses yeux. Elle pensa qu'elle allait se mettre à pleurer de rage s'il continuait à la regarder de cette manière mais, heureusement, il se tourna vers un serveur pour redemander du champagne.

— Je veux encore trinquer avec vous, déclara-t-il. Il y a longtemps qu'on ne m'avait pas adressé un tel compliment.

— Je n'en crois pas un mot ! riposta-t-elle aussitôt. Vous pouvez séduire n'importe qui, mais vous ne devez pas vous en apercevoir.

Il éclata de rire et elle se sentit un peu mieux.

— Vous êtes vraiment très drôle ! ajouta-t-il gaiement. Et aussi très jolie.

Prise au dépourvu, elle essaya de lui tenir tête en adoptant un ton ironique.

— Vous le pensez ?

— Oui.

— Mais je ne vous plais pas, c'est ça ?

— Si.

— Alors disons… pas assez ?

— Beaucoup trop.

Il ne riait plus et la contemplait différemment. Elle saisit sa chance au vol, persuadée qu'elle n'en aurait pas d'autre.

— Vous êtes toujours pressé ?

— Non, plus maintenant.

Stupéfié par ce qu'il venait de proférer, il essaya de se souvenir de ses rendez-vous de l'après-midi. Il pouvait peut-être soustraire encore une demi-heure à un planning surchargé, mais guère plus.

— J'ai au moins le temps de boire un café et de vous inviter à dîner. À condition que vous n'ayez pas changé d'idée. C'est vraiment ce que vous voulez ?

Il lui laissait une possibilité de faire marche arrière, qu'elle balaya d'un geste impatient.

— Dites-moi où et à quelle heure, que je puisse penser à ce que je vais mettre.

De nouveau, elle le vit rire, et elle comprit qu'elle avait gagné.

**

En Provence, l'été avait beau être fini, c'était toujours la canicule. Les olives n'étaient pas encore parvenues à maturité, mais la récolte promettait d'être bonne. Alain venait d'achever l'inspection de la plus ancienne des parcelles, celle où les oliviers étaient plusieurs fois centenaires. Ceux-là, il les avait sauvés à deux reprises, d'abord lorsqu'il était venu s'installer à Vallongue, vingt-cinq ans plus tôt, ensuite durant les gelées de février 1956.

Il continua à descendre la colline tout en sifflotant, la chemise déjà trempée de sueur, mais la chaleur ne l'incommodait pas. De loin, il aperçut Virgile qui montait vers lui, trébuchant sur les cailloux.

— Si tu veux travailler avec moi, il faudra te lever plus tôt ! lui cria-t-il.

Sans bouger d'où il était, il attendit que le jeune homme le rejoigne.

— Demain matin, je serai prêt, c'est promis. À quelle heure commences-tu ta tournée ?

— À l'aube, quand il fait frais.

Virgile regarda autour de lui puis soupira, heureux d'être de retour à Vallongue.

— J'adore cet endroit !

Il tendit la main vers une olive mais renonça à la cueillir, sachant qu'elle était immangeable.

— Combien de kilos pour faire un litre d'huile ? interrogea-t-il.

— Cinq ou six si tu veux un pur jus.

Alain observa quelques instants Virgile qui étudiait les fruits d'un air très sérieux, puis il se mit à sourire. Jadis, il avait posé les mêmes questions naïves à Ferréol, le vieil employé qui l'avait patiemment initié.

— Tu as beaucoup à apprendre, constata-t-il. Tu es vraiment décidé ?

— Oui ! Oui… S'il te plaît.

— Oh, mais ça me plaît, ne t'inquiète pas pour ça. Est-ce que tu as appelé ton père ?

— Non, et je ne le ferai pas. Je n'ai pas de comptes à lui rendre !

L'agressivité du ton ne surprit pas Alain. Il connaissait Virgile depuis qu'il était né et mesurait parfaitement l'étendue de sa révolte.

— Il va t'en demander de toute façon, autant t'en débarrasser.

— Comment peut-il être aussi borné, aussi égoïste, aussi rigide ! explosa Virgile.

— C'est à lui qu'il faut le dire, pas à moi.

Le jeune homme faillit répondre mais ravala ses paroles de justesse. Il admirait Alain pour toutes sortes de raisons, y compris sa droiture, il ne pouvait pas lui en vouloir de ne pas prendre parti.

— D'accord, accepta-t-il. Je lui téléphonerai ce soir... Il voudra sûrement te parler.

— Eh bien, tu me le passeras.

— Tu le crois capable de débarquer ici ?

— Je crois surtout qu'il a beaucoup de travail.

— Oh, oui ! Son sacro-saint boulot ! Ses dossiers, ses écrits fumeux, ses arrêts à rendre... j'ai entendu ça pendant des années !

De nouveau, il se laissait emporter par la rage, et Alain l'interrompit.

— Ton grand-père était bien pire, mais ça ne m'a pas empêché d'arriver à ce que je voulais. Arrête de te plaindre, Vincent est un enfant de chœur à côté de Charles. Je n'ose pas imaginer ce qu'il m'aurait fait si j'étais parti sans rien demander.

— Il t'a pourtant laissé tranquille !

Alain esquissa un sourire sans joie.

— Pour ne plus me voir, oui. Il me détestait, alors que ton père t'aime , tu n'es pas aussi malheureux que tu l'imagines. Viens...

Ils commencèrent à descendre vers la plaine, quittant l'ombre des oliviers. Alors qu'ils passaient près d'une haie, Virgile tendit la main pour cueillir d'appétissantes baies rouges.

— Tu veux t'empoisonner ou quoi ? protesta Alain en lui tapant sur les doigts.

— Ce ne sont pas des alises ? Maman en faisait des confitures.

— C'est du tamier, et c'est toxique. Je t'apprendrai à faire la différence. À propos de ta mère, je te rappelle qu'elle nous a invités à dîner. Mais pour le déjeuner, il faut qu'on se débrouille. Une omelette, ça te va ? Demain, je te préviens, ce sera à ton tour de te mettre aux fourneaux.

Leur vie à deux n'était pas encore organisée et Virgile se mit à rire, enthousiasmé par cette perspective de liberté qui s'ouvrait devant lui.

— Est-ce que je peux te confier un secret ? demanda-t-il d'une voix gaie.

— Le meilleur moyen pour qu'un secret soit bien gardé, c'est encore de n'en parler à personne, lui fit remarquer Alain avec un sourire amusé.

— Peut-être, mais il faut que je le dise à quelqu'un, et toi tout le monde sait que tu ne parles pas.

La confiance que Virgile lui manifestait toucha Alain. Il avait su se faire aimer de ses neveux et de leurs cousins parce qu'il avait toujours trouvé le temps de les écouter, de chercher à les comprendre.

— Vas-y...

— Je suis amoureux.

— C'est ce qui peut t'arriver de mieux à ton âge.

— Tu crois ?

— J'en suis certain.

— Et tu ne veux pas savoir de qui il s'agit ? insista Virgile.

— Tu vas me le dire dans deux secondes. Je la connais ?

— Non, tu ne l'as jamais vue. Elle s'appelle Béatrice et elle a vingt-quatre ans. Problème : elle habite Paris.

— Invite-la à passer un week-end ici.

— Nous ne sommes pas assez intimes pour ça, mais j'espère que ça viendra. Elle est brune, avec des yeux bleus stupéfiants.

— Bravo, j'ai toujours préféré les brunes, dit Alain tranquillement.

Éberlué, Virgile s'arrêta un instant. Il ne savait pas comment formuler la question qui lui brûlait les lèvres, ni même s'il devait la poser.

— Mais je croyais que…

— Que quoi ? lui demanda Alain en se retournant.

Il considérait Virgile avec indulgence, une lueur ironique dans ses yeux dorés.

— Plus exactement, je préfère d'abord les blonds, et ensuite les brunes. Content comme ça ?

Jamais ils n'avaient abordé le sujet ensemble, et c'était la manière la plus brutale de le faire.

— Quand tu as une question à me poser, Virgile, n'hésite pas.

Son sourire restait bienveillant et sa franchise forçait le respect.

— Tu sais, s'empressa de préciser le jeune homme, aucun d'entre nous n'a... enfin je veux dire que personne ne...

— En ce qui me concerne, je ne te demande rien. Tu viens, oui ou non ?

Le soleil était à son zénith, rendant la chaleur presque insupportable. Virgile rattrapa Alain en quelques enjambées et désigna les toitures de Vallongue.

— Le dernier arrivé fait la vaisselle, d'accord ?

Alain ne lui répondit pas mais démarra le premier.

_*

Béatrice s'effondra sur les draps, en nage. Elle ne retrouva une respiration régulière qu'au bout d'une ou deux minutes, puis elle se décida à rouvrir les yeux. Sa chambre lui parut petite, mais elle ne s'y était jamais sentie aussi bien. Vincent était allongé à plat ventre, la tête tourné vers elle, en train de l'observer. D'un mouvement impulsif, elle se rapprocha de lui, embrassa son épaule.

— J'ai soif, soupira-t-elle. Je vais chercher de l'eau. Tu en veux ?

Il bougea un peu, passa son bras autour d'elle et l'attira contre lui.

— Reste là, murmura-t-il, tu boiras tout à l'heure. Je t'ai invitée à dîner, tu t'en souviens ?

Il chercha ses lèvres, dont il prit possession avec douceur. Quand il la lâcha enfin, elle poussa un petit grognement de dépit.

— Pour un homme exclusivement préoccupé de sa carrière, je te trouve beaucoup trop doué. En réalité, tu passes tes nuits à courir les filles, c'est ça ?

— Il s'agit d'un nouveau compliment ? Merci…

Appuyé sur un coude, il la détailla des pieds à la tête.

— Tu es mieux que belle, Béatrice. Un vrai cadeau tombé du ciel. Je ne sais toujours pas pourquoi tu m'as choisi mais c'est une soirée que je n'oublierai pas.

— J'en veux plein d'autres ! s'écria-t-elle. Tu n'étais pas un gibier sur ma liste, je suis amoureuse de toi !

— Là, tu dis des bêtises, même si c'est agréable à entendre.

Il jeta un coup d'œil à sa montre, qu'il n'avait pas songé à retirer. Il était passé prendre la jeune femme chez elle à huit heures, comme convenu, et n'avait pas su lui résister quand elle s'était jetée dans ses bras. Ils avaient semé des vêtements dans l'entrée et dans le couloir du minuscule appartement qu'elle louait tout meublé, rue de Vaugirard, avant de se retrouver dans sa chambre où ils avaient fait l'amour avec volupté tandis que la nuit tombait.

— Si on ne va pas dîner maintenant, le restaurant sera fermé, déclara-t-il en souriant.

— Allons-y, mais à une condition.

— Laquelle ?

— On revient ici après.

— C'est très flatteur pour moi, seulement je me lève tôt demain matin.

— Je m'en moque !

Elle se leva et resta immobile à côté du lit un moment. La lumière de la lampe de chevet, qu'elle avait dû allumer à un moment ou à un autre, mettait en valeur son corps parfait. Il laissa errer son regard sur les jambes interminables, les hanches étroites, les petits seins ronds qu'il avait caressés avec volupté. Non seulement elle était belle, mais en plus elle faisait bien l'amour.

— La salle de bains est juste à côté, dit-elle sans bouger.

— Après toi...

— Pourquoi pas en même temps ?

— Très bien. Dans ce cas, on ne mangera jamais, mais ça m'est égal.

Les muscles douloureux, il se mit debout à son tour. Quand il la rejoignit, elle se plaqua contre lui et enfouit sa tête au creux de son épaule. Ils restèrent un long moment enlacés, silencieux, un peu étonnés de ce qui leur arrivait. Depuis Magali, Vincent n'avait mis aucun sentiment dans ses rares aventures. Leur divorce l'avait anéanti, anesthésié, il ne voulait plus aimer. Même s'il n'en parlait jamais, il avait souffert durant des mois, se noyant dans le travail pour échapper à la culpabilité et à la douleur. À ses yeux, les femmes n'étaient plus qu'une parenthèse obligatoire, vécue avec détachement. Il n'éprouvait à leur égard qu'un désir passager, puis un plaisir éphémère dont il mesurait très bien l'égoïsme et qui le laissait insatisfait. Sa rencontre avec Béatrice aurait dû s'achever comme les autres ; or il n'avait pas envie de partir. Au contraire, il ressentait une étrange émotion à la tenir ainsi abandonnée contre lui.

— Je ne veux pas que tu t'en ailles, chuchota-t-elle. Tu dois être le genre d'homme qu'on ne revoit pas deux fois. Laisse-moi une chance d'aller plus loin.

— Une chance ? Voyons, Béatrice, c'est toi qui te lasseras la première...

— On a un avenir, alors ?

Elle avait relevé la tête si vite qu'elle lui avait heurté violemment le menton. Il sentit un goût de sang sur sa langue.

— Je t'ai fait mal ? s'inquiéta-t-elle.

— Non. Mais tu y arriveras bien un jour ou l'autre.

— Pourquoi ?

Elle l'entendit prendre une profonde inspiration puis il finit par chuchoter :

— Parce que tu es trop jeune pour moi. Alors, de nous deux, ce sera forcément moi le perdant.

Elle serra davantage ses bras autour de lui, le cœur battant, et bredouilla :

— Je vais t'aimer toute ma vie !

— Arrête, c'est stupide.

Pour l'obliger à s'écarter de lui, il la prit par les épaules mais elle se débattit jusqu'à ce qu'ils trébuchent ensemble sur le lit.

— Fais-moi l'amour, dit-elle à voix basse.

Il n'avait pas besoin qu'elle le demande, il en mourait d'envie.

Jean-Rémi était resté discrètement de dos, comme s'il contemplait les tableaux en simple visiteur, tout le temps que Magali avait parlé à son client. Lorsqu'il entendit la cloche de la porte tinter, il se retourna enfin.

— Tu as été fantastique ! s'exclama-t-il.

— C'est vrai ?

— Je te le jure. Et il va revenir, fais-moi confiance. Tu peux considérer que la vente est conclue.

Magali lui adressa un sourire éblouissant. Elle portait un tailleur-pantalon qui lui allait à merveille, pas trop sophistiqué mais parfaitement coupé. C'était lui qui l'aidait à choisir ses vêtements depuis l'ouverture de la galerie, tout comme il avait dirigé la décoration du magasin ou décidé des artistes qui exposeraient là. L'idée d'une galerie de peinture n'avait rien de très original à Saint-Rémy-de-Provence, mais le nom de Jean-Rémi Berger, gravé en lettres dorées sur la porte vitrée, attirait de véritables amateurs. Dès le début, il avait prévenu Magali qu'elle allait devoir accomplir un gros effort pour comprendre le fonctionnement de ce type de commerce. Et pour y trouver sa place, elle qui ne connaissait strictement rien à la peinture. C'était presque une gageure, un pari qu'ils avaient pris entre eux et qu'elle était bien décidée à gagner.

— Alors tu t'y fais, finalement, j'avais raison, constata-t-il.

Elle le rejoignit, à l'autre bout de la grande salle d'exposition, et l'embrassa dans le cou.

— Alain et toi, vous êtes de sacrés chic types !

Jamais elle ne pourrait assez les remercier de ce qu'ils faisaient pour elle. Jean-Rémi s'était toujours montré gentil à son égard, même à l'époque où elle faisait le ménage chez lui et ne connaissait pas encore Vincent. Bien sûr, elle en était tout à fait consciente, jamais il n'aurait ouvert cette galerie si Alain ne le lui avait pas demandé. Mais comme il était prêt à tout dès qu'Alain manifestait le moindre désir, ce qui arrivait rarement, il avait sauté sur l'occasion. Puisqu'il fallait s'occuper de l'avenir de Magali, il avait pris gaiement les choses en main.

— Et toi, tu es une femme étonnante, je n'aurais jamais cru que...

— Ah, tu vois, tu n'y croyais pas !

— Si, mais je pensais qu'il te faudrait plus de temps. Là, tu viens de m'épater. Est-ce qu'on va commencer à gagner de l'argent ?

Il se mit à rire et elle l'imita, sachant qu'il plaisantait. Il n'avait aucun besoin d'argent, ses tableaux étaient tellement cotés qu'il pouvait même s'arrêter de peindre, il resterait riche. À cinquante-cinq ans, il possédait encore une silhouette de jeune homme. Son regard bleu n'avait rien perdu de son intensité, mais des mèches blanches, mêlées à ses cheveux blonds, en plus de quelques rides, trahissaient son âge. Magali, au contraire, ne semblait pas atteinte par le temps. Elle resplendissait, en pleine maturité, et la plupart des hommes se retournaient sur elle. Depuis qu'elle tenait la galerie, elle avait retrouvé une étonnante confiance en elle. Le salaire viré chaque mois sur son compte la rendait très fière, et cette somme-là n'avait pas la même valeur que la pension alimentaire versée par Vincent.

— Je crois qu'on peut fermer maintenant, il est tard.

Elle actionna la commande électrique du rideau de fer, éteignit les spots qui éclairaient les tableaux. Ils sortirent ensemble sur la petite place où trônait l'une des nombreuses fontaines de Saint-Rémy. Avec le soir, la chaleur était devenue supportable et des groupes de promeneurs se bousculaient encore sur les trottoirs ou s'attardaient aux terrasses des cafés.

— Être ton employeur me donne au moins le droit de rencontrer ton fils, plaisanta Jean-Rémi. Sans la galerie, Alain n'aurait jamais accepté de me le présenter !

Malgré la légèreté du ton, elle en perçut toute l'amertume. Elle comprenait très bien son problème, pour l'avoir vécu elle-même, et ne pouvait que le plaindre.

— J'en ai assez d'être systématiquement tenu à l'écart de cette fichue famille Morvan ! ajouta-t-il.

— Rassure-toi, tu ne perds pas grand-chose. Qui voudrais-tu connaître ? La mère d'Alain ? Dieu t'en préserve, c'est une idiote et elle est méchante.

— Oui, je sais… Mais parfois j'ai l'impression de… de ne pas compter pour lui.

Avec le temps, ce grief tournait à l'idée fixe. Ses sentiments pour Alain, loin de s'émousser, étaient devenus plus profonds, plus tendus, et le rendaient très vulnérable.

— Tu as tort, Jean-Rémi. Il t'aime et tu le sais très bien.

— Non, je ne le sais pas ! Si j'en étais sûr, je dormirais la nuit et j'arriverais à peindre !

Interloquée, elle se tourna vers lui et vit qu'il regrettait déjà sa confidence.

— Tu as des problèmes pour peindre ? demanda-t-elle malgré tout.

— Oui. Mais je préfère ne pas en parler.

Ils étaient arrivés devant le cabriolet noir de Jean-Rémi, dont la capote était baissée.

— Monte avec moi, suggéra-t-il, Alain te ramènera après le dîner. De toute façon, il ne dormira pas au moulin, il rentrera à Vallongue pour servir de chaperon à ton fils !

— Virgile est majeur, il peut très bien vivre là-bas tout seul, ou venir habiter chez moi.

Jean-Rémi esquissa un petit sourire d'excuse avant de lui ouvrir la portière.

— En attendant, ma belle, dit-il gentiment, je vais vous faire un bon dîner et je ne serais pas fâché que tu me donnes un coup de main. Sache que je n'ai rien contre l'arrivée de ton fils ; au contraire je suis ravi pour toi. Te ressemble-t-il ?

— Les yeux, c'est tout. Sinon, il est plutôt du côté de Vincent.

— Il doit être très mignon, apprécia-t-il d'un ton rêveur. Et on a le droit de lui faire du charme ?

— Ne t'y risque pas, je crois qu'il est fou amoureux d'une fille, c'est l'une des premières choses qu'il m'ait racontées…

— Dommage !

Elle se mit à rire, la tête en arrière, tandis qu'il s'installait au volant. Il prit la direction des Baux, roulant beaucoup trop vite comme à son habitude.

— Tu finiras par te tuer ! protesta-t-elle.

Pour lui faire plaisir, il s'obligea à ralentir, mais il n'avait pas peur d'un accident, ni peur de la mort. Sa vie lui semblait parfois absurde et sans but, surtout depuis qu'il restait immobile durant des heures devant une toile blanche. L'inspiration le désertait, Alain continuait de lui échapper, et rien d'autre ne le retenait. Surtout pas les jeunes gens avec lesquels il essayait d'oublier, le temps d'un voyage, mais qui ne faisaient que le renvoyer à l'image de sa propre vieillesse. Des éphèbes futiles, désespérément jeunes, souvent intéressés.

— Tu crois que c'est vrai ? demanda-t-il en élevant la voix pour couvrir le bruit du vent.

— Quoi ?

— Qu'on n'aime vraiment qu'une fois ?

Comme elle ne lui répondait pas, il pensa qu'elle n'avait pas entendu la question. Mais lorsqu'il s'arrêta près du moulin, juste avant de descendre elle lui lança :

— Bien sûr que c'est vrai ! Tu ne le savais pas ?

Il resta un instant perplexe, la main sur la clef de contact, puis il se dit qu'il allait entreprendre un portrait d'Alain, que le temps était venu de le faire. Longtemps, il avait retardé l'échéance. Désormais, il ne lui restait aucun autre moyen d'exorciser ses démons, de calmer l'insupportable angoisse qu'il ressentait dès qu'il tenait un pinceau. Bien sûr, Alain ne poserait pas pour lui, inutile de le lui demander et peu importait, il n'avait aucun besoin d'un modèle qu'il connaissait par cœur. S'il parvenait à peindre son obsession, il avait encore une chance de retrouver son talent. Et aussi de découvrir à quoi ressemblerait le visage, une fois qu'il l'aurait sorti de sa tête pour le fixer sur la toile.

226

Béatrice relut avec attention la lettre de Virgile puis elle la posa bien à plat sur la table, devant elle. C'était grotesque, comment pouvait-il répondre à un courrier de remerciement, enthousiaste mais amical, par une déclaration d'amour aussi enflammée ? Il disait qu'il avait tardé à écrire parce qu'il était parti dans le Midi, ce dont elle se moquait éperdument. Qu'il aille vivre où bon lui semble, mais qu'il la laisse tranquille !

Anxieuse, elle parcourut les trois feuillets une nouvelle fois. Que s'imaginait-il donc ? Qu'elle allait sauter dans un train pour le rejoindre là-bas ? Certes, c'était un gentil garçon, et même un très beau garçon, mais elle ne lui avait donné aucun espoir, n'avait pas laissé planer la moindre ambiguïté entre eux. Vouloir une femme ne suffisait pas pour l'obtenir, il faudrait bien qu'il l'apprenne. En revanche, il n'était pas question qu'elle montre cette lettre à Vincent. Ni qu'elle lui en parle.

Vincent... Ils avaient rendez-vous dans moins de deux heures et déjà elle s'affolait. Elle saisit sa tasse de café, la vida d'un trait avec une grimace parce qu'il était froid. La fatigue commençait à se faire sentir mais le café n'était pas le meilleur moyen de lutter. Elle en buvait beaucoup pour arriver à tout mener de front. Son travail de stagiaire au cabinet Morvan-Meyer avait débuté et se révélait épuisant mais ne la dispensait pas de finir sa thèse, sans compter les nuits blanches passées dans les bras de Vincent. Qui était, en plus de tout le reste, un amant exceptionnel.

Elle avait toujours été attirée par des hommes plus âgés qu'elle, et maintenant elle savait pourquoi. L'expérience de Vincent, sa patience, sa douceur, son incroyable gentillesse ou l'élégance qu'il conservait dans n'importe quelle situation : tout la comblait. Dix fois par jour, elle se félicitait d'avoir eu assez de culot pour provoquer leur aventure. Et aussitôt elle se demandait avec désespoir comment elle allait s'y prendre afin de le retenir.

Depuis un moment, ses yeux fixaient la lettre sans la voir, pourtant une phrase finit par capter son attention. Virgile évoquait sa mère, une femme merveilleuse d'après lui : « La plus belle rousse de la planète, tu vas l'adorer. » Mais que croyait-il donc, ce petit con ? Est-ce qu'il allait l'empêcher de vivre la plus fabuleuse histoire de sa vie ? D'abord il la rendait jalouse en lui parlant de cette Magali que Vincent avait forcément aimée puisqu'il lui avait fait trois enfants, ensuite il la mettait en danger. Vincent ne supporterait pas d'être le rival de son fils, de lui faire le moindre tort. Elle avait dû jurer ses grands dieux que jamais elle n'avait flirté avec le jeune homme, qu'elle ne l'avait même pas embrassé, qu'il n'y avait strictement rien entre eux. Et c'était la vérité, même si cette lettre pouvait faire croire le contraire !

Elle saisit les feuilles qu'elle déchira rageusement en petits morceaux. Elle n'avait plus qu'une heure pour se préparer, il fallait qu'elle cesse de se rendre malade à cause des délires d'un « gamin ». Elle décida qu'elle n'avait pas reçu ce courrier, qu'il n'existait pas. D'un bond, elle se leva et fila jusqu'à la salle de bains où elle brossa d'abord énergiquement ses cheveux avant de les attacher en queue-de-cheval. Puis elle souligna ses yeux d'un trait noir, ajouta du blush sur les pommettes et un peu de brillant à lèvres. Quand elle fut satisfaite du résultat, elle passa dans sa chambre pour enfiler une petite robe noire, courte et décolletée. Vincent avait une manière de la regarder qui la rendait folle, elle était prête à n'importe quelle provocation pour obtenir un de ces regards.

Elle revint dans le living et, juste avant d'éteindre les lumières, elle découvrit, horrifiée, qu'elle avait oublié l'enveloppe sur la table. Une négligence impardonnable. Tout à l'heure, après leur dîner au restaurant, Vincent allait la raccompagner ici, comme chaque fois qu'ils sortaient ensemble. À l'idée qu'il aurait pu tomber sur cette fichue enveloppe et y reconnaître l'écriture de son fils, elle sentit son angoisse revenir. Peut-être ferait-elle mieux de prendre les devants, d'appeler carrément Virgile et de mettre les choses au point. Sauf que, en détruisant la lettre, elle avait détruit le numéro de téléphone.

Exaspérée, elle froissa l'enveloppe qu'elle alla jeter dans la poubelle de la cuisine. Vincent était toujours à l'heure et elle serait bientôt en retard. Elle claqua la porte de l'appartement, dévala les marches de bois. Rue de Vaugirard, elle mit presque dix minutes à trouver un taxi avant de pouvoir s'écrouler sur la banquette arrière.

Jusqu'ici, elle avait connu une existence assez agréable. Ses parents habitaient Angers, où son père était médecin. Fille unique, elle avait été entourée d'affection puis poussée vers les études. À Paris, elle s'était débrouillée sans mal entre la fac et toutes sortes de petits boulots. Elle s'était accrochée au droit comme à une véritable vocation, n'avait jamais raté aucun examen et possédait désormais une foule de copains. En six ans, elle avait noué un certain nombre de relations amoureuses, qui s'étaient systématiquement soldées par l'échec. À force de ne viser que des hommes d'âge mûr, les seuls à vraiment lui plaire, elle était souvent tombée sur des hommes mariés qui, éblouis par son physique, voulaient coucher avec elle et rien de plus.

Pour Vincent, elle avait subi un véritable coup de foudre. Il était exactement celui qu'elle avait toujours espéré rencontrer depuis qu'elle avait quitté Angers. Et il était libre… Même attaché ailleurs, elle l'aurait aimé, mais il était libre et elle ne pouvait s'empêcher d'imaginer un avenir possible à ses côtés. Au premier regard sur lui, elle s'était sentie prête à tout – la suite l'avait prouvé –, même si elle était à présent incapable de poursuivre une stratégie. Devant lui, elle ne pensait à rien d'autre qu'à se perdre dans la pâleur de son regard.

— Vous v'là arrivée, ma p'tite dame ! lui signala le chauffeur en se rangeant le long du trottoir.

Alors qu'elle baissait la tête pour trouver son porte-monnaie au fond de son sac, elle eut la surprise d'entendre la voix de Vincent.

— Gardez tout, disait-il au chauffeur en lui tendant un billet.

Il ouvrit la portière, l'aida à descendre.

— J'ai mis un temps fou à me garer, expliqua-t-il, j'avais peur que tu n'aies pas eu la patience de m'attendre, mais tu n'es pas en avance non plus, tant mieux ! Nous obtiendrons quand même une table, j'espère…

La tête penchée vers elle, il effleura ses lèvres puis la serra un instant contre lui. Sur son écharpe de soie blanche, elle sentit le Vétiver de Guerlain et, spontanément, elle chuchota :

— Je t'aime.

Elle le vit se troubler, hésiter, mais finalement il renonça à répondre. Tandis qu'il l'entraînait vers l'entrée du restaurant, un bras passé autour de sa taille, elle eut la certitude qu'un jour prochain il lui dirait la même chose.

6

Paris, 1975

ENCORE ÉTOURDIE, Marie se redressa pour s'asseoir au bord du lit. Au bout de quelques instants, elle jeta un coup d'œil par-dessus son épaule et surprit le sourire radieux d'Hervé.

— Quelque chose t'amuse ? demanda-t-elle en se raidissant.

— M'amuse ? Non, je prends tout ça très au sérieux…

Il se composa une mine grave puis éclata de rire et roula sur lui-même pour se rapprocher d'elle. Il lui passa un bras autour de la taille, déposa un baiser léger au creux de son dos.

— Ne t'en va pas tout de suite, rien ne t'oblige à partir.

Elle faillit céder mais se reprit à temps.

— J'ai un travail fou, plaida-t-elle, je dois me lever très tôt demain matin.

— Ce n'est plus demain matin, c'est tout à l'heure. Je mettrai le réveil à l'heure que tu veux...

Comme il l'empêchait de se lever, elle se sentit soudain gênée d'être nue et le repoussa brutalement. Une fois debout, elle fila vers la salle de bains dont elle referma la porte, un peu essoufflée. Ensuite elle regarda autour d'elle, curieuse de ce qu'elle allait découvrir. Elle avait voulu aller chez lui, intriguée de savoir dans quel genre de cadre il vivait, quels étaient ses goûts ; et de toute façon elle ne pouvait pas l'emmener avenue de Malakoff.

La pièce qu'elle découvrit était spacieuse, avec des serviettes de bain moelleuses, une jolie moquette bleue, de grandes glaces impeccables. Elle ouvrit la porte de la douche, vérifia qu'il y avait du savon et du shampooing sur les étagères de faïence avant d'ouvrir les robinets. Une fois sous l'eau tiède, elle se mit à réfléchir à ce qui venait d'arriver. Ils avaient dîné ensemble, pour la sixième fois au moins, parlant à bâtons rompus comme de vieux amis, et un peu avant le dessert elle avait pris la décision de passer la nuit avec lui. Pourquoi ce soir-là plutôt qu'un autre ? Il la poursuivait depuis des mois, ne se lassait pas de ses refus, restait gai et galant ; le jeu aurait pu se poursuivre longtemps, toutefois elle avait éprouvé une soudaine envie de faire l'amour, de se laisser séduire. Peut-être était-ce dû à sa façon de savourer une gorgée de vin avec gourmandise,

234

ou à son rire franc, ou encore à toutes les petites attentions dont il l'entourait, mais elle s'était sentie craquer.

À quarante-quatre ans, Marie était sans illusions ; d'ailleurs elle n'avait jamais été naïve. Hervé pouvait conquérir des femmes plus jeunes et plus jolies qu'elle, comme Vincent avec cette Béatrice, par exemple, et il cherchait sûrement quelque chose de précis auprès d'elle. Une opportunité professionnelle ? Probablement pas puisqu'il avait fini par intégrer un autre cabinet de groupe où il semblait se plaire et réussir. Une aventure sans suite et sans complication ? Si c'était le cas, elle était tout à fait d'accord.

— Tu m'invites ?

Elle sursauta, essaya d'ouvrir les yeux mais fut aveuglée par la mousse du shampooing.

— Je ne t'ai pas entendu frapper ! jeta-t-elle d'un ton hargneux en achevant de rincer ses cheveux.

Quand elle réussit à le regarder, elle constata qu'il paraissait plus surpris qu'embarrassé. Il avait ouvert la porte de verre de la douche et hésitait à la rejoindre sous le jet mais elle coupa l'eau. Résigné, il recula un peu pour la laisser sortir, attrapa un drap de bain et le lui tendit.

— Tu es devenue bien pudique…, marmonna-t-il.

— J'ai vingt ans de plus. Toi aussi.

— Et alors ? Tu es belle, Marie… Et toujours aussi peu sûre de toi !

Il la prit dans ses bras, d'un geste tendre auquel elle n'eut pas le courage de résister.

— Tu fanfaronnais, à l'époque, mais je me suis parfois demandé si tu n'étais pas un peu timide malgré tes airs de fille affranchie.

— Ne sois pas ridicule ! protesta-t-elle.

Contrariée, elle tenait la serviette serrée autour d'elle, pourtant il la lui enleva.

— Ton problème est que tu ne t'aimes pas, dit-il tranquillement. Pourquoi ? Regarde-toi…

Il la poussa vers l'un des miroirs et resta debout à côté d'elle, désignant leurs reflets.

— Nous avons le même âge et tu me plais. Tu peux constater que je ne mens pas.

Effectivement, il avait envie d'elle, ce qui finit par la faire sourire. Il était vraiment différent du jeune homme dont elle n'avait conservé qu'un souvenir flou. Elle s'étonna qu'il ait pu prendre autant d'assurance, d'humour, devenir quelqu'un d'autre. Pour ne pas se laisser attendrir, elle s'écarta de lui en déclarant :

— Je dois partir, Hervé.

— Mais tu reviendras un jour ?

Sans chercher à la retenir, il la contemplait toujours d'un drôle d'air, la tête un peu penchée sur le côté, une main sur la hanche, dans une attitude qui rappelait irrésistiblement l'une des poses favorites de Léa.

**

Sur le seuil de la bergerie, Vincent cligna des yeux. La pénombre qui régnait à l'intérieur tranchait tellement avec la lumière du dehors qu'il eut besoin de quelques secondes pour accommoder. Enfin il distingua nettement Alain, qui était assis à son bureau, des livres de comptes ouverts devant lui, et qui le considérait avec une telle hostilité qu'il se sentit obligé de parler le premier.

— Désolé de te déranger, déclara-t-il d'un ton abrupt. J'aurais dû téléphoner ?

— Tu viens quand tu veux... Tu as pris l'avion ? Mais entre, je t'en prie.

L'invitation manquait autant de cordialité que le regard, et Vincent comprit qu'il n'était pas le bienvenu. À regret, il avança de quelques pas. Il ne parvenait pas à se souvenir de la dernière fois où il était venu là. La pièce était longue, avec un plafond bas, d'étroites fenêtres à petits carreaux, des murs de crépi blanc et des poutres apparentes. Alain avait sauvé le dallage ancien, qui luisait de manière inégale dans la pénombre. Sans doute s'était-il donné un mal fou pour transformer ainsi l'ancienne bergerie effondrée. Derrière l'imposante table de ferme qui lui servait de bureau, des bibliothèques vitrées abritaient une foule de dossiers et de classeurs. Plus loin, un escalier de meunier s'élançait vers le grenier à foin où étaient aménagées une chambre et une salle de bains.

— Tu es bien installé..., constata Vincent, ironique.

Alain continuait de fuir Vallongue dès qu'un membre de la famille y arrivait, ce qui était très vexant.

— C'est moins grand que la maison, répliqua tranquillement son cousin, mais c'est plus calme.

Malgré tous leurs différends, Vallongue restait quand même « la maison » pour chacun d'entre eux.

— Je n'y ai pas trouvé Virgile, déclara Vincent. Tu sais où il est ?

Alain prit le temps de reboucher son stylo, puis il releva les yeux et le toisa.

— Non, je ne sais pas. Il fait ce qu'il veut. En tout cas de ses week-ends…

— Et dans la semaine ?

— Il travaille avec moi.

La voix d'Alain était posée, volontairement neutre.

— Tu l'as engagé ? insista Vincent.

— Oui.

— Sans juger bon de m'en parler !

Avec un haussement d'épaules indifférent, Alain riposta :

— On se parle très peu, toi et moi… Ton fils est majeur. S'il avait souhaité te tenir au courant, c'était à lui de le faire.

— Tu es conscient qu'il aura bientôt perdu une année de sa vie ?

Alain se leva, parut chercher ses mots l'espace d'une seconde, et finit par demander, plus sèchement cette fois :

— Perdu ? Tu es sûr ?

— Il aurait pu faire des études, il n'est pas stupide, c'est du gâchis ! Au lieu de traîner ici à…

S'interrompant net, Vincent laissa sa phrase en suspens. Le jugement qu'il portait sur son fils pouvait tout aussi bien s'appliquer à Alain et il n'aurait pas dû l'énoncer d'une manière si dédaigneuse.

— Tu ressembles de plus en plus à Charles, dit son cousin à mi-voix, tes enfants ne doivent pas rire tous les jours.

D'abord, Vincent ne réagit pas, puis il avança encore et vint s'arrêter devant la table. Ils étaient sur le point de s'injurier, ils le savaient très bien, aussi restèrent-ils silencieux une minute avant que Vincent parvienne à articuler :

— Un jour ou l'autre, on va s'étriper tous les deux, et d'avance je le regrette… Ne me fais pas pire que je ne suis, je n'ai jamais méprisé ton travail ici. Mais je ne comprends pas ce que Virgile vient y faire. Il aime vraiment ? Si c'est ça, dis-le-moi, puisque tu le connais mieux que moi !

Vincent semblait plus triste que menaçant, et Alain se troubla, baissa la tête pour répondre :

— Je crois qu'il se plaît à Vallongue et qu'il commence à comprendre le fonctionnement de l'exploitation. Ce n'est sans doute pas encore une passion pour lui mais ça peut le devenir…

Il parut y réfléchir lui-même en le disant. Le sort de Virgile l'intéressait pour de bon, quelle que soit la frustration de Vincent à ce sujet.

— Il a surtout besoin d'indépendance, poursuivit-il, je suis bien placé pour le comprendre. Comme il ne pouvait pas vivre de l'air du temps et qu'il ne veut rien te demander, j'ai trouvé plus simple de lui offrir un salaire contre un travail. Son contrat expire fin août. À partir de là, à lui de juger s'il veut une véritable embauche, que je suis prêt à lui proposer. Si ce n'est pas lui, ce sera quelqu'un d'autre... Moi, je ne suffis plus à la tâche. La plupart du temps, j'habite la maison pour qu'il ne se sente pas trop seul, et il passe presque tous ses dimanches avec sa mère à Saint-Rémy. Appelle-le donc chez elle, mais ne leur tombe pas dessus par surprise. Voilà... C'est tout ce que tu voulais savoir ?

Désemparé, Vincent avait écouté la tirade sans broncher. Il s'écarta un peu de la table, secoua la tête en silence. À la fois il en voulait à Alain, et tout au fond de lui-même il lui était reconnaissant. Au moins Virgile avait su où se réfugier, avait trouvé un allié. Il fit encore quelques pas et, arrivé près d'une fenêtre, il jeta un coup d'œil au-dehors. Les collines bleutées des Alpilles, dans le lointain, lui étaient si familières qu'il ressentit une bouffée de nostalgie. Sur ces pentes, ces vallons, et jusqu'aux crêtes déchiquetées, il avait passé des années de son enfance à courir avec Alain, Daniel et Gauthier. Quoi qu'il fasse, une partie de lui-même était ancrée là pour toujours.

— Je vais me remarier, articula-t-il au bout d'un moment.

— Oui, je sais…

Faisant volte-face, il considéra son cousin d'un air perplexe.

— Comment le sais-tu ?

— Bavardages de famille… Tiphaine a prévenu Virgile.

— Et alors ?

— Il l'a très mal pris, tu t'en doutes bien…

La voix d'Alain était redevenue tranchante et son regard s'était durci.

— Je suis là pour ça aussi, soupira Vincent. Pour en parler avec lui. Je ne sais pas ce qu'il t'a raconté, ni ce qu'il s'était imaginé… Bref, c'est lui qui m'a présenté Béatrice. Elle s'appelle Béatrice.

— Je m'en fous. Elle pourrait s'appeler Bécassine, ça ne m'intéresserait pas davantage.

Ahuri par tant d'agressivité, Vincent fronça les sourcils puis revint vers Alain.

— Est-ce que ça te pose un problème ?

— À moi, aucun ! En revanche, si tu cherchais un moyen d'envenimer les choses entre Virgile et toi, tu l'as trouvé. Une fille de vingt-cinq ans ! Vraiment, ça ne te ressemble pas.

— Mais il n'y avait rien entre eux, rien ! Sinon, je n'aurais jamais… Enfin, Alain, merde ! Pour qui me prends-tu ?

241

— Franchement, je ne sais plus.

De nouveau ils se mesuraient du regard, de part et d'autre de la table.

— Tu deviens chiant, monsieur le juge. Moralisateur et étroit d'esprit. Tu n'as plus que ta carrière en ligne de mire, ça t'a déjà fait divorcer d'une femme merveilleuse et ça t'a aussi fâché avec ton fils aîné. Où vas-tu t'arrêter ? Est-ce qu'une jeune épouse fait partie de la panoplie du magistrat ?

Toutes leurs discussions dégénéraient en querelle et Vincent éprouva une brusque envie de frapper Alain pour le faire taire. Comment avaient-ils pu en arriver là, juste au bord de la haine ?

La sonnerie du téléphone les surprit tous deux. Alain décrocha machinalement et se mit à répondre par monosyllabes, puis il prit un stylo pour inscrire des chiffres sur son agenda. Vincent inspira à fond, essayant de recouvrer son sang-froid. Il regarda autour de lui tandis qu'Alain continuait à parler de dates de livraisons. Il se demanda si Virgile venait travailler ici, s'il s'initiait à la comptabilité ou à la gestion de l'affaire. Et s'il continuait de considérer Alain comme un homme beaucoup plus intéressant que lui-même.

Sur le mur du fond, à l'autre bout de la pièce, se trouvait un unique tableau, bien éclairé par une rampe lumineuse. Même de loin, Vincent identifia le style de Jean-Rémi. La toile valait sans doute

242

très cher aujourd'hui. Il s'en approcha afin de mieux détailler le paysage hivernal, les arbres torturés, le ciel plombé. Clara ne s'y était pas trompée, bien des années plus tôt, en clamant le talent du peintre. Un homme que Magali appréciait beaucoup, dont elle était devenue l'amie, mais, en dehors d'elle, personne de la famille n'avait cherché à le connaître davantage. Sujet tabou, liaison perverse soigneusement ignorée, tout ce qui touchait Alain restait dans le non-dit, bien qu'il n'y eût plus personne à ménager depuis la disparition de Clara.

Vincent se retourna, constata qu'Alain avait raccroché et l'observait. Il soutint son regard un moment puis l'entendit murmurer :

— Désolé de t'avoir agressé comme ça, Vincent.

Leur colère était tombée et les laissait aussi désemparés l'un que l'autre. À cet instant précis, il aurait suffi de presque rien pour les réconcilier exactement comme, cinq minutes plus tôt, ils avaient été tout près de se battre. Vincent essaya de trouver quelque chose à dire mais il y renonça, impuissant. Au lieu de parler, il esquissa un sourire mitigé et retraversa la pièce.

— Tu restes un peu à Vallongue ?

— Je ne sais pas, je... Il faut que je voie Virgile, de toute façon.

— Oui.

Vincent était arrivé à la porte, il posa la main sur la poignée.

— Merci de t'occuper de lui, dit-il doucement avant de sortir.

Une fois dehors, il s'éloigna sans hâte sur le sentier et faillit rebrousser chemin à plusieurs reprises. Il se remémorait la phrase d'Alain : « Désolé de t'avoir agressé comme ça », et surtout son intonation navrée, presque affectueuse. Ah, si seulement ils avaient pu retrouver leur complicité passée ! Pourquoi ne parvenaient-ils pas à se réconcilier, tous les deux ? Alain était pourtant le seul à qui il aurait pu expliquer ses doutes, ses appréhensions, avec la certitude d'être compris.

Il regagna Vallongue d'où il téléphona à Magali, puis il appela un taxi pour se faire conduire à Saint-Rémy. Il n'avait que quelques heures devant lui. Béatrice devait venir le chercher à Orly le soir même et il ne souhaitait pas s'attarder, mais la rencontre avec Virgile était devenue inévitable.

Quand il sonna chez Magali, il éprouva une sensation étrange. Il ne connaissait pas sa maison, ne savait pas de quelle manière elle y vivait ni même si elle y était seule. En fait, il ignorait presque tout d'elle à présent. Tiphaine et Lucas descendaient régulièrement la voir mais ne lui donnaient que peu de détails, et il évitait de les interroger.

— Ah, te voilà ! s'écria Magali en ouvrant toute grande la porte.

Elle le dévisagea d'abord avec curiosité puis s'effaça devant lui.

— Viens, je t'ai préparé du café… As-tu déjeuné ?

Son accent chantant paraissait plus prononcé qu'autrefois, sinon elle était exactement la même que dans son souvenir. Elle le précéda dans une vaste salle dont les persiennes étaient tirées. Il découvrit un mobilier ultramoderne, posé sur des tapis géométriques.

— Ici ou à la cuisine ? demanda-t-elle avec un charmant sourire.

— Où tu voudras…

Elle gagna la pièce suivante, dans laquelle la lumière entrait à flots. Il vit un plan de travail en inox, un comptoir carrelé de blanc avec de hauts tabourets d'ébène. À l'évidence, elle avait tiré un trait sur son passé, que ce soit celui de sa jeunesse ou celui de sa vie avec Vincent, mais elle n'avait sûrement pas décoré sa maison elle-même.

— Je te fais une omelette ? proposa-t-elle.

— Volontiers, merci.

Croyant trouver son fils à Vallongue, il n'avait pas envisagé la possibilité d'une rencontre avec elle, chez elle, et il était là comme un intrus, trop embarrassé pour savoir que dire.

— Virgile va arriver, il est allé s'acheter des cigarettes.

D'un geste énergique, elle se mit à battre des œufs dans un bol tandis que la poêle chauffait.

— Sois patient, il est plutôt braqué par ton mariage.

Elle en avait parlé la première, sans émotion apparente, mais au lieu d'être soulagé il ressentit une tristesse diffuse qui le mit encore plus mal à l'aise. Elle dut en avoir conscience car elle se tourna vers lui et ce mouvement fit briller ses cheveux acajou au soleil.

— Ne sois pas gêné, Vincent, tu as le droit de refaire ta vie...

— Et toi ? répliqua-t-il trop vite.

— Moi, quoi ?

Sourcils froncés, elle le regardait sans comprendre.

— J'ai un bon travail, qui me plaît beaucoup. Les enfants t'en ont parlé ?

— Pas vraiment. C'est Jean-Rémi qui a monté l'affaire ?

— Oui, mais il me paie bien. Le salaire est confortable et j'ai un intérêt sur les ventes.

— Comment fais-tu pour diriger une galerie ? La peinture, c'est un domaine plutôt...

— J'improvise, je bluffe ! Et pendant ce temps-là, j'apprends. J'écoute ce que disent les gens, j'observe leurs réactions. C'est très amusant, très instructif, je me régale.

Une expression du Midi, qu'elle utilisait volontiers et qu'il avait oubliée. Elle déposa l'omelette baveuse dans une assiette creuse, puis ajouta quelques brins de ciboulette avant de se jucher sur un tabouret, à côté de lui. Quand elle croisa ses jambes bronzées, il détourna les yeux.

246

— Je suis heureux de savoir que tu réussis, dit-il à mi-voix.

— Bon, ce n'est pas pour parler de moi que tu es venu, répondit-elle gaiement.

— Non, mais il y a si longtemps que nous ne nous étions pas vus… Tu es très en forme, très… très belle. Vraiment.

Elle se contenta de hocher la tête, acceptant le compliment, puis elle enchaîna :

— Virgile a peur de toi, est-ce qu'au moins tu le sais ?

— Peur ? Pourquoi ?

— Il te trouve intolérant, impressionnant, bourreau de travail comme il ne le sera jamais. Il craignait que tu ne débarques ici pour faire un scandale ou t'empoigner avec Alain. Et puis, quand il a appris par sa sœur que tu allais épouser cette jeune femme, il s'est senti dépossédé.

Spontanément, elle posa sa main sur le genou de Vincent et se pencha un peu vers lui.

— Des filles, il en rencontrera d'autres, mais mets les choses au point entre vous, parle-lui d'homme à homme, pas comme à un petit garçon.

Plus sensible qu'il ne l'aurait voulu au contact de sa main, il répliqua :

— Vous vous êtes donné le mot, Alain et toi, pour m'expliquer ce que je dois faire ?

— Pourquoi pas ? Vous avez toujours eu des problèmes, Virgile et toi, il serait temps de les surmonter !

Ils entendirent la porte d'entrée claquer, ce qui les empêcha de poursuivre. Vincent s'écarta un peu de Magali au moment où leur fils pénétrait dans la cuisine.

— Bonjour papa, marmonna le jeune homme.

Sa mauvaise volonté ne faisait aucun doute, il n'ébaucha pas un geste pour aller embrasser son père qui venait de quitter son tabouret.

— Bonjour, Virgile.

Il y eut un petit silence contraint puis Vincent enchaîna :

— Allons nous promener ensemble, tu veux ? Je t'offre un verre, j'ai à te parler.

Il se tourna vers Magali, qui était juste derrière lui, et l'embrassa sur la joue.

— Merci pour l'omelette.

— Tu n'as rien mangé ! protesta-t-elle en le retenant un instant.

Son parfum était le même, le grain de sa peau aussi. À vingt ans, il se serait damné pour elle et sans doute n'en était-il pas guéri. Agité par des sentiments contradictoires qui le rendaient soudain très malheureux, il rejoignit Virgile. Une fois dehors, ils firent quelques pas sur le boulevard ombragé de platanes, aussi silencieux l'un que l'autre.

— Tu pourrais m'appeler de temps en temps, dit enfin Vincent.

Virgile ne répondit rien et ils continuèrent à marcher côte à côte jusqu'à la première terrasse qu'ils rencontrèrent.

— On s'assied là ? Qu'est-ce que tu bois ?

— Une bière.

Quand le garçon eut apporté le demi et un café, Virgile sortit son paquet de cigarettes et en offrit une à son père.

— Bon, allons-y, proposa Vincent d'un ton calme. D'abord ton travail sur l'exploitation d'Alain. Tu comptes poursuivre ?

— Oui, sûrement. Il m'a offert un contrat, il...

— Je sais, j'en ai discuté ce matin avec lui. Ce qui m'intéresse, c'est de savoir si tu le fais par goût ou pour d'autres raisons.

— Du genre ?

— Provocation, désœuvrement, manque d'imagination, paresse...

Virgile releva la tête d'un mouvement brusque et le dévisagea.

— Qui provoque, là ?

— Personne. Si ta vie est à Vallongue, je peux le comprendre. Alain a donné la preuve qu'il n'est pas impossible d'y réussir mais je ne voudrais pas que tu te contentes de l'imiter ou de fuir.

— À propos d'imitation, pourquoi ne t'es-tu pas trouvé une nouvelle femme tout seul ?

— C'est la raison de ma présence. Je ne supporterai pas que ce malentendu persiste entre nous, répondit Vincent sans s'énerver.

Son fils était tendu, nerveux ; pourtant sa mauvaise humeur n'enlevait rien à son charme. C'était un très beau jeune homme, il avait les yeux verts de sa mère, des traits fins, et Vincent se demanda pourquoi Béatrice l'avait repoussé. Pourquoi elle lui avait préféré un homme de quarante-deux ans, ni drôle ni disponible.

— Est-ce que tu considères que Béatrice était ta petite amie ? murmura-t-il.

— Non…

— Alors je ne t'ai rien pris. Je ne l'aurais jamais fait et tu le sais très bien.

Virgile ouvrit la bouche, la referma, finit par hocher la tête.

— Je n'avais pas l'intention de me marier, ajouta Vincent, c'est elle qui y tient. Peut-être qu'elle se sentira plus en sécurité comme ça. À mon âge, c'est difficile de vivre une histoire d'amour avec quelqu'un d'aussi jeune.

— Tu ne veux pas que je te plaigne, quand même ? Que je compatisse ? Tu te tapes une super-nana qui pourrait être ta fille !

L'explosion de rage de Virgile avait attiré l'attention de plusieurs consommateurs qui lançaient des regards curieux et amusés vers leur table. Vincent prit une profonde inspiration avant de répondre.

— Ce que je veux, d'abord, c'est que tu changes de ton. De vocabulaire et de façon de penser. Ensuite je souhaite que tu viennes à Paris pour t'expliquer avec elle. Je ne t'oblige pas à assister à ce mariage, mais j'organise un dîner de famille la veille au soir et je tiens à ce que tu sois là, sinon je reviens te chercher moi-même. J'en ai marre que tu boudes, à l'autre bout de la France, je ne t'ai rien fait. Enfin, j'aimerais surtout que tu cesses de me défier, ça ne te mènera nulle part. Ou alors lève-toi et voyons jusqu'où tu peux aller si tu préfères régler ça autrement.

Déconcerté par le sang-froid de son père, Virgile se sentait soudain moins sûr de lui. Toutes les choses qu'il aurait voulu dire restaient bloquées dans sa gorge.

— Tu me réponds ? insista Vincent en élevant légèrement la voix.

Son regard gris était devenu glacial et ne lâchait pas Virgile qui perdit pied.

— Excuse-moi, bafouilla-t-il, mais je…

— Ce ne sont pas des excuses que j'attends. Je t'ai dit ce que je voulais et je ne transigerai pas. Décide-toi maintenant.

— Je viendrai, murmura Virgile.

Vincent le considéra encore quelques instants, sans la moindre indulgence, puis il se leva et fouilla sa poche dont il sortit de la monnaie.

— Où puis-je trouver un taxi pour aller à l'aéroport ?

— Je vais t'y conduire avec la voiture de maman.

— Inutile de te déranger.

— Laisse-moi t'emmener. S'il te plaît…

Vincent haussa les épaules et Virgile se mit debout à son tour. Aussi silencieux qu'à l'aller, ils reprirent le chemin de la maison de Magali.

**

Tiphaine en riait encore tandis que Cyril conservait un air courroucé.

— C'est normal, tu m'as présentée comme ta cousine !

Ils avaient passé la soirée chez un copain de fac qui organisait une petite fête en l'absence de ses parents, et Tiphaine avait été invitée à danser par tous les garçons présents. L'un d'entre eux s'était montré un peu trop entreprenant, jusqu'à l'intervention brutale de Cyril.

— La tête qu'il faisait quand tu lui as dit de me lâcher ! Waouh ! J'ai adoré ça, il a vraiment eu peur !

Elle glissa son bras sous le sien pour se serrer davantage contre lui tandis qu'ils émergeaient de la station de métro.

— Je ne pouvais plus supporter de voir sa main dans ton dos, son menton dans ton cou, et surtout son air imbécile ! grogna-t-il.

— Je ne savais pas que tu étais jaloux...

— Horriblement, je viens de m'en rendre compte. Est-ce que ça t'ennuie ?

— Pas du tout ! Si une fille t'approche, je lui arrache les yeux !

Ils s'arrêtèrent ensemble, saisis par la même envie de s'embrasser. Avec une lenteur délibérée, il prit possession de sa bouche, s'attarda un peu, puis brusquement se détacha d'elle.

— Rentrons vite, ou je te fais l'amour debout sur ce trottoir.

Le rire clair de Tiphaine le fit sourire malgré lui. Il ne pouvait se sentir heureux que si elle était près de lui, avec lui, contre lui. Mais une fois rentrés avenue de Malakoff, il leur faudrait patienter un moment avant de pouvoir se rejoindre furtivement, comme chaque nuit.

— Tiphaine, soupira-t-il, nous devrions le leur dire…

Elle ne répondit rien, effrayée par cette idée, comme chaque fois qu'il y faisait allusion. Elle ne voulait même pas imaginer la réaction de son père, et encore moins celle de Virgile ; pourtant leur situation clandestine ne pouvait plus durer. Cyril avait attendu jusque-là, maintenant il était à bout.

— Tu as eu dix-huit ans la semaine dernière, rappela-t-il seulement.

C'était le délai qu'elle lui avait demandé de respecter et elle n'avait plus d'arguments à lui opposer désormais. Ils étaient amants depuis assez longtemps pour se sentir sûrs d'eux, de leurs sentiments, de leur volonté de rester ensemble, et l'heure d'affronter la famille était venue.

Alors qu'ils arrivaient en vue de l'hôtel particulier, ils aperçurent des lumières au rez-de-chaussée et ils échangèrent un regard surpris.

— Il y avait quelque chose de spécial, ce soir ? demanda Cyril avec une pointe d'anxiété.

— Non… Pas que je sache.

Silencieux, ils traversèrent le hall sur la pointe des pieds mais furent arrêtés par des éclats de voix et des rires. Cyril entraîna alors Tiphaine vers l'une des doubles portes du grand salon qui était ouverte, et ils découvrirent Daniel, affalé sur l'un des canapés, en face de Marie qui lui servait du champagne.

— Oh, les jeunes ! s'écria Daniel en les voyant sur le seuil. Venez arroser l'événement avec nous ! Sofia a eu ses jumeaux, ça y est, je suis père !

Il semblait hilare, béat, un peu éméché.

— C'est ça, venez trinquer, approuva Marie, plus on est de fous… Et votre soirée, c'était bien ?

Comme tout le monde, elle trouvait normal qu'ils sortent ensemble puisqu'ils allaient à la même fac, suivaient les mêmes programmes à trois ans d'intervalle, parlaient de droit à longueur de temps et s'entendaient à merveille depuis toujours.

— Garçons ou filles ? demanda Cyril qui souriait à Daniel.

— Un de chaque ! hurla-t-il avant de vider sa coupe.

— Et leurs prénoms ? s'enquit Tiphaine.

Jamais elle n'avait vu son oncle Daniel aussi exubérant et elle se sentait gagnée par sa gaieté.

— Albane et Milan, énonça-t-il avec emphase. Est-ce que ça vous plaît ?

— Albane et Milan, répéta Tiphaine lentement. Eh bien, je trouve ça… formidable !

— Dans ce cas, on va porter un nouveau toast, d'accord ?

— Tu as déjà beaucoup bu, fit remarquer Marie.

— Oui, je sais, mais j'en ai deux à arroser. Deux ! Tu te rends compte ? Vous aviez tous des enfants et pas moi... Le fossé est comblé !

Il se laissa aller en arrière, contre les coussins moelleux du canapé, puis observa les jeunes gens qui étaient encore debout.

— Et vous, les tourtereaux, comment va ?

Cyril lâcha brusquement la main de Tiphaine, qu'il avait gardée dans la sienne par habitude, sans pouvoir s'empêcher de rougir tandis que sa mère lui lançait un coup d'œil perçant. Il y eut un silence embarrassé, qui se prolongea assez longtemps pour qu'ils aient tous conscience du malaise naissant. Affolée, consternée, Tiphaine regardait obstinément le tapis.

— Dites donc, tous les deux..., commença Marie d'une voix tendue, vous avez quelque chose à vous reprocher ?

— Non ! répliqua Cyril, catégorique.

Il avança d'un pas pour faire face à sa mère tout en protégeant Tiphaine.

— Rien qui mérite des reproches, ajouta-t-il. Mais si c'est l'occasion de parler... de toute façon, je comptais le faire.

— Cyril..., murmura Tiphaine derrière lui.

Sans tenir compte de l'interruption, il acheva :

— Nous nous aimons depuis un moment. Et c'est pour de bon.

255

Alors que Marie restait saisie, Daniel esquissa une grimace puis leva les yeux au ciel.

— Me voilà terriblement gêné, les enfants, marmonna-t-il. Tout ça est ma faute, je crois que j'ai trop arrosé l'arrivée de mes bébés... Vous êtes vraiment amoureux, tous les deux ?

À présent, il les dévisageait avec curiosité.

— Je suis sérieux, maman, précisa encore Cyril.

Sérieux et prêt à assumer les conséquences de ce qu'il venait d'avouer. Marie avait su se faire respecter de ses enfants, aussi bien en les raisonnant qu'en leur distribuant des paires de claques ; cependant c'était également une femme libérale et intelligente, son fils le savait.

— Est-ce qu'on ne pourrait pas considérer qu'il s'agit d'une deuxième bonne nouvelle ? lança Daniel.

— Tu deviens fou ? répliqua Marie en se tournant vers lui.

— Pourquoi ? Il n'y a rien de mieux que l'amour ! Regarde-les... Avoue qu'ils sont mignons ! À les voir côte à côte tout à l'heure, ça m'a semblé évident, je suis désolé de l'avoir fait remarquer, pour un diplomate je me comporte avec la délicatesse d'un éléphant ! Mais après tout, qu'importe ? Viens là, Tiphaine...

Il fit signe à sa nièce de le rejoindre sur le canapé.

— Bien entendu, ton père n'en sait rien ?

Elle se contenta de secouer la tête et il passa un bras autour de ses épaules pour l'attirer contre lui.

— Tu veux que je sois votre ambassadeur ? À jeun, je suis plus efficace.

— Daniel ! s'écria Marie, exaspérée.

— Fais moins de bruit ou Vincent va descendre, protesta-t-il.

Tiphaine, qui gardait la tête appuyée sur son oncle, demanda :

— Pourquoi ne l'as-tu pas réveillé ?

— Parce qu'il est avec Béatrice.

— Ah, tu ne l'apprécies pas non plus, cette garce ?

— Tiphaine, voyons... Disons que je ne la connais pas assez pour avoir envie de faire la fête avec elle.

— Pour l'instant, on se fout de Béatrice ! hurla Marie. La question, c'est vous deux.

Elle reporta son attention sur Cyril qui n'avait pas bougé.

— Vous êtes cousins..., commença-t-elle.

— Non, intervint Daniel, c'est nous qui le sommes, ma chérie, pas eux ! Qu'est-ce qu'ils ont en commun ? Des arrière-grands-parents, point. Ils se partagent juste Clara, mais pour le reste, à chacun son hérédité.

Même s'il avait trop bu, il mit un certain poids dans le dernier mot, et Marie saisit l'avertissement. S'il était question de généalogie, Cyril pouvait tout aussi bien demander de qui il était le fils.

257

— Est-ce que vous couchez ensemble ? interrogea-t-elle.

Elle regardait Cyril droit dans les yeux mais il répondit sans hésiter.

— Oui.

— Depuis longtemps ?

— Des années.

L'aveu était difficile à accepter, puisque Tiphaine venait juste d'avoir dix-huit ans, et l'expression de Marie se durcit.

— Alors tu t'es conduit comme un immonde petit salaud ! jeta-t-elle rageusement.

Tiphaine abandonna aussitôt l'épaule protectrice de Daniel et se leva d'un bond.

— Marie, il n'est pas seul responsable ! Nous étions d'accord, lui et moi, et nous le sommes toujours.

— D'accord pour quoi ?

Troublée, la jeune fille chercha en vain une réponse et Cyril vola à son secours.

— Pour l'avenir. Pour faire notre vie ensemble. Pour nous marier un jour...

— Mais vous êtes simples d'esprit ou quoi ? explosa Marie. D'abord il n'est pas question de mariage à votre âge, sans même parler d'enfants et du problème de consanguinité. Clara doit se retourner dans sa tombe !

— Non, Clara nous aurait compris, j'en suis sûr, dit Cyril gravement.

— Toi, boucle-la ! Quand on est assez irresponsable pour coucher avec une adolescente, on n'a pas voix au chapitre ! Et si Vincent te massacre, je ne prendrai pas ta défense !

— Mon frère ne fera pas ça, affirma Daniel.

Cyril n'en était pas certain et la perspective d'affronter Vincent lui arracha une grimace. Il aurait préféré, de loin, pouvoir en discuter d'abord avec Alain, qui était toujours de bon conseil, mais celui-ci avait fait savoir qu'il ne se rendrait pas au mariage de Vincent. Une absence compréhensible puisqu'il avait été son témoin, vingt ans plus tôt, pour ses noces avec Magali.

— Bon, soupira Daniel. Je refuse de vous laisser gâcher ma nuit, c'est la plus belle de ma vie ! Je parlerai à Vincent, mais pas maintenant. Laissez-le d'abord épouser sa minette... et laissez-moi baptiser mes jumeaux, d'accord ?

Il s'était plus particulièrement adressé à Marie qui finit par acquiescer, à contrecœur. Voyant que l'orage s'éloignait sans avoir éclaté, Tiphaine adressa un sourire radieux à Cyril avant d'aller se rasseoir près de son oncle à qui elle demanda :

— Comment as-tu dit qu'ils s'appelaient déjà ? Albane et Milan ?

— C'est ça...

— Et vous avez choisi les marraines ?

Daniel éclata de rire puis agita sa coupe vide en direction de Marie.

— Trouve une autre bouteille, lui dit-il, je n'ai décidément pas sommeil !

✱✱

Appuyée sur un coude, Béatrice détaillait le profil de Vincent. Le jour était levé depuis une heure mais il dormait toujours, sans doute épuisé par leurs ébats de la nuit.

Très lentement, elle se redressa, s'assit. Devait-elle le réveiller ou pas ? Il avait sûrement des rendez-vous au Palais, puisqu'il n'avait pas voulu prendre de congé. Leur mariage devait avoir lieu le lendemain, samedi ; hélas il n'était pas question de voyage de noces, elle n'avait pas réussi à le persuader de se mettre en vacances et elle avait dû cacher sa déception. Pourtant, depuis des semaines, elle rêvait d'une escapade à Venise, Saint-Pétersbourg, ou n'importe quelle autre destination romantique dont il lui ferait la surprise, mais il était tombé des nues lorsqu'elle avait abordé ce sujet. Catégorique, il s'était refusé à abandonner ses piles de dossiers en retard, son travail passait avant tout.

Après un dernier coup d'œil attendri, elle se leva sans bruit. Dévorée de curiosité, elle aurait aimé quitter la chambre pour partir à la découverte de l'hôtel particulier ; toutefois la peur de rencontrer quelqu'un la retenait. Le soir même, un dîner était prévu afin qu'elle fasse connaissance avec les membres de la famille auxquels elle n'avait pas encore été présentée, mais, d'ici là, elle pouvait difficilement se promener dans les couloirs comme si elle était chez elle.

Chez elle… L'idée avait quelque chose d'extravagant, de merveilleux. Devenir la femme de

Vincent et vivre ici dorénavant lui donnaient le vertige. Durant tout le temps qu'avait duré leur liaison, ces longs mois qu'elle avait mis à le convaincre de se remarier, il n'avait pas jugé opportun de l'amener chez lui. Et puis la veille, il avait enfin cédé parce qu'il ne pouvait plus reculer. Elle devinait qu'elle aurait encore beaucoup de réticences à vaincre, beaucoup d'efforts à faire, tant il semblait encore réservé.

Sur une commode Napoléon III, délicatement marquetée, elle remarqua des photos qu'elle alla examiner. À part Marie, qu'elle identifia tout de suite, la plupart des visages lui étaient inconnus. Elle prit l'un des cadres de bois doré et s'approcha d'une fenêtre pour mieux voir. Le très bel homme aux yeux gris qui posait sans sourire ressemblait tellement à Vincent qu'il s'agissait forcément de Charles Morvan-Meyer. Elle le considéra un moment, songeuse, cherchant les différences entre le père et le fils. Puis elle remit la photo en place, se saisit d'une autre. Là, c'était Vincent beaucoup plus jeune, en maillot de bain, chahutant au bord d'une rivière avec un garçon brun qui avait l'air d'un gitan.

— C'est Alain, l'un de mes cousins, déclara Vincent derrière elle.

— Tu es réveillé ?

— Oui, et déjà très en retard…

Il se pencha et l'embrassa dans le cou tandis qu'elle demandait :

— Et là, qui est-ce ?

Même si elle avait posé la question avec désinvolture, elle redoutait d'avance la réponse.

— Magali, répondit-il sans se troubler.

Ainsi c'était elle, cette superbe rousse aux yeux verts, à la silhouette de rêve, au sourire d'une exaspérante sensualité.

— Elle va rester là ? s'enquit Béatrice.

Elle sentit Vincent qui s'écartait ; pourtant elle évita de se retourner.

— À quarante-deux ans, j'ai forcément un passé, dit-il doucement. Si cette photo te gêne, je vais la mettre ailleurs.

Avant qu'elle puisse répondre, il tendit la main, prit le cadre.

— Il faut vraiment que j'aille m'habiller, ajouta-t-il. Si tu veux, je te dépose à une station de taxis en partant...

Elle devait encore s'occuper d'un certain nombre de détails pour la cérémonie du lendemain et elle avait obtenu de Marie une semaine de congé.

— Oui, merci, mon chéri, murmura-t-elle tandis qu'il quittait la chambre.

Voilà exactement le genre d'erreur qu'elle ne devait plus commettre. Qu'avait-elle gagné, avec sa réflexion stupide, sinon qu'il finirait par installer la photo de son ex-femme dans son bureau, au Palais ? Bien sûr qu'il n'allait pas la jeter, il n'avait même pas proposé de la faire disparaître dans un tiroir !

Agacée, elle commença de s'habiller pour ne pas le faire attendre. Tant pis, elle prendrait une douche chez elle, se changerait, puis irait s'occuper seule des derniers préparatifs. Il avait souhaité un mariage très simple, dans l'intimité, probablement pour ne pas heurter ses enfants, et elle en éprouvait un peu d'aigreur. Après la mairie, un déjeuner devait avoir lieu à La Tour d'Argent ; où il avait réservé un salon particulier ; ensuite ils iraient tous les deux dîner puis dormir dans une luxueuse auberge de Saint-Germain-en-Laye, chez Cazaudehore. Un programme qui pouvait sembler romantique, mais qui n'incluait ni réception ni cocktail ; les seuls invités seraient les familles et les témoins, il n'avait pas voulu entendre parler d'autre chose.

Elle attacha ses cheveux en queue-de-cheval, enfila ses escarpins. À aucun moment elle ne devrait lui faire sentir sa déception. Il n'avait pas vraiment envie de se remarier, ne le faisait que pour lui faire plaisir, et c'était déjà énorme.

— Tu es prête ? C'est parfait, allons-y, il est très tard...

Apparemment, pas de petit déjeuner non plus ce matin. Elle le suivit sans protester jusqu'au grand escalier puis à travers le hall où ils ne croisèrent personne. Elle n'eut pas le temps de s'attarder sur le luxe de la décoration qu'ils étaient déjà dehors où une pluie fine les accueillit.

— Pourvu qu'il fasse beau demain ! s'écria-t-elle.

— Mariage pluvieux, mariage heureux, rappela-t-il gentiment.

Comme prévu, il la déposa devant une station et redémarra sur les chapeaux de roues. Mais, au lieu de prendre un taxi, elle s'engouffra dans un bar où elle commanda du café avec des croissants. Des passants se hâtaient sur le trottoir de l'avenue Victor-Hugo, et elle pensa qu'elle avait toute la journée devant elle pour se préparer à affronter la tribu Morvan-Meyer. D'abord, elle devait trouver une tenue adéquate, quelque chose d'élégant qui la mette en valeur et qui soit plus original qu'une petite robe noire. Pour le lendemain, elle avait déjà prévu un ravissant tailleur de soie ivoire Yves Saint Laurent, une fortune mais bientôt elle n'aurait plus de soucis d'argent. Même pauvre, elle aurait sûrement aimé Vincent ; toutefois le savoir riche était agréable.

Riche ? Peut-être pas, après tout, elle ne possédait aucun renseignement précis à ce sujet. Il avait d'ailleurs été très discret sur ses affaires, sa vie en général. Il s'était borné à lui faire signer chez un notaire le contrat de séparation de biens qui était censé protéger ses enfants. « Protéger » était un mot désagréable, mais elle avait accepté, par égard pour lui. Elle avait voulu l'épouser parce qu'elle l'aimait à la folie, pas question qu'il puisse croire autre chose. À son âge, il était vulnérable, il avait des doutes, elle tenait à le rassurer.

— Vincent, murmura-t-elle à voix basse.

Elle adorait répéter son prénom, penser à lui, imaginer leur avenir. Et elle n'en revenait toujours pas d'avoir eu la chance de le rencontrer. Au moins une raison de se sentir reconnaissante vis-à-vis de Virgile et d'être aimable avec lui lorsqu'elle le verrait, ce soir. Jusqu'au dernier moment, elle avait espéré qu'il ne remonterait pas à Paris, qu'il déclinerait l'invitation de son père, mais malheureusement il avait annoncé son arrivée. Si elle parvenait à le prendre à part, ne serait-ce que deux minutes, elle pensait pouvoir éliminer toute trace de malaise entre eux. Après tout, elle n'était pas responsable de ses affabulations ou de ses fantasmes, elle ne lui avait jamais rien promis, il serait bien obligé d'en convenir.

Comme il ne pleuvait plus, elle paya et quitta le bar pour descendre l'avenue Victor-Hugo en scrutant les vitrines. Vincent appréciait suffisamment la mode pour ne jamais manquer de remarquer ses vêtements. Lui-même étant toujours d'une rare élégance, elle allait devoir se montrer à la hauteur, d'autant plus que le dîner serait sans doute une sorte d'examen de passage. Mais comment s'habillait-on chez les Morvan pour une soirée intime ?

Dans la troisième boutique où elle entra, elle dénicha enfin une robe gris perle, fendue sur le côté, au décolleté profond. Bien taillée, un rien sophistiquée mais très suggestive. Et horriblement chère, tant pis.

Saisi d'une boulimie de travail, Vincent avait épuisé deux greffiers dans l'après-midi, et il était presque dix-neuf heures lorsqu'il quitta enfin le Palais de justice. Après avoir directement récupéré sa voiture au parking, il se glissa adroitement dans la circulation saturée des quais.

Son métier de juge, qui le comblait, aurait presque pu suffire à remplir son existence. Et ce n'était pas seulement une ambition de carriériste qui le motivait. Il adorait se plonger dans des dossiers complexes, siéger, mener des débats, rendre des jugements. Bientôt des arrêts ? La Cour de cassation restait son objectif, ainsi que Charles le lui avait prédit, et aujourd'hui le but ne lui semblait plus impossible à atteindre. La considération dont il jouissait dans le milieu juridique n'avait cessé de croître, ses publications avaient toutes été très remarquées, son âge ne constituait plus un obstacle. Daniel, qui fréquentait beaucoup le monde politique, s'était mis en tête de lui fournir les relations indispensables pour obtenir sa nomination.

En pensant à son frère, qui lui avait téléphoné pendant une heure pour lui parler de ses jumeaux, il se mit à sourire. Daniel allait être irrésistible en jeune papa. Deux petits Morvan-Meyer de plus, la famille s'agrandissait. Une famille sur laquelle Vincent était censé veiller, ainsi qu'il l'avait juré à Clara. Or que faisait-il ? Il se remariait !

Il mit en marche les essuie-glace et la ventilation. Les averses s'étaient succédé depuis le matin, depuis qu'il avait déposé Béatrice à la station de taxis. Béatrice avec ses jambes interminables, sa longue queue-de-cheval et ses grands yeux bleus. Béatrice heureuse comme une gamine quand il avait accepté de l'épouser. Accepté, cédé, capitulé, tout en ayant la conviction d'accomplir une erreur. Parce que autant il aimait lui faire l'amour, la tenir dans ses bras, la voir rire, autant il était persuadé que les choses ne dureraient pas. Soit elle se lasserait de lui, ce qui était le plus probable, soit il finirait par reconnaître qu'il n'éprouvait pas une réelle passion. Il était amoureux, certes, flatté, heureux de ne plus être seul, mais il se serait volontiers contenté d'une liaison. En la voyant, le matin même, debout au milieu de sa chambre en train d'examiner les photos, il s'était senti très mal à l'aise. Il n'avait aucune envie d'une femme dans sa vie vingt-quatre heures sur vingt-quatre. Ni d'imposer à ses enfants une belle-mère qui avait quasiment leur âge. Pas plus que de devoir rendre des comptes à une épouse. Comment Béatrice et Marie allaient-elles cohabiter avenue de Malakoff ? Et dans quelle mesure serait-il obligé de changer ses habitudes ? Espérait-il vraiment rapprocher les membres de la famille en commençant par se brouiller avec son propre fils ?

Les Champs-Élysées étaient complètement bloqués, il allait mettre un temps fou à rentrer. Si

Virgile avait pris le métro, depuis la gare de Lyon, il devait déjà être là-bas, sans doute en train de se chamailler avec Cyril. Il ne venait que pour ce dîner et repartirait dès demain matin, bien décidé à ne pas aller à la mairie ou à La Tour d'Argent, pressé de retrouver Magali et Alain.

Magali... Depuis qu'il l'avait revue, Vincent y avait beaucoup pensé, avec une obsédante nostalgie. Elle était devenue bien différente de la femme droguée, angoissée, désespérée qu'elle avait été sept ans plus tôt. En fait, elle était de nouveau elle-même, et peut-être ne pouvait-elle exister que loin de Vincent, peut-être avait-il été nocif pour elle, tortionnaire alors qu'il se croyait un mari idéal, peut-être que...

Il baissa sa vitre et reçut aussitôt des gouttes de pluie sur l'épaule, la joue. Comment pouvait-il songer aussi intensément à Magali alors qu'il allait épouser Béatrice le lendemain ? Pour se distraire, il se demanda ce que Clara aurait pensé de ce second mariage. Béatrice ne faisait pas partie du « personnel », elle était la fille d'un médecin – d'ailleurs ses parents devaient être arrivés d'Angers, eux aussi –, elle avait fait des études, elle connaissait le monde du droit. Des qualités appréciables, oui, mais voilà, elle était également une copine de fac de Virgile ! Et là, Clara aurait tiqué, Vincent le savait.

Arrivé à l'Étoile, il s'engagea avenue Victor-Hugo. Au lieu de se torturer en vain, il essaya de penser que, dans quelques heures, il allait se retrouver au lit avec une femme très désirable. Une femme qui l'avait dragué, voulu, séduit, ce qui était flatteur. Une femme qui se donnait entièrement à lui. Et qui allait devenir *sa* femme.

Comme il n'y avait aucune place pour se garer, avenue de Malakoff, il dut ouvrir la grille et rentrer sa voiture dans la cour de l'hôtel particulier. Il escalada les marches du perron, résigné à l'idée qu'il n'avait plus le temps de changer de chemise, puis il pénétra dans le hall brillamment éclairé. Marie avait veillé au moindre détail de la soirée, commandant le menu chez un traiteur qui fournissait également les serveurs en veste blanche, préparant avec soin le plan de table, et surtout arrivée suffisamment tôt, elle, pour accueillir tout le monde.

Au lieu de se diriger vers le grand salon, il prit tout de même le temps de s'arrêter un instant dans la pièce qui servait de vestiaire et qui était restée allumée. Il jeta son pardessus sur l'un des poufs, s'approcha d'une des coiffeuses Louis XV pour arranger son nœud de cravate. La pluie et le vent avaient tellement ébouriffé ses cheveux châtains qu'il chercha une brosse pour y mettre de l'ordre. La porte de communication avec le petit salon où Madeleine passait toujours la plupart de ses journées était ouverte, mais il n'y prit pas garde avant d'entendre la voix cinglante de Virgile.

— Tu ne me feras jamais croire que tu l'épouses par amour, jamais !

— Mais tu n'en sais rien, tu n'es pas dans ma tête ! protesta Béatrice.

La brosse à la main, Vincent s'immobilisa. Il n'avait aucune envie d'entendre les explications de la jeune femme avec son fils ; cependant la phrase suivante l'atteignit avant qu'il ait le temps de réagir.

— Dans ta tête, il y a surtout des colonnes de chiffres ! Quand tu regardes autour de toi, ça doit te faire rêver, non ? Avec papa, tu tires le gros lot, et tu t'es bien servie de moi pour ferrer le poisson ! Reste juste à t'envoyer un mec qui a l'âge d'être ton père, je te souhaite bien du plaisir…

— Tu ne crois pas si bien dire ! Ton père, au lit, c'est plutôt une affaire !

— Alors, tu es gagnante sur tous les tableaux, bravo ! Vulgaire mais triomphante, cynique mais la bouche en cœur !

— Espèce de petit con…

— Tu vois bien ! Ah, il n'est pas épais, ton vernis !

Vincent entendit ensuite un bruit de meuble bousculé, une claque sèche puis un silence. Il était sur le point d'intervenir lorsque Virgile reprit, plus bas :

— Il ne te rendra pas heureuse. Tu sais ce qu'il a fait avec ma mère ? Il l'a enfermée dans une clinique ! Je suppose qu'il ne s'en est pas vanté ? Tu ne sais rien de lui. Rien ! Contrairement à ce que tu crois, tu ne te prépares pas un bel avenir.

Et être arriviste ne suffira pas, il est quand même très intelligent...

Au milieu du petit salon, plantée devant Virgile, Béatrice frémissait d'indignation. Personne ne se dresserait entre elle et Vincent, surtout pas ce jeune coq qui disait n'importe quoi pour la provoquer.

— Tu t'imagines que tu vas le mener par le bout du nez ? reprit-il avec une ironie mordante.

— Et pourquoi pas ? explosa-t-elle.

— Pourquoi pas, oui, après tout tu es assez jolie pour le rendre gâteux...

— J'espère bien !

Elle avait tort de rentrer dans son jeu, il aurait fallu le traiter par le mépris, elle le savait, mais ses sarcasmes l'avaient poussée à bout et elle lui jeta, d'un ton acerbe :

— Ton père, j'en ferai ce que je veux, tant pis si ça t'emmerde !

Dans le vestiaire, Vincent réagit enfin, atterré par ce qu'il venait d'entendre, et il se précipita dans le hall. Là, il reprit son souffle, essaya de mettre de l'ordre dans ses idées. Assez jolie pour le rendre gâteux, elle l'espérait bien, et assez habile pour faire de lui ce qu'elle voulait ? Était-elle vraiment amorale ou seulement exaspérée par Virgile ? Seigneur, dans quoi s'était-il embarqué !

— Tu es rentré, mon chéri ! s'écria-t-elle en sortant du petit salon.

En même temps qu'elle, sublime dans une robe qu'il ne connaissait pas, il découvrit Virgile.

— J'arrive à l'instant, répondit-il machinalement, il y avait beaucoup d'encombrements...

Elle se mit sur la pointe des pieds pour l'embrasser puis glissa sa main dans la sienne.

— Bonsoir papa, dit alors Virgile d'une voix hésitante.

— Tu es gentil d'être venu...

Il fallait absolument qu'il trouve quelque chose à dire pour éclaircir la situation. Avec une indifférence qui sonnait faux, il demanda :

— Avez-vous pu bavarder, tous les deux ?

Si elle avait avoué sa colère, la gifle, les accusations et les railleries qui l'avaient mise hors d'elle, il aurait pu croire qu'il s'agissait d'un malentendu, mais elle déclara, très sûre d'elle :

— Tout est arrangé, mon chéri, j'adore ton fils, nous avons parlé comme de vieux amis !

Son ton péremptoire, assorti d'un sourire charmeur, acheva de consterner Vincent. Apparemment, elle mentait comme elle respirait. Et, dans quelques heures, ils allaient unir leurs vies pour le meilleur, et surtout pour le pire. Il essaya de lui rendre son sourire mais il avait l'impression de se mouvoir au ralenti, de ne rien ressentir.

— Je vais te présenter mes parents, enchaîna-t-elle, ils sont très impatients de te connaître.

Elle l'entraînait gentiment et il ne voyait pas ce qu'il pouvait faire pour échapper à ce qui l'attendait. À peine entré dans le grand salon, il avisa un homme d'environ quarante-cinq ans, qui le regardait approcher avec une froide curiosité et qui se leva pour lui serrer la main.

— Docteur Audier, je suis ravi…, murmura Vincent.

Son futur beau-père le détailla des pieds à la tête avant d'ébaucher un sourire contraint puis de s'enquérir :

— Comment dois-je vous appeler, monsieur Morvan-Meyer ? Mon gendre ? Monsieur le président ?

— Vincent ira très bien…

Béatrice dut percevoir quelque chose de bizarre dans son attitude car elle le poussa vers sa mère qu'il salua d'une manière tout aussi raide. Marie remplissait son rôle d'hôtesse, allant de l'un à l'autre, pourtant elle lui jeta un regard inquiet et il essaya de se reprendre. À côté de Madeleine, qui trônait d'un air boudeur, se trouvaient Gauthier et Chantal, en compagnie de Paul, leur fils aîné, ainsi que Daniel, qui arrivait de la clinique où il avait passé l'après-midi à s'extasier devant les berceaux de ses jumeaux. Avec Léa, Cyril, Lucas, Tiphaine et Virgile, ils étaient quinze à trinquer au bonheur des futurs époux.

Vincent lâcha la main de Béatrice pour prendre la coupe que lui tendait Léa.

— Ça va ? lui demanda-t-elle à voix basse.

— Très bien.

— Tu as l'air hagard. Est-ce que… tu as bu ?

— Jamais de la vie !

La jeune fille l'observait avec une curiosité pleine de sollicitude et il avala deux gorgées de champagne sans savoir ce qu'il buvait. À la question « Tu t'imagines que tu vas le mener par le bout du nez ? » Béatrice avait répondu : « Et pourquoi pas ? », faisant preuve d'autant d'assurance que de désinvolture. Mais non, personne n'allait le transformer en brave toutou, pas même cette ravissante jeune femme qui se croyait obligée d'affirmer qu'elle adorait Virgile et que tout était désormais arrangé entre eux.

— Papa ?

Tiphaine venait de se glisser près de lui et lui souriait gentiment. Pourtant, elle ne devait pas apprécier la soirée, ni la présence de Béatrice sous le toit familial. Peut-être que, comme Léa, elle lui trouvait un air bizarre.

— Tu as reçu un télégramme, chuchota-t-elle en lui mettant un papier dans la main.

Il baissa les yeux vers le carré bleu où s'étalaient des bandes blanches. « VŒUX DE BONHEUR QUAND MÊME. SINCÈREMENT. ALAIN. »

L'émotion qui le submergea alors le ramena brutalement à la réalité. Il relut les quelques mots avant de froisser la feuille.

— Je reviens, souffla-t-il à sa fille.

Dans le hall, il jeta un œil sur la console où se trouvait le téléphone mais il préféra monter jusqu'au boudoir de Clara. Il referma la porte, alla s'asseoir et composa le numéro de Vallongue. Il laissa sonner vingt fois avant de raccrocher puis chercha son agenda dans la poche intérieure de sa veste. Le numéro de Jean-Rémi Berger s'y trouvait, il n'hésita pas une seconde à le faire ; toutefois la voix grave et mélodieuse qui lui répondit presque aussitôt le surprit et le fit bredouiller :

— Bonsoir, je suis Vincent Morvan-Meyer et j'aurais aimé parler à Alain s'il est là...

— Ne quittez pas, je vais vous le passer.

Il patienta quelque peu puis entendit son cousin qui lançait :

— Salut Vincent ! Un problème ?

— Non, non...

Soudain, il ne savait plus pourquoi il appelait. Ses rapports avec Alain s'étaient tellement détériorés, depuis des années, qu'il se demandait par où commencer. En principe, ils ne se téléphonaient que pour s'annoncer des catastrophes.

— Qu'est-ce qui se passe, Vincent ?

— Rien du tout, ne t'inquiète pas, je voulais juste... merci pour ton télégramme.

Le silence s'installa sur la ligne jusqu'à ce qu'Alain reprenne :

— Tu n'es pas en plein dîner ?

— Pas encore. Et toi ? Peut-être que je t'interromps ?

— Laisse tomber, Vincent, dis-moi ce qui ne va pas.

Incapable de formuler une phrase cohérente, il se mordit les lèvres et, de nouveau, il n'y eut plus qu'un léger grésillement entre eux.

— C'est grave à ce point-là ? s'étonna Alain au bout d'un moment.

L'inflexion tendre de sa voix était si familière, Vincent se sentit presque désespéré.

— Dis-moi, Alain, est-ce que tu me trouves vraiment vieux et chiant ?

— Vieux ? Tu sais, nous avons le même âge…

— Oui. C'est aussi celui de mon futur beau-père et ça n'a pas l'air de le réjouir.

— Comprends-le !

— Admettons. Et chiant ?

— Tu veux une réponse sincère ?

— Oui.

— Alors oui.

Pour la première fois de la soirée, Vincent se surprit à sourire malgré lui.

— Je suis en train de faire une connerie, déclara-t-il.

— Sûrement ! Mais rassure-toi, on en fait tous.

— Là, c'est dans les grandes largeurs. Du genre irrécupérable.

— Tu parles de ton mariage ?

— De quoi d'autre, à ton avis ?

Après une pause, Alain demanda, très tranquillement :

— D'où te vient cet accès de lucidité ?

— Je te raconterai un jour, mais là, tu ne me croirais pas.

— Si vraiment tu t'angoisses, pourquoi n'arrêtes-tu pas les frais ? Il est encore possible de dire non.

— Sois sérieux.

— Je le suis. Hélas ! tu n'oseras pas le faire. Gentil Vincent qui ne veut provoquer ni scandale ni chagrin…

— Tu me trouves gentil ? Tu es le seul !

Le rire d'Alain résonna dans le combiné.

— C'était péjoratif ! Gentil, parfait, enfin l'image que tu aimes donner de toi, quoi !

Vincent croisa les jambes, chercha son paquet de cigarettes pour jouer avec.

— Tu as beau être désagréable, remarqua-t-il, ça me fait plaisir de t'entendre.

— Tu dois vraiment être en perdition pour dire ça ! Hier, tu voulais qu'on s'étripe, tu t'en souviens ?

— Oh, Alain…

Le fossé entre eux était en train de disparaître. De façon paradoxale, la distance facilitait leur rapprochement. Ils ne pouvaient pas se toiser du regard, et pas davantage ignorer la moindre intonation de l'autre.

— Tu te sens seul, Vincent ?

— Oui. Et au bord de l'abîme. Tu aurais dû m'avertir.

— J'ai essayé.

— Je n'ai pas d'autre ami que toi, tu aurais pu faire mieux.

— Ami ? Tu te fous de moi ? Tu me traites en étranger, en rival, en minable et j'en passe ! Depuis quelque temps, te parler, c'est aussi gratifiant que s'adresser à un mur !

La colère d'Alain restait sourde, en demi-teinte, presque affectueuse.

— Tout ça ne me dit pas ce que je vais faire, soupira Vincent.

— Ce qui est prévu, j'imagine. Mais rien n'est définitif, tu le sais très bien.

— Non, rien, sauf…

Soudain il revit Magali, dans sa cuisine. L'image s'était imposée tout naturellement et en évoqua aussitôt une autre, beaucoup plus ancienne, celle de la toute jeune fille intimidée et mal fagotée qu'il avait présentée à son père vingt ans plus tôt. Peut-être ne pouvait-on se marier qu'une seule fois dans la vie.

— Vincent ? Ils vont tous se demander où tu es passé…

— Oui, tu as raison. J'ai l'impression d'aller à l'abattoir, mais j'y vais. Excuse-moi auprès de Jean-Rémi, je ne savais pas trop comment me présenter tout à l'heure.

— Sans importance.

Une fois encore, il y eut un petit silence puis Vincent soupira avant d'avouer :

— Tu me manques, Alain.

Son cousin prit son temps pour répondre, d'une voix étrange :

— Toi aussi.

Vincent reposa délicatement le combiné sur sa fourche, considéra le paquet de cigarettes qu'il avait réduit en lambeaux. Son absence devait commencer à embarrasser les invités, en bas.

À contrecœur, il abandonna le fauteuil confortable et jeta un regard autour de lui. Le boudoir de Clara était décidément sa pièce préférée, en tout cas il se souviendrait qu'il s'y était réconcilié avec Alain. Mais, malgré tout, l'âme de sa grand-mère régnait encore là, elle qui avait coutume de dire : « La famille avant tout. » Une devise qu'il pouvait faire sienne, même en sachant qu'avec Béatrice il ne fonderait rien d'autre qu'un couple. Et encore, seulement parce qu'il était trop lâche ou trop honnête pour reculer.

7

Paris, juin 1976

LA CÉLÉBRITÉ DE JEAN-RÉMI BERGER justifiait la publicité faite autour de l'exposition. Pour le vernissage, la galerie avait employé les grands moyens en organisant une conférence de presse suivie d'un cocktail où le Tout-Paris s'était bousculé. La télévision avait même filmé les toiles dans la matinée, en vue d'un reportage consacré au peintre.

Quand Vincent arriva, un peu après vingt heures, les buffets étaient dévastés et la foule se faisait déjà moins nombreuse. Le carton d'invitation, reçu trois semaines plus tôt, avait longtemps traîné sur son bureau sans qu'il parvienne à se décider, mais, en rentrant du Palais, alors qu'il arrivait chez lui, il s'était souvenu de la date et avait fait demi-tour pour se rendre faubourg Saint-Honoré.

Dès qu'il eut franchi la porte de la galerie, une hôtesse se précipita vers lui, le catalogue de l'exposition à la main, et il dut lui expliquer qu'il n'était ni journaliste, ni critique d'art, ni acheteur potentiel, mais qu'il voulait seulement saluer Jean-Rémi. Elle promit de le lui ramener et s'éloigna sur ses hauts talons tandis qu'il commençait d'examiner les tableaux. Le style lui parut plus âpre, l'inspiration plus violente, parfois morbide, mais le talent explosait sur chaque toile avec une force nouvelle, à travers des ciels menaçants ou des ruines qui semblaient hantées.

— Vincent Morvan-Meyer ? interrogea une voix agréable qui le fit se retourner.

Il n'avait rencontré Jean-Rémi qu'à deux ou trois reprises, pourtant il aurait pu le reconnaître facilement. Le regard bleu conservait toute son intensité, les mèches blanches ne tranchaient guère sur les cheveux blonds. À cinquante-huit ans, Jean-Rémi était toujours mince, racé, avec la même expression un peu distante, et il tendit la main à Vincent en déclarant :

— Je suis heureux que vous ayez pris le temps de passer.

Vincent ébaucha un geste vers les toiles avant de s'exclamer :

— C'est absolument... éblouissant ! Je suis très impressionné.

— Vous me flattez.

— Non, et j'aimerais trouver autre chose à dire, vraiment.

Dans les mêmes circonstances, Clara aurait utilisé une série d'expressions originales pour manifester son enthousiasme, mais il connaissait mal le jargon lié à la peinture et redoutait de proférer des banalités. Côte à côte, ils se mirent à avancer lentement afin que Vincent puisse découvrir la suite de l'exposition. Celle-ci comportait beaucoup de paysages, essentiellement des huiles, avec une nette prédilection du peintre pour les ruines ; la citadelle des Baux-de-Provence, sur son éperon rocheux, la tour des Bannes ou encore la gorge tourmentée du val d'Enfer. La majeure partie des œuvres était composée à la lumière du couchant, offrant une prédominance de tons violine ou ocre, cadrée à partir d'une ligne d'horizon assez haute pour obtenir de multiples plans.

— Vous resterez à Paris quelques jours ? s'enquit Vincent qui détaillait chaque tableau avec une attention accrue.

— Deux ou trois. Je n'apprécie pas outre mesure ce tapage, répondit Jean-Rémi. Il faut se montrer, sinon les gens ne vous le pardonnent pas, mais c'est assez éprouvant !

— Avant votre départ, me feriez-vous le plaisir de venir dîner à la maison ?

Jean-Rémi s'arrêta un instant, déconcerté par la proposition.

— C'est très aimable à vous mais…

Il hésitait, ne sachant comment refuser, et Vincent enchaîna :

— Vous êtes très pris, bien sûr, je comprends.

Ils se dévisagèrent en silence puis Jean-Rémi secoua la tête et désigna un tableau qui se trouvait isolé tout au fond de la salle, exposé seul en pleine lumière sur son chevalet.

— Pour être franc, vous risquez de ne pas apprécier celui-là, prévint-il d'une voix différente. J'ai longtemps hésité avant de le montrer, pourtant je ne crois pas que quiconque puisse établir un rapprochement…

Écartant quelques invités, il se dirigea vers la toile d'un pas résolu. D'abord sidéré, puis tout de suite fasciné, Vincent découvrit le portrait inattendu, inquiétant et bouleversant d'Alain à vingt ans. La peinture dégageait une intense émotion, due aux sentiments contradictoires qui se lisaient sur le visage représenté : révolte, fragilité, angoisse, refus. Les traits étaient d'une précision absolue, jusqu'au mouvement des cheveux et à l'ombre d'une barbe naissante, mais le regard couleur d'ambre possédait une expression indéchiffrable.

Jean-Rémi se taisait, observant son œuvre d'un œil plus critique qu'attendri. Il expliqua, de façon trop détachée :

— Je l'ai mis à part car il n'est pas à vendre, évidemment.

— Même pas à moi ?

— Surtout pas à vous !

La réponse avait claqué, trop sèche, et Jean-Rémi se reprit aussitôt.

— Pourquoi voudriez-vous l'acheter ? ajouta-t-il avec un sourire contraint. Parce que vous l'aimez ou pour que personne ne puisse le voir ?

— Je ne sais pas… Pour le regarder, je suppose. C'est tellement Alain ! Il était exactement comme ça… Qu'est-ce qu'il en pense ?

— Il n'a pas encore vu cette toile, mais je suppose qu'il la détestera. En principe, je me méfie des portraits, c'est toujours difficile d'y faire preuve d'originalité. Pour celui-ci, j'avais choisi d'adopter un clair-obscur à la manière du Caravage, mais ça le dramatise un peu trop…

Vincent s'approcha pour lire la date qui figurait sous la signature de Jean-Rémi.

— Vous l'avez peint l'année dernière seulement ? Alors vous avez une bonne mémoire… ou peut-être des photos ?

— Aucune. D'ailleurs elles ne m'auraient servi à rien. Certaines choses ne s'oublient pas, c'est tout. Mais, assez parlé de peinture, venez donc boire un verre.

Ils rejoignirent l'un des buffets où on leur offrit du whisky. Vincent but une gorgée du sien puis regarda Jean-Rémi bien en face.

— Nous ne sommes à l'aise ni l'un ni l'autre, fit-il remarquer. J'éprouve une grande admiration pour vous et je pense que nous devrions mieux nous connaître. C'est pour ça que je suis venu.

— Oui, j'avais compris, seulement je ne sais pas ce que je peux faire… Alain a mis des murs dans sa vie, avec sa famille d'un côté, ses oliviers de l'autre, et moi dans un coin. Je n'irai jamais contre sa volonté, je suis obligé de m'incliner.

À quelques pas d'eux, un jeune homme d'une vingtaine d'années hésitait à les interrompre. Il leur jetait des regards si impatients que Vincent finit par remarquer sa présence.

— Je crois qu'on vous attend, murmura-t-il.

Jean-Rémi se retourna, toisa le garçon d'un air excédé puis haussa les épaules.

— Ah, oui ! Voilà la rançon de la gloire. Mettons… sa prime.

— Qui est-ce ? demanda Vincent malgré lui.

— Personne.

Perplexe, Vincent ne savait comment réagir et il eut un geste d'excuse.

— Très bien, dit-il, je n'ai rien vu.

— Mais vous n'avez effectivement rien vu ! Il n'y a donc jamais de petite greffière ou de jeune avocate pour tourner autour de vous ? Et à qui vous n'accorderez, au mieux, qu'un bref moment d'attention ?

Il n'était pas vraiment en colère, juste un peu désabusé. L'idée de Béatrice s'imposa alors à Vincent qui prit machinalement le second verre que Jean-Rémi lui tendait. Oui, s'il avait été vigilant, Béatrice n'aurait fait que traverser sa vie, comme cet éphèbe allait sans doute passer dans celle de Jean-Rémi tandis qu'Alain continuerait à l'obséder ainsi qu'en témoignait le portrait. Il se demanda pourquoi leur conversation avait pris une si étrange tournure, intime et énigmatique.

— Et votre galerie de Saint-Rémy ? interrogea-t-il brusquement.

— Une affaire florissante, très bien gérée par Magali. J'imagine qu'il y a de quoi vous surprendre.

— Eh bien, pour tout vous avouer, je ne voyais pas ma femme, ou plutôt mon ex-femme, se reconvertir dans l'art ! Elle n'avait jamais manifesté de goût pour… pour ce genre de choses.

— L'occasion fait le larron.

Vincent hocha la tête puis reposa son verre, un peu étourdi. Il était à jeun et l'alcool l'écœurait. Penser à Magali ne servait à rien, elle avait tourné la page désormais, tout comme lui, et ils ne conservaient en commun que leurs enfants et des souvenirs de jeunesse.

— Je dois m'en aller à présent, dit-il d'un ton de regret. Je suppose qu'il serait inutile d'insister, vous n'êtes pas vendeur de ce portrait ?

— Définitivement non, mais merci de l'apprécier.

— J'ai été ravi de bavarder avec vous.

— Moi aussi. Nous trouverons bien l'occasion de nous revoir un jour. Vous savez, nous aimons les mêmes gens, même si ce n'est pas de la même manière.

La phrase pouvait paraître sibylline mais Vincent la comprit parfaitement. Avec un sourire navré, il serra de nouveau la main de Jean-Rémi et se décida à quitter la galerie. En s'installant au volant de sa voiture, il constata qu'il n'avait pas

très envie de rentrer chez lui, ni d'expliquer à
Béatrice pourquoi il était en retard.

*
**

Dès huit heures du matin, le cabinet Morvan-
Meyer bourdonnait d'activité. Marie arrivait
toujours avant neuf heures et commençait par
vérifier la présence effective de chacun, l'état des
locaux, qui étaient nettoyés par une entreprise
durant la nuit, son propre planning de
rendez-vous, enfin l'ensemble des appels émanant
de nouveaux clients potentiels. Une matinée par
semaine, elle rencontrait longuement le comp-
table, établissait les fiches de paye du personnel,
répartissait les charges entre les associés. C'était
également elle qui recevait les avocats stagiaires,
qui assurait la coordination avec les avoués, qui
gérait les conflits, bref, qui assurait le bon fonctionnement du cabinet.

La présence de Béatrice lui pesait de plus en
plus. Après son stage obligatoire de deux années
– effectué avec un nombre croissant d'absences –,
la jeune femme ne semblait pourtant pas disposée
à quitter le cabinet où elle se comportait en pays
conquis. Parce qu'elle avait épousé Vincent, elle
croyait peut-être que Marie allait lui procurer une
place d'associée, ce qui était hors de question. Les
statuts du cabinet ne permettaient pas de coopta-
tion arbitraire, heureusement ; or Béatrice n'était
pas très appréciée de ses confrères qui, ne voyant

en elle qu'une arriviste, ne faisaient d'ailleurs rien pour lui faciliter la tâche. À plusieurs reprises, Marie avait abordé le sujet avec Vincent, sans autre résultat que le mettre très mal à l'aise. À l'évidence et malgré toute sa gentillesse, il ne voulait pas s'en mêler. Il s'était borné à exiger de Béatrice qu'elle ne prenne pas le nom de Morvan-Meyer pour son activité professionnelle. Au moment de son inscription au barreau, elle avait dû céder, à contrecœur, et faire enregistrer son titre d'avocate sous son nom de jeune fille. Personne dans la famille n'aurait pu tolérer l'utilisation de ce patronyme dans un tribunal. Mais Me Béatrice Audier sonnait évidemment moins bien que Me Béatrice Morvan-Meyer !

Avenue de Malakoff, Béatrice n'avait guère plus d'importance que boulevard Malesherbes, et jamais Marie n'aurait eu l'idée de compter sur elle, ou même de solliciter son avis. Quand il s'agissait de lancer des invitations pour un dîner, Marie allait directement en parler à Vincent, et s'il n'était pas là elle l'appelait au palais. Qu'il se soit remarié ne changeait rien, c'était toujours conjointement avec sa cousine qu'il dirigeait l'hôtel particulier. À eux deux, ils finissaient par former une sorte de couple, et les grands enfants vivant sous leur toit étaient parfaitement habitués à cette étrange situation. Quand Marie décidait d'emmener sa fille au théâtre ou au cinéma, Tiphaine était toujours conviée à partager la soirée, et, si d'aventure Vincent prenait des places pour la finale de Roland-Garros, il s'y rendait avec Cyril en plus de Lucas. Une organisation qui satisfaisait tout le monde, sauf Béatrice, bien entendu.

Installée dans le bureau de Charles, comme chaque matin, Marie venait de refermer un dossier. Depuis treize ans elle disait toujours « le bureau de Charles » ; cependant les secrétaires savaient très bien qu'il s'agissait du sien. À côté du sous-main, le briquet aux initiales C.M. était toujours là, inutile puisqu'elle ne fumait pas, et pourtant précieux comme un talisman. Cet objet, que Charles avait reçu de Judith avant la guerre, Marie s'en était emparée d'autorité après le décès de son oncle et l'avait rapporté boulevard Males-herbes. Vingt fois par jour, d'un geste devenu mécanique, elle le frôlait, le mettait debout, le reposait à plat sans y penser, juste pour le plaisir d'un contact familier. En revanche, elle n'avait jamais ouvert le coffre-fort, dissimulé derrière une boiserie, et qui renfermait toujours les carnets de Judith. L'explication du drame familial s'y trou-vait, au fil de pages que nul ne souhaitait relire, sans pour autant pouvoir les détruire. Peut-être la génération de leurs enfants avait-elle droit à cette sinistre vérité ? Toutefois la sagesse – ou la peur – avait retenu les cinq cousins jusqu'ici. Aux ques-tions posées ceux-ci n'avaient donné que des réponses évasives, comme s'ils étaient liés par un accord tacite. Le martyre de Judith et de Beth était volontiers évoqué, avec toute la tristesse requise pour un tel malheur, mais révéler la monstruosité d'Édouard et la manière dont Charles s'était vengé n'apporterait rien à personne, ils en avaient la conviction et préféraient le silence.

L'interphone bourdonna, la tirant brutalement de sa rêverie, et elle établit la communication.

— Votre rendez-vous est arrivé, maître, annonça la voix de sa secrétaire.

Avec un sourire réjoui, elle constata qu'Hervé respectait les consignes de discrétion qu'elle lui avait imposées et ne déclinait même plus son identité à la réceptionniste. Elle décida d'aller le chercher elle-même dans la salle d'attente où il était seul, confortablement installé sur l'un des profonds canapés de velours vert, absorbé par la lecture de son quotidien. Lorsqu'il leva son regard vers elle, Marie se sentit plus troublée qu'elle ne l'aurait voulu.

— Tu es prête ? On peut aller déjeuner ? lui demanda-t-il joyeusement.

— Déjeuner ?

— Pourquoi crois-tu que je t'aie demandé un rendez-vous à treize heures ?

Il vint vers elle, se pencha pour l'embrasser dans le cou, la prit par la taille.

— J'ai réservé chez *Lucas Carton*, annonça-t-il.

— On fête quelque chose ?

— Grands dieux, non ! C'est tout le contraire, puisque tu pars la semaine prochaine… En fait, je suis en deuil. Tu n'avais pas remarqué ?

Son costume gris clair était seulement très élégant, et sa chemise bleu ciel mettait ses yeux en valeur. Elle le toisa, amusée, avant de lui prendre la main pour l'entraîner hors de la salle d'attente. Alors qu'ils traversaient le grand hall, ils croisèrent Béatrice qui leur adressa un petit sourire pressé puis s'engouffra dans un couloir.

— Elle passe ses journées ici, je ne sais vraiment plus quoi en faire, murmura Marie.

Elle attendit d'avoir franchi le porche de l'immeuble pour ajouter :

— Si je n'ai pas une vraie conversation avec Vincent à son sujet, nous allons à la catastrophe…

— C'est une si mauvaise recrue ?

— Non… Ni bonne ni mauvaise. Mais elle se trouve en porte-à-faux, sans savoir où est sa place. De toute façon, il n'y a rien de pire que travailler en famille.

— Pourtant tu l'as fait avec ton oncle, à tes débuts.

— C'était très différent ! Charles m'a tout appris, y compris où se situaient mes limites. Pouvoir l'observer pendant qu'il étudiait un dossier ou préparait une plaidoirie, ça représentait une chance inouïe. Bien avant qu'il fonde ce cabinet de groupe, il était déjà installé là, au rez-de-chaussée, et jamais je n'aurais imaginé occuper son bureau un jour. Pour moi, c'était Dieu, en tout cas en matière de droit, alors je me faisais toute petite…

Comme chaque fois qu'elle évoquait Charles, elle était devenue volubile et il l'interrompit :

— À cette époque-là, si ma mémoire est bonne, tu sortais avec moi ?

— Oui.

Elle aurait pu ajouter des tas de choses, mais elle ne voulait pas qu'il se souvienne trop précisément de cette période, qu'il puisse faire des recoupements ou retrouver des dates.

— Tu es toujours laconique quand il s'agit de notre vieille aventure, fit-il remarquer tristement. Moi, j'en garde beaucoup de nostalgie. D'abord parce que nous étions jeunes et insouciants, ensuite parce que j'en ai vraiment bavé quand tu m'as quitté.

— Tu étais très gamin, tu sais…

— Et très amoureux !

Il s'arrêta et la retint par le bras, d'un geste impulsif.

— Tu ne comptes pas me refaire le coup une deuxième fois, Marie ? Ou alors dis-le-moi maintenant.

Dans la lumière crue du soleil de juin, elle distingua nettement ses rides, sa fatigue, son anxiété, et elle se sentit soudain plus proche de lui qu'elle ne l'avait jamais été. Il avait mûri, bien vieilli. Qu'il puisse l'aimer de nouveau était un vrai cadeau.

— Non, Hervé, murmura-t-elle.

— Tu me le promets ? Et je pourrai t'appeler tous les jours, pendant les vacances ?

L'idée qu'elle disparaisse en Provence durant la fermeture annuelle du cabinet le désespérait. Il lui avait réclamé sur tous les tons une semaine de ses vacances, lui proposant de l'emmener où elle voudrait, mais elle avait refusé. Passer l'été à Vallongue semblait une tradition incontournable chez les Morvan, et apparemment il n'était pas le bienvenu dans cette réunion de famille.

— Consacre-moi au moins quarante-huit heures avant la rentrée, soupira-t-il... Tiens, le week-end du 15 août, tu veux ?

Il insistait, frustré d'être tenu à l'écart, et elle prit une décision subite.

— Si ça t'amuse, Hervé, tu peux descendre me voir là-bas... La maison est grande !

Éberlué, il la dévisagea pour s'assurer qu'elle ne plaisantait pas.

— Chez toi ? Là-bas, à...

— Vallongue. Je n'en suis pas propriétaire. C'est un peu compliqué, nous sommes cinq à avoir hérité. Et, si tu viens, tu seras perdu entre nous tous ! Je t'ai parlé de Vincent mais j'ai un autre cousin, Daniel, et puis mes deux frères. Avec les femmes et les enfants, ça fait du monde !

— Marie, tu es sérieuse, tu m'invites ?

Jusque-là, elle n'avait même pas voulu lui présenter son fils et sa fille, au sujet desquels elle restait évasive ; il ne comprenait pas ce revirement.

— Si nous devons faire un bout de chemin ensemble, dit-elle d'une voix grave, il faut bien que tu rencontres ma famille.

— Mais je ne demande pas mieux ! Je suis très, très...

Au lieu de finir sa phrase, il l'attira contre lui, sans chercher à l'embrasser, juste pour qu'elle mette sa tête sur son épaule. Ils se tinrent ainsi enlacés un moment, indifférents aux passants.

*
**

Malgré tous ses efforts, Béatrice n'avait pas avancé d'un pas. Vincent restait courtois, mais elle n'était même pas sûre qu'il soit encore amoureux d'elle. Depuis le jour où elle l'avait épousé, leur relation s'était radicalement modifiée, au point de lui faire regretter le temps où ils n'étaient pas mariés. Pourtant, elle avait tout essayé, sans se décourager, afin que leurs rapports ne prennent pas cette tournure détachée qui lui devenait insupportable. Ses sentiments à l'égard de son mari demeuraient violents, passionnels ; hélas il lui opposait une sorte de froideur qu'elle ne parvenait pas à vaincre. C'était presque comme s'il se méfiait d'elle, comme s'il ne la croyait pas sincère et préférait se maintenir hors de portée.

Avenue de Malakoff, elle avait l'impression de vivre à l'hôtel. Un hôtel de luxe, peut-être, mais en aucun cas sa maison. Marie continuait à prendre toutes les décisions, à organiser des dîners mondains dont elle vérifiait seule le moindre détail, à résoudre les problèmes d'intendance. Quant à Tiphaine et Lucas, ils ne semblaient même pas s'apercevoir de l'existence de leur belle-mère, à qui ils n'adressaient que rarement la parole. Pour leur part, Léa et Cyril se bornaient à une élémentaire politesse. À moins d'aller bavarder avec la pauvre Madeleine, toujours confinée dans son petit salon, Béatrice ne trouvait pas d'interlocuteur.

Le soir, une fois qu'ils étaient seuls dans leur chambre, elle se lovait contre Vincent pour faire l'amour, mais là aussi il était devenu différent. Leur complicité avait disparu et, malgré ses qualités d'amant attentif, il ne riait plus avec elle, ne la regardait plus de la même manière, ne la possédait parfois qu'avec une sourde colère. Une nuit, elle s'était même mise à pleurer sans qu'il tente rien pour la consoler.

Il partait très tôt le matin, pressé de se rendre au palais, rentrait de plus en plus tard. Si elle exprimait l'envie d'un dîner en tête à tête au restaurant, il acceptait toujours mais s'avérait un convive plutôt silencieux. Regrettait-il amèrement son ancienne indépendance ? Mais non, il avait déjà connu le mariage, il était père de famille ; avant elle il avait subi le poids des attaches. Quelles raisons aurait-il eues de les redouter ?

Au cabinet Morvan-Meyer, où elle se rendait désormais avec réticence, la plupart des associés la considéraient dédaigneusement, et Marie refusait de lui offrir une vraie place. Les débuts de son stage avaient pourtant été agréables, quand elle courait d'un avocat à l'autre en travaillant sur dix dossiers à la fois. Elle adorait l'atmosphère du boulevard Malesherbes, consciente de la chance qu'elle avait d'apprendre là son métier, et bien sûr, lorsqu'elle était devenue Mme Vincent Morvan-Meyer, elle s'était mise à caresser certains rêves. Un mari juge, un nom connu de toute la profession, une position privilégiée dans l'un des plus importants cabinets de Paris, tout cela devait lui ouvrir la voie royale. Elle l'avait si bien cru qu'il lui était alors arrivé de s'éclipser pour aller courir les magasins ou pour faire à Vincent la surprise de le rejoindre au palais. Là encore, elle avait dû déchanter en constatant que son mari détestait l'imprévu et que Marie ne tolérait pas les absences. Ensuite, Vincent avait refusé qu'elle utilise son nom, et puis Marie lui avait fait comprendre qu'il n'y avait pas de place pour elle… En tant qu'avocate, mais aussi en tant que femme, elle avait l'impression d'être tolérée, en aucun cas acceptée.

Chaque fois qu'elle essayait de provoquer une explication, Vincent éludait, ou au mieux reconnaissait qu'il n'était pas facile de se faire adopter par une si nombreuse famille. Mais Béatrice se fichait des Morvan, c'était de lui qu'elle voulait être aimée, de personne d'autre, et pas seulement pour son corps ou sa jeunesse, aimée pour de bon. Il souriait sans la croire, comme s'il s'agissait d'un enfantillage, et finissait toujours par arborer une expression mélancolique dont elle ne comprenait pas le motif.

À force d'insister, de le harceler, de se suspendre à son cou, elle avait réussi un soir à le mettre en colère – lui toujours si maître de ses émotions – et il lui avait asséné qu'il ne tenait pas à être mené par le bout du nez, qu'elle ne ferait pas ce qu'elle voulait de lui. Elle conservait un très mauvais souvenir de cette unique scène de ménage, qu'il avait écourtée en claquant la porte.

À présent que les vacances approchaient, elle hésitait entre le découragement et l'espoir. À Vallongue, Vincent allait être plus disponible, plus détendu. Pour sa part, elle aurait l'occasion de bronzer, de porter des minijupes, de l'entraîner dans des escapades d'amoureux. En revanche, la présence de la famille serait encore plus lourde que de coutume. Sans compter la proximité de Magali, dont Vincent ne parlait jamais, dont toutes les photos avaient disparu, mais qu'on ne pouvait pas évoquer devant lui sans le rendre rêveur. Dès que Tiphaine ou Lucas disaient quelque chose à propos de leur mère, elle guettait sa réaction avec angoisse et se sentait dévorée d'une jalousie ridicule. Mais Magali avait obtenu en son temps ce qu'elle-même souhaitait pardessus tout : des enfants.

Là encore, Vincent s'était montré catégorique. S'il avait accepté le mariage, il refusait l'idée d'une nouvelle paternité, considérant qu'à quarante-trois ans il avait plutôt l'âge d'être grand-père. Béatrice protestait ou argumentait en vain et, de quelque manière qu'elle présente sa requête, elle obtenait le même refus. Or elle ne voulait pas renoncer à son désir d'enfant, à l'envie, obsessionnelle, de serrer un bébé dans ses bras, et surtout à cette possibilité de consolider leur couple. Devant un berceau, Vincent ne pourrait que s'attendrir, elle en avait la conviction, au point d'envisager l'arrêt de la pilule contraceptive sans le lui dire. Le risque de le braquer définitivement la faisait hésiter ; cependant elle avait beau chercher une autre solution pour le reconquérir, elle n'en trouvait pas. Si elle parvenait un jour à être la mère de son enfant, et non plus seulement une trop jeune épouse qu'il considérait avec méfiance, alors il redeviendrait peut-être cet homme qu'elle avait cru idéal et dont elle était toujours follement amoureuse.

*
**

— Et mon père ne dit rien, il trouve ça normal ! explosa Virgile.

Silencieux, Alain continuait d'avancer, les mains dans les poches et les yeux rivés aux branches des oliviers pour y chercher la trace de cochenilles. La floraison avait été précoce, faisant ployer les jeunes rameaux sous l'abondance des fruits, ce qui attirait déjà nombre de parasites.

— Ma sœur avec Cyril, toi, ça ne te choque pas ? reprit Virgile avec aigreur. Oh, je sais bien que tu vas prendre sa défense…

— Cyril est mon filleul, il n'a pas de père, et je l'aime beaucoup, oui, marmonna Alain.

— D'accord, d'accord ! Mais il y a des milliers d'autres filles, pourquoi a-t-il choisi de s'en prendre à sa propre cousine ?

— Vous n'êtes pas cousins germains.

— Encore heureux ! En tout cas, je ne peux pas m'y faire, je ne le supporterai pas. Si je le vois poser ses pattes sur Tiphaine, je lui casse la figure.

Alain s'arrêta net, abandonnant un instant son examen minutieux.

— Qu'est-ce que c'est que ce rôle de justicier ? Quelqu'un t'a appelé à l'aide ? Ta sœur a dix-neuf ans, Cyril vingt-deux, ils sont adultes.

Désemparé, Virgile chercha en vain une riposte puis finit par hausser les épaules.

— Si tes parents ne s'en mêlent pas, insista Alain, si Marie ne dit rien, pourquoi voudrais-tu intervenir ? Juste pour avoir l'occasion de t'affronter avec Cyril une fois de plus ? Explique-moi plutôt ce que Magali en pense.

— Rien, et tu le sais. Tiphaine est venue elle-même lui faire ses confidences cet hiver, mais elles ne m'ont pas mis dans le secret à ce moment-là ! Aujourd'hui, maman me raconte ça tout naturellement, parce que l'été arrive et qu'ils vont débarquer ici en se tenant par la main ! Je suis censé applaudir ?

Ses yeux verts s'étaient assombris et il ajouta, d'une voix rageuse :

— Je crois que je finirai par tous les détester !

— Écoute, tu me fatigues, soupira Alain.

Il s'assit dans la terre caillouteuse, à l'ombre d'un olivier. Peu après, Virgile le rejoignit mais se contenta de s'appuyer au tronc.

— La famille sera là dans quelques jours, il va falloir que tu te calmes.

— Comme si c'était facile pour moi..., murmura le jeune homme. À part Lucas, je n'ai envie de voir personne. Surtout pas papa roucoulant avec Béatrice !

— Tu crois que l'expression est juste ? s'enquit Alain avec un sourire ironique.

— Peut-être pas, mais c'est sa faute. Il n'aurait pas dû épouser une fille de cet âge-là, et s'il n'est pas heureux en ménage, ce n'est pas moi qui vais le plaindre !

— Tu es très intolérant.

— Et très rancunier, oui !

Alain jeta un caillou au loin puis s'absorba dans la contemplation du paysage, dont il ne se lassait jamais. Au loin, sur le sommet bleuté d'une colline, une rangée de cyprès semblait onduler comme un mirage sous la chaleur. Plus près d'eux, le vallon, couvert d'oliviers aux reflets argentés, baignait dans une lumière presque transparente.

— Ce n'est pas une chenille de teigne, ça ? s'exclama soudain Virgile.

D'un bond, Alain se releva pour inspecter le jeune rameau que Virgile tenait entre ses doigts.

— Non, déclara-il d'un ton soulagé, heureusement non... Si la teigne se met dans l'oliveraie, on n'a pas fini de transpirer, toi et moi !

Il jeta un coup d'œil satisfait au jeune homme qui restait sourcils froncés, sans se résoudre à lâcher la branche.

— On continue ? proposa-t-il en passant à l'arbre suivant.

Ces derniers mois, Virgile avait accompli d'énormes progrès. Son intérêt pour l'exploitation ne faisait que croître, il s'avérait meilleur élève qu'Alain ne l'avait espéré et commençait même à prendre quelques initiatives. Jamais plus il n'était en retard le matin, il ne reposait pas deux fois une question, le travail ne le décourageait pas. Si, au début, Vallongue avait été pour lui un refuge – et Alain un rempart –, il était à présent dans son élément.

Au bout d'un long moment de silence, ponctué par le bruit lénifiant des cigales en plein chant, ils arrivèrent en bas de la pente, avec leurs chemises trempées de sueur et leurs chaussures couvertes de poussière.

— Qu'est-ce que tu nous as prévu pour déjeuner ? demanda Alain d'une voix moqueuse.

302

— Un gratin de légumes, mais je crois plutôt qu'on va les manger en salade, il fait vraiment trop chaud…

Pour les courses, la cuisine, ou encore un bon coup de ménage de temps à autre, Virgile avait dû apprendre à se débrouiller, Alain ne lui faisant grâce de rien. Mais, là encore, il avait assumé son choix de vie sans se plaindre, et surtout sans regretter l'avenue de Malakoff ou les bancs de la faculté.

Côte à côte, ils progressaient vers la maison, pressés de retrouver un peu de fraîcheur, pourtant Alain s'arrêta un instant et alluma sa première cigarette de la journée.

— Si vraiment vous devez vous accrocher, Cyril et toi, pourquoi ne t'installes-tu pas à la bergerie pour la durée des vacances ?

— Tu me la prêterais ? s'écria Virgile.

— Cet été uniquement, répéta Alain. Tu as une chambre et une salle de bains, ça devrait te suffire, même si je continue à travailler en bas. Tu peux aussi y ramener tes conquêtes, je n'y verrai pas d'inconvénient.

— Tu es vraiment un chic type ! J'envisageais de m'imposer quelque temps chez maman, mais inutile de te dire que je préfère ta solution !

— J'en étais sûr, oui. En tout cas, n'en profite pas pour bouder les autres. Les repas de famille sont incontournables, comme tu sais. J'en ai tellement subi avec ton grand-père, quand j'avais ton âge ! Je haïssais l'été, mais il y avait Clara, et

303

quand elle était là je pouvais tout supporter avec le sourire…

Virgile hocha la tête, sensible à l'évocation de son arrière-grand-mère. Il se souvenait très bien d'elle, et surtout il savait qu'Alain se rendait parfois au cimetière d'Eygalières pour y porter une brassée de lavande.

— Elle manque à tout le monde, j'ai l'impression, dit-il gentiment. Même si papa veut se donner des airs de chef de tribu, ce n'est pas la…

— Mais lâche un peu ton père ! s'écria Alain. Qu'est-ce que tu lui reproches ? De s'être laissé avoir par une femme trop jeune pour lui ? Eh bien, c'est lui qui va payer l'addition, pas toi. Et je te rappelle qu'il t'a laissé tranquille jusqu'ici.

— Uniquement parce que tu le lui as demandé !

— Oui, et alors ? Au moins, il m'a écouté, même s'il n'avait pas envie de le faire à ce moment-là.

Virgile saisit l'occasion au vol et répliqua :

— C'est vrai que vous avez l'air de mieux vous supporter, ces temps-ci. Tu me raconteras un jour pourquoi vous étiez fâchés ?

Au lieu de répondre, Alain escalada les marches du perron, ouvrit la porte de la maison. À l'intérieur, les persiennes tirées avaient maintenu une température plus supportable et la pénombre leur parut agréable. Dans la cuisine, Virgile sortit d'un panier des poivrons, des tomates, quelques feuilles de batavia, tandis qu'Alain se mettait à découper des tranches de pain.

— Le sujet est tabou ? demanda Virgile en rinçant les légumes dans l'évier.

— Non, pas du tout... Je te fais une tartine de tapenade ?

Le jeune homme se retourna pour observer Alain qui étalait tranquillement la purée d'olives et d'anchois.

— Alors, si on peut en parler, insista-t-il, pourquoi ne dis-tu rien ?

— Parce que ce n'est pas à moi de le faire. Tu poseras la question à ton père et à ton oncle d'abord. S'ils te répondent, je te donnerai ma version des choses.

Virgile avait souvent harcelé sa mère à ce propos, sans jamais obtenir d'explication convaincante. Elle faisait vaguement référence à une très ancienne brouille entre Charles et Édouard, un problème qui remontait à la guerre et ne la concernait pas.

— Très bien, déclara-t-il, puisqu'ils seront là dans quelques jours, j'en profiterai pour les interroger.

— Magnifique ! Tu vas voir, ça mettra une ambiance folle...

Le rire clair d'Alain le surprit. Il avait craint une réaction de colère ou un silence obstiné, comme toujours, pas cette soudaine gaieté, et il prit un ton innocent pour demander :

— Est-ce que par hasard il y aurait un cadavre dans le placard, chez les Morvan ?

— Tu ferais mieux de ne pas utiliser ce genre d'expression avant de savoir, répliqua sèchement Alain.

À l'évidence, le chapitre était clos, inutile d'y revenir. Alain devait même juger qu'il en avait trop dit car il quitta la cuisine en annonçant qu'il allait chercher une bouteille de rosé à la cave. Songeur, Virgile acheva la préparation des crudités puis sortit deux assiettes du vaisselier. Il existait bien un secret dans la famille, que personne ne semblait vouloir révéler mais qui pesait sur tout le monde de manière diffuse. Avec ses cousins, ils en avaient souvent parlé lorsqu'ils étaient adolescents, sans jamais parvenir à élucider le mystère. Leurs deux grands-pères, Charles et Édouard, qui n'étaient d'ailleurs pas enterrés dans le même caveau, avaient-ils partagé un drame inavouable ? À la mort de Charles, Virgile avait six ans, et sans les photos des albums il n'aurait même pas su à quoi ressemblait cet homme. En fait, Vincent était le portrait craché du célèbre avocat. Clara l'avait répété sur tous les tons, et c'était toujours avec une émotion extrême qu'elle l'évoquait. La guerre, les années de captivité, ou même la déportation de Judith ne constituaient pas une énigme ; pourtant Vincent et Alain s'étaient bel et bien brouillés à cause de tout cela. Pourquoi ?

Virgile croqua une bouchée de sa tartine de tapenade qu'il prit le temps de savourer. Interroger son père lui paraissait difficile mais il aurait sûrement plus de chances avec Daniel. Celui-ci vivait sur un petit nuage depuis que Sofia lui avait donné des enfants, et, puisqu'il devait passer l'été à Vallongue lui aussi, l'occasion d'une conversation se présenterait forcément.

— À quoi peux-tu bien rêver ? lui demanda Alain qui était revenu et le regardait avec curiosité.

— À rien de spécial... J'ai hâte que l'été finisse, que les Parisiens débarrassent le plancher et que la récolte arrive. Pas toi ?

La question fit réfléchir Alain quelques instants puis il secoua la tête en murmurant :

— Non. Pas cette année, non.

Avec des gestes précis, il se mit à déboucher la bouteille de rosé sans s'expliquer davantage.

*
**

Vincent revint de la salle de bains vêtu d'un peignoir de soie bleu nuit. Il s'arrêta près de la commode pour prendre son paquet de cigarettes et alla s'accouder à la rambarde d'une des fenêtres ouvertes.

— La fumée ne me dérange pas, tu sais bien..., murmura Béatrice.

— Il fait chaud, répondit-il d'une voix neutre.

Assise sur leur lit, elle le regardait avec désespoir. À la lueur des lampes de chevet, elle distinguait nettement sa silhouette haute et mince, ses
joues qui se creusaient lorsqu'il aspirait une
bouffée, ses yeux gris perdus dans le vague. Ce
n'étaient pas les réverbères de l'avenue de Malakoff qu'il regardait, ni les rares passants attardés à
promener leur chien ; d'ailleurs il n'observait rien
en particulier, il s'était seulement réfugié dans le
silence, comme toujours.

— J'ai trouvé ça merveilleusement agréable,
dit-elle au bout d'un moment.

— Tant mieux…

Son indifférence n'était pas feinte, déjà il ne
pensait plus à elle ni à l'étreinte qu'ils venaient
de partager mais à ses dossiers du lendemain.
À force de la tenir à distance, il avait réussi à se
détacher d'elle et il n'en souffrait presque plus.
Pour lui, leur histoire s'était achevée à peine
commencée, la veille de leur mariage. Ce soir-là,
s'il n'avait pas surpris la conversation qu'elle
avait eue avec Virgile, il aurait peut-être pu continuer à se bercer d'illusions. À ignorer l'angoisse
provoquée par leur différence d'âge, à croire que
la jolie Béatrice l'aimait pour de bon ? Mais le
cynisme des expressions qu'elle avait employées
ne permettait pas le doute et il avait renoncé sans
se battre. Blessé dans son orgueil, il n'avait même
pas eu le courage de s'expliquer avec elle et de
rompre tant qu'il en était temps, parce qu'il lui
aurait fallu reconnaître à haute voix qu'il s'était

comporté comme un naïf, un de ces types qui refusent de vieillir en s'imaginant que la quarantaine séduit toujours les jeunes filles. Il l'avait donc épousée en grinçant des dents, glacé à l'idée de commettre la pire erreur de son existence, et bien décidé à ne plus jamais être dupe. Alors, même quand il la faisait crier de plaisir, il supposait qu'elle jouait la comédie, et elle avait beau multiplier les déclarations d'amour, il restait sceptique, désabusé.

— Vincent, viens…, demanda-t-elle doucement.

Il se retourna vers elle avec un sourire contraint. Indiscutablement, elle était très belle, nue sur le drap blanc. Et aussi très jeune, sans une ride, sans une seule marque du temps.

— Viens, j'ai besoin de toi, ajouta-t-elle tout bas.

Que lui fallait-il de plus que ce qu'il lui avait donné ? Si elle manifestait l'envie de faire l'amour, il était toujours prêt à la satisfaire mais il ne la sollicitait jamais. Il ne voulait pas qu'elle se force, qu'elle mente ou qu'elle simule, ce qu'il aurait jugé encore plus humiliant que tout le reste.

— Tu n'es pas très tendre, dit-elle d'un ton de reproche.

Il aurait pu l'être, sans ce malentendu qui les séparait chaque jour davantage.

— Je suis fatigué, se borna-t-il à répondre.

Fatigué de tous les compliments qu'on lui faisait au sujet de sa femme, des plaisanteries égrillardes de ses confrères qui enviaient sa *chance* ou, pire, du regard compatissant de Marie.

— Nous serons en vacances après-demain, lui rappela-t-elle.

Vallongue, oui, il en rêvait comme d'un havre de paix. Et si une seule personne au monde pouvait encore le comprendre, c'était bien Alain, auquel il allait pouvoir se confier en arpentant les oliveraies. Quand il songeait à toutes les années perdues, à cette inutile querelle qui les avait fait se comporter en ennemis, il était submergé de regrets. Sans cette brouille, il aurait ouvert les yeux plus tôt sur Béatrice, peut-être même n'aurait-il pas divorcé de Magali. Alain avait toujours été de bon conseil ; d'ailleurs, c'était lui qui lui avait présenté Magali, vingt-trois ans plus tôt, lui qui avait tout tenté pour la sauver du naufrage, lui qui avait pris en charge les enfants à l'époque où Vincent ne songeait qu'à sa carrière, Magali se saoulant pour oublier. Et aujourd'hui encore, Virgile avait trouvé refuge près de lui, Magali lui devait sa renaissance. Car elle avait changé, tout le monde s'accordait à le dire, et Vincent mourait d'envie de constater lui-même cette transformation. La dernière – et la seule – fois qu'il l'avait vue, chez elle, il en était resté médusé.

Il écrasa son mégot avec soin, revint près du lit. Il ne voulait pas faire de comparaison, même pas y penser ; pourtant en regardant les longs cheveux noirs de Béatrice, sa peau mate et ses

seins menus, il songeait malgré lui à la flam-
boyante chevelure acajou de Magali, à son teint
pâle constellé de minuscules taches de rousseur, à
ses formes voluptueuses.

Le peignoir bleu nuit tomba sans bruit sur la
moquette puis il se glissa dans les draps. Tout de
suite, Béatrice se rapprocha de lui pour mettre sa
tête sur son épaule. Elle adorait s'endormir en le
tenant serré dans ses bras, ce qu'il supportait de
plus en plus mal. Il essaya de ne pas se crisper
et de ne pas la repousser, mais que cherchait-
elle à faire croire avec ces gestes de propriétaire ?
Qu'il était sa proie et qu'elle ne le lâcherait pas
avant d'avoir obtenu de lui la tendresse qu'elle
exigeait ?

Il sentit qu'elle se redressait, une mèche
soyeuse caressa sa joue.

— Dis-moi quelque chose de gentil…

Sans attendre la réponse, elle posa ses lèvres
sur les siennes, l'embrassa avec passion.

— Béatrice, il est très tard, protesta-t-il quand
elle le laissa reprendre son souffle.

Cette fois elle se recula, lassée de ses rebuf-
fades, et il en profita pour éteindre sa lampe de
chevet. Dans l'obscurité, il l'entendit soupirer,
chercher une place sur son oreiller. Il n'éprouvait
aucune compassion, elle n'était pas sa victime, et
il décida que, si elle s'énervait, c'était seulement
parce qu'il lui échappait. Comme elle lui tournait
le dos, il en déduisit qu'elle boudait et il ne devina
rien du réel chagrin qui la submergeait.

Gauthier s'efforça de sourire, l'air désinvolte.

— Eh bien, maman, d'après ce que je lis, tu te portes plutôt bien…

Face à lui, Madeleine attendait le verdict sans inquiétude. Chaque fois qu'elle consultait un médecin, elle apportait à Gauthier les résultats des examens ou des analyses, une occasion pour elle de le voir dans ses fonctions, à l'hôpital. Rien ne la rendait plus fière que de demander à voir le *docteur* Morvan, et bien qu'il lui ait expliqué cent fois que, en tant que chirurgien, il ne souhaitait pas s'occuper de sa santé ni interférer dans les prescriptions d'un généraliste, elle ne lui épargnait aucune visite.

Une nouvelle fois, il parcourut la lettre adressée par son confrère puis releva les yeux sur sa mère. Il la voyait assez régulièrement et il aurait dû être le premier à détecter les symptômes. Mais bien sûr il ne s'intéressait pas vraiment à elle, agacé par cette détestable préférence qu'elle affichait à son égard, et surtout incapable d'oublier la part de responsabilité qu'elle avait dans la mort de Philippe. La façon dont elle bêtifiait avec Pierre, le petit dernier qui n'avait que cinq ans, faisait bouillir Chantal de rage. Lui-même ne parvenait qu'à grand-peine à trouver la patience nécessaire pour supporter ses jérémiades continuelles, sa boulimie chronique.

— Tout va bien, alors ? insista-t-elle d'un ton plaintif. Parce que, tu sais, j'ai parfois l'impression de perdre la mémoire ! C'est l'âge ?

— Non, pas vraiment. En fait, tu devrais...

Il s'interrompit, découragé. Comment lui annoncer qu'elle était sans doute atteinte de la maladie d'Alzheimer ? Que cette affection démentielle, avec son processus dégénératif, allait atteindre progressivement les cellules de son système nerveux ? Que des pans entiers de sa mémoire allaient s'effondrer les uns après les autres jusqu'à ce qu'elle ne reconnaisse plus son entourage ? Que l'issue, en quelques années, serait fatale ?

— Tu as un excellent médecin, maman, tu peux lui faire confiance.

Navré de ne rien trouver d'autre à dire, il referma le dossier qu'il lui rendit en prenant soin de conserver la lettre.

— Il faut que je monte au bloc, une infirmière va t'appeler un taxi...

D'abord il allait en parler à Chantal, ensuite il mettrait Alain et Marie dans la confidence. Ensemble, ils décideraient de l'attitude à adopter. Puisqu'ils partaient tous pour Vallongue le lendemain, il pourrait se faire une opinion plus approfondie durant l'été.

— Tu voyages avec Marie, comme d'habitude ? lui demanda-t-il d'un ton léger.

— Un voyage ? répéta-t-elle.

Son air égaré ne dura qu'un instant mais le bouleversa.

— Ah oui, suis-je bête ! s'écria-t-elle. Bien sûr, c'est elle qui m'emmène... J'ai encore ma valise à faire, je me sauve. Tu es gentil de m'avoir rassurée, je n'ai confiance qu'en toi...

Elle était vraiment devenue obèse et se déplaçait sans grâce, balançant son sac à bout de bras. Pourquoi ne parvenait-il donc pas à la plaindre ? Il se pencha vers elle, l'embrassa sur les deux joues puis ouvrit la porte pour la confier à une infirmière. Quand il revint s'asseoir à son bureau, il poussa un long soupir avant de refermer son agenda. Il n'avait plus de rendez-vous avant la rentrée, il ne franchirait pas les portes du bloc durant quatre semaines, il lui avait menti pour se débarrasser d'elle. Nerveux, il composa le numéro de l'étage de pédiatrie et demanda à parler à Chantal. Dès qu'il entendit sa voix, il se sentit soulagé d'une partie de son angoisse.

— Est-ce qu'on pourrait laisser les enfants seuls, ce soir, j'ai envie d'un dîner en tête à tête...

Le rire gai de sa femme acheva de le détendre tandis qu'elle répliquait :

— Tu connais le tarif, chéri ! Quand Paul sert de baby-sitter à Pierre, il faut le rémunérer. Si c'est dans tes moyens... Et pourquoi cet accès de romantisme ? L'idée de supporter ta tribu tout l'été commence à te paniquer ?

Elle se moquait de lui gentiment, comme à son habitude. D'ailleurs, elle avait insisté

314

personnellement pour passer les vacances à Vallongue. Après la mort de Philippe, ils étaient restés quelque temps sans descendre dans le Midi, puis ils avaient cédé aux prières de Clara et finalement repris leurs habitudes là-bas. Pour Paul, c'était l'occasion de voir ses cousins, et pour eux de se retrouver en famille malgré tout.

— Je finis mon service dans une heure, je te rejoindrai sur le parking, décida-t-elle.

Il raccrocha puis rangea la lettre du médecin dans son portefeuille. Il n'avait aucune raison de l'appeler, ils se concerteraient dans les mois à venir, selon l'évolution de la maladie, mais quoi qu'il en soit il n'existait pas de traitement. L'état de Madeleine allait se dégrader plus ou moins lentement, de manière inexorable, jusqu'à la fin. En attendant, ses trois enfants devaient essayer de l'entourer. Après tout, la pauvre avait perdu son mari, son beau-frère, sa belle-mère, et elle ne devait plus savoir à qui confier son destin désormais, elle qui s'était toujours sentie incapable de diriger sa vie.

— Oh si, elle sait…, murmura-t-il à mi-voix.

Elle l'avait même énoncé sans complexe : elle n'avait confiance qu'en lui. Parce qu'il avait choisi la médecine, comme Édouard, parce qu'il ne s'était pas révolté comme Marie ou Alain.

Il se leva, jeta un coup d'œil circulaire pour vérifier qu'il n'oubliait rien. Quitter l'hôpital lui était pénible et, s'il n'avait pas eu une femme et deux fils, il ne serait jamais parti en vacances.

Résigné, il s'apprêta à aller faire le tour du service de chirurgie afin de prendre congé de toute son équipe.

8

Vallongue, juillet 1976

LE SOLEIL INCENDIAIT la Provence depuis plusieurs
semaines et les nuits n'apportaient nulle fraîcheur. Chaque matin, le même ciel uniformé-
ment bleu chassait tout espoir d'une pluie d'orage
bienvenue ; la terre craquelée manquait cruellement d'eau et les cultures commençaient à souffrir pour de bon.

Sofia et Daniel ne sortaient les jumeaux qu'à
l'ombre du patio où la famille se cantonnait. Les
siestes s'éternisaient, inconfortables sur des draps
moites de sueur, les volets restaient fermés toute
la journée.

Indifférent à la chaleur, Alain était le seul à
arpenter les collines mais il prenait la précaution
d'emmener une gourde de citronnade avec lui.
Dès le lendemain de son arrivée, Vincent voulut
l'accompagner jusqu'aux oliveraies et ils

317

quittèrent la maison juste après le petit déjeuner, alors que la température avait déjà atteint vingt-huit degrés et que les cigales entamaient leur chant stridulant. Ils portaient tous deux des jeans, des espadrilles de toile et des chemises blanches dont ils avaient roulé les manches, se retrouvant habillés de la même manière sans s'être concertés, et marchant du même pas. De temps à autre, Alain s'arrêtait sous prétexte de montrer quelque chose à Vincent, mais c'était surtout pour lui permettre de souffler.

— Tiens, là-bas, ce sont les amandiers, auxquels ton fils s'intéresse tout particulièrement. J'avais planté ça au moment où les calissons sont revenus à la mode, tu t'en souviens ? Eh bien, Virgile est en train de démarcher d'autres clients, plus lucratifs paraît-il... Je le laisse faire, il a beaucoup d'idées !

— Et toi, beaucoup de patience. Je ne sais pas comment tu fais pour t'entendre avec lui, il est toujours tellement agressif !

Le jeune homme avait accueilli son père et sa nouvelle belle-mère de façon plutôt froide ; quant à Cyril, il l'avait carrément ignoré.

— Qu'il m'en veuille à propos de Béatrice, c'est déjà stupide, mais il n'adresse plus la parole à Tiphaine non plus !

Alain s'arrêta une nouvelle fois et fit face à Vincent.

— Tu n'as pas eu de mal à accepter la situation, toi ?

— Si... Bien sûr que si. Mais c'est ma fille et je veux son bonheur ; or il semble que seul Cyril soit en mesure de la rendre heureuse aujourd'hui. Peut-être que ça leur passera. Ils sont tellement jeunes !

— Tu as trouvé le temps de parler avec lui ?

— Pour qui me prends-tu ?

— Pour un homme pressé.

— Alain...

— Ou très occupé, si tu préfères.

— Dès que Marie m'a mis au courant, je suis allé voir Cyril.

— Je sais. Il en était malade, il m'a appelé avant et après.

Surpris, Vincent lui jeta un coup d'œil intrigué en marmonnant :

— Alors pourquoi me poses-tu la question ?

— Parce que, d'après ce qu'il m'a raconté, tu n'as pas parlé *avec* lui, tu as parlé tout seul. Tu lui as fait un discours moralisateur, non ?

— Mais... oui ! J'aurais dû le féliciter ? Il a couché avec Tiphaine alors qu'elle était encore une gamine ! Et pourtant je n'avais aucune envie de l'engueuler, il était à la fois mort de peur et farouchement déterminé à me convaincre, très touchant...

— Sûrement autant que toi lorsque tu as traîné Magali dans le bureau de ton père.

Le prénom de son ex-femme autant que l'allusion à sa jeunesse précipitèrent Vincent dans un accès de nostalgie.

— C'est si loin…, dit-il dans un murmure.

Son évident désarroi fit sourire Alain qui lui envoya une bourrade affectueuse.

— Viens, ne restons pas en plein soleil.

Ils se remirent en marche lentement pour attaquer la pente de la première oliveraie et gagner l'ombre des arbres. Des arbres qui étaient déjà là trente-cinq ans plus tôt, alors qu'ils n'étaient que des enfants insouciants.

— Je suis allé voir l'exposition de Jean-Rémi, déclara Vincent au bout d'un moment. J'ai adoré… Est-ce qu'il t'a finalement montré le tableau qui te représente ?

— Et que tu voulais lui acheter ? Oui.

— Je voulais aussi l'inviter à dîner mais il n'avait pas le temps. Tu peux nous organiser ça ces jours-ci ?

Alain s'arrêta net et Vincent buta contre lui.

— Pourquoi tiens-tu soudain à mieux le connaître ? À cause de sa célébrité ?

Agacé, Vincent haussa les épaules mais répondit tranquillement :

— Parce qu'il fait partie de ta vie.

— Ce n'est pas nouveau !

— Non, mais je te rappelle que nous avons passé des années à nous éviter, toi et moi !

De façon insidieuse, le ton venait de monter entre eux et il y eut un bref silence qu'Alain fut le premier à rompre.

— Tu as raison. Je transmettrai l'invitation.

Il baissa les yeux vers la gourde qui pendait à sa ceinture, la prit et dévissa le bouchon, puis il renversa la tête en arrière pour boire à longs traits. Quand il reprit son souffle, il lança :

— Je suis content que tu sois là. Tu as soif ?

Vincent acquiesça d'un signe de tête, heureux de se désaltérer, tandis qu'Alain poursuivait :

— Je ne veux plus jamais me fâcher avec toi.

Ils en avaient souffert l'un comme l'autre mais au moins Alain avait le courage de le reconnaître, de l'énoncer. Ils se remirent en marche pour atteindre le sommet de la colline. La chaleur devenait torride, bien que la sécheresse de l'air rende l'atmosphère supportable, et les lézards ocellés ne se donnaient même plus la peine de décamper devant eux.

— Tu fais un peu d'exercice, à Paris ? s'enquit Alain en jetant un coup d'œil vers Vincent.

La fatigue commençait à creuser son visage et sa chemise était trempée de sueur.

— Je me suis inscrit dans une salle de sports mais je n'y vais jamais !

— Il te reste le sport en chambre…

Vincent leva les yeux au ciel puis finit par s'arrêter, essoufflé.

— Tu as gagné, j'abandonne, je suis crevé.

— Bon, tu peux faire vingt mètres, quand même ? On va aller s'asseoir là-bas, décida Alain.

Il entraîna son cousin jusqu'à une pierre plate qui se trouvait à l'ombre des derniers oliviers.

— C'est ma halte favorite, le point de vue y est sublime.

Devant eux l'oliveraie s'étendait, d'un vert presque argenté dans la lumière crue du soleil. Sur leur gauche, une autre colline était coiffée de pins et de cyprès, tandis qu'à l'arrière-plan se dessinait la montagne de la Caume.

— Vas-y, raconte, suggéra Alain d'une voix douce.

— Te dire quoi ? Tu sais très bien ce qui se passe... J'ai commis une erreur en me remariant, et ce n'est pas la seule ! Avant ça, j'avais souvent fait le mauvais choix... Mais il faut bien assumer ses bêtises ; maintenant je suis coincé.

— Et ça te rend malheureux ? Tu l'aimes ?

— Béatrice ? Je ne sais plus. J'en ai été très amoureux, au début. Je suppose que j'étais surtout flatté parce qu'elle est jeune, jolie, et que c'est elle qui est venue me chercher.

— Vraiment ?

— Je n'aurais jamais essayé de séduire une gamine ! En principe, ce n'est pas un genre qui m'attire... Mais j'en avais assez d'être tout seul, même si je ne m'en rendais pas compte. Elle est persuasive, câline... je pense que j'étais mûr pour une liaison un peu durable. Seulement, bien entendu, elle pensait au mariage.

— Mariage, oui. Fortune et... enfants ?

— Ah, ça, pas question ! se défendit Vincent d'un ton sec.

322

— Pourquoi ? Tu n'as que quarante-trois ans, tu n'es pas un vieillard, et tu aurais les moyens de les élever.

— Mais pas l'envie ! Pas la patience ! Et puis pas avec elle, voilà. C'est sans doute un désir légitime, pour une jeune femme, malheureusement j'ai trop de doutes en ce qui la concerne. Figure-toi que j'ai surpris une conversation plutôt... cynique, entre elle et Virgile.

Soudain très nerveux, il se releva et fit quelques pas. Quand il sortit son paquet de cigarettes de la poche de sa chemise, Alain protesta :

— Non, pas ici, c'est trop dangereux, ça ne demande qu'à brûler.

Docile, Vincent hocha la tête puis revint s'asseoir en soupirant.

— Je peux te faire une confidence ? Qui va beaucoup t'amuser, d'ailleurs... Si je pouvais revenir en arrière, je crois que je ferais l'impossible pour garder Magali.

L'aveu lui était si difficile qu'il avait murmuré la fin de sa phrase.

— Eh bien, ça ne m'amuse pas, dit lentement Alain.

— Tu pourrais. Après tout, tu m'avais prévenu.

— Tu penses souvent à elle ?

— Oui. Avec nostalgie, culpabilité, tendresse... désir, aussi. Je l'ai toujours adorée, mais je n'ai pas su la protéger, ni d'elle-même ni de la famille. Nous aurions dû vieillir ensemble, prendre des rides en même temps et s'en attendrir, c'était ma femme pour la vie ; au lieu de quoi je me retrouve à jouer les vieux beaux auprès d'une fille qui me prend pour un pigeon. Alors, un gamin au milieu de ce désastre, non !

Alain acquiesça en silence. Si la confidence ne le surprenait pas, elle le désolait.

— J'ai raté beaucoup de choses, tu sais, ajouta Vincent d'un ton las.

La chaleur devenait accablante et ils burent de nouveau, l'un après l'autre, quelques gorgées de citronnade.

— J'espère au moins profiter de l'été pour me réconcilier avec Virgile et parler de son avenir tranquillement.

— Laisse-moi participer à votre discussion ; j'attendais que tu sois là avant de lui proposer une sorte de... d'association, s'il le désire.

Déconcerté, Vincent dévisagea son cousin.

— Tu veux l'associer à quoi ?

— À l'exploitation. En ce qui me concerne, c'est simple, je n'aurai jamais d'héritier ; or je ne veux pas qu'après moi tout ça retourne aux friches ou soit vendu à n'importe qui. Et puis ces olive-raies sont une partie de Vallongue, autant que ça reste dans la famille.

— Tu penses déjà à ta succession ?

— Comme on dit, ça ne fait pas mourir. Mais il n'est pas question de succession, je ne vais pas le condamner à attendre mon enterrement, le pauvre ! Autant qu'il prenne ses responsabilités maintenant, tant qu'il est jeune. J'envisage de lui faire une cession de parts ou quelque chose de ce genre.

Pour dissimuler son embarras, Vincent se leva. Le soleil était presque à son zénith et chassait les coins d'ombre.

— Je voudrais te poser une question, Alain…

Sa voix manquait tellement d'assurance qu'il marqua une longue hésitation avant d'achever :

— De toi à moi, est-ce que Virgile te… Oh, je ne sais pas de quelle façon te demander ça !

Exaspéré par sa propre lâcheté, il se détourna mais se sentit presque aussitôt brutalement empoigné par l'épaule.

— Regarde-moi en face !

Il faillit perdre l'équilibre et se raccrocha machinalement au bras d'Alain qui le secouait en grondant :

— La réponse est non ! J'ai toujours considéré tes enfants et ceux de Marie comme les miens, et je ne suis pas amoureux de Virgile, ça tombe sous le sens ! Je l'aime beaucoup parce qu'il a un tas de qualités dont tu ne t'es même pas aperçu, parce que ses révoltes me rappellent ma jeunesse, et parce qu'il a vraiment pris goût à la terre. Rien d'autre ! C'est clair ?

— Oui, mais ne…

— Mais quoi ?

— Ne te mets pas en colère ! Il suffit que tu le dises…

— Tu aurais pu le deviner tout seul. Si tu t'intéresses un jour au sort de Léa, personne n'ira soupçonner que tu t'es entiché d'elle ! Pourquoi me traites-tu en paria ? Tu te crois obligé de te comporter en juge avec moi ? Ton fils ! Bordel, je rêve !

Il lâcha Vincent et s'écarta de lui. L'insinuation lui était odieuse, inacceptable. Jamais il n'avait regardé Virgile autrement que comme un gosse perdu, dont il était en partie responsable.

— Tu as vraiment mauvais caractère, tu ne changeras jamais, dit Vincent en le rejoignant.

D'un geste amical, il le bouscula pour dissiper leur malentendu.

— Tu es la seule personne au monde en qui j'ai une absolue confiance. Ma question t'a semblé injurieuse ? Ce n'était que de la curiosité. Idiote, d'accord... Mais je ne te juge pas, tu as tort d'imaginer ça.

— Tu serais mal placé ! marmonna Alain.

Sans s'expliquer davantage, il le poussa vers le sentier qui descendait en pente douce, sur l'autre versant.

— On va rentrer par là avant que tu attrapes une insolation.

Ils étaient dégoulinants de sueur tous les deux, les chemises plaquées dans le dos et les cheveux collés sur le front. Différents mais semblables, liés par quelque chose de plus fort que toutes leurs querelles. Ils s'étaient fâchés sans parvenir à se haïr, avaient failli se battre à plusieurs reprises, s'étaient ignorés en continuant à s'estimer mutuellement. Ce qui les attachait l'un à l'autre ne portait pas de nom mais se révélait indestructible.

Loin devant eux, dans la vallée, la rivière étincelait au soleil et Alain la désigna du doigt.

— Le niveau baisse de manière inquiétante, ça ne s'était jamais produit jusqu'ici, il y a toujours quelques orages de printemps ou d'été pour apporter de l'eau. La canicule est chose courante à cette saison, mais là, c'est carrément la sécheresse, il n'est pas tombé une seule goutte depuis des mois...

Ensemble ils s'arrêtèrent un instant, les mains en visière. Cela ferait bientôt dix ans que Philippe s'était noyé à cet endroit, ils s'en souvenaient avec le même malaise.

— Je me demande si on ne devrait pas envisager de faire creuser une piscine quelque part, soupira Vincent. Tu y verrais un inconvénient ?

La perspective du petit Pierre se baignant dans cette rivière le révulsait. Chantal deviendrait folle si elle devait le surveiller de la berge. Sans oublier les jumeaux, Albane et Milan, qui dans quelques années allaient vouloir apprendre à y nager, comme tous les Morvan avant eux.

— C'est une bonne idée, répondit Alain d'une voix tendue. Plus personne ne plonge là volontiers, tu le sais bien, et le temps n'y changera rien. Par cette chaleur, les jeunes devraient être dans l'eau au lieu de se confiner dans la maison... Parles-en aux autres, moi je suis pour.

Ainsi que l'avait voulu Clara, Vallongue les attachait solidement tous les cinq, puisque les décisions concernant la propriété ne pouvaient se prendre et se financer que d'un commun accord. Le moindre changement, la plus insignifiante innovation réclamaient un conseil de famille les obligeant à se réunir, ce qui était à la fois une contrainte et une façon d'évoluer ensemble. Ils échangèrent un long regard avant de se résoudre à continuer leur chemin en silence.

*

Dès la fin de la première semaine de vacances, Marie reçut un coup de téléphone d'Hervé qui, ne pouvant plus surmonter son impatience, annonçait son arrivée. Bien qu'elle l'ait souhaitée, inconsciemment, la confrontation de cet homme avec la famille – et surtout avec Léa – lui posait un réel problème. Trop indépendante et trop secrète pour présenter quiconque à ses frères ou à ses cousins, elle avait donné jusqu'ici l'image d'une femme tellement solitaire que la surprise allait être de taille. Pourtant, à quarante-six ans, elle se sentait enfin débarrassée de ses doutes, de ses complexes, de tout ce qui l'avait empêchée d'être heureuse jusque-là.

Lorsqu'elle y réfléchissait, elle constatait que son admiration pour Charles l'avait trop longtemps aveuglée. À l'époque où elle était encore une jeune fille, puis une jeune femme, aucun homme n'avait pu trouver grâce à ses yeux tant elle était subjuguée par son oncle. Son immense talent d'avocat, son charme de beau ténébreux, ou même la souffrance qu'il savait endurer en silence reléguaient tous les étudiants au rang de gamins sans intérêt. Elle avait poursuivi en vain une chimère en voulant trouver quelqu'un qui lui ressemble, puis elle s'était lassée de sa quête pour se consacrer à son travail et à ses enfants. Aujourd'hui, elle s'apercevait enfin qu'elle avait un furieux besoin de vivre, de rattraper les années perdues, et elle découvrait en même temps qu'Hervé était devenu un homme mûr capable de la séduire, de la retenir au-delà d'une brève aventure. Bref, elle voulait aimer tant qu'elle en avait encore la possibilité.

Lorsque Hervé se présenta à Vallongue, le vendredi soir, il descendit de sa voiture dans un état pitoyable. Parti de Paris à l'aube, il avait conduit durant près de huit cents kilomètres sous un soleil toujours plus chaud qui, à l'heure du déjeuner, était devenu de plomb. Il avait essayé de décapoter son cabriolet Lancia mais l'air brûlant l'avait fait suffoquer et il avait renoncé. En s'engageant dans la longue allée de platanes et de micocouliers qui menait à la propriété, il se sentait aussi sale qu'épuisé.

Vincent, qui se trouvait sur le perron, fut le premier à l'accueillir. Hervé l'identifia aussitôt car, même s'il ne l'avait jamais rencontré officiellement, il l'avait souvent aperçu dans les couloirs du palais, le juge Morvan-Meyer étant connu de toute la profession. Ils échangèrent quelques phrases de politesse, attentifs à ne pas se dévisager avec trop de curiosité, puis Vincent le conduisit vers la maison.

— Vous devez avoir besoin de vous rafraîchir. Je commence par vous montrer votre chambre ? Ensuite, je préviendrai Marie, elle vous attend.

La première impression d'Hervé, quand il pénétra dans le hall, fut celle d'une fraîcheur inespérée. Après, il fut frappé par la taille imposante des pièces, leur décoration soignée. Au premier étage, Vincent le précéda dans une longue galerie jusqu'à une chambre délicieusement provençale avec ses tissus aux couleurs vives, ses murs très blancs sur lesquels se détachaient des meubles arlésiens, élégants et sobres.

— Vous êtes chez vous. La salle de bains est juste à côté...

Une fois seul, Hervé poussa un long soupir de soulagement. Le premier membre de la tribu l'avait reçu de façon courtoise, c'était encourageant. Marie l'avait averti qu'ils étaient une quinzaine d'adultes, un enfant et deux bébés à passer l'été ensemble, un clan au sein duquel il n'était pas facile de se faire admettre. Elle avait précisé avec ironie qu'il devrait surtout plaire à ses deux frères et à ses deux cousins, quatre mousquetaires qui la défendaient depuis toujours et qui ne manqueraient pas de le mettre sur le gril.

Il alla prendre une douche, fit l'effort de se raser, enfila des vêtements propres. Avant de descendre, il jeta un coup d'œil à travers les persiennes tirées et observa le parc. La propriété semblait un endroit paradisiaque et il s'étonna que Marie ne lui en ait pas parlé en termes plus élogieux.

— Qu'est-ce que tu regardes ? demanda-t-elle, juste derrière lui.

— Tes terres…

Dans le mouvement qu'il eut pour se retourner, il sentit d'abord son parfum puis la découvrit toute bronzée dans sa petite jupe et son polo blancs qui lui donnaient l'allure d'une jeune femme insouciante, bien loin de son image d'avocate affairée, toujours vêtue de tailleurs stricts.

— Je te l'ai déjà expliqué, ce n'est pas à moi, il s'agit d'une maison de famille.

— Pas n'importe quelle maison et pas n'importe quelle famille !

Il lui déposa un baiser léger sur la tempe puis la prit dans ses bras et la garda serrée contre lui en murmurant :

— Je suis heureux d'être là.

— C'est Vincent qui t'a reçu ? Comment le trouves-tu ?

— Il ressemble à son père trait pour trait. Je me suis cru vingt ans en arrière, à la fac, quand on mourait tous de jalousie parce que tu étais la nièce du célèbre Charles Morvan-Meyer, celui qu'on allait écouter plaider en prenant des notes ! Si mes souvenirs sont bons, Vincent a le même regard et à peu près la même allure. J'ai hâte de rencontrer les autres !

— Je vais te les présenter, descendons...

— Attends ! Je veux d'abord savoir quelque chose. Tu ne penses pas que je vais dormir là tout seul ? Cette chambre est ravissante mais c'est toi que je suis venu voir.

— Tu me vois ! dit-elle d'un ton ironique. Et je te montrerai le chemin de ma propre chambre, ne t'inquiète donc pas.

Malgré son apparente désinvolture, elle commençait à se sentir très nerveuse. Si la présence d'Hervé lui procurait un réel plaisir, dans quelques minutes il allait se retrouver devant Léa. Cette confrontation, qu'elle avait rendue inévitable, lui semblait soudain une épreuve douloureuse, hasardeuse. Non seulement elle ne savait pas quelle réaction aurait sa fille vis-à-vis de ce père tombé du ciel, mais ensuite Cyril risquait fort d'exiger la vérité lui aussi. Aux questions qu'ils avaient tous deux posées jusque-là elle avait toujours refusé de répondre. Dès leur enfance, elle avait imposé des limites à leur curiosité en expliquant qu'elle avait eu une jeunesse très libre, qu'elle s'était bien amusée, mais qu'elle avait tout oublié de ses aventures éphémères. Son fils, puis sa fille, elle les avait voulus ardemment, en connaissance de cause, sans s'encombrer d'une pseudo-morale, sans remords et sans regrets. Ils avaient grandi avec la certitude d'être aimés, avec toute une famille autour d'eux, et n'avaient jamais ressenti le besoin de forcer les défenses de leur mère. L'arrivée d'Hervé allait bouleverser les données du problème en ramenant au premier plan un besoin de savoir qui ne pouvait pas être différé éternellement.

Quand Marie le précéda dans le patio où tout le monde s'était réuni pour l'apéritif, elle avait les mains un peu moites et sa voix manquait d'assurance. Elle lui présenta d'abord sa mère, Madeleine, puis ses frères et sa belle-sœur, ses neveux, son autre cousin Daniel avec son épouse, les enfants de Vincent, et en dernier Béatrice. Ensuite elle le conduisit jusqu'à Cyril, dont il serra la main, et enfin ils s'arrêtèrent devant Léa.

— Ma fille, qui est en fac de médecine…

Hervé était trop intimidé par tous ces nouveaux visages pour remarquer quoi que ce soit, mais le regard de Marie se déplaça rapidement de lui à sa fille, notant les similitudes de la bouche, de la fossette du menton, de la forme comme de la couleur des yeux. Léa avait un tel air de famille avec cet inconnu que Marie se sentit rougir ; pourtant personne ne semblait s'apercevoir de rien. Vincent commença à faire le service, vite secondé par Tiphaine et par Léa. Dès que sa fille se fut éloignée d'Hervé, Marie respira à fond puis alla s'installer sur la balancelle où Alain la rejoignit presque aussitôt.

— Alors c'est lui, Hervé..., dit-il à voix basse.

— Comment le trouves-tu ?

— Difficile de se prononcer, il est là depuis cinq minutes ! Mais pourquoi t'angoisses-tu à ce point-là ? Tu as le droit d'avoir un mec et de l'inviter, ne fais pas une tête pareille. Tu veux que je m'occupe de lui, que je le mette à l'aise ?

Spontanément, elle laissa aller sa tête sur l'épaule de son frère puis chuchota :

— Alain, ça devrait te crever les yeux...

— Quoi donc ?

— Regarde-le bien et regarde Léa. Lui, je l'ai connu il y a vingt ans... Tu fais le rapprochement ?

Après un long silence, qu'il passa à observer Hervé, Alain souffla :

— Bienvenue chez les Morvan ! Le pauvre... Il le sait ?

— Non.

— Et tu comptes le lui apprendre ?

— Oui, mais j'ai la trouille.

— Toi, Marie ?

Au moment où elle allait répondre, Vincent se planta devant eux.

— Qu'est-ce que vous complotez ?

— Nous mettons au point le prochain scandale, répondit Alain avec un irrésistible sourire.

Vincent s'assit sur la balancelle, à côté de son cousin qu'il poussa d'un geste familier.

— Je vois ce que tu veux dire et, pour une fois, j'étais au courant avant toi !

Sans cesser de sourire, Alain se tourna vers sa sœur pour déclarer, très posément :

— Ah, tu t'es confiée à lui d'abord ? C'est normal, après tout, monsieur le juge a été élu chef du clan à l'unanimité…

Au lieu de se vexer, Vincent acquiesça d'un hochement de tête ravi et Alain éclata de rire.

— Puisque ça te plaît tellement d'être chef, tu vas être servi ! On se demandait justement s'il ne vaudrait pas mieux que ce soit toi qui parles à l'heureux papa ?

Effarée par cette proposition inattendue, Marie faillit protester, mais en même temps, réalisant que l'idée n'était pas mauvaise, elle se tut.

— Une conversation d'homme à homme, poursuivit Alain, ce serait moins dur pour tout le monde. Supposons qu'il ait une irrésistible envie de s'enfuir ? Ou de piquer une colère, ou n'importe quoi d'autre…

Vincent leva les yeux au ciel, furieux de s'être fait piéger aussi facilement par ses cousins.

— Et il faut que ce soit moi qui m'en charge ? Avant le dîner ou après ? Vous le laissez se restaurer ou je l'exécute maintenant ?

— Après ! s'écria Marie sans réfléchir. Après, s'il te plaît…

La manière dont Hervé allait réagir lui paraissait soudain beaucoup plus importante qu'elle ne

335

se l'était imaginé. Plus angoissante, aussi, et pas seulement vis-à-vis de Léa.

*
**

Il était dix heures et demie passées lorsqu'ils sortirent de table, le repas s'étant prolongé gaiement grâce à la verve de Daniel qui savait toujours comment provoquer des discussions animées. La nuit était chaude, sans un souffle d'air, le ciel couvert d'étoiles. Vincent s'arrangea pour prendre Hervé à part et il lui proposa de faire quelques pas dans le parc.

Ensemble, ils descendirent les marches du perron après avoir allumé les lanternes.

— Si ça vous intéresse, déclara Vincent d'un ton léger, Alain vous montrera ses oliveraies, demain, mais je suppose que Marie a prévu de vous faire visiter la région ?

— Il est toujours difficile de savoir ce que Marie a en tête ! répondit Hervé en riant.

Il offrit un petit cigare à Vincent qui refusa d'un signe de tête.

— C'est justement d'elle que je veux vous parler. Elle a dû vous avertir : ses deux frères et ses deux cousins sont ses cerbères !

— Est-ce que je dois m'attendre à un examen de passage ?

— En quelque sorte…

Vincent s'était arrêté et Hervé se retourna, ce qui mit son visage dans la lumière.

— Je sais que vous la connaissez depuis long-temps, que vous étiez très… liés, il y a une ving-taine d'années.

— Très liés ? s'étonna Hervé. Elle ne nous en a pas laissé l'occasion, hélas ! L'histoire a été trop courte à mon gré, mais ce sont des choses qui arri-vent. Je suis très heureux que les hasards de la vie m'aient permis de la retrouver.

— Je ne pense pas que ce soit un hasard.

— Pourquoi donc ? Parce que j'ai postulé au cabinet Morvan-Meyer ? C'est vrai qu'il y avait une part de curiosité dans ma démarche, je l'admets volontiers, mais rien de répréhensible ni d'intéressé, je peux vous rassurer.

— Je ne suis pas inquiet, en tout cas pas sur ce point-là.

Hervé fronça les sourcils, intrigué. Il distinguait mal l'expression de Vincent, qui pour sa part tour-nait le dos au perron, et il commençait à se sentir mal à l'aise. La question suivante le prit de court.

— Comment trouvez-vous ses enfants ?

— Ses enfants ? Eh bien, mais… Très bien élevés, très dynamiques. Cyril m'a semblé bril-lant, même si je n'ai pas vraiment bavardé avec lui, quant à Léa, elle est jolie, drôle, spontanée.

Il ne savait plus quoi ajouter, tout à fait déso-rienté, et Vincent reprit la parole.

— Léa a eu dix-neuf ans en avril, dit-il lente-ment. Sur son état civil, elle est née de père inconnu… Mais Marie sait avec qui elle a conçu sa fille, il y a exactement vingt ans. Faites le calcul.

Après un silence significatif, Hervé recula de deux pas et heurta un platane. Il ouvrit la bouche, secoua la tête, ébaucha un geste impuissant.

— Je suis désolé, ajouta Vincent, vous auriez sans doute préféré que ce soit elle qui vous l'apprenne ?

— Vous... vous êtes sérieux ? Est-ce qu'il s'agit d'une mise à l'épreuve ?

— Non, ce serait de très mauvais goût.

— J'ai peur d'avoir mal compris ou... Excusez-moi, je n'arrive pas à réaliser.

— C'est la raison pour laquelle Marie n'a pas accepté votre candidature au cabinet. Et n'a pas voulu vous présenter ses enfants plus tôt. La ressemblance est assez frappante quand on vous voit à côté de Léa.

— Mais elle, justement, est-elle au courant de...

— Bien sûr que non.

Hervé jeta son cigare sur l'herbe, écrasa le mégot sous sa chaussure puis se pencha pour le ramasser.

— Monsieur Morvan-Meyer, commença-t-il d'une voix mal assurée.

— Appelez-moi Vincent.

— Très bien, Vincent, ce sera plus simple... Écoutez, je suis tellement troublé que je vais sans doute vous dire des insanités mais tant pis, rien au monde ne pouvait me combler autant que...

338

Il reprit son souffle, hésita puis enchaîna très vite :

— Léa, vraiment ? C'est incroyable, prodigieux ! C'est aussi horriblement frustrant, je vais devenir fou si je me mets à compter les années perdues… J'aimais Marie, à l'époque, et je l'aime autant aujourd'hui, mais entre les deux il y a un énorme vide, un trou où je n'existe pas… Elle a tout fait sans moi, elle ne voulait pas de moi. À ce moment-là, vous savez, elle avait déjà Cyril et j'étais éperdu d'admiration pour elle, transi d'amour devant la jeune mère indépendante qui travaillait avec une célébrité du barreau, qui regardait tout le monde de haut… Je voulais prendre des précautions, à vingt-cinq ans on n'est plus tout à fait un gamin, mais elle m'avait affirmé que ce n'était pas nécessaire, qu'elle ne pourrait plus avoir d'enfant. Sa vie était organisée, comme ses mensonges, je n'ai rien vu. Et quand elle a rompu, je n'ai pas compris, je n'avais rien fait de mal et j'étais sincèrement mordu…

Sa voix venait de se casser et il détourna la tête tandis que Vincent restait muet, navré pour lui. Il y eut un long silence durant lequel Hervé parvint à se resaisir, à surmonter l'émotion qui lui nouait la gorge.

— Je m'attendais à tout sauf à ça, reprit-il plus calmement. Je considère que c'est la meilleure nouvelle de ma vie entière ! Mais que suis-je censé faire maintenant ? C'est vous qui allez vous charger de parler à la jeune fille, à… ma fille ?

— Marie va s'en occuper elle-même, dès que vous l'aurez rassurée.

— Rassurée ? Elle ? Mais c'est moi qui suis mort de peur ! Pourquoi faudrait-il que... Est-ce qu'elle s'est imaginé une seconde que j'allais partir en courant ?

— Dans ce genre de situation, je suppose que tout est possible.

— Non, non, là vous devenez injurieux !

Vincent laissa échapper un petit rire, conquis par l'attitude franche d'Hervé.

— Aux yeux d'une fille de dix-neuf ans, je me demande si je fais un père présentable ?...

— Vous êtes très bien.

— Assez bien ? Parce qu'elle a dû l'idéaliser, depuis le temps !

La surprise, l'incrédulité et le trouble avaient fait place à une sourde excitation qu'il avait du mal à maîtriser. Vincent le prit gentiment par le bras.

— Venez, on va rentrer.

Hervé allait devoir attendre le lendemain pour revoir Marie et Léa, qui s'étaient enfermées dans la bibliothèque, et la nuit menaçait d'être très longue pour lui. Au moins aurait-il le temps de préparer des phrases qu'il n'aurait jamais pensé prononcer de sa vie.

✳✳

L'aube se levait lorsque Cyril se réveilla. Tiphaine était blottie contre lui, comme toujours, et ce contact leur était devenu indispensable. Il bougea un peu pour enfouir son visage dans les cheveux soyeux, referma sa main sur un sein. Dans quelques minutes, il lui faudrait se lever, quitter la tiédeur du lit qu'ils avaient partagé, se séparer d'elle jusqu'au petit déjeuner afin de respecter d'assommantes convenances. Mais Vincent s'était montré assez compréhensif et il méritait bien quelques égards. Avenue de Malakoff ou à Vallongue, il ne voulait pas tomber sur Cyril sortant à moitié nu de la chambre de sa fille, il avait été très clair sur ce point.

Avec d'infinies précautions, il se détacha de Tiphaine, se leva en prenant soin de la recouvrir du drap, puis se glissa hors de la pièce. La maison était silencieuse à cette heure matinale, il en avait l'habitude ; aussi fut-il très étonné de trouver Léa dans la cuisine quand il y descendit après sa douche.

— Tu es tombée du lit, ma puce ? marmonna-t-il en saisissant la cafetière.

— Je ne me suis pas couchée, répondit-elle d'un air bizarre. Hier soir, j'ai eu une conversation plutôt édifiante avec maman...

— À quel sujet ?

— Cet homme, Hervé. Tu sais qui c'est ?

— Son petit ami ou quelque chose comme ça, non ?

341

Cyril but quelques gorgées de café brûlant, attendant la réponse sans manifester d'impatience ou d'intérêt particulier.

— Pas seulement, articula-t-elle avec difficulté. Il paraît que ce serait aussi mon père.

Stupéfait, il la dévisagea pendant une longue minute avant de bredouiller :

— Bon Dieu, Léa…, mais c'est formidable ! C'est vrai ?

Il posa brutalement son bol sur la table et, prenant sa sœur par la taille, il la fit glisser jusqu'à lui le long du banc pour pouvoir lui déposer un baiser sonore sur la joue.

— Quelle chance tu as !

Son enthousiasme, communicatif, finit par arracher un sourire à Léa.

— De la chance ? Peut-être…

— Sûrement, oui ! En plus, il est très bien.

— Tu trouves ?

— Pas toi ?

— Si… Mais ça ne me rendait pas malade de ne pas avoir de père…

— J'espère que maman a eu la main aussi heureuse avec le premier ! lança-t-il gaiement.

Il était trop amoureux de Tiphaine, et trop heureux avec elle, pour s'angoisser à propos de ses origines. L'idée d'un père ne l'obsédait pas ; cependant la nouvelle annoncée par sa sœur réveillait sa curiosité. À présent qu'il pouvait mettre un visage sur l'homme qui avait engendré Léa, il commençait à s'interroger sur celui à qui il devait ses cheveux blonds bouclés. À quoi ressemblait le type qui avait su plaire à sa mère au point qu'elle l'ait choisi pour concevoir son premier bébé ? Alors qu'il s'apprêtait à poser une nouvelle question, Virgile fit irruption dans la cuisine.

— Salut ! lança-t-il d'un ton sec. Alain n'est pas là ?

— Je ne l'ai pas encore vu, répondit Léa, je suppose qu'il dort.

Cyril leva la tête vers Virgile avec qui il échangea un regard froid. Leur animosité était revenue dès le premier jour, lorsqu'ils s'étaient retrouvés ensemble à table, et leur longue séparation n'y avait rien changé. Au contraire, ils se sentaient toujours jaloux l'un de l'autre, Cyril parce que Virgile s'était en quelque sorte approprié Alain, Virgile parce que Cyril avait tout du fils modèle qu'il n'était pas lui-même.

— Tu veux du café ? proposa gentiment Léa.

— Non merci, j'en ai déjà pris là-bas.

D'emblée, il se dissociait du reste de la famille en leur abandonnant Vallongue pour se réfugier à la bergerie, comme s'il ne supportait pas l'idée d'un partage ou d'une cohabitation. D'ailleurs il travaillait, il n'était plus un étudiant ou un élève, et il en profitait pour regarder ses cousins de haut.

— Quand tu le verras, dis-lui que je l'attends à la bergerie.

343

Il s'était adressé à Léa d'un ton autoritaire, ignorant délibérément Cyril, puis il quitta la cuisine en hâte, l'air très affairé.

— Quel abruti, marmonna Cyril. Il aimerait bien nous impressionner mais il n'ose même pas aller réveiller Alain ! Si c'est urgent, je vais m'en charger.

Elle lui fit passer un bol propre qu'il remplit de café et auquel il ajouta deux sucres. Au premier étage, il trouva Alain profondément endormi dans sa chambre. Les deux fenêtres étaient grandes ouvertes sur le parc et il faisait déjà chaud.

— Tu t'offres une grasse matinée ? claironna Cyril en posant le bol fumant sur la table de nuit.

— Je me suis couché tard, grogna Alain. Qu'est-ce qui se passe ?

Il se redressa, repoussa les draps et dévisagea Cyril.

— Un nouveau drame ? En tout cas, merci pour le café...

Ses boucles brunes tombaient en désordre sur son regard malicieux, il était bronzé, mince et nerveux, prêt à attaquer une journée de travail avec le sourire.

— Virgile te cherchait, il te demande de le rejoindre à la bergerie.

— Déjà ? Mais enfin, quelle heure est-il ?

— Six heures et demie.

— Alors je ne suis pas vraiment en retard !

Il se recula un peu pour laisser Cyril s'asseoir au bord du lit.

— Comment vas-tu, mon filleul ? Toujours amoureux de Tiphaine ?

— De plus en plus ! Tu ne devrais pas rire avec ça...

— Mais je ne ris pas, je trouve que vous avez beaucoup de chance.

— Tu le penses ?

Amusé par l'expression inquiète du jeune homme, Alain leva les yeux au ciel.

— Je ne t'ai jamais menti, si ma mémoire est bonne. Tiphaine n'est pas seulement jolie, elle est gentille, intelligente... Et elle t'adore, il suffit de vous regarder ensemble pour le comprendre. À ce propos, essayez d'être discrets parce que Virgile a beaucoup de mal à accepter la situation.

— Virgile ! De quoi se mêle-t-il ? explosa Cyril. Tiphaine a des parents, elle n'a pas besoin des conseils de son grand frère, qu'il lui foute donc la paix !

Le sourire d'Alain avait disparu et il dévisagea Cyril avec attention.

— Écoute-moi une seconde, tu veux ? Puisque vous allez passer une partie de l'été ensemble, évitez-vous au lieu de vous provoquer. Vous n'avez aucune raison valable de vous détester, en plus vos disputes ont le don de mettre Marie hors d'elle. Vous nous avez fait subir ça pendant des années, mais maintenant vous êtes adultes, vous pouvez vous raisonner... Virgile est très entier, très coléreux, c'est son caractère, et il se sent rejeté par Vincent qui, en revanche, s'est montré plutôt bienveillant avec toi. Virgile a dû digérer son échec universitaire, il s'est mis à l'écart de la famille parce que vous êtes tous des bêtes à concours et qu'il ne voulait pas passer pour un crétin. Je connais le problème...

— Toi ?

— Oui, moi, mais pour le moment la question n'est pas là. J'aimerais que tu sois un peu patient, un peu tolérant. Tu peux te le permettre car quand on est heureux, tout est facile.

Cyril soutint encore un instant le regard d'Alain puis il détourna la tête. Son bonheur ne faisait aucun doute. Jusque-là il avait réussi ses examens facilement, le droit le passionnait pour de bon et sa carrière semblait tracée d'avance. Marie lui ouvrirait bientôt toutes grandes les portes du cabinet Morvan-Meyer et, encore plus important, Vincent l'accepterait un jour pour gendre.

— D'accord, admit-il. Je ne chercherai pas l'affrontement, promis.

Avec un sourire satisfait, Alain lui mit la tasse vide dans la main et le poussa pour se lever.

— Va t'amuser ; moi, je file prendre une douche, j'ai du boulot !

En sortant de sa chambre, il faillit heurter Léa qui longeait la galerie, chargée d'un lourd plateau.

— Oh, qu'est-ce que tu fais, ma belle ? Service du petit déjeuner ?

346

— Pas pour toi, désolée, tu as déjà eu ton café ! protesta-t-elle.

Derrière Alain, Cyril jeta un coup d'œil à la pile de toasts, aux pots de confiture et de miel, à la vaisselle des grands jours. Il ébaucha un sourire et, sans rien dire, il précéda sa sœur vers l'autre bout de la maison. Devant la porte d'Hervé, il s'arrêta.

— Je frappe, j'ouvre, je te laisse passer et je referme derrière toi ? chuchota-t-il. Bonne chance…

Il lui adressa un clin d'œil auquel elle répondit d'un petit signe de tête, trop émue pour parler.

*
**

Au bout d'une semaine de vacances, Vincent céda à la tentation et se rendit à Saint-Rémy. La galerie était facile à trouver mais il fut surpris par son importance autant que par l'impression de luxe feutré qui y régnait. Quand il entra, Magali était assise à un bureau de merisier, occupée à étudier le catalogue d'une exposition new-yorkaise. Dès qu'elle le vit, elle se leva pour l'accueillir, éblouissante dans un tailleur de lin blanc dont la veste, au décolleté profond et aux manches courtes, laissait voir sa peau dorée.

— Tu viens m'acheter un tableau ? lui lança-t-elle gaiement.

Ils s'embrassèrent rapidement sur les joues, dans une étreinte un peu guindée.

— Je ne suis pas très amateur, je voulais juste te dire bonjour...

Au lieu de la détailler, comme il en mourait d'envie, il se plongea dans la contemplation des œuvres présentées par la galerie.

— Je te parle un peu des artistes ou tu t'en moques ? demanda-t-elle d'un air amusé.

— Je préférerais un café, si tu peux t'absenter cinq minutes.

— Pas la peine, j'ai une machine ici, viens.

Elle le prit par la main et l'entraîna vers le fond de la salle où un véritable coin salon avait été aménagé. Deux fauteuils club, de cuir rouge, étaient disposés autour d'une table basse, et sur une desserte un petit percolateur italien voisinait avec de délicates tasses en porcelaine de Chine. Elle désigna un chevalet vide.

— C'est ici que mes clients peuvent réfléchir s'ils le souhaitent. J'installe la toile qui leur plaît et ils ont tout loisir de la contempler en paix. Assieds-toi donc...

La climatisation était réglée sur vingt degrés, une merveilleuse fraîcheur à côté de la fournaise du dehors.

— Est-ce que ta femme s'intéresse à la peinture ? s'enquit Magali en déposant devant lui une tasse à moitié pleine d'un café mousseux.

— Non, je ne crois pas. À vrai dire... je m'en fous.

Comme il n'était jamais vulgaire et rarement agressif, elle le regarda avec intérêt.

— Quelque chose ne va pas ?

— Rien du tout. Ce doit être la chaleur... et puis les problèmes habituels de la famille, tu les connais...

— Ah, les Morvan ! s'exclama-t-elle, juste avant d'éclater de rire.

— Tu trouves ça drôle ?

— Oui ! Toi et les tiens, vous êtes comiques tant qu'on se tient à l'extérieur du cercle. Toujours en train de vous chamailler, de vous mentir, mais solidaires dès qu'il s'agit de refermer l'œuf pour n'y laisser entrer personne d'étranger.

— Magali ! C'est comme ça que tu nous vois ? Tu ne te sens pas du tout concernée ?

— *Plus* du tout, grâce à quoi j'ai retrouvé la joie de vivre.

— Nos trois enfants font partie de...

— De la tribu, je sais ! D'ailleurs, ils en ont tous les symptômes, non ? Virgile en révolte, Tiphaine dans les bras de son cousin, et Lucas qui a déjà intégré la fac de droit... Une vraie dynastie, avec des soucis identiques à chaque génération. Et toi, aujourd'hui, tu te sens obligé de les prendre tous sous ton aile, comme Clara le faisait à mon époque. Pauvre toi !

Elle le vit baisser la tête sans répondre, puis boire son café à petites gorgées. Quand il reposa la tasse sur la soucoupe, d'un geste délicat, elle éprouva une soudaine bouffée de tendresse pour lui. Bien sûr, il avait vieilli, il semblait fatigué, presque désabusé, mais le regard gris pâle qu'il venait de relever sur elle était toujours aussi attachant que lorsqu'il avait vingt ans. Elle se souvenait parfaitement de sa douceur, de sa gentillesse, de cette façon qu'il avait de défendre les autres ou de les protéger. Jusqu'à ce qu'elle sombre dans l'alcoolisme, il avait été un mari exemplaire, et elle savait à présent qu'elle n'aurait jamais dû l'empêcher de se consacrer à sa carrière, qu'il s'agissait d'un désir légitime, qu'il ne l'avait pas moins aimée pour autant mais qu'elle l'avait contraint à des choix déchirants. Très longtemps, elle lui avait gardé rancune de son internement en clinique psychiatrique, avant de comprendre qu'il avait agi pour son bien et qu'il en avait beaucoup souffert lui-même. Aujourd'hui, alors qu'elle s'épanouissait dans une nouvelle vie, elle pouvait faire la part des choses, oublier ses griefs et peut-être découvrir enfin qu'elle regrettait de l'avoir perdu.

Elle s'approcha de lui et s'assit négligemment sur l'accoudoir de son fauteuil, les jambes croisées.

— Ne fais pas cette tête-là, ce n'était pas méchant.

Son silence s'éternisait et elle craignit de l'avoir vexé, mais il finit par demander, en lui posant une main sur le genou :

— Comment trouves-tu le courage de te mettre au soleil pour bronzer ?

— Je n'y vais jamais ! protesta-t-elle. Surtout avec mon teint de rousse, je brûle... Mais il fait beau tout le temps, depuis des mois, et j'aime marcher, jardiner…

Les doigts de Vincent glissaient sur sa peau dans une caresse légère, presque anodine ; pourtant ce contact la troublait assez pour qu'elle se sente stupide. Il était désormais marié à une très jeune femme, dont Virgile avait dressé un portrait flatteur : beauté brune aux grands yeux bleus, au corps de rêve. À regret, elle se releva et s'éloigna de quelques pas.

— Tiens, puisque tu es là, il y a un moment que je voulais t'en parler… Les enfants me posent toujours des tas de questions, surtout Virgile. Ils ont l'impression que vous leur cachez des choses graves, et j'ai beau leur dire que je ne sais rien, ils insistent.

Il ne la quittait pas des yeux mais ne paraissait pas l'entendre, trop occupé à la contempler.

— Vincent ?

— Oui ? Oh, excuse-moi ! Les enfants t'interrogent à quel propos ?

— Ta famille. La leur… Pourquoi Charles est enterré seul, pourquoi tu es resté si longtemps fâché avec Alain, pourquoi personne n'évoque jamais Édouard.

Éberlué, il abandonna son fauteuil et la rejoignit.

— Qu'est-ce que tu leur as dit ?

— Rien de précis. Mais tu devrais le faire.

— Mag, je ne vais pas déterrer le passé juste pour satisfaire leur curiosité !

— Ils ont le droit de savoir.

— Peut-être…

Il se détourna, enfouit les mains dans ses poches. Magali ignorait l'essentiel et il n'avait aucune envie de le lui apprendre. La lecture des carnets de Judith avait été l'un des moments les plus horribles de sa vie, il s'en souvenait de manière aiguë, et ce récit d'épouvante était resté enfermé dans le coffre-fort du bureau de Marie, boulevard Malesherbes. Les cinq cousins avaient appliqué tacitement la loi du silence, mais un jour ou l'autre ils allaient devoir rompre le pacte, avouer le cauchemar familial à leurs enfants. Pour ces derniers, il s'agissait de leurs grands-pères respectifs, deux hommes qui s'étaient entre-tués et qui les chargeaient ainsi d'une détestable hérédité. Un délateur et un assassin, voilà de qui ils étaient issus ! Depuis qu'ils étaient nés, on leur répétait qu'ils avaient de la chance d'appartenir à la famille Morvan, qu'ils devaient en être dignes… De la chance, vraiment ? Et quelle dignité dans tout ça ? Comment expliquer à Léa, par exemple, que, si elle venait de se découvrir un père très convenable, elle avait en revanche un grand-père ignoble, une véritable ordure dont elle charriait le sang dans ses veines ?

— Bien sûr, murmura-t-il, nos enfants à nous sont adultes, mais les jumeaux de Daniel viennent à peine de naître, et le petit Pierre n'a que cinq ans ! J'aurais voulu…

— Retarder encore ? C'est le silence qui vous tue, Vincent. Ton père, certes je ne l'aimais pas, mais si j'avais été à sa place j'aurais clamé partout ma vengeance, j'en aurais été fière ! Il a préféré se taire, pour sauver les apparences, et il a eu tort. Ne deviens pas comme lui… À force de vouloir lui ressembler, tu n'es plus toi-même.

Sa franchise mit aussitôt Vincent mal à l'aise. C'était l'une des raisons de l'échec de leur mariage, la manière brutale qu'elle avait de se débarrasser des contraintes ou des conventions. Elle le lui avait souvent répété, elle ne venait de nulle part et n'avait rien à préserver, elle, alors qu'il s'empêtrait dans des devoirs imaginaires.

— Je dois rentrer à Vallongue, murmura-t-il.

Béatrice l'attendait sûrement, ce qui l'exaspérait d'avance.

— Reviens quand tu veux, lui dit-elle aimablement. Et repose-toi un peu, tu as l'air crevé…

Ils traversèrent ensemble la galerie jusqu'à la porte vitrée. Au-dehors la place était déserte, hormis sa voiture garée à l'ombre.

— C'est à toi ? demanda-t-elle. Tu t'es acheté une Porsche ?

Son rire était aussi sincère que ses mots, elle était sans artifice et il ronchonna :

— Moque-toi, vas-y…

— Une jeune femme, une voiture de play-boy, on dirait que tu es enfin décidé à profiter de la vie !

353

Pour la faire taire, il la prit par la taille et l'attira à lui. Il voulait l'embrasser sur la joue ; cependant, dans sa brusquerie, il rencontra ses lèvres.

— Pardon, chuchota-t-il en la lâchant aussitôt.

Il aurait aimé continuer à parler avec elle, l'interroger sur sa vie, lui demander si elle avait rencontré quelqu'un elle aussi, mais il n'en avait plus le courage et il sortit le plus vite possible.

**

En larmes, Tiphaine s'accrochait désespérément à Cyril.

— Non, je ne veux pas, ce n'est pas le moment ! On leur dira plus tard, dans quelques jours mais pas tout de suite !

— Pourquoi ? Qu'est-ce que ça change ?

Autant elle était bouleversée, autant il était radieux. Depuis qu'elle lui avait annoncé la nouvelle, en sortant de chez le docteur Sérac, il éclatait de bonheur et de fierté. Loin de se sentir coupable, il l'avait d'abord félicitée, serrée dans ses bras, embrassée avec passion, puis il avait commencé à faire des projets d'avenir tandis qu'elle se mettait à pleurer.

— Ils ne nous le pardonneront jamais !

— Alors, dans ce cas-là, autant leur parler aujourd'hui, répliqua-t-il tranquillement.

En ce qui concernait sa mère, il n'était pas trop inquiet. D'abord la présence d'Hervé la rendait souriante, ensuite elle avait eu Cyril à vingt-quatre ans, sans demander l'avis de personne, et nul ne pourrait jamais rivaliser avec elle pour les coups de théâtre. La nouvelle allait peut-être la contrarier, la surprendre certainement pas. Restait Vincent, qui risquait de mal réagir. Dans le discours qu'il avait tenu à Cyril, l'année précédente, il s'était montré très explicite, n'hésitant pas à insister sur les moyens de contraception et mettant le jeune homme en face de ses responsabilités. Or cette grossesse n'était pas un accident, Cyril l'avait souhaitée, en accord avec Tiphaine, afin d'obtenir le droit de se marier. Ils étaient tous deux exaspérés par les limites que la famille leur avait fixées, lassés qu'on tolère leur relation comme un caprice de jeunesse, impatients de pouvoir s'aimer au grand jour. Mais, mise au pied du mur, Tiphaine s'affolait alors que Cyril rayonnait.

Ils arrivèrent à Vallongue en même temps que Vincent, qui rentrait de Saint-Rémy, et leurs voitures s'arrêtèrent l'une derrière l'autre. Cyril descendit aussitôt de la sienne pour ne pas rater l'occasion.

— Est-ce que tu as un moment ? lança-t-il d'un ton résolu. J'ai quelque chose d'important à te dire…

Son air grave étonna Vincent qui le dévisagea un instant avant de jeter un rapide coup d'œil vers Tiphaine, restée en retrait.

— Viens dans mon bureau, se contenta-t-il de répondre.

Aucun d'entre eux ne s'était habitué à l'écrasante chaleur qui persistait depuis leur arrivée, mais ils n'en parlaient même plus, vivant essentiellement à l'intérieur ou à l'ombre du patio. Dans le bureau du rez-de-chaussée, dont les persiennes étaient tirées et les fenêtres fermées, la température leur sembla à peine plus supportable.

— Tu as un problème ? s'enquit Vincent.

Il s'était laissé tomber sur son fauteuil et s'efforçait de sourire, persuadé que Cyril allait lui parler d'Hervé ou lui demander des précisions sur sa propre naissance.

— Aucun problème, un grand bonheur au contraire, commença le jeune homme d'une voix tendue. Mais je… Enfin, nous ne sommes pas sûrs que tu apprécieras. Tu es le premier à qui je l'apprends… Tiphaine est morte de peur, alors elle n'arrivera jamais à te l'annoncer elle-même, mais moi je pense que tu dois le savoir avant qui que ce soit.

Toujours debout, son regard franc rivé sur Vincent, il s'interrompit pour déglutir puis prit une profonde inspiration.

— Nous attendons un enfant.

Le silence de Vincent était la seule réponse que Cyril n'avait pas prévue, qu'il ne pouvait pas contredire. Il s'écoula un long moment avant qu'il parvienne à ajouter, de façon maladroite :

— Je suis tout à fait responsable et je me souviens très bien de ce que tu m'avais demandé, donc je dois t'avouer que ce n'est pas un accident, nous voulions ce bébé, celui-là et d'autres après lui, et nous voulons aussi nous marier.

Très lentement, Vincent se leva, contourna le bureau, s'arrêta. Son regard pâle semblait glacé, presque transparent. Cyril comprit que leur discussion allait dégénérer en dispute, ce que Tiphaine ne lui pardonnerait jamais.

— Vincent, j'ai besoin de ton consentement, murmura-t-il en baissant la tête. Tiphaine sera trop malheureuse si tu refuses, elle se retrouvera déchirée entre toi et moi. Je l'aime comme personne ne pourra l'aimer, je te le jure… Si tu es en colère, il faut que tu t'en prennes à moi, pas à elle !

Ainsi qu'Alain le lui avait rappelé, vingt-deux ans plus tôt c'était Vincent qui suppliait Charles de le laisser épouser Magali, dans ce même bureau. Avec la même détermination et la même appréhension que Cyril aujourd'hui. Mais ce souvenir n'avait rien de rassurant, à l'époque Vincent s'était trompé, la suite l'avait prouvé.

— Regarde-moi, Cyril. L'enfant qu'elle porte, celui que tu lui as fait et dont je serai le grand-père, tu es certain qu'il sera normal ? Cette responsabilité, vous l'avez bien évaluée ? Est-ce que vous avez pris la peine de vous renseigner, d'aller consulter pour connaître le genre de risques que vous allez faire courir à ce bébé ?

357

Sa voix était dure mais il conservait son sang-froid et Cyril répondit :

— Oui, j'ai parlé longuement avec un médecin, il y a quelques mois... Personne ne peut dire ce qui arrivera...

— Alors tu as choisi de tenter le coup ? Comme aux dés ou au poker ?

— Vincent...

— Eh bien, quoi ? Tu croyais que j'allais sauter de joie ? C'est ma fille et elle n'a que dix-neuf ans ; je trouve ça jeune pour être mère ! Tu rentres en sixième année et elle en troisième ; vous comptez tout plaquer ou bien vous installer dans le rôle de parents-étudiants ? Qui va élever votre enfant à votre place quand vous serez en pleine période d'examens, de concours ? Je te préviens, je ne veux pas que Tiphaine en pâtisse !

— Mais non, jamais je ne...

— La famille n'est plus ce qu'elle était, Cyril, parce que Clara n'est plus là pour veiller sur tout le monde. Les choses ont changé. Ta mère et moi ne serons pas des grands-parents très disponibles !

La porte s'ouvrit doucement, les obligeant à tourner la tête, et Béatrice entra sans y avoir été invitée.

— Je ne savais pas que tu étais de retour, chéri ! lança-t-elle à Vincent d'un ton de reproche.

Agacé par son intrusion, il lui jeta un regard qui la mit mal à l'aise.

— Je me suis ennuyée mortellement, cet après-midi, précisa-t-elle avec un petit sourire. Si tu m'avais prévenue, je t'aurais volontiers accompagné dans ta promenade...

L'idée qu'elle puisse rencontrer Magali était si risible qu'il s'abstint de répondre.

— Je vous dérange ? insista-t-elle. De quoi parliez-vous donc ?

Sa curiosité augmenta l'exaspération de Vincent mais il se contraignit à répondre posément :

— Tiphaine va me faire grand-père.

En le disant, il en prit conscience de manière concrète, et soudain il se sentit bouleversé.

— Va la chercher, demanda-t-il à Cyril.

Comme le jeune homme ne se décidait pas à bouger, conservant son expression inquiète, il ajouta :

— Je ne vais pas l'engueuler, je l'aime autant que toi.

Béatrice s'écarta pour laisser passer Cyril, un peu éberluée par ce qu'elle venait d'entendre, puis elle se précipita vers Vincent.

— Tiphaine attend un enfant ? De Cyril ? Mais... ils sont fous, c'est... monstrueux !

La jalousie la faisait bafouiller, elle était folle de rage à l'idée de cette maternité. Elle souhaitait désespérément un enfant de Vincent, et voilà qu'il allait se retrouver grand-père, une raison supplémentaire pour lui refuser ce qu'elle voulait par-dessus tout.

— Tu ne vas pas accepter ça ?

359

— Accepter ? Ce sont eux qui décident, pas moi.

— Il s'agit de ta fille, tu peux la raisonner, la convaincre !

— De quoi ?

— Une loi a été votée, l'année dernière, ce n'est pas à toi que je vais l'apprendre, on peut interrompre une grossesse, on...

— Mais ils le veulent, ce bébé !

— Moi aussi, j'en veux un ! explosa-t-elle. Et toi, tu t'en fous, tu dis non, et maintenant à cause de Tiphaine tu n'en démordras plus !

Elle éclata en sanglots convulsifs, s'abattant contre lui tandis qu'il restait sans réaction, effaré par tant d'égoïsme. Pas une seconde elle n'avait pensé aux jeunes gens, uniquement préoccupée d'elle-même, aussi la repoussa-t-il d'un geste ferme.

— Arrête un peu, Béatrice, ce n'est pas le moment.

Des larmes avaient coulé sur son visage et son mascara lui dessinait à présent des cernes noirs. Même ainsi elle restait belle, presque aussi grande que lui sur ses hauts talons, avec quelque chose de pathétique qui ne parvenait pourtant pas à l'émouvoir. Pour arriver à ses fins, il la jugeait capable de n'importe quoi, y compris de lui infliger un numéro de désespoir.

— Vincent, s'il te plaît, dit-elle d'une toute petite voix.

Il la tenait toujours par les poignets, comme pour l'écarter de lui, la considérant d'une manière si détachée qu'elle se sentit glacée.

— Tu ne m'aimes plus, Vincent ? C'est ça ?

— Ne dis pas de bêtises, répondit-il sans conviction.

L'évidence venait de le frapper : il n'éprouvait plus pour elle ce qu'il avait pu prendre pour de l'amour deux ans plus tôt. Il avait commencé à se méfier d'elle la veille de leur mariage et, depuis, il avait conservé la même amertume : sa jeune femme ne le flattait pas, elle le rendait ridicule.

— Papa...

Tiphaine se tenait sur le seuil du bureau, sans oser entrer, Cyril derrière elle. Béatrice eut tout loisir de constater le changement d'expression de son mari. Pour regarder sa fille, ses yeux venaient de retrouver toute leur douceur.

*
**

Gauthier et Chantal aidèrent Madeleine à s'asseoir. La pauvre femme venait de passer presque une heure dans le parc, à errer sans but sous un soleil de plomb, incapable de se rappeler ce qu'elle faisait là. C'était Paul qui avait trouvé sa grand-mère au bout d'une allée, tenant des propos incohérents, et qui était venu alerter ses parents.

Sans illusion, Gauthier avait contrôlé sa tension, l'avait interrogée puis lui avait donné à boire. Ravie d'être le centre d'intérêt, elle s'était laissé faire avec bonheur, persuadée qu'il s'agissait d'un malaise dû à l'insupportable chaleur. Elle sentait bien qu'elle perdait la mémoire, un peu plus chaque jour, ce qu'elle mettait sur le compte de l'âge, tout comme elle attribuait aux rhumatismes sa difficulté à tricoter. En fait, la maladie d'Alzheimer commençait d'atteindre ses facultés mais Gauthier ne voulait pas lui en parler. À quoi bon évoquer tous les maux qui allaient s'abattre sur elle et l'isoler peu à peu du monde réel ? De toute façon, elle oublierait tout ce qu'il pourrait lui raconter. Et aucun traitement n'existait, aucune amélioration ne pouvait être espérée.

Gauthier avait mis sa sœur et son frère dans le secret en leur annonçant l'évolution inéluctable de l'état de leur mère, ce qui n'avait pas suscité chez eux une grande émotion. Marie avouait sans honte son indifférence pour celle qui l'avait tant dédaignée et ne s'était jamais intéressée à Cyril ou à Léa ; quant à Alain, il avait depuis longtemps relégué sa mère au rang de ses ennemis.

— Tu sais quel jour nous sommes, maman ?

— Évidemment ! Nous sommes vendredi. À moins que... Bah, tous les jours se ressemblent à Vallongue, avec cette canicule...

Elle souriait, béate, continuant à profiter de l'intérêt que lui manifestait son fils.

— Oui, tu as raison, dit-il gentiment, nous sommes samedi mais ça ne fait aucune différence.

La notion de temps devait être quelque chose d'abstrait pour elle qui n'avait jamais travaillé, ni même tenu une maison, qui s'était toujours entièrement reposée sur les autres.

— Voulez-vous encore du jus de fruits ? proposa Chantal.

— Avec plaisir, mais ne vous occupez plus de moi, je vais très bien maintenant, on dirait presque qu'il fait frais, ici ! Si vous voulez, je peux surveiller Pierre. Où est-il ?

Chantal esquissa un sourire contraint et répondit que ses deux fils étaient ensemble, le grand s'occupant du petit. D'ailleurs, c'était vrai, n'ayant jamais pu oublier l'accident de Philippe, Paul avait un comportement très protecteur avec son petit frère. Il n'en parlait pas, n'y faisait même pas allusion, mais il gardait toujours un œil sur Pierre dès qu'ils étaient à Vallongue.

L'expression que venait d'utiliser Madeleine, en se proposant pour « surveiller » le petit Pierre, avait fait se raidir Chantal, et Gauthier vola au secours de sa femme.

— Bon, on va te laisser, maman. Repose-toi. Dors un peu, si tu veux...

Ils quittèrent sa chambre et longèrent le couloir en silence. Sur le palier, Chantal s'arrêta net.

— Je voudrais avoir de la peine pour elle, soupira-t-elle, mais je n'y arrive pas ! Je suis désolée, mon chéri.

Comme elle semblait sur le point de pleurer, il la prit tendrement dans ses bras.

— Je sais à quoi tu penses, dit-il tout bas. Et j'y pense aussi.

L'espace d'un instant, le souvenir de leur fils disparu fut tellement présent entre eux que, malgré toute sa force de caractère, Chantal faillit se mettre à pleurer. Vallongue, Madeleine à qui elle en voulait encore même si elle ne l'avait jamais formulé à voix haute, et le petit Pierre qui cette année mourait d'envie d'aller se baigner dans la rivière : c'était trop pour elle.

— Tu vois, articula-t-elle d'une voix hachée par l'émotion, je déteste cette maison, et pourtant je l'aime…

Gauthier comprenait très bien. Ce sentiment mêlé d'appartenance et de rejet, il l'éprouvait chaque été. Malgré l'accident tragique de Philippe, malgré la disparition de Clara, Vallongue était le seul endroit au monde où ils pouvaient se retrouver tous ensemble avec plaisir. Une grande famille, voilà ce qu'ils formaient quoi qu'il arrive, famille que Chantal appréciait d'autant plus qu'elle était fille unique.

— Je vais voir Sofia, décida-t-elle. Les jumeaux sont si mignons qu'ils vont me remonter le moral !

Gauthier descendit seul l'escalier, songeur, se demandant s'il ne devait pas exposer à Vincent le cas de sa mère. Elle vivait avenue de Malakoff, son cousin avait le droit de savoir ce qui l'attendait lorsqu'elle commencerait à décliner. Il bifurqua vers le bureau où il entra sans frapper mais la pièce était vide. Au lieu de s'en aller, il jeta un regard circulaire puis s'assit. Vincent aimait travailler là, à la place occupée tant d'étés consécutifs par Charles. Et, auparavant, par Édouard, jusqu'à cette nuit de 1945 où son frère l'avait tué. « Abattu comme un chien », disait Alain. En réalité, Charles avait fait justice lui-même, considérant que son frère ne méritait pas mieux qu'une balle dans la tête. Le revolver avait été emporté par les gendarmes et jamais rendu aux Morvan. Clara n'avait pas dû le réclamer, bien sûr.

Clara, leur merveilleuse grand-mère… Sans sa ténacité, son inépuisable énergie, que seraient-ils tous devenus ? Elle avait réussi à fédérer la famille, non seulement autour d'elle mais *après* elle. Même Daniel, en venant passer ses vacances à Vallongue avec Sofia et les jumeaux, donnait la preuve de leur union. Les cinq cousins étaient restés solidaires, depuis plus de trente ans, et quelles que soient leurs divergences ils revenaient toujours au port d'attache désigné comme tel par Clara.

— Tu trouves qu'il fait moins chaud là qu'ailleurs ? demanda Vincent en entrant.

— Non, je t'attendais… Je pensais à ton père et au mien…

Vincent prit place, de l'autre côté du bureau, et ils échangèrent un long regard.

— Il faudrait qu'on en parle aux enfants, un jour, dit encore Gauthier.

— Oui, je sais. Ce que j'ignore, c'est la manière de leur présenter les choses. Qui va s'en charger ?

— Toi...

Devant le sourire amusé de Gauthier, Vincent leva les yeux au ciel mais son cousin poursuivit, imperturbable :

— Forcément toi ! Vois-tu, ce sont les inconvénients des préférences. Clara avait un faible pour toi, elle a voulu que tu t'occupes des affaires de famille... Moi, c'est ma mère qui me chouchoute et je m'en passerais volontiers parce que, avec son favoritisme odieux, je me retrouve responsable d'elle. Alain et Marie ne se sentent pas très concernés, je les comprends, pourtant elle est malade.

— Qu'est-ce qu'elle a ?

— Alzheimer.

Vincent hocha la tête en silence puis, au bout d'un moment, murmura :

— C'est la journée des mauvaises nouvelles et ça va crescendo. Les oliviers d'Alain souffrent du manque d'eau, Madeleine va se mettre à battre la campagne, Tiphaine et Cyril ont fabriqué un bébé...

— Quoi ?

Penché en avant, Gauthier dévisageait Vincent.

— Qu'est-ce que tu vas faire ?

— Rien. Je ne suis ni sourcier ni avorteur. Pour ta mère, c'est toi le médecin.

— Vincent, sois sérieux !

366

Avec un soupir, Vincent se laissa aller contre le dossier du fauteuil, l'air accablé.

— Je le suis. Beaucoup trop, sans doute... Mon Dieu, tu te souviens comme on les trouvait sinistres, ceux qu'on appelait les vieux ? Maintenant, c'est notre tour.

Gauthier n'avait rien à répondre à cette évidence. Le temps de leur insouciance appartenait à un passé très ancien.

— Paul a choisi de s'inscrire en fac de médecine, sur les traces de Léa, annonça-t-il sans raison.

Cette fois, Vincent sourit.

— Tu dois être content ?

— S'il y arrive, ce sera la quatrième génération de toubibs...

— Alors l'avenir est assuré.

— Oui, l'avenir, répéta Gauthier d'une voix songeuse.

Les deux branches Morvan et Morvan-Meyer ne s'étaient finalement pas séparées, la haine de Charles et d'Édouard n'était pas retombée sur leurs enfants, Vincent et Alain eux-mêmes avaient su mettre fin à leur querelle.

— Clara disait toujours que le plus important, c'est la famille, rappela Vincent. Eh bien, au bout du compte, je crois qu'elle avait raison.

Ils échangèrent un nouveau regard, certains de se comprendre.

9

ÉPUISÉS PAR LA CANICULE de cette fin d'été provençal, ils avaient finalement convoqué des ouvriers pour entamer le chantier de la piscine. Jamais celle-ci ne serait prête avant la fin des vacances mais ils ne voulaient pas subir un autre été comme celui-là. Après de longues discussions, ils étaient tombés d'accord sur un emplacement, derrière la maison, à l'endroit de l'ancien potager où Clara, Madeleine et Judith avaient cultivé des légumes pendant la guerre.

Les oliviers souffraient de la sécheresse, la terre s'ouvrait partout en larges fissures. Impuissants, Alain et Virgile arrosaient les pieds des arbres au goutte-à-goutte pour tenter d'humidifier les racines mais le rationnement de l'eau devenait strict et la rivière était à sec.

Paul, aidé de Lucas et de Léa, faisait de louables efforts pour distraire le petit Pierre, tandis que Cyril et Tiphaine cherchaient à s'isoler, tout à leur bonheur. Un bonheur sur lequel Vincent leur avait demandé d'être discrets pour l'instant, inquiet de la réaction de Virgile et préférant attendre d'être rentré à Paris afin d'annoncer leur mariage. Avec l'accord de Marie, radieuse, Hervé était resté beaucoup plus longtemps que les quelques jours initialement prévus. Il s'était bien gardé de harceler Léa ; toutefois ils avaient eu ensemble plusieurs conversations prudentes durant lesquelles ils avaient tenté de faire connaissance. Elle s'habituait peu à peu à l'idée d'avoir un père tandis qu'il faisait preuve d'une infinie patience pour gagner son affection. Même s'il regrettait amèrement de ne découvrir sa fille qu'adulte, il n'avait adressé aucun reproche à Marie, jugeant préférable de se tourner vers l'avenir plutôt qu'épiloguer. Sa proposition de reconnaître officiellement Léa avait été accueillie sans enthousiasme et il n'avait pas insisté, bien décidé à en reparler plus tard. Ils avaient tous besoin de temps, il le comprenait et s'inclinait volontiers.

Daniel et Sofia vivaient de leur côté une interminable lune de miel dans laquelle ils avaient inclus leurs jumeaux. À quarante ans, Daniel ressemblait encore au jeune homme qu'il avait été si longtemps et, en tant que benjamin des cinq cousins, il conservait parfois un comportement de gamin. C'était souvent lui qui faisait rire tout le monde, à table, qui racontait des histoires ou qui mettait des disques, prolongeant parfois les dîners jusqu'à l'aube. Il avait installé lui-même un électrophone dans le patio, à l'aide d'une série de rallonges, et il soutenait d'interminables discussions avec les jeunes à propos du jazz, sa musique de prédilection, puis soudain il mettait des rocks endiablés et apprenait de nouvelles figures acrobatiques à Léa, Tiphaine, ou même Chantal.

Seule Béatrice se morfondait dans cette ambiance familiale. Vincent prétextait la chaleur pour fuir tout contact avec elle, la nuit, mais elle n'était pas dupe. Soit il ne voulait pas prendre le risque de lui faire un enfant, soit il s'était vraiment détaché d'elle. Cette idée la rendait folle, l'empêchait de dormir, la torturait à longueur de journée. Pour le reconquérir, elle portait des shorts ridiculement courts et des chemisiers moulants qu'elle laissait trop ouverts, inventait une nouvelle coiffure chaque matin, passait des heures à se maquiller. Dès qu'elle se rendait à Eygalières, Saint-Rémy ou Avignon, tous les hommes se retournaient sur elle tandis que son mari continuait de l'ignorer. Tout comme Tiphaine et Lucas qui ne lui accordaient jamais le moindre regard. Quant à Virgile, il la fuyait délibérément, peut-être pour ne pas la dévorer des yeux, peut-être parce qu'il ne lui avait pas pardonné. Avec les autres membres de la famille, elle entretenait des rapports courtois, sans affection ni familiarité, et la sensation d'être à peine tolérée ne faisait qu'empirer.

Pourtant Béatrice était sincère, elle aimait Vincent. Bien qu'elle ne soit pas indifférente au luxe dans lequel ils vivaient, elle n'en voulait pas à son argent. Tout simplement, il l'avait séduite dès leur première rencontre et n'avait pas cessé de la subjuguer depuis. Elle était toujours aussi sensible à son regard, sa voix grave, son sourire. Et plus il cherchait à s'éloigner d'elle, plus elle le désirait.

Ce dimanche de fin août, aussi chaud que les jours précédents, s'était déroulé dans une ambiance un peu morose qui annonçait la rentrée. Dès le lendemain, ceux qui regagnaient Paris allaient devoir boucler leurs valises, et l'idée de se séparer ne réjouissait personne. D'autant plus que l'été avait considérablement rapproché les frères et les cousins. Alain et Vincent avaient passé beaucoup de temps ensemble, comme pour rattraper les années perdues à bouder ; en s'épanouissant, Marie était devenue plus tendre, Daniel se sentait désormais très concerné par la famille, et Gauthier avait découvert avec plaisir qu'il pouvait compter sur la solidarité du clan pour prendre Madeleine en charge.

Après une longue sieste paresseuse, ils s'étaient retrouvés dans le patio comme chaque après-midi, à se demander de quoi se composerait ce dernier dîner. Chantal avait proposé d'en faire une fête d'adieu et elle était partie s'enfermer dans la cuisine avec Marie et Sofia. Ulcérée d'être tenue à l'écart, une fois de plus, Béatrice avait proposé une promenade à Vincent qui avait refusé car il était lancé dans une discussion avec Hervé, au sujet des magistrats, et n'avait aucune envie de s'interrompre.

Béatrice sortit seule de la maison, dans l'atmosphère étouffante du parc. Ces vacances avaient été pour elle un échec complet. Elle n'avait pas réussi à gagner la sympathie de Marie, qui ne lui proposait toujours pas une place d'associée au cabinet Morvan-Meyer, mais, pis encore, Vincent se comportait avec elle comme un étranger.

Avant d'être arrivée au bout de la grande allée, elle sentit qu'elle était déjà en sueur. Marcher était une idée ridicule, elle aurait mieux fait de rester avec les autres et de s'intéresser à la conversation. Après tout, elle pouvait parler de droit, elle aussi ! Et, au lieu d'essayer de monopoliser Vincent, se comporter de manière plus simple. L'écouter, lui prendre la main gentiment, ne pas lui faire de sempiternels reproches. Il devait être las de tous les « Tu ne m'aimes plus ! » qu'elle lui assenait.

Sur la route, le macadam fondait au soleil, rendant les semelles de ses espadrilles collantes. Les cigales s'en donnaient à cœur joie, secondées par le bourdonnement des mouches, et il n'y avait pas un souffle d'air. Elle coupa à travers la première colline pour rejoindre la bergerie. Peut-être Virgile était-il réfugié là, et au moins il ne lui refuserait pas un verre d'eau.

*

Consterné, Jean-Rémi dévisagea l'Italien avant de se décider à le laisser entrer. Volubile, le jeune homme s'était mis à expliquer, moitié en vénitien moitié en français, la raison de sa visite impromptue : un voyage dans le sud de la France, une folle envie de revoir son ami peintre. Sauf qu'ils n'étaient pas des amis, ils s'étaient rencontrés à Venise l'année précédente et, pour un moment de faiblesse qui n'avait même pas duré la nuit entière, le charmant Cenzo pensait avoir le droit de s'imposer sans s'annoncer.

Au fond de la grande salle fraîche du moulin, Alain regarda approcher le jeune homme qui continuait à discourir avec de grands gestes, suivi de Jean-Rémi, très mal à l'aise, qui se contenta de murmurer :

— Cenzo, Alain…

Il y eut un court silence, durant lequel l'Italien esquissa juste un signe de tête.

— Qui est-ce ? demanda Alain à Jean-Rémi.

— Un jeune peintre. Nous avons des relations communes à Venise.

— Je vois…

L'autre s'était dirigé vers les toiles, sur leurs chevalets, et commençait à s'exclamer. Alain se leva, posa son verre sur un guéridon.

— Eh bien, je vais vous laisser.

— Pourquoi ? Attends, il ne va pas rester.

Jean-Rémi fit un pas en direction de Cenzo mais Alain l'arrêta, le saisissant par le poignet.

— Non, je t'en prie ! Il a dû faire une longue route, il s'attend certainement à ce que tu lui offres l'hospitalité.

Le ton était froid, presque cynique, et le regard doré d'Alain s'était durci. Cenzo choisit ce moment pour revenir vers eux, puis pour prendre familièrement Jean-Rémi par le cou en lui affirmant qu'il avait du génie.

— Il t'apprécie vraiment ! constata Alain.

Il tendit la main au jeune homme et en profita pour le détailler. Beau blond d'environ vingt-cinq ans, avec un sourire ravageur qui ne laissait aucun doute sur ses intentions.

— Amusez-vous bien entre artistes, laissa tomber Alain.

Avant que Jean-Rémi ait eu le temps de réagir, il gagna la porte et sortit. Dehors, il ne jeta qu'un bref coup d'œil au cabriolet Fiat rutilant avant de récupérer son vélo qui était appuyé au mur.

— Alain !

Jean-Rémi l'avait rattrapé pour essayer de le retenir, ou au moins pour s'expliquer.

— Ne sois pas stupide, où vas-tu ?

— Travailler. Et rassure-toi, je ne te fais pas une scène, nous avons passé l'âge. Il est très mignon, profites-en…

— Si tu me donnes une minute, je le mets dehors, je le renvoie d'où il vient. Je ne l'ai pas invité ici.

— Ici, sans doute pas. Mais ailleurs, c'est certain ! Laisse-moi passer, Jean.

— Tu reviendras dîner ?

— Non.

— Alors je te revois quand ?

— Je ne sais pas.

D'un mouvement souple, il enfourcha le vélo et s'éloigna sur le chemin poussiéreux. Immobile, Jean-Rémi le suivit longtemps du regard. Il ne se faisait aucune illusion, Alain allait disparaître durant plusieurs jours, voire des semaines entières – il en était tout à fait capable –, ce qui était une perspective déprimante. D'autant plus que, depuis quelque temps, Alain venait enfin le rejoindre plus volontiers et plus ouvertement au moulin, il avait même laissé des chemises de rechange dans les grandes penderies de la salle de bains, et il semblait presque décidé à accepter un petit morceau de vie commune. Des victoires dérisoires, arrachées à force de patience puisque Jean-Rémi avait mis des années à l'apprivoiser et n'était jamais sûr de rien en ce qui le concernait. Sauf qu'il continuait à l'aimer.

— Ton ami est parti ? C'est moi qui l'ai fait fuir ?

En plein soleil, Cenzo était vraiment très beau, très désirable. Jean-Rémi ébaucha un sourire artificiel en se demandant ce qu'il devait faire de lui. Le renvoyer ne servait plus à grand-chose, mais l'inviter à dîner constituait un risque inutile.

— Je t'ai apporté mes dernières séries d'esquisses, déclara le jeune homme. Je voudrais ton avis, je peux te les montrer ? Et puis je meurs de soif...

Agacé par sa désinvolture, Jean-Rémi haussa les épaules. Les dessins n'étaient qu'un prétexte, bien sûr, le prélude à un numéro de charme auquel il serait difficile de résister.

Pour se calmer, Alain était rentré en faisant un détour par les rochers rouges d'Entreconque, anciennes carrières de bauxite, d'où il pouvait contempler la montagne de la Caume. Tout le long du chemin, tandis qu'il peinait dans les montées, il avait essayé de se raisonner. C'était lui qui tenait Jean-Rémi à distance, qui se comportait en amant épisodique, qui refusait depuis toujours de rendre des comptes. Donc ce n'était pas à lui de se montrer jaloux. Ni de fuir parce qu'un éphèbe venait le narguer sur son territoire.

Son territoire ? Non, le moulin ne l'était pas, bien qu'il s'y soit senti en confiance jusqu'à présent. Même à Vallongue, il avait parfois une attitude d'invité. La bergerie représentait son refuge, mais sa vraie place se trouvait indiscutablement sur les terres, au milieu des oliviers. Là, il ne craignait plus rien, et surtout pas les questions qu'il refusait toujours de se poser.

Le soleil n'allait pas tarder à disparaître derrière les crêtes, les jours raccourcissaient. Encore deux mois à tenir avant la récolte, en espérant quelques orages salvateurs. Heureusement, les arbres résistaient mieux que prévu à l'incroyable sécheresse.

Arrivé à la bergerie, il appuya son vélo contre le mur de pierre et constata que la porte était grande ouverte. À l'intérieur, des mouches bourdonnaient, une abeille s'affolait contre une vitre, des verres sales étaient abandonnés sur la table, mais pas trace de Virgile. Il regarda autour de lui, vaguement inquiet. En principe, le jeune homme n'était pas négligent ; au contraire, il mettait un point d'honneur à ne semer aucun désordre depuis qu'il habitait là. Qu'est-ce qui l'avait fait partir si précipitamment ? Agacé, Alain déposa les verres dans l'évier, en profita pour boire à longs traits sous le robinet, chassa les insectes puis sortit en refermant à clef. Comme il lui restait un peu de temps avant le dîner, il décida de gagner Vallongue à pied. Une occasion de traverser l'oliveraie et de jeter un dernier coup d'œil aux fruits.

Ce fut au moment où il arrivait à mi-pente de la colline qu'il entendit les premiers éclats de voix. Instantanément, il comprit qu'il s'agissait d'une violente dispute. Un cri aigu de femme lui parvint puis il y eut quelques instants de silence, mais déjà il s'était mis à courir vers le sentier, en contrebas. D'instinct, il avait saisi le danger, sachant très bien qu'à cet endroit-là ce n'étaient pas des promeneurs égarés qui étaient en train de se quereller. Il aperçut d'abord Tiphaine, qui criait de nouveau, puis Virgile et Cyril qui s'accrochaient l'un à l'autre comme des fous furieux. Avant qu'Alain n'arrive, ils s'effondrèrent ensemble en continuant à échanger des coups de poing. Ils ne se battaient pas pour rire, ils le faisaient avec une incroyable violence, décidés à s'entre-tuer.

— Arrêtez ! hurla Alain en dévalant les derniers mètres.

Ils venaient de se relever, et Cyril voulut s'écarter pour reprendre son souffle mais Virgile, déchaîné, se jeta sur son dos et le projeta contre le tronc d'un olivier. Sans lui laisser une seconde de répit, il l'empoigna à deux mains par les cheveux et lui frappa la tête de toutes ses forces contre l'arbre, à plusieurs reprises. Cyril poussa un hurlement rauque au moment où Alain ceinturait enfin Virgile qu'il dut soulever de terre pour lui faire lâcher prise, le traînant en arrière. Tiphaine se précipita vers Cyril qui venait de s'écrouler.

— Reste tranquille ! ordonna Alain à Virgile qui se débattait avec fureur. Si tu t'approches de lui, c'est moi qui te démolis !

Il le repoussa d'un geste brutal et alla s'agenouiller près de Cyril. Celui-ci gardait une main crispée sur son visage, du sang ruisselant entre ses doigts.

— Montre-moi, dit doucement Alain.

Tiphaine éclata en sanglots quand Alain écarta avec précaution la main du jeune homme. La plaie de l'œil droit était horrible à voir, avec toute la paupière supérieure déchirée jusqu'à la tempe, sans doute par une branche pointue dont un gros éclat semblait encore planté dans l'iris.

— Ne bouge pas, murmura Alain. Je suis là, je ne te quitte pas.

Il se mit debout, prit Tiphaine par les épaules pour l'obliger à se relever et à s'éloigner.

— Va chercher Gauthier, dis-lui de venir en voiture, il faut l'emmener à l'hôpital.

Elle essaya de protester mais il la secoua sans ménagement.

— Dépêche-toi, Tiphaine, je ne peux pas y aller, je ne veux pas les laisser ensemble.

Tandis qu'elle détalait sur le sentier, il se tourna vers Virgile qu'il observa quelques instants. Celui-ci semblait toujours aussi énervé, pâle de rage, les bras croisés ; pourtant le regard d'Alain le mit mal à l'aise.

— Tu savais qu'il a fait un gosse à ma sœur ? lança-t-il d'une voix dure.

Au lieu de répondre, Alain fit deux pas dans sa direction, s'interposant entre lui et Cyril, qui était toujours à terre, recroquevillé sur lui-même et secoué de frissons.

— Rentre à la bergerie, Virgile, ordonna Alain entre ses dents.

— Non ! Laisse-nous régler ça et qu'on en finisse !

Alain franchit la distance qui les séparait et s'arrêta juste devant Virgile.

— En finir ? Il ne va pas se relever tout seul, je crois que tu ne te rends pas compte de son état… Maintenant tire-toi, je ne veux pas te voir ici une seconde de plus. Va à la bergerie et n'en bouge pas.

Déconcerté par la gravité du ton, Virgile dévisagea Alain puis jeta un coup d'œil dans la direction de Cyril. Il hésitait encore quand Alain le saisit par le col de sa chemise.

— Tu m'as entendu ?

Alain était le seul homme auquel il pouvait accepter d'obéir et il se décida à bouger, reculant d'abord d'un pas avant de faire demi-tour et de s'éloigner. Alain retourna alors près du jeune homme étendu à qui il se mit à murmurer des paroles de réconfort.

*
**

En qualité de chirurgien, Gauthier avait obtenu d'assister à l'opération, pratiquée en urgence, mais il savait d'avance que c'était sans espoir, quel que soit le talent des ophtalmologistes présents.

Dans la salle d'attente où ils étaient cantonnés, Alain et Vincent avaient tenté en vain de consoler Tiphaine. L'angoisse, le chagrin et la colère la métamorphosaient, elle n'avait plus rien d'une jeune fille bien élevée, elle était brutalement devenue une femme, toutes griffes dehors, prête à aller régler ses comptes avec son frère.

Il faisait nuit depuis longtemps quand Gauthier vint la chercher pour la conduire au chevet de Cyril qui se réveillait et la réclamait.

— Tu ne lui poses aucune question et tu ne lui donnes aucune réponse, il est un peu dans les vapes, précisa-t-il en l'entraînant avec lui.

Sur le seuil, il se retourna vers Alain et Vincent, secoua lentement la tête de droite et de gauche, avec un regard désolé. Après que la porte se fut refermée, Vincent se pencha en avant dans son fauteuil, les coudes sur les genoux et la tête entre les mains, dans une attitude de complet désarroi. Il y eut un long silence puis Alain lui posa la main sur l'épaule pour le secouer.

— Arrête de te désespérer, tu n'y peux rien.

Vincent prit une profonde inspiration avant d'articuler, d'une voix hachée :

— Son œil est perdu ? Il va rester comme ça ? À moitié aveugle ?

— Gauthier nous expliquera…

Ni l'un ni l'autre n'avaient envie d'en parler, ils étaient encore sous le choc. Tout le temps qu'avait duré le voyage jusqu'à Avignon, Gauthier avait gardé la tête de Cyril sur ses genoux, l'empêchant de bouger ou de toucher la plaie. Le jeune homme avait été assez courageux pour ne pas crier, alors qu'il souffrait le martyre, et Alain avait conduit à tombeau ouvert. Sur le siège passager, mais tourné vers l'arrière et le regard rivé sur Cyril, Vincent n'avait pas dit un seul mot, n'avait même pas prononcé le prénom de Virgile.

— C'est cette conne de Béatrice qui lui a tout raconté ! explosa-t-il soudain.

Sous le coup de la colère, il se leva d'un bond, se mit à faire les cent pas.

— Je voulais que tu le lui apprennes après notre départ. Il aurait piqué sa crise tout seul et on aurait évité le drame. Mais non, il a fallu qu'elle parle ! Putain, elle est bête à bouffer de la paille !

Surpris, Alain fronça les sourcils sans répondre. Vincent était rarement agressif ou vulgaire, il devait être hors de lui pour traiter sa femme avec un tel mépris.

— Il faudrait téléphoner à Marie, ajouta-t-il, l'air soudain pitoyable.

Il s'arrêta devant Alain, se pencha vers lui pour demander :

— S'il te plaît, fais-le.

— Gauthier a déjà dû s'en charger. Et si on ne doit pas la laisser voir Cyril, inutile qu'elle se précipite ici en pleine nuit.

— Mais tu es sûr que Virgile va rester à la bergerie, qu'il ne va pas se montrer pour l'instant ?

— Certain.

Penser à son fils rendait Vincent malade d'inquiétude. Il ne savait même plus ce qu'il ressentait à son égard, sinon qu'il voulait au moins le protéger de ce qui allait suivre.

— Qu'est-ce que je vais faire, Alain ?

D'un geste machinal, il avait sorti son paquet de cigarettes ; son cousin se leva à son tour en marmonnant :

— Viens avec moi dehors si tu veux fumer.

À l'extérieur, sur le parking désert, il faisait tout aussi chaud ; pourtant ils eurent l'impression de mieux respirer. Vincent alluma deux cigarettes et en tendit une à Alain. Ils tirèrent quelques bouffées en silence puis virent passer une ambulance qui se dirigeait vers l'entrée des urgences. Le ciel était clair, couvert d'étoiles, avec une lune scintillante qui répandait une lumière un peu irréelle.

— À ton avis, soupira Vincent, comment Clara aurait-elle réagi dans une situation pareille ?

— Elle aurait fait face. Et tu vas y arriver aussi.

— Tu crois ?

Tiphaine ne lui avait épargné aucun détail de la bagarre, il savait avec quelle sauvagerie Virgile avait frappé Cyril. Elle lui avait aussi décrit la manière dont il leur était tombé dessus, fou de rage, alors qu'ils se promenaient tranquillement.

— Ne le condamne pas trop vite, murmura Alain. C'est ton fils…

— Tu voudrais que je le défende ? Il a toujours détesté Cyril !

Pourquoi les deux garçons, rivaux dès l'enfance, s'étaient-ils haïs avec une telle constance, alors qu'ils avaient quasiment le même âge ?

— Moi, je les aime tous les deux, déclara posément Alain. Je suppose que toi aussi.

Vincent ne trouva rien à répondre à cette affirmation. Ses idées s'embrouillaient, il était incapable de réfléchir.

— Marie ne lui pardonnera jamais, finit-il par dire. Tiphaine non plus. Nous allons finir fâchés pour l'éternité. Tout ça à cause de cette… Mais non, ce n'est même pas Béatrice, c'est moi ! Si je n'avais pas vécu à Paris, Tiphaine n'aurait pas cohabité pendant des années avec Cyril ! Ou alors on aurait dû les calmer tant qu'ils étaient jeunes, essayer de comprendre. Ou bien…

— Arrête ! Les regrets ne servent à rien. Quand on va rentrer, je conduirai Virgile chez Magali, il vaut mieux qu'il ne reste pas dans les parages.

Il avait failli proposer le moulin de Jean-Rémi, pour mettre le jeune homme vraiment à l'abri, mais il venait de se souvenir de Cenzo, auquel il n'avait pas eu le temps de songer depuis des heures. Cet Italien était devenu le cadet de ses soucis, de toute façon.

Vincent écrasa son mégot puis leva la tête vers les étoiles qu'il contempla un moment en silence. Il sentait la présence rassurante d'Alain, juste à côté de lui. S'il ne s'était pas trouvé là par hasard, au bon moment, jusqu'où Virgile aurait-il été capable d'aller ? Combien de temps se serait-il acharné ?

— Alain, dit-il à voix basse, l'enfant que Tiphaine porte, on ne sait même pas s'il sera normal… et il n'est pas encore né que déjà son père est handicapé… Quel genre de vie attend Cyril maintenant ? Aura-t-il le courage de reprendre ses études ? Est-ce que Tiphaine va continuer à l'aimer ? Mon Dieu, quel départ pour eux dans l'existence ! Et puis Virgile va se retrouver mis à l'écart comme une brebis galeuse… Je ne peux pas imaginer l'état de la famille après ça !

La dernière fois qu'ils avaient partagé une émotion aussi destructrice, c'était neuf ans plus tôt, devant le cadavre du petit Philippe. Malgré la chaleur de la nuit, Vincent frissonna, puis brusquement s'abattit contre Alain. Il l'étreignit avec une force inattendue, tout en cherchant à recouvrer son sang-froid. Il était sur le point de craquer. Compréhensif, Alain resta immobile et silencieux. Vincent pouvait compter sur lui tant qu'il voulait, et même bien au-delà. Qu'il continue à lui broyer l'épaule ou qu'il lui demande n'importe quoi, Alain serait d'accord.

— Désolé, souffla Vincent au bout d'un moment.

— Ne le sois pas... Est-ce que ça va mieux ?

— Un peu. Viens, on y retourne.

Alors qu'ils repartaient vers l'entrée de l'hôpital, les phares d'une voiture balayèrent le parking devant eux. C'était la Porsche de Vincent, conduite par Daniel qui descendit en hâte et se précipita vers eux.

— Alors c'est vrai, ils n'ont rien pu faire ? Gauthier nous a téléphoné tout à l'heure, en sortant du bloc, et je n'ai que cinq minutes d'avance sur Marie. Hervé l'accompagne. Honnêtement, je dois dire qu'il essaie de la raisonner, mais elle est dans un état proche de l'hystérie, je ne l'ai jamais vue comme ça !

Alain et Vincent échangèrent un coup d'œil dans la pénombre.

— Je pars avec la voiture de Gauthier, décida Alain, vous n'aurez qu'à rentrer ensemble.

Il connaissait sa sœur, plutôt que pleurer sur le drame, elle risquait de se mettre en quête de Virgile pour s'expliquer avec lui, et mieux valait éviter ce genre de confrontation dans l'immédiat. Tout comme il fallait bien que quelqu'un apprenne à Virgile les conséquences sans doute irrémédiables de sa violence.

⁎⁎

Béatrice avait passé une partie de la nuit à sangloter, l'autre à attendre le retour de Vincent. Ce n'était pas seulement sur le sort de Cyril qu'elle s'apitoyait, mais aussi sur elle-même. Personne n'allait lui pardonner sa gaffe de la veille, surtout pas son mari. Une bévue commise en toute innocence, juste parce qu'elle avait besoin de parler à quelqu'un, et Virgile s'était montré très gentil avec elle. Ils avaient évoqué la famille, tombant d'accord sur les travers de chacun, ensuite elle s'était confiée, exprimant son désir de maternité, sa frustration. Il n'avait manifesté ni amertume ni jalousie, se bornant à la regarder d'un air mélancolique. L'atmosphère de la bergerie était très agréable, intime et chaleureuse, ils avaient bavardé comme des amis. Virgile semblait avoir mûri depuis qu'il habitait la Provence, il était plus intéressant, plus sûr de lui. Mais, lorsqu'elle avait sollicité son avis au sujet du bébé que Tiphaine attendait, il était devenu fou furieux. Elle aurait dû essayer de le retenir, ou au moins lui demander où il allait comme ça, au lieu de supposer bêtement qu'il était parti se calmer dans les collines.

Assise sur son lit, tout habillée, elle regarda le réveil pour la énième fois. Presque sept heures. Il faisait grand jour et la maison était silencieuse. Pourtant, elle avait entendu des voitures rentrer dans la nuit, et même reconnu le moteur de la Porsche, mais Vincent n'était pas venu la rejoindre. À l'aube, elle avait pris une douche, enfilé un chemisier et un short, et depuis elle attendait. Qu'allait-il dire quand il se déciderait à franchir le seuil de leur chambre ? Et quelle attitude devait-elle adopter ? Était-il capable de déclencher une vraie dispute, une rupture ? En y réfléchissant, elle découvrait qu'elle le connaissait trop peu pour prévoir ses réactions. Elle l'aimait éperdument mais que savait-elle de l'homme qu'il était en réalité ?

Incapable de patienter une minute de plus, elle décida de descendre se faire un café. Si Vincent était là, elle le trouverait forcément. Dans la cuisine déserte, elle prépara le petit déjeuner en multipliant les gestes maladroits, de plus en plus nerveuse. L'idée de rencontrer Tiphaine ou Marie n'avait rien de réjouissant, tout le monde allait la bouder à présent.

— Béatrice…

Elle sursauta, sa tasse lui échappa des mains et alla se briser sur les tommettes au milieu d'une flaque de café. Vincent se tenait sur le seuil, les yeux cernés, pas encore rasé.

— Tu es rentré ? demanda-t-elle d'une voix étranglée.

Puis elle se précipita vers l'évier pour prendre une serpillière et il la regarda nettoyer sans ébaucher un geste pour l'aider.

— Comment va Cyril ? eut-elle le courage d'ajouter en se redressant.

Il ne jugea pas utile de répondre, d'abord parce qu'il n'en savait rien, ensuite parce que le malheureux allait apprendre la vérité à son réveil, dans la matinée, et qu'à ce moment-là il irait forcément assez mal.

— Vincent, chuchota-t-elle, je suis tellement désolée…

Son balai-brosse à la main, elle avait l'air pathétique, en effet, mais pas assez pour l'émouvoir. Il haussa les épaules avec lassitude, puis alla s'asseoir loin d'elle, au bout du banc. La nuit blanche l'avait épuisé, il se sentait écœuré de tout. Elle se mit à rincer la serpillière, prit des tasses dans le vaisselier, s'agita tout en cherchant quelque chose à dire. Quand elle s'approcha de lui, elle le vit se raidir de façon perceptible et elle s'arrêta, glacée par son attitude.

— Tu m'en veux à ce point-là ?

— Non… Je sais que tu ne l'as pas fait exprès. Tu bavardes à tort et à travers mais ce n'est pas ta famille, tu ne les connais pas assez…

Alors qu'elle reprenait espoir, il s'interrompit soudain pour écouter des bruits en provenance du hall. Une porte claqua, des talons résonnèrent dans le hall, enfin Marie fit irruption, suivie de près par Hervé. Vincent leva la tête et soutint le regard de sa cousine sans ciller tandis qu'elle marchait sur lui. Elle s'arrêta de l'autre côté de la table, frémissante de rage.

— Où est ton fils ? lâcha-t-elle d'une voix rauque. Je viens de voir Alain, qui se tait, bien sûr, et je suppose qu'à vous deux vous l'avez fait disparaître ? Et tu crois que ça va arranger les choses ? Que ça va m'empêcher de le traîner en justice ?

— Écoute, Marie…

— Toi, écoute-moi ! D'autant plus que je ne vais pas te parler longtemps. Cyril porte plainte pour tentative d'homicide, pour coups et blessures ayant entraîné un handicap définitif. Je demanderai le maximum de dommages et intérêts. Engage un bon avocat car je ne vais plus lâcher Virgile, je l'obligerai à payer toute sa vie, je ne le laisserai jamais respirer !

Parce qu'il ne voulait pas rester assis devant elle, Vincent se leva, enfouit les mains dans ses poches. Derrière Marie, Hervé gardait la tête baissée, sans regarder personne, horriblement mal à l'aise. Statufiée, Béatrice n'osait pas faire un geste mais les autres l'ignoraient.

— Ton fils a bousillé la vie du mien, comme ça, pour un petit coup de colère ! Alors je compte lui apprendre ce qu'est une vraie colère, et après il fera la différence !

— Marie…, murmura Vincent qui n'avait pas baissé les yeux.

— On les a mal élevés, peut-être, mais ne me dis surtout pas ça maintenant ! Ce n'est pas à toi que je m'attaque, c'est à lui, et je suis bien décidée à le détruire, tu peux me croire sur parole, ce sera la loi du talion. Cyril n'a pas seulement perdu l'usage d'un œil, je viens de parler aux chirurgiens et il paraît que les plasticiens vont avoir un sacré travail parce qu'il est défiguré !

Elle vibrait de haine, chacune de ses phrases atteignait Vincent davantage.

— Demande à ta fille ce qu'elle en pense, ce qu'elle ressent, et tu verras que je ne suis pas la plus acharnée ! En tout cas, je t'aurai prévenu. À bon entendeur…

Du plat de la main, elle donna un coup rageur sur la table, un geste qui avait longtemps été celui de Clara, puis elle fit demi-tour et quitta la cuisine avant que quiconque puisse voir ses larmes.

❋

À quatre heures de l'après-midi, il faisait presque nuit tant le ciel s'était chargé de nuages noirs. Le premier orage de l'été semblait se préparer avec une force considérable, comme pour rattraper le long temps de sécheresse.

Sur le seuil de la galerie, Alain serra une seconde Magali dans ses bras puis il se dépêcha de regagner sa voiture. À peine était-il installé au volant que les premières gouttes s'écrasèrent sur son pare-brise. En d'autres circonstances, il aurait été fou de joie à la vue de cette pluie qui allait enfin faire boire la terre, mais il n'y songea même pas tant il était inquiet. Virgile n'était pas resté chez sa mère, il avait disparu avant le déjeuner, au moment où elle lui avait appris dans quel état se trouvait Cyril.

C'était Vincent qui avait téléphoné à Magali pour lui expliquer que, quarante-huit heures après l'accident, Cyril développait une infection que les médecins avaient du mal à juguler. Marie et Tiphaine ne quittaient pas l'hôpital, tous les autres membres de la famille avaient retardé leur départ pour Paris.

Alain quitta Saint-Rémy sous des trombes d'eau, alors que d'énormes flaques commençaient à se former sur la route. Virgile n'était pas assez stupide pour aller à Vallongue, ni pour chercher à rencontrer qui que ce soit. La culpabilité devait le ronger, maintenant que sa colère était tombée, et il avait sans doute besoin de s'éloigner. Mais où ? Alain ne lui connaissait pas d'amis ; d'ailleurs il n'avait sûrement pas envie de parler. En plus, il était à pied.

À gauche de la route conduisant aux Baux, une vicinale partait vers Romanin, le long du canal des Alpilles, et Alain s'y engagea. C'est ce qu'il aurait fait s'il avait voulu s'enfoncer dans les terres pour trouver la solitude. Quatre kilomètres plus loin, le bitume s'arrêtait et le chemin était devenu un torrent de boue. Il se rangea le mieux possible, coupa le contact et descendit. En quelques secondes, il fut trempé, mais la sensation n'était pas désagréable après tant de semaines torrides.

Un peu hésitant, il essaya de s'orienter à travers le rideau de pluie. La montagne de la Caume était sur sa droite, et à gauche les crêtes des Alpilles derrière lesquelles se trouvait Vallongue. En principe, droit devant, au-delà du chemin de grande randonnée, il existait un abri que Virgile connaissait grâce à Alain qui le lui avait fait découvrir. Il pouvait très bien avoir eu l'idée de s'y réfugier, ça valait la peine d'aller jeter un coup d'œil.

L'eau dévalait en rigoles sur la terre trop sèche pour rien absorber de ce soudain déluge. Alain pataugeait et glissait, indifférent aux roulements de tonnerre qui résonnaient contre les parois rocheuses. L'orage se déchaînait maintenant avec fureur, tandis qu'un vent violent s'était mis à souffler en rafales. À flanc de colline, Alain reprit sa respiration, s'ébroua. La baraque en planches, au toit de tuiles branlant, devait être à moins de cent mètres, s'il ne s'écartait pas du sentier, mais il faisait si sombre qu'il ne voyait rien. Il tomba dessus presque par hasard et dut batailler pour ouvrir la porte vermoulue. À l'intérieur, comme il s'y attendait, il découvrit Virgile assis à même le sol, qui le fixait d'un air incrédule.

— Vilain temps, non ? dit Alain en retirant sa chemise.

— Qu'est-ce que tu fais là ?

— Je suis venu te parler.

Mais, contrairement à son affirmation, il se tut et se mit à tordre sa chemise avant de regarder autour de lui. Ensuite il sortit ses cigarettes de la poche de son jean, considéra le magma de tabac et de papier d'un air dégoûté, enfin alla s'asseoir à l'autre bout de la cabane.

— Très bien, soupira Virgile. Puisque tu es monté jusqu'ici… Alors, Cyril ?

— Oh, il va très mal ! Infection. Il faudra sans doute l'opérer de nouveau. De toute façon, l'œil est fichu. Tu peux être content, je crois qu'il a vraiment dégusté. Et il n'est pas sorti d'affaire, loin de là.

Après un long silence, Virgile murmura, d'un ton dégoûté :

— Je ne suis pas content.

— Je sais. En revanche, ce que j'ignore et que je veux que tu me dises, c'est si tu l'as fait exprès ? Délibérément ?

— Je voulais lui faire mal, oui.

— Gagné.

— Non, non ! Je… Cette branche, je ne l'ai pas visée ! Je cherchais à l'assommer, à lui casser quelque chose, à le mettre à genoux. Sur le coup, on ne réfléchit pas, ça va très vite ; j'aurais aussi bien pu l'étrangler.

— C'était d'une telle sauvagerie, Virgile… Lui n'aurait jamais fait ça.

La tête basse, Virgile n'essaya même pas de protester.

— À ce propos, il y a des choses que tu dois apprendre, je vais m'en charger.

Un coup de tonnerre l'interrompit, suivi d'une série d'éclairs, puis la porte se rouvrit sous la poussée du vent.

— Va la fermer, bloque-la, demanda Alain.

Il vit le jeune homme se lever docilement et il en profita pour ajouter :

— Il y a des antécédents dans la famille, on aurait dû vous en parler plus tôt.

Tandis que Virgile calait le battant du mieux possible, il enchaîna :

— Vous n'êtes pas les premiers à vous déchirer, Cyril et toi. Mais vos grands-pères respectifs avaient de bonnes raisons de le faire, pas vous. Non, vous, ce sont des conneries de jeunes coqs... une querelle de désœuvrés. Tu veux que je te raconte ?

— Depuis le temps que je le demande ! Papa n'a jamais...

— Laisse ton père tranquille, d'accord ? Bon, voilà, figure-toi que mon père, Édouard, était une véritable ordure. Il n'était pas heureux en ménage, je suppose, d'ailleurs il n'y a qu'à regarder ma mère pour comprendre, alors il s'est mis à loucher sur une autre femme, la seule qu'il ne pouvait pas avoir.

— C'est-à-dire ?

— Ta grand-mère, Judith.

— Et alors ?

— C'était la guerre, ton grand-père était prisonnier, Judith était vulnérable. Elle était aussi très, très belle. J'avais onze ans, mais je me souviens d'elle, impossible de ne pas tomber sous son charme. Bref, il a fini par la coincer dans un endroit de Vallongue, un soir où il avait trop bu, et il l'a violée. Ensuite, pris de panique, il l'a dénoncée de façon anonyme à la Gestapo.

La voix d'Alain avait un peu tremblé et il reprit son souffle avant de poursuivre, plus fermement :

— Quand elle a quitté Vallongue, avec sa fillette, elle s'est fait arrêter. Le reste, tu le connais, la déportation dans un camp, la mort de Judith et de Beth à Ravensbrück, bref la version officielle qui est sinistre mais qu'on peut avouer. Seulement voilà, elle avait laissé une sorte de journal, et quand ton grand-père Charles est revenu d'Allemagne il a tout compris. Alors, une nuit, il a mis une balle de revolver dans la tête de mon père.

Atterré, Virgile était resté debout près de la porte et il essayait de distinguer les traits d'Alain qui continuait son récit dans la pénombre.

— Bilan des opérations familiales : trois morts. Et Charles ne s'en est jamais remis – on le comprend. Je détestais ton grand-père de toutes mes forces, mais franchement… difficile de lui donner tort. Je le trouvais odieux avec moi, je ne pouvais pas deviner d'où lui venait toute cette haine… Il nous a appris la vérité sur son lit de mort. Ensuite, on a lu le journal de Judith. Et puis on a essayé de l'oublier parce qu'il y avait Clara et qu'on ne voulait pas qu'elle sache ce que ses deux fils avaient fait. Après, le silence est devenu une habitude. Dommage… Tu aurais pu savoir, avant tout ce gâchis, où mènent la jalousie, la violence… Tu t'es comporté comme une brute, à croire que c'est héréditaire, mais toi, tu n'as aucune excuse !

Alain se leva d'un mouvement souple. Il était aussi grand que Virgile, aussi mince. Bronzé comme un vrai gitan, il avait soudain quelque chose d'encore plus menaçant que l'orage, dehors, qui redoublait de force.

— Est-ce que tu regrettes, ou bien tu t'en fous ?

Inquiet, Virgile recula un peu vers le fond de la cabane en marmonnant :

— Quelle importance, maintenant ? De toute façon, je suppose que tu ne veux plus me voir dans les parages ?

— Je t'ai posé une question.

— D'ailleurs, tu vas te débarrasser de moi en vitesse, c'est normal.

Comme Alain continuait d'avancer, Virgile heurta le mur auquel il resta appuyé.

— Tu dois avoir envie de me taper dessus, dit-il dans un souffle, tout le monde doit en avoir envie en ce moment !

— Bien sûr. Ta sœur, surtout.

— Oh, Tiphaine…

Virgile baissa la tête, beaucoup plus ému qu'il ne voulait le montrer.

— J'attends une réponse, insista Alain. Mais ne me mens pas.

— Oui…

— Oui, quoi ?

— Je regrette, murmura Virgile d'une voix inaudible.

— Pourquoi ?

— Parce que… Parce que je ne voulais pas l'amocher pour toujours ! Juste lui donner une leçon.

— Une leçon de quoi ? De morale ? De quel droit ?

— Je sais que tu l'aimes beaucoup, que…

— En réalité, je l'adore, c'est mon filleul et c'est un garçon formidable. Courageux, bosseur, droit. Je lui ai appris à nager, à se tenir sur un vélo. C'était le premier enfant de la famille et il n'avait pas de père ; je me suis régalé avec lui, je l'ai fait rire aux éclats quand il était gamin. Est-ce que tu crois qu'il va rire de nouveau un jour ? Avec un seul œil, il pourrait encore se regarder dans une glace, mais je pense qu'il n'en aura plus jamais envie. À toi, ça ne t'a rien donné de plus. Pourtant tu as fait son malheur et celui de Tiphaine. De tout le monde, en fait. Marie te traîne en justice et ton père va s'acharner à te défendre.

— Papa ?

— Il ne va pas te regarder sombrer en se croisant les bras. Et moi, je ne vais pas te laisser tomber. Tu travailles toujours avec moi. Donc tu ne peux pas te terrer ici, c'est ridicule.

Depuis des mois qu'il vivait avec Alain, Virgile ne l'avait jamais entendu parler si longtemps. Il se sentait bouleversé, éperdu de reconnaissance, et horriblement triste.

— Je ne peux pas non plus aller les voir, bredouilla-t-il, ce serait de la provocation !

— Cyril va être transféré dans un hôpital parisien dès que son état le permettra. Quand la famille sera partie, tu retourneras à Vallongue, on a du boulot. En attendant, reste chez ta mère et n'en bouge plus.

Alain s'écarta, leva la tête vers le plafond bas pour écouter la pluie qui ruisselait moins fort à présent. Lorsqu'il baissa de nouveau les yeux vers Virgile, celui-ci semblait prostré. Accepter de reconnaître qu'il regrettait son geste avait laissé libre cours aux remords qui étaient en train de le submerger, de l'étouffer.

— Tu te sens mal ? lui lança Alain. C'est la moindre des choses… Mais ne perds pas ton temps à t'apitoyer sur toi-même, dis-toi que Cyril en bave mille fois plus que toi en ce moment.

— Je regrette vraiment, articula nettement Virgile.

— Bien. C'est quand même à lui qu'il faudra que tu arrives à le dire, un jour.

Un timide rayon de soleil essayait de se frayer un chemin à travers les carreaux crasseux de l'unique fenêtre. Alain ramassa sa chemise, la secoua puis, résigné, la roula en boule.

— Viens, allons-y, décida-t-il en enlevant la cale de la porte.

— Attends ! Juste un truc… Explique-moi pourquoi tu es tellement… Enfin, tu es différent du reste de la famille.

— Ah oui ? Merci du compliment.

400

— Je ne plaisante pas. Toi, au moins, tu ne méprises personne. Même pas moi ! Alors je ne suis pas si nul, je n'ai pas que des défauts malgré ce que j'ai fait, je ne suis pas un monstre ?

Il avait buté sur chaque mot, à bout de nerfs, prêt à n'importe quoi pour entendre quelque chose qui ne soit pas un reproche.

— Non, je t'aime bien quand même… Et puis tu es le fils de Vincent !

Comme si ça expliquait tout, Alain lui adressa un sourire rassurant et sortit le premier de la cabane.

10

Paris, février 1977

AYANT RECUEILLI le consentement des jeunes gens, le prêtre les déclara unis par les liens sacrés du mariage, comme l'avait fait le fonctionnaire délégué par la mairie cinq minutes plus tôt.

Ils étaient trop nombreux pour la petite salle que l'hôpital des Quinze-Vingts avait mise à leur disposition, mais les médecins s'opposaient encore à la sortie de Cyril, et Tiphaine n'avait pas voulu reculer davantage. Elle était enceinte de presque huit mois, ce qui justifiait sa robe toute simple, ample et stricte. Pour unique bijou, elle ne portait que la bague offerte par Marie, un somptueux saphir ayant appartenu à Clara. Obstinée, elle avait réglé tous les détails elle-même, sans laisser personne décider à sa place. Marie et Alain étaient les seuls invités de Cyril ; quant à elle ses parents lui suffisaient. Ni Lucas ou Paul, ni même Léa, n'avaient été conviés à partager cette étrange cérémonie. « On fera la fête plus tard, quand Cyril ira bien », avait-elle décrété.

En arrivant avec Alain, une heure plus tôt, Magali était restée saisie. Cyril avait perdu quinze kilos, et toute une série de cicatrices s'étendaient sur le côté droit de son visage, de la racine des cheveux à l'arête du nez. Rien ne subsistait du très beau jeune homme qu'il avait été, excepté son sourire quand il regardait Tiphaine.

— Voilà, c'est fini, dit la jeune femme d'une voix nette. Mais tout de même, on va prendre une goutte de champagne dans sa chambre, j'ai préparé des gobelets...

Cyril était vêtu d'un blue-jean et d'un pull noir, ses cheveux blonds bouclés étaient trop longs, ses joues creuses, mais il se tenait très droit et semblait à l'aise, sa main dans celle de Tiphaine. Quand ils passèrent devant Vincent, celui-ci retrouva ses esprits pour demander :

— J'ai le droit d'embrasser la mariée ?

Il prit sa fille dans ses bras et se pencha vers elle, affreusement ému, ne sachant quel genre de vœux de bonheur formuler.

— Dis-moi, chérie, dit-il tout bas, je ne t'ai pas encore fait de cadeau...

— J'ai mon idée là-dessus, papa, je t'en parlerai ! répliqua-t-elle avec un rire léger.

Ensuite elle s'écarta et il se retrouva devant Cyril.

— Félicitations, mon grand. Et je te conseille de la rendre heureuse, je n'ai qu'une fille !

La situation était tellement irréelle qu'il devait lutter pour trouver ses mots.

— J'essaierai, Vincent. Merci d'être là…

Cyril n'avait jamais manifesté d'agressivité lors des visites de Vincent, mais il n'avait jamais parlé de Virgile non plus.

— Alors, ce champagne ? plaisanta Alain en poussant les autres hors de la salle.

Malgré les consignes de Tiphaine, il avait apporté deux bouteilles de Cristal Roederer qu'il transportait dans un sac isotherme. Une fois dans la chambre de Cyril, ils se casèrent comme ils purent sur le lit et sur les chaises de plastique.

— Vous, les mariés, restez assis, je fais le service, déclara Magali avec son accent chantant.

Elle s'était souvent demandé ce qui adviendrait le jour du mariage de ses enfants, et si elle supporterait d'être confrontée à Béatrice. Dans le cas de Tiphaine, la question s'était résolue d'elle-même, mais la cérémonie avait été trop sinistre pour que Magali puisse s'en réjouir.

Discrètement, Alain observait les livres empilés sur la table de nuit, les classeurs regroupés près de la fenêtre. Cyril était en train de perdre une année d'études ; cependant il ne voulait pas se laisser distancer et Tiphaine lui faisait photocopier tous les cours de ses anciens copains. De son côté, elle accomplissait son année de licence assez assidûment pour avoir de bonnes notes, même si elle passait le plus clair de son temps libre à l'hôpital. Longtemps, Cyril avait été dans un état grave, multipliant les complications et les rechutes ; ensuite les opérations de chirurgie esthétique s'étaient succédé. Entre deux séjours dans les différents services, quand il rentrait avenue de Malakoff, il se montrait plutôt gai, ce qui rendait tout le monde triste. Ni Marie ni Vincent n'ignoraient la lutte qu'il avait dû mener contre lui-même pour ne pas se laisser aller à la dépression. Durant des mois, non seulement son visage avait ressemblé à celui de la créature de Frankenstein, mais de plus il avait subi d'insupportables maux de tête qui le rendaient fou. Il avait peine à croire que Tiphaine puisse encore l'aimer, il s'était même résigné à lui rendre sa liberté. Mais la jeune fille avait fait preuve d'une détermination exemplaire et il avait fini par se laisser convaincre. Surtout devant son refus de laisser naître leur enfant avant le mariage.

— Je ne voudrais pas vous mettre dehors, dit-elle d'une voix ferme, mais j'ai cours à treize heures et…

Et elle allait partager le plateau du déjeuner de Cyril, comme presque chaque jour, avec la bénédiction des aides-soignantes qui apportaient toujours une double ration de dessert.

— On vous laisse, mes chéris ! déclara gaiement Marie.

Elle sortit la première et les autres la rejoignirent près des ascenseurs. Ce ne fut qu'une fois les portes de la cabine refermées qu'elle cessa de sourire pour soupirer :

— Quelle horreur, mon Dieu, c'était d'une tristesse…

Bouleversée, elle se mordit les lèvres sans regarder personne, jusqu'à ce que Magali passe son bras autour d'elle.

— Pourquoi ne déjeune-t-on pas tous les quatre ? proposa Vincent d'une voix douce. Je vous invite au restaurant, on va quai des Grands-Augustins, nous y avons nos habitudes Marie et moi…

Il aurait dû mettre la phrase au passé car Marie le fuyait depuis le drame. Contrairement à ce qu'il craignait, elle acquiesça d'un signe de tête.

Une demi-heure plus tard, ils se retrouvèrent attablés ensemble, un peu surpris par ce repas imprévu et s'observant tous quatre avec une certaine curiosité. Magali et Alain, qui n'avaient pas mis les pieds à Paris depuis des années, semblaient surpris par le froid pénétrant, la grisaille de la Seine et la foule entassée dans la brasserie.

— Je propose qu'on leur offre un baptême à tout casser, quand Cyril ira bien, dit Vincent en regardant Marie.

— Parce que tu crois qu'il ira bien un jour ! répliqua-t-elle d'un ton mordant.

— Moi, je crois surtout qu'ils s'aiment, intervint Magali, et ça personne ne leur enlèvera.

Elle était assise face à Vincent, à qui elle adressa un sourire lumineux. Ils se téléphonaient régulièrement, depuis des mois, pour se concerter face à la procédure de justice que Marie avait déchaînée contre Virgile.

— Puisque nous sommes réunis tous les quatre, dit soudain Alain, si on en parlait ?

— De quoi ? riposta sa sœur, sur la défensive.

— De ce que vous trafiquez, de votre façon de régler vos comptes, de tout le papier bleu qui arrive à Vallongue…

Abasourdi, Vincent le regarda en se demandant pourquoi il mettait de l'huile sur le feu ; pourtant, il savait qu'Alain parlait rarement à la légère et il espéra qu'il avait une bonne raison pour relancer ainsi le débat. Sans se donner la peine de lui répondre directement, Marie lança à Vincent :

— À propos, ton avocat va recevoir une convocation, pour une réunion de conciliation, mais comme tu sais je ne céderai sur rien.

— Je suis prêt à te proposer beaucoup mieux que ce que tu pourrais obtenir de Virgile, dit prudemment Vincent. Et nous n'aurions pas besoin des confrères pour ça.

— C'est à lui de payer, pas à toi, ce serait trop facile !

— C'est surtout l'avenir de Cyril qu'il faut assurer, s'obstina Vincent.

— Tu ne m'auras pas avec ce genre d'argument. Tu fais un chèque et Virgile s'en lave les mains ? Tout est oublié ? Jamais.

Alain posa sa main sur celle de sa sœur, d'un geste affectueux.

— Marie, arrête…

— Oui, je sais, tu le défends, vous le défendez tous les trois, mais ce ne sera pas suffisant, je te préviens.

— Je ne l'excuse pas, et il est indéfendable, répliqua Alain. Mais il ne s'en fout pas, c'est faux ; je le vois tous les jours, je suis bien placé pour le savoir.

— Encore heureux !

Elle retira brusquement sa main et repoussa son assiette.

— Je vais être très claire, je veux que ce soit *lui* qui répare. Cyril en a pour la vie, alors lui aussi !

— Marie, soupira Vincent, l'important est de mettre Cyril à l'abri. Son handicap l'empêchera peut-être de réaliser la carrière qu'il aurait pu faire. Et une saisie-arrêt sur le salaire de Virgile ne constitue pas une réparation valable, tu le sais très bien. Fixe un capital, une rente, fais comme tu l'entends, je ne discuterai pas…

Il pouvait se montrer très convaincant et Magali l'observait avec intérêt, étonnée d'être aussi sensible à sa voix, à la douceur de son regard, à sa détresse.

— Ce serait trop cher pour toi, Vincent ! ironisa Marie en tapant sur la table.

Sa mauvaise foi ne le découragea pas, il était aussi têtu qu'elle.

— Demande ce que tu veux, ruine-moi si tu veux, oblige-moi à tout vendre, je suis d'accord, je signe. Aucun avocat n'obtiendra jamais ce que je suis disposé à donner à Cyril. Mais laisse-moi sauver Virgile.

— Pourquoi ?

— Parce que c'est mon fils, autant que Cyril est le tien, ce que tu devrais comprendre... Tant que tu t'acharneras sur lui, tant que la justice le poursuivra, Alain ne peut pas l'associer à l'exploitation.

— Je m'en moque !

— Mais pas moi. J'ai le choix d'en parler directement à Cyril, de lui proposer par exemple une donation de mes parts dans le cabinet Morvan-Meyer, ce qui devrait l'aider à réussir sa vie. Pour l'instant, tu mènes l'action judiciaire à sa place, mais il est majeur, il a le droit de s'exprimer.

— C'est déloyal, Vincent, je rêve !

— Oh, non, c'est tout le contraire. Sois logique, en regard de ce qu'un tribunal t'attribuera, ce que je t'offre est exorbitant.

— Je ne veux pas en entendre parler, articula-t-elle d'une voix froide.

— Quelle bêtise..., marmonna rageusement Alain.

Il y eut une pause, durant laquelle aucun d'eux ne toucha à son assiette. Puis Vincent se pencha un peu en avant, dans la direction de sa cousine.

— Alors dis-moi ce que tu veux exactement, et tu l'auras, mais ne me le fais pas dire par tes avocats ! Je suis prêt à n'importe quoi. Vraiment n'importe quoi, Marie, et ce ne sont pas des mots en l'air.

Cette fois, au lieu de protester, elle le dévisagea un moment en silence. Il avait prononcé ses dernières phrases avec une autorité qu'elle ne lui connaissait pas, exactement comme Charles l'aurait fait. Même intonation, même regard incisif. D'ailleurs la ressemblance venait de frapper Alain et Magali qui le regardaient avec curiosité.

— Je ne sais pas, finit-elle par dire. Peut-être que… J'y réfléchirai.

Mais déjà elle devinait qu'il avait entamé sa volonté, qu'elle commençait à faiblir. Il n'était pas malhonnête, seulement aux abois devant la catastrophe qui s'abattait sur Virgile. Pour ce dernier, un casier judiciaire ou une condamnation à vie signifiait le pire. Et son père le protégeait avec une énergie stupéfiante – exactement la même que celle qu'elle déployait pour Cyril.

— Excusez-moi, j'ai du travail, murmura-t-elle en se levant.

Vincent la saisit par le bras alors qu'elle quittait la table.

— Tu y réfléchis pour de bon, Marie ?

Il voulait une certitude, pas juste un espoir, et décidément il était semblable à son père, peut-être même plus émouvant encore.

— Oui ! jeta-t-elle malgré elle.

Alain attendit qu'elle soit presque arrivée à la porte pour déclarer :

— Tu t'es battu comme un lion, dis donc…

Le regard qu'il échangea avec Vincent était d'une absolue complicité. Ils avaient retrouvé quelque chose de précieux, tous les deux, qui reposait à la fois sur plus de quarante années de véritable affection et aussi sur un malentendu, dont ils n'accepteraient jamais de prendre conscience. Tandis que Vincent allait lui répondre, Alain se leva.

— Je n'ai plus de cigarettes, je vais chercher un tabac. Commandez-moi un café, je reviens.

À l'évidence, il voulait ménager quelques instants de tête-à-tête à Magali, et Vincent renonça à appeler le serveur qui aurait très bien pu fournir à Alain ce qu'il désirait. Quand il fut parti, Magali déclara :

— Ce matin, dans l'avion, il m'a dit que s'il en avait l'occasion il essaierait de vous pousser dans vos retranchements, Marie et toi…

Il ébaucha un sourire mélancolique, admettant qu'il devait à Alain la seule vraie conversation qu'il ait eue avec Marie depuis des mois.

— Je pense que ça va arranger bien des choses, mais j'ai eu très peur quand il s'est lancé là-dedans ! Tu sais, nous avons une sacrée ardoise avec lui. Toi, moi, et maintenant Virgile.

— Qu'est-ce qui t'étonne ? Il t'adore, tu le sais très bien.

Elle énonçait cela comme une chose banale, que n'importe qui pouvait constater, mais ce n'était pas si simple. Il se leva, contourna la table et vint s'asseoir à côté d'elle sur la banquette de velours.

— Par téléphone, il y a quelque chose que je ne peux pas faire, c'est ça…

Sans hâte, il approcha son visage du sien, l'embrassa légèrement au coin des lèvres.

— J'en mourais d'envie, pardon.

Amusée, elle le toisa une seconde, puis elle le prit par le cou et lui rendit son baiser avec toute la sensualité dont elle était capable. Ensuite ils se retrouvèrent à bout de souffle, gênés de s'être comportés comme des gamins qu'ils n'étaient plus depuis longtemps.

— J'ai envie de toi, constata-t-il d'une drôle de voix. J'ai toujours envie de toi dès que tu es à moins de cinq mètres.

— Rassure-toi, je vais repartir à sept cents kilomètres d'ici, l'avion décolle dans deux heures.

— Magali…

— Tu es marié, Vincent.

— Mais c'est toi que j'aime ! Ma femme, ce sera toujours toi, même si tu as préféré me quitter et divorcer.

Le dire était un tel soulagement que, bien qu'elle soit devenue toute pâle, il passa outre et poursuivit :

— Tu vas t'en aller mais rien ne m'empêchera de penser à toi. Tu as quelqu'un dans ta vie ?

— J'estime que ça ne te regarde pas.

— Oui, c'est vrai. Pourtant, si tu es seule, si tu n'es pas amoureuse, je... Est-ce que je te suis devenu indifférent ?

Jamais il n'aurait cru pouvoir lui poser cette question qui l'obsédait ; cependant il venait de le faire et il prit peur.

— Je dois te paraître très prétentieux, très...

— Girouette.

— Moi ?

— Oui, toi ! explosa-t-elle soudain. Il y a quinze ans de ça, quand tu m'as laissée à Vallongue pour aller faire carrière à Paris parce que ton père l'avait décidé à ta place, tu ne m'as pas demandé ce que je ressentais. Oh, je sais, je n'étais pas une épouse idéale, loin de là, mais je faisais des efforts, je ne méritais pas d'être traitée avec autant de dédain, alors ne me parle pas d'indifférence !

Le maître d'hôtel toussota puis déposa les cafés devant eux avant de s'éloigner en hâte. Vincent se mit à jouer avec sa cuillère, la tête baissée, et Magali le considéra sans indulgence.

— Pour être franche, reprit-elle, je me suis arrangé une vie qui me convient. Si tu n'y es pas arrivé de ton côté, j'en suis désolée pour toi.

Il releva les yeux vers elle et, de façon inexplicable, elle éprouva une soudaine envie de se blottir contre lui, de le consoler, de le retrouver.

— Non, dit-elle à mi-voix, ce n'est pas honnête, je ne suis pas du tout désolée

414

d'apprendre que Béatrice ne te comble pas. Tu n'aurais pas dû te remarier, bien fait !

Comme elle souriait, il tendit la main vers elle, caressa ses cheveux d'un geste tendre.

— Toujours aussi doux, murmura-t-il.

Toute la tension accumulée dans les heures précédentes le rendait vulnérable et sentimental, mais Magali allait partir, il n'aurait pas d'autre occasion de lui avouer la vérité.

— Tu es le grand regret de ma vie, autant que tu le saches. La journée a été difficile, je n'ai plus ni défense ni orgueil, je suis fatigué. Je t'aime encore, Magali, et je pense que cela ne changera jamais.

Ils étaient tellement occupés à se regarder qu'Alain dut lancer son paquet de cigarettes sur la table pour qu'ils remarquent enfin sa présence.

— Vous préférez que je retourne en acheter un autre ? plaisanta-t-il.

Un peu embarrassé, Vincent fit signe à un serveur afin d'obtenir l'addition.

— Inutile, laissa tomber Alain, c'est payé. Il fallait bien que je m'occupe à quelque chose… Tu nous conduis à Orly ?

Devant le sourire bienveillant de son cousin, Vincent se sentit tout à fait stupide.

*
**

Jean-Rémi faisait les cent pas dans le hall de l'aéroport, de plus en plus nerveux à mesure que

415

l'heure du vol en provenance de Paris approchait. Magali serait contente de le trouver là, il n'en doutait pas, mais pour Alain ce serait une autre histoire. Leurs rapports n'avaient fait que se détériorer, depuis six mois, depuis l'accident de Cyril, ou plus précisément depuis la visite de Cenzo. Alain n'avait pas remis les pieds au moulin, ses chemises étaient restées abandonnées dans la grande penderie de la salle de bains. À plusieurs reprises, Jean-Rémi l'avait invité à dîner afin d'éclaircir la situation, et chaque fois Alain lui avait donné rendez-vous dans un restaurant, comme s'il ne supportait de le rencontrer qu'en terrain neutre. Chez Magali aussi, il leur était arrivé de se retrouver, mais, là encore, Alain n'avait fait qu'éluder les questions. Il ne répondait à rien, balayant d'un geste insouciant toute tentative de discussion personnelle. Son silence, assorti d'un sourire froid, était pire que tout.

La voix désincarnée d'une hôtesse annonça l'arrivée du vol et Jean-Rémi se dirigea vers les portes vitrées. Son existence prenait une tournure désastreuse. Les périodes où il n'avait plus envie de peindre – où il ne *pouvait* plus, en réalité – étaient de plus en plus nombreuses, interminables. Un voyage en Calabre, suivi d'un long séjour à Palerme, n'y avait rien changé. Là-bas non plus, malgré la gentillesse de ses amis artistes ou le charme de certaines rencontres, il n'avait pas réussi à oublier Alain. Vingt-cinq années d'une liaison orageuse, peut-être en passe de se terminer, n'y changeaient rien.

— Tu es un amour d'être venu nous chercher ! s'écria Magali en surgissant à côté de lui.

— *Te* chercher, précisa Alain, parce que, moi, il faut bien que je récupère ma voiture au parking…

Son regard, impénétrable, ne fit qu'effleurer Jean-Rémi, puis il adressa un vrai sourire à Magali et tourna les talons.

— Oh, je suis désolée, murmura-t-elle.

Elle n'hésita qu'une seconde avant de se lancer à la poursuite d'Alain qu'elle rejoignit près des ascenseurs.

— C'est l'heure de dîner, reste avec nous, je vous invite tous les deux…

— Non, j'en ai assez du restaurant, je rentre à Vallongue me faire une omelette.

Comme les portes s'ouvraient, elle le saisit par le bras, soudain furieuse.

— Tu ne vois pas qu'il est malheureux comme les pierres ? Tu ne l'as pas assez puni ? Parle-lui, au moins, ne l'ignore pas !

Sa franchise le prit au dépourvu et il faillit céder, mais il finit par entrer dans l'ascenseur, lui tournant le dos. Déçue, elle rejoignit Jean-Rémi qui avait attendu sans bouger de sa place, figé.

— Si je comprends bien, on mange en tête à tête, ma belle ? plaisanta-t-il.

— Tu sais comme il est…

— Oui. Intolérant, buté, rancunier.

— Mais c'est aussi un type formidable, dit-elle en le prenant par le bras.

— Tu prêches un convaincu ! répliqua-t-il d'un ton amer.

Ayant passé un temps fou à se renseigner, il savait très bien qu'Alain était beaucoup sorti durant l'hiver, qu'on l'avait souvent vu dans certains endroits à la mode, ce qui ne correspondait pas du tout à son mode de vie habituel. Il avait dû multiplier les conquêtes éphémères, comme s'il cherchait à oublier quelque chose lui aussi. Une nuit, à Aix-en-Provence où il essayait de faire la fête avec des amis, Jean-Rémi l'avait même aperçu sortant d'une discothèque, une jolie brune accrochée à son cou.

Alors qu'ils se dirigeaient vers la sortie, une voix résonna tout d'un coup à travers le hall :

— Jean !

Alain les rattrapa en quelques enjambées et demanda, avec une parfaite innocence :

— Je peux me joindre à vous ?

Il avait beau avoir quarante-six ans, il ressemblerait toujours au jeune homme dont Jean-Rémi était tombé amoureux pour l'éternité. Avoir pu l'exorciser sur une toile ne changeait rien à cette servitude.

✻✻

Malgré son impatience, Daniel avait résisté durant toute la soirée. Ce ne fut qu'après le départ de son dernier invité qu'il eut enfin la possibilité d'exulter. Rejoignant le salon, où Vincent et Béatrice s'attardaient encore avec Sofia, il ferma les doubles portes et prit une pause théâtrale avant de lancer à son frère :

— J'ai une nouvelle fabuleuse pour toi ! Reste assis, sinon tu vas tomber à la renverse...

— Il te l'a confirmé ? intervint Sofia dont les yeux brillaient de malice.

— Pendant l'apéritif, oui, mais, comme ce n'est pas encore officiel, il ne voulait pas que j'en parle à Vincent ce soir. Enfin, pas tant qu'il était là... et pas tant que le président n'a pas signé.

— Mais il va le faire ? insista-t-elle.

— Oui !

— De quoi est-il question ? s'enquit Vincent qui ne comprenait rien à leur dialogue.

— Du cher Auber, avec qui tu as discuté pendant la moitié du dîner.

— Lui ? Pour un homme politique, il est assez ouvert, assez intéressant.

— Et c'est surtout un excellent ami, qui est en admiration devant toi ; je pense que ça ne t'a pas échappé ? Et tu te souviens aussi qu'il siège au Conseil supérieur de la magistrature ? Parce que c'est lui qui a pesé de tout son poids dans la balance !

— La balance de quoi ? Arrête de t'exprimer par énigmes, je donne ma langue au chat.

— Vraiment ? Eh bien, je suis en train de parler de ta nomination à la Cour de cassation...

Durant quelques instants, Vincent resta saisi. Daniel traversa le salon pour venir se planter devant lui, l'air triomphant.

— Il y a des mois que j'y travaille ! Ou plus exactement que nous y travaillons, Sofia et moi.

Souriant, il fit mine de s'incliner devant son frère.

— Monsieur le juge… Je crois que tu es arrivé en haut de l'échelle ! C'est ce qui s'appelle un bâton de maréchal, non ? Maréchal en pleine activité, s'entend.

Mais Vincent ne réagissait toujours pas et Daniel éclata de rire.

— Oh, comme aurait dit papa, ton dossier est en béton, ta valeur personnelle et ta carrière sans faux pas valent tous les appuis du monde ! Seulement vous étiez nombreux sur les rangs, les barbons et toi, à guigner la plus haute instance !

— Daniel…

— Si tu dis merci, je me fâche.

— Merci.

Puis il jaillit du canapé et empoigna son frère par les épaules.

— Tu es un sacré salaud, mon vieux !

Sa voix trahissait une émotion profonde, difficile à contrôler. Ce que Daniel lui apportait, sur un plateau d'argent, était l'aboutissement d'une telle somme de travail, de tant d'années d'efforts qu'il ne parvenait pas à mesurer toute la portée de la nouvelle. Sur son lit d'hôpital, alors qu'il était mourant, Charles lui avait prédit qu'il pourrait arriver un jour jusqu'à cette cour suprême, mais il avait essayé de ne pas trop y penser jusque-là.

— La Cour de cass ! répéta-t-il d'une voix tendue.

Il se tourna vers Sofia à qui il adressa un sourire plein de gratitude.

— Alors tu as participé au complot ?

— Tu ne peux pas savoir le nombre de magistrats et de hauts fonctionnaires que j'ai dû traiter en princes ! plaisanta-t-elle gaiement. Peut-être qu'une petite coupe de champagne, pour fêter l'événement...

— Des flots de champagne, et tout de suite ! s'écria Daniel.

Du bout du canapé, d'où elle n'avait pas bougé, Béatrice se sentait complètement exclue de la joie de son mari. Il ne lui avait même pas jeté un coup d'œil, elle aurait aussi bien pu ne pas se trouver dans la pièce. Il continuait de ne s'adresser qu'à son frère, volubile à présent que le premier choc était passé.

— Tu te rends compte que je n'aurai plus jamais à juger des faits ? À me torturer avec des cas de conscience ? Je ne vais plus m'escrimer que sur la loi, le texte de loi, l'interprétation des textes de loi !

— Et ça te branche ?

— C'est tout ce que j'aime !

— Et tu publieras encore des trucs illisibles qu'on range respectueusement dans la bibliothèque sans les ouvrir ?

— Si je m'écoutais, je m'y mettrais cette nuit !

Peinée, vexée, Béatrice se leva pour s'approcher de Vincent qu'elle prit par la taille.

— Je peux te féliciter, mon chéri ?

Il baissa les yeux sur elle mais ne la regarda qu'une seconde, avec un petit sourire contraint qui n'échappa à personne.

**

Deux heures plus tard, lorsqu'ils quittèrent l'immeuble de Daniel, Béatrice avait pris la décision de provoquer une véritable explication. Dans la voiture qui les ramenait avenue de Malakoff, elle resta silencieuse, occupée à préparer ses arguments. Malgré une migraine naissante due au champagne ou à l'interminable soirée, elle passa à l'attaque dès le seuil de leur chambre franchi.

Debout près de la commode, elle avala ostensiblement sa pilule contraceptive, ainsi qu'elle le faisait chaque soir.

— Tu vois ce que je fais, là ? lança-t-elle sèchement.

Il acheva de déboutonner sa chemise blanche puis se tourna vers elle, la regardant sans réelle curiosité.

— Non, quoi ?

422

— Je t'offre la certitude de pouvoir me faire l'amour en toute quiétude ! Tu ne veux pas d'enfant, je prends donc mes précautions. Mais on dirait que ça ne te suffit pas, tu me tournes le dos toutes les nuits... Dans la journée, tu n'es pas là, et quand nous sortons ensemble je me sens transformée en potiche qu'on promène !

Sa voix était montée dans les aigus et elle marqua une pause pour essayer de se reprendre.

— Vincent, je ne te reconnais plus... Il y a des mois que ça dure...

Elle laissa tomber sa robe longue à ses pieds, sculpturale dans des sous-vêtements de dentelle rouge achetés à son intention.

— J'ai vingt-huit ans, je ne suis ni moche ni bête, je suis ta femme et j'ai envie de toi. Tu me détestes ou tu es devenu impuissant ?

Il prit le temps de la détailler, admiratif, avant de répondre :

— Tu es superbe. C'était la question ? Ton physique ? Admirable, demande à n'importe qui...

— C'est à toi que je parle !

— Tu ne me parles pas, tu cries.

Furieuse, elle traversa la chambre tout en dégrafant son soutien-gorge qu'elle lança sur le lit.

— Alors vraiment, ça ne te tente pas ? Tu as sommeil, tu as du travail en retard ?

— L'ironie ne te va pas. C'est tout un art, tu sais...

423

Elle aurait pu se sentir ridicule mais elle était trop malheureuse pour s'en apercevoir et elle murmura, d'une voix pitoyable :

— Il y a une autre femme ? Tu as une maîtresse ?

Même s'il était navré pour elle, il ne parvenait décidément pas à la plaindre.

— Non, je n'ai pas de maîtresse, je ne te trompe pas, déclara-t-il de manière laconique.

Elle le crut parce qu'il semblait assez détaché pour ne pas mentir. Et soudain elle eut envie de le toucher, de sentir sa peau contre la sienne, de retrouver l'homme dont elle était tombée amoureuse dès le premier regard et qui avait su combler tous ses désirs de femme, au moins au début de leur histoire.

— C'est parce que je veux un enfant ? C'est ça qui te fait peur ? Mais tu l'adorerais, Vincent, j'en suis sûre ! Pourtant je ne le ferai pas contre ta volonté, ce ne sont pas des pilules en sucre que je prends ! Je t'aime tellement, si tu savais…

Elle se laissa aller contre lui sans qu'il cherche à se dérober, pour une fois. Il mettait toujours la même eau de toilette, qu'elle respira avec délice, puis elle tira doucement sur les manches de sa chemise pour la lui enlever. Alors qu'elle commençait à déboucler sa ceinture, il lui saisit le poignet.

— Arrête…

Mais elle avait déjà eu le temps de constater qu'il la désirait quand même et elle insista jusqu'à ce qu'il recule brusquement.

— Qu'est-ce que tu as ? s'écria-t-elle, exaspérée. Tu ne supportes pas que je te touche ?

— J'ai commis une erreur, Béatrice, nous n'aurions pas dû nous marier. J'ai cru t'aimer, je...

Elle était devenue livide et il s'interrompit, au bord de la vérité. Persuadé qu'elle lui avait joué la comédie du grand amour, il était prêt à en finir et à prononcer le mot « divorce » ; pourtant elle n'avait pas l'air de simuler la douleur qui décomposait son visage.

— Vincent, chuchota-t-elle, tu ne m'aimes plus ? Tu ne m'aimes pas ? C'est ce que tu es en train de dire ?

Ces questions, qu'elle avait déjà posées cent fois comme une provocation, sans y croire vraiment, venaient de devenir une brutale réalité.

— Non, je ne veux pas, bafouilla-t-elle, tu n'as pas le droit ! Laisse-moi une chance, tu ne m'en as jamais donné ! Nous n'avons pas vécu normalement, ici je ne suis pas chez moi, toute ta famille m'ignore et tu fais comme eux, je n'ai même pas eu le droit de porter ton nom ! Vous, les Morvan-Meyer, vous traitez le reste du monde en quantité négligeable, vous êtes inaccessibles, intouchables...

Elle pleurait sans honte, à bout de nerfs, et il se sentait glacé par ses reproches. Magali lui avait adressé les mêmes en d'autres temps, il ne l'avait pas oublié.

— Ce n'est pas toi, dit-il très vite, tu n'y es pour rien, je suis seul responsable. Je n'avais pas réglé mon passé quand tu es arrivée dans ma vie. Je n'ai aucun reproche à te faire, sinon que tu n'aurais pas dû choisir un homme de mon âge. Depuis le début nous avons fait fausse route, je n'ai jamais été dupe de tes grandes déclarations, mais je trouvais que c'était le prix à payer pour une femme aussi jeune et aussi belle que toi...

— Dupe ? Mais c'est vrai, pauvre con ! Quelles grandes déclarations ? Quand tu entres dans une pièce, j'ai le cœur qui s'arrête ! Quand tu me regardes d'une certaine manière, mais ça ne t'arrive plus depuis longtemps, je me dilue dans le bonheur. Et toi, tu crois que j'ai voulu t'épouser pour ton fric !

— Oh, je ne l'aurais pas dit si crûment...

Cette dernière phrase, prononcée avec un certain cynisme, effraya Béatrice plus que tout ce qui avait précédé. Elle comprit qu'elle était sur le point de le perdre à jamais, qu'il allait profiter de leur dispute pour en finir.

— Ne sois pas méchant avec moi, ça ne te va pas, demanda-t-elle à voix basse.

C'était le seul moyen de l'empêcher de continuer, elle le savait. Elle se redressa, rejeta ses longs cheveux bruns en arrière. Elle avait des armes pour se battre et elle comptait les utiliser.

Dans le hall, alors qu'il cherchait son paquet de cigarettes au fond de sa poche, il aperçut Marie qui entrait en toute hâte et qui fondit aussitôt sur lui.

— Tu as vu le bébé ? Comment est-il ?

Elle l'avait saisi par le bras, folle d'inquiétude, et il lui ébouriffa les cheveux sans aucun égard pour sa coiffure.

— Superbe ! Parfaitement normal, rassure-toi. C'est un garçon et il s'appelle Charles.

— Quoi ?

— Charles…

D'abord interdite, elle se mit soudain à pleurer, de façon convulsive, jusqu'à ce qu'il referme ses bras autour d'elle.

— Je sais, Marie, dit-il doucement, je sais…

Ils se connaissaient par cœur, depuis toujours, ils avaient été étudiants en droit à la même époque, avaient traversé ensemble toute une série de drames, s'étaient querellés récemment, mais à cet instant ils partageaient quelque chose qu'ils étaient les deux seuls au monde à pouvoir comprendre et apprécier.

Léa gardait les mains de Cyril emprisonnées dans les siennes, et elle le scrutait en silence.

— Sincèrement, dit-elle enfin, c'est mieux.

Les hématomes provoqués par la dernière opération de chirurgie esthétique s'estompaient, et depuis son retour avenue de Malakoff, la semaine précédente, il acceptait de se regarder dans une glace.

— Je crois qu'ils ne pourront pas faire grand-chose de plus, précisa-t-il. Pas avant un an, en tout cas.

Trois cicatrices barraient le front, la pommette et la tempe, mais la paupière supérieure avait retrouvé un aspect presque normal.

— Et ça tombe bien, parce que je ne peux plus supporter l'hôpital !

Sa sœur lui adressa un sourire réconfortant avant de se décider à le lâcher. Elle mettait un point d'honneur à seconder Tiphaine, la relayant pour que Cyril ne soit presque jamais seul.

— C'est quand même un peu docteur Jekyll et mister Hyde, non ? demanda-t-il en tournant la tête à droite et à gauche.

— Tu me jettes dehors si je te dis que les balafres ont du charme ?

— Alors j'en ai beaucoup !

Il acceptait de plaisanter, c'était bon signe, aussi en profita-t-elle pour l'interroger, dévorée de curiosité :

— Vous allez rester ici, maintenant que vous êtes mariés ?

— Tiphaine n'a aucune envie de partir, je la comprends.

De toute façon, il était toujours d'accord avec elle, ne la contrariant jamais.

— Quand le bébé arrivera, on sera bien contents de ne pas être seuls. D'ailleurs, où veux-tu qu'on aille ? Vincent m'a proposé de faire des travaux…

— Oh, il avait l'air prêt à te proposer la lune, non ?

Ils se mirent à rire ensemble puis Cyril laissa tomber :

— Il fait ce qu'il peut.

Ce qui était un euphémisme car, même avec Marie, et malgré tous leurs démêlés, Vincent continuait à se montrer souriant, affectueux, attentif à préserver la cohésion familiale.

— Non seulement je l'aime beaucoup, poursuivit Cyril, mais c'est le père de Tiphaine, alors…

— Alors il est bien inspiré de traiter directement avec toi plutôt qu'avec maman. Qui parfois exagère ! Quant à Béatrice, ces tractations financières doivent la rendre malade… Elle tire une de ces têtes !

D'un bond, elle se leva puis alla se planter devant le miroir vénitien qui ornait l'un des murs de la chambre.

428

— Et moi, elle est comment, ma tête ? Tu as remarqué les boucles d'oreilles ?

— Je suppose qu'il s'agit d'un cadeau d'Hervé ?

— Gagné !

— Il te pourrit…

— Maman le lui reproche tout le temps mais il dit qu'il se rattrape.

— C'est son droit, après tout.

Elle fit volte-face et revint vers lui.

— Tu ne veux vraiment pas savoir ? demanda-t-elle avec beaucoup de douceur.

— Non. Pas maintenant.

Sa réponse était toujours la même depuis que Marie lui avait proposé de se lancer à la recherche d'un certain Étienne. Elle s'y était résignée quelques semaines après l'accident, se sentant soudain injuste avec son fils et ne sachant plus que faire pour l'aider à surmonter son handicap. Puisque Léa avait retrouvé son père, Cyril avait bien le droit de connaître le sien. Mais il avait refusé tout net, horrifié à l'idée d'affronter un inconnu dans l'état où il se trouvait, c'est-à-dire très diminué.

— Je n'ai besoin de personne d'autre que de Tiphaine, tu sais…

Elle le savait d'autant mieux qu'elle avait passé des heures à le rassurer, quand il avait commencé à se poser des questions, puis durant la longue période où il s'était trouvé trop laid pour Tiphaine et où il avait failli sombrer dans la dépression.

Quand Léa répétait inlassablement « Elle t'aime, c'est évident », il répondait : « Impossible. » Mais en s'y mettant à deux, elles l'avaient convaincu au bout du compte, Tiphaine par la colère et Léa par la diplomatie.

— Je peux te laisser ? Il faut que j'aille bosser, j'ai un partiel demain…

— Bien sûr, vas-y ! Dépêche-toi de devenir médecin, ensuite chirurgienne, et après tu me referas tout ça, promis ?

Elle haussa les épaules avec insouciance, comme si elle trouvait cette perspective inutile, puis elle s'en alla en laissant la porte ouverte. Il dut se lever pour la fermer lui-même, un peu agacé d'être toujours traité en malade. Il ne voulait plus d'attentions particulières, il voulait juste retrouver une vie normale. Ou à peu près.

À son tour il s'approcha du miroir et se considéra sans indulgence ni dégoût. Il était en partie défiguré, c'était indéniable, mais Léa avait raison, les choses s'arrangeaient petit à petit. De l'œil gauche, il voyait très bien, et ses maux de tête avaient presque disparu. La veille, quand il avait demandé à Tiphaine s'il n'allait pas faire peur à leur bébé, elle l'avait giflé. Pas très fort et sur la bonne joue, mais une gifle sèche et spontanée qui l'avait paradoxalement réjoui parce que c'était la preuve qu'elle ne le considérait plus comme quelqu'un de fragile, qu'elle pouvait se mettre en colère contre lui. Elle s'était excusée, consternée de sa propre réaction, tandis qu'il riait aux éclats.

Un de ces rires authentiques qu'il n'avait qu'avec elle. Sa femme.

Il baissa la tête, songeur. Saurait-il rire avec un enfant ? Avec tous ceux qu'il rêvait d'avoir, serait-il capable d'être un bon père, sans aigreur ou amertume ? Mille fois, endormi ou éveillé, il avait revécu cette horrible bagarre. Le poids de Virgile sur son dos, la force de ces mains accrochées dans ses cheveux et qui projetaient sa tête en avant, la branche qu'il avait vue arriver, qui s'était plantée dans son œil et l'avait crevé. La douleur, déchirante, tout de suite la panique, la voix d'Alain dans un brouillard de sang, et Tiphaine qui pleurait quelque part à côté de lui. Il aurait suffi que le tronc soit lisse à cet endroit, peut-être aurait-il eu le nez cassé, ou l'arcade sourcilière ouverte, enfin rien de grave, au lieu de quoi il était infirme pour la vie. Avec un affreux besoin de vengeance qui l'avait rongé, au début, mais qui avait fini par passer au second plan. Aller planter un couteau dans la gorge de Virgile ne résoudrait vraiment plus rien désormais.

La porte s'ouvrit à la volée, le faisant sursauter, et Vincent entra en trombe dans la chambre.

— Je t'emmène à la clinique, Tiphaine est en train d'accoucher, ça l'a prise dans le métro !

D'une main ferme, Vincent poussa Cyril devant lui.

**

Le test d'Apgar était normal, le nouveau-né pesait trois kilos et, examiné de très près, était parfaitement constitué. Épuisée, Tiphaine, qui dormait quand Vincent et Cyril entrèrent dans sa chambre, se réveilla en les entendant chuchoter, penchés au-dessus du berceau.

— C'est un garçon, murmura-t-elle, et il va très bien. Où étiez-vous passés ?

— Tu as donné le numéro de ton père, au palais, alors le temps qu'on le trouve et qu'il passe me prendre...

La voix de Cyril s'étrangla, entre émotion et reproche, mais Tiphaine lui sourit avec une tendresse qui le fit taire. Elle n'avait pas voulu qu'il s'affole, qu'il se précipite dans la rue en quête d'un taxi, puis qu'il subisse une longue attente solitaire dans les couloirs de la clinique.

— Il n'y avait pas d'urgence, plaisanta-t-elle, tu n'aurais pas pu faire grand-chose pour moi. C'est un vieux monsieur très gentil qui m'a aidée à remonter les escaliers du métro, on a trouvé une cabine téléphonique et ensuite il a attendu l'arrivée de l'ambulance avec moi. J'ai noté son adresse, tu le remercieras.

Cyril s'assit au bord du lit, prit le visage de Tiphaine entre ses mains et l'embrassa longuement, indifférent à la présence de Vincent derrière lui.

— Je t'aime à la folie, chuchota-t-il, je ne veux pas que les vieux messieurs s'occupent de toi à ma place.

Elle lui mit un bras autour du cou puis leva les yeux vers son père qui attendait, un peu embarrassé, les mains dans les poches de son pardessus.

— Papa, tu veux bien me le donner, que je le présente à Cyril ?

Troublé d'être le premier à pouvoir toucher le bébé, Vincent se tourna vers le berceau. Vingt-trois ans plus tôt, au chevet de Magali, c'était Virgile qu'il avait soulevé avec précaution, exactement de la même manière. Le nouveau-né lui sembla léger, fragile, merveilleux. Il prit tout son temps pour le détailler avant de le déposer entre les jeunes gens.

— Comment trouves-tu ton fils ? demanda-t-elle à Cyril.

D'abord il ne répondit pas, puis il finit par articuler, à voix basse :

— Très beau.

— Il le deviendra sûrement mais pour le moment il est plutôt... fripé, non ?

Elle éclata de rire tandis que Cyril fronçait les sourcils, perplexe, puis de nouveau elle s'adressa à Vincent.

— Heureux d'être grand-père ?

— Plus que tu ne l'imagines, ma chérie. Votre enfant me comble, je ne sais même pas quoi dire !

Pourtant elle avait l'air d'attendre qu'il parle et, de toutes les questions qu'il avait envie de poser au sujet du bébé, il choisit la plus simple.

— Comment allez-vous l'appeler ?

— Oh, c'est décidé depuis longtemps, lui répondit Tiphaine, et j'espère que ça te fera plaisir ! Ton petit-fils se prénomme Charles.

— Charles ? répéta-t-il, incrédule.

Trop bouleversé pour trouver quelque chose à ajouter, il plongea son regard clair dans celui de Tiphaine. Bien sûr, elle savait à quel point il avait aimé et admiré son père ; cependant elle n'avait pas seulement voulu lui faire plaisir, son choix était mûrement réfléchi.

— Je ne pouvais penser à rien d'autre pour l'héritier des Morvan et des Morvan-Meyer, expliqua-t-elle. Nous avons estimé que cet enfant représentait à lui tout seul les deux branches de la famille, et qu'il les réunissait…

Vincent hocha la tête, essaya de sourire et finit par y renoncer.

— Je suis très touché, marmonna-t-il, mais maintenant je vais vous laisser, vous devez avoir envie d'être tranquilles avec… Charles.

Quand il sortit de la chambre, il était toujours partagé entre l'allégresse et une étrange mélancolie. Il se retrouvait grand-père, il serait bientôt juge à la Cour de cassation ; par ailleurs, il était aussi sur le point de divorcer, et toujours obsédé par son ex-femme. Sans oublier que son gendre pouvait le ruiner du jour au lendemain. Les bouleversements de sa vie le stupéfiaient ; malgré ses efforts il ne maîtrisait plus rien. Qu'est-ce que Clara aurait pensé de ce nouveau Charles, fabriqué par deux de ses arrière-petits-enfants ?

Dans le hall, alors qu'il cherchait son paquet de cigarettes au fond de sa poche, il aperçut Marie qui entrait en toute hâte et qui fondit aussitôt sur lui.

— Tu as vu le bébé ? Comment est-il ?

Elle l'avait saisi par le bras, folle d'inquiétude, et il lui ébouriffa les cheveux sans aucun égard pour sa coiffure.

— Superbe ! Parfaitement normal, rassure-toi. C'est un garçon et il s'appelle Charles.

— Quoi ?

— Charles...

D'abord interdite, elle se mit soudain à pleurer, de façon convulsive, jusqu'à ce qu'il referme ses bras autour d'elle.

— Je sais, Marie, dit-il doucement, je sais...

Ils se connaissaient par cœur, depuis toujours, ils avaient été étudiants en droit à la même époque, avaient traversé ensemble toute une série de drames, s'étaient querellés récemment, mais à cet instant ils partageaient quelque chose qu'ils étaient les deux seuls au monde à pouvoir comprendre et apprécier.

11

Vallongue, juin 1978

MAGALI REPLIA LE CHÈQUE que venait de lui signer Jean-Rémi puis elle le rangea avec soin dans le tiroir du bureau.

— Je suis vraiment épaté, je me demande où tu t'arrêteras ! dit-il en riant.

La galerie avait été agrandie six mois plus tôt, grâce à l'achat d'un local mitoyen, et le chiffre d'affaires ne cessait d'augmenter. Jean-Rémi s'en occupait de moins en moins, même si c'était toujours lui qui dénichait des peintres de talent, mais il avait abandonné toute la gestion à Magali. Pour réussir des expositions ou organiser des cocktails, elle était à présent tout à fait à l'aise, sans compter qu'elle s'était prise de passion pour la vente, trouvant dans le commerce une véritable vocation.

— C'est ce soir qu'il arrive, ton petit-fils ? lui demanda-t-il avec un sourire presque paternel.

— Oui, par le dernier vol. Il paraît qu'il marche, maintenant !

— Qui l'accompagne ?

— Vincent. Marie ne veut pas mettre les pieds ici pour ne pas risquer de rencontrer Virgile ; quant à Cyril… Oh, de toute façon il ne supporte pas de quitter Tiphaine, même pour deux jours, et ils sont en pleine période d'examens tous les deux. C'est d'ailleurs ce qui me vaut la joie d'avoir le bout de chou !

L'air rêveur, Jean-Rémi se mit à sourire. Il n'avait jamais eu d'enfants autour de lui, il n'en connaissait que ce qu'Alain lui avait raconté pendant des années. Alain qui allait sans doute se précipiter chez Magali pour voir le petit Charles… et Vincent.

— Bien, je te laisse fermer, ne te mets pas en retard, dit-il en se levant.

Dehors, le temps était radieux et les promeneurs s'attardaient sur le boulevard ombragé. Il s'arrêta au *Café des Arts*, tout proche, où il but deux whiskies au bar. Il connaissait la plupart des habitués, l'établissement étant le fief des artistes de la région, mais il n'avait pas envie de s'attarder en vains bavardages et au bout d'une demi-heure il décida de rentrer, même si personne ne l'attendait chez lui. Une fois encore, il devait essayer d'achever la toile commencée trois semaines plus tôt et qui n'avançait pas, faute d'inspiration.

Lorsqu'il se gara devant le moulin, il était de mauvaise humeur à l'idée de cette obligation de peindre qu'il s'imposait. Il avait lacéré puis jeté ses derniers tableaux, de plus en plus insatisfait ; pourtant il fallait bien qu'il produise quelque chose pour honorer ses contrats. Ou alors il faudrait annuler l'exposition prévue à Paris début décembre.

En poussant la porte, il eut la surprise de découvrir Alain debout près d'un chevalet, de dos, et qui ne se donna même pas la peine de se retourner pour dire :

— J'aime beaucoup ce paysage... Tu l'auras bientôt fini ?

Jean-Rémi s'approcha, jeta un coup d'œil par-dessus l'épaule d'Alain. Sur la toile, de petites dimensions, le vallon de la Fontaine était représenté sous un ciel d'orage. Les tons gris-noir et bleu ardoise, longuement travaillés, ne satisfaisaient toujours pas Jean-Rémi qui soupira.

— Je ne crois pas le finir un jour, non.

— Dommage, je te l'aurais bien demandé.

— Pourquoi celui-là, grands dieux ?

— Parce qu'il me plaît.

— Vraiment ? Alors tu l'auras après-demain.

Soudain plus attentif, Jean-Rémi observa son travail pour estimer ce qu'il pouvait en tirer, tandis qu'Alain se tournait vers lui.

— C'est très gentil, merci. Tu vois, depuis que j'ai laissé la bergerie à Virgile et que je suis rentré à Vallongue, je trouve ma chambre un peu... nue.

Je vais la refaire, changer les meubles. Et si tu veux bien me donner ce tableau, je crois que je le regarderai avec plaisir tous les matins.

Après un silence stupéfait, Jean-Rémi riposta, d'un ton tranchant :

— Si tu penses le regarder avec *plaisir*, je vais le peindre avec *passion*. Je manque sûrement de modestie mais je dois pouvoir te faire un petit chef-d'œuvre, je ne demande qu'à m'y mettre !

Il y avait une telle amertume dans sa voix qu'Alain s'écarta de lui, sur la défensive.

— Oh, ne t'en va pas, pas après m'avoir adressé un compliment, ce n'est pas si fréquent !

Avec un sourire désabusé, il considéra de nouveau le tableau puis enchaîna :

— Je connais suffisamment tes goûts pour te composer le tableau que tu souhaites… Ce sera facile parce que, si tu en as envie, ça me donne tout de suite du génie. En revanche, quand tu viens ici et que tu regardes mes toiles sans les voir, je me demande si je ne devrais pas changer de métier ! Le seul problème, c'est que je ne sais rien faire d'autre…

À bout de souffle, il prit une profonde inspiration avant de se détourner.

— Jean, fit doucement Alain, qu'est-ce que tu as ? Je suis juste venu te…

— Ah, non ! Pour une fois tu ne feras pas que passer, ou alors disparais pour de bon. Je n'en peux plus, je vais devenir fou !

440

Il fit trois pas hésitants vers le milieu de la salle, s'arrêta, baissa la tête. Un peu inquiet, Alain l'observait sans bouger.

— Tu sais quoi ? murmura Jean-Rémi au bout d'un long silence. Si tu n'étais pas entré ici sans y être invité, il y aura bientôt trente ans, peut-être que je serais encore un artiste local, doué mais sans plus. Tu m'as… transcendé. Il faut aimer pour créer, sinon on reste passable, médiocre. Je crois que tu es mon talent. Un talent épisodique et volatil, comme toi. Mais, enfin, je te dois beaucoup. Par conséquent, merci pour tout !

Alain ne pouvait pas ignorer l'agressivité de l'intonation, et de surcroît il détestait ce genre d'aveu.

— Tu as bu ? se borna-t-il à demander.

— *In vino veritas,* non ? D'ailleurs, je vais continuer…

Il disparut dans la cuisine dont il revint une minute plus tard, un verre à la main.

— Si tu veux quelque chose, sers-toi, mais j'imagine que tu es pressé de rentrer à Vallongue, Vincent y dormira sans doute cette nuit et tu vas vouloir respirer le même air que lui !

Sa dernière phrase le surprit assez lui-même pour qu'il s'arrête net. Il avala une gorgée, sans regarder Alain, s'attendant au pire ; pourtant il ne se passa strictement rien. Quand il trouva le courage de risquer un coup d'œil dans la direction du chevalet, il constata qu'Alain s'était replongé dans la contemplation de la toile.

— Désolé, dit-il à voix basse, je suis une très mauvaise compagnie ce soir…

Au lieu de répondre, Alain se décida à bouger et s'approcha de lui. Il lui retira le verre des mains, tout en déclarant :

— Je vais faire le dîner. J'ai apporté des rougets, ça te va ?

Tandis qu'il s'éloignait vers la cuisine, Jean-Rémi le suivit des yeux, interloqué.

*

Magali remonta délicatement le drap sur Charles qui s'était endormi, le pouce dans la bouche, puis elle se redressa.

— Il est tellement mignon, chuchota-t-elle.

Après avoir éteint la lampe, ne laissant qu'une veilleuse, elle rejoignit Vincent sur le palier.

— Tu dois mourir de faim ! Mais il fallait bien s'occuper de lui d'abord… Je trouve que nous sommes des grands-parents modèles !

Son rire était gai, son tailleur beige impeccable, son chignon relevé avec beaucoup d'élégance. Il la laissa passer devant lui et la suivit dans l'escalier en colimaçon.

— J'ai installé une barrière, remets-la en place, je ne veux pas qu'il risque de tomber…

— Il va dormir jusqu'à demain, ne sois pas gâteuse !

— Moi ? Est-ce que tu t'es vu ?

De nouveau, elle se mit à rire, et il se sentit profondément malheureux. Pourquoi leur avait-il fallu tout ce temps avant de redevenir complices ? Pourquoi n'avait-elle pu s'épanouir que loin de lui, sans lui ?

— Magali, dit-il doucement.

Sur le seuil de la cuisine, elle se retourna, l'air interrogateur.

— Je ne peux pas rester ici cette nuit ? Tu n'as pas une chambre d'amis ?

— Non. Je te fais dîner et ensuite je te prête ma voiture pour que tu rentres à Vallongue.

— Mais je...

— Et si tu as du courage en te réveillant, demain matin, tu iras voir Virgile à la bergerie.

Depuis le drame, il n'avait pas rencontré son fils. Leurs seuls échanges avaient eu lieu par téléphone, quand Vincent s'était contenté d'exposer les exigences de Marie et d'expliquer comment il comptait y faire face. Lors de son dernier appel il avait annoncé, laconique, que la situation était réglée.

— Tu crois qu'il ne mesure pas ce que tu as fait pour lui ? insista Magali. En réalité, il est rongé par cette histoire ! Sans Alain, il se serait effondré depuis belle lurette. Moi, je te connais, je savais que tu le défendrais, mais lui croyait le contraire et ça l'a complètement déboussolé.

— Qu'est-ce qu'il s'imaginait ?

— Il prétend que tu ne l'aimes pas, que tu l'as tenu pour quantité négligeable à partir du jour où il a échoué à ses examens. Et même bien avant...

— C'est faux !

— Oui, Vincent, d'accord, mais dis-le-lui toi-même.

— Je considère que c'est à lui de franchir le premier pas. Tu ne veux pas entendre parler d'argent, ni de la famille, alors je ne t'infligerai pas le récit de ce que j'ai dû faire pour le sortir des griffes de Marie !

— Ça a dû te coûter cher ? Elle n'est pas tendre...

— Dans ce cas précis, j'aurais agi comme elle. Mais moi, j'étais vraiment pieds et poings liés. C'est Cyril qui a fini par transiger, grâce à Tiphaine.

— À quel prix ?

— Ma part immobilière du cabinet, ce qui leur assure une rente à vie. Et, au bout de leurs études, ils sauront où aller ! Je leur ai fait une donation à tous deux, dont j'ai payé les droits, maintenant je dois penser à l'avenir de Lucas pour qu'il ne soit pas lésé à cause des conneries de son frère !

— Tu es toujours en colère contre lui, à ce que je vois, soupira-t-elle. Est-ce que tu sais que personne ne lui a fait signe, depuis un an et demi ? Ni Paul ni Léa... Même pas Daniel, et c'est son oncle. Lucas aurait bien voulu mais Tiphaine l'en a empêché, elle a la rancune tenace ! Vous l'avez vraiment rayé de votre clan ? Au début, ça se comprenait, mais il y a des limites à tout.

— La limite, il la découvrira le jour où il osera se présenter devant Cyril et Tiphaine.

À court d'arguments, elle hocha la tête. Elle-même n'avait jamais eu le cran d'aborder le sujet avec sa fille, elle ne pouvait pas accuser Vincent de lâcheté, il avait fait front.

— Ne nous disputons pas, déclara-t-elle d'une voix conciliante, tu n'es pas là pour ça. Qu'est-ce qui te ferait plaisir, poisson ou agneau ?

— Le plus long à préparer.

Ahurie, elle mit quelques instants à comprendre puis son visage s'éclaira d'un grand sourire.

— Tu vas tenter un numéro de charme ?

— Si j'ai ta permission, oui.

— Viens, dit-elle en lui tendant la main, soudain très gaie.

Elle voulait l'entraîner mais il l'empêcha d'avancer, l'attira contre lui. D'un geste lent, il chercha la barrette qui retenait le chignon et l'ouvrit, libérant la longue chevelure acajou où ne se distinguait pas un seul cheveu blanc.

— Tu es magnifique, tu ne vieillis pas. Tu as vendu ton âme au diable ?

— Je mène une vie simple, je ne cours pas après le pouvoir ou les honneurs, alors j'ai trouvé mon équilibre, c'est aussi bête que ça.

— Tu jettes une pierre dans mon jardin ? J'aime mon métier, je l'ai toujours aimé.

— Davantage que tu ne m'aimais, moi.

Au lieu de protester, il la serra un peu plus fort.

— Quand nous étions jeunes ? Je ne sais pas… Je ne crois pas, non.

Comme elle n'avait pas vraiment envie d'échapper à son étreinte, elle enfouit sa tête au creux de son épaule. Leur jeunesse semblait bien lointaine à présent ; néanmoins elle se souvenait encore de leurs premières rencontres, en particulier de ce jour d'été où il l'avait caressée dans la vieille Peugeot. Elle n'avait alors aucune expérience des garçons, dont elle se méfiait, mais elle n'avait pas su lui résister tant il était gentil, patient, charmant. Et sincère, il le lui avait prouvé en l'épousant.

Lorsqu'elle sentit les mains de Vincent glisser dans son dos, écarter la veste du tailleur puis remonter sur sa peau nue, elle frissonna. Cette douceur-là n'appartenait qu'à lui, elle ne l'avait pas oubliée non plus.

— Tu ne peux pas tromper ta nouvelle femme avec ton ancienne, chuchota-t-elle sans conviction.

— Devant Dieu, je n'en ai qu'une seule, et c'est toi.

— Ne sois pas hypocrite, rends-toi libre d'abord.

Il était en train de dégrafer son soutien-gorge quand il arrêta son geste.

— Magali, tu veux dire qu'il y aura un après ? Tu serais…

446

— Non, non ! On ne peut pas tout recommencer, c'est idiot de le croire.

— Je ne crois rien, je t'écoute... C'est toi qui décides.

Quelques secondes s'écoulèrent, interminables, sans qu'ils parlent ni l'un ni l'autre, puis très lentement il effleura ses seins, du bout des doigts.

— Jusque-là, tu ne m'as pas repoussé... Tu me laisses continuer ? Je ne t'ai pas touchée depuis combien d'années ? Neuf, dix ? Qu'est-ce que tu as fait pendant ce temps-là ? Moi, je les ai passées à te regretter, à essayer de ne pas penser à toi...

— Vincent, arrête, dit-elle d'une voix haletante, on n'a plus l'âge de...

— De quoi ? Du désir ? Je te jure que si !

Elle ne pouvait pas prétendre le contraire, elle éprouvait une brutale envie de lui qui la faisait respirer trop vite, qui lui coupait les jambes. Céder était une folie qu'elle ne voulait pas commettre, mais elle comprit qu'elle allait le faire quand même. La vie était trop courte et son ex-mari trop séduisant. Pourquoi lutter ?

**
*

Les vacances judiciaires commençaient juste avant le 14 juillet, pour ne se terminer qu'après le 15 août. Si l'année précédente Marie n'avait pas voulu mettre les pieds à Vallongue, elle avait décidé d'y revenir cet été, sous la pression d'Hervé. Avec lui, elle vivait une liaison heureuse, stable, et ne se sentait plus effrayée depuis qu'elle avait découvert qu'il n'était pas seulement un homme merveilleux et sincère mais aussi, comme elle, un bourreau de travail. Finalement, elle ne regrettait pas d'avoir refusé sa candidature au sein du cabinet Morvan-Meyer car lorsqu'ils se retrouvaient, le soir, ils avaient toujours mille choses à se raconter. Depuis la naissance de Charles, elle préférait qu'il la rejoigne avenue de Malakoff et il n'habitait quasiment plus son appartement, sans toutefois s'en plaindre. Il appréciait beaucoup Vincent, faisait semblant de ne pas entendre les propos décousus que Madeleine tenait parfois, et surtout il pouvait profiter de Léa, devant laquelle il était en extase. Acharné à rattraper le temps perdu, il essayait de se comporter en père et leur relation avait fait d'énormes progrès, sa fille était désormais en confiance avec lui.

Si l'idée de retrouvailles familiales à Vallongue plaisait à tout le monde, la présence de Virgile posait un réel problème. Même s'il ne franchissait pas le seuil de la propriété, se cantonnant à la bergerie, il pouvait tomber sur Cyril, Tiphaine ou Marie au détour d'un chemin : personne n'avait envie de savoir ce qui sortirait de la rencontre. Consulté à ce sujet, comme chaque fois qu'il s'agissait d'une question délicate, Alain avait annoncé que Virgile prendrait lui aussi des vacances. « Quatre semaines de congés payés, c'est normal, avait-il ironisé avec cynisme au téléphone, et il les passera ailleurs puisque ça vous arrange ! » Marie n'avait fait aucun commentaire, pour ne pas se heurter avec son frère, mais elle avait parfaitement perçu son ton de reproche.

Quelques jours avant le départ, Vincent prit la décision d'expliquer à Béatrice qu'il comptait partir seul. Leur couple, qui n'en était plus un depuis des mois, survivait seulement grâce à l'acharnement qu'elle mettait à ne pas se laisser quitter. Elle avait tout essayé, le charme et la colère, les larmes et les griefs, mais il était désormais hors d'atteinte. Son beau-père, débarqué d'Angers pour un déjeuner « entre hommes », lui avait administré une leçon de morale tout à fait inutile. Impassible, Vincent s'était contenté d'écouter les violents reproches du docteur Audier sans broncher, de régler l'addition puis de le raccompagner à la gare. Le soir même, Béatrice s'écroulait dans ses bras, en pleine crise d'hystérie, et lui arrachait la promesse d'un délai. Elle acceptait la séparation provisoire, n'exigeait plus rien d'autre qu'un peu de temps, ce qu'il ne pouvait lui refuser. Il avait horreur de faire souffrir, de décevoir, elle le savait, et il n'aurait jamais le courage de la jeter dehors si elle ne partait pas d'elle-même. Peut-être avait-il besoin de quelques semaines de liberté, de solitude, en tout cas elle misait sur cet ultime espoir.

Arrivé à Vallongue la veille, tard dans la soirée, Daniel se leva pourtant très tôt le lendemain matin. Sa première initiative, comme chaque jour, fut d'aller jeter un coup d'œil sur les jumeaux, endormis l'un contre l'autre, puis il descendit à la cuisine où il trouva Alain déjà attablé avec Vincent.

— Ah, j'avais peur qu'il ne soit trop tard, s'exclama-t-il, vous êtes tellement lève-tôt ! Et je voulais prendre mon petit déjeuner avec vous...

Il se servit un bol de café qu'il posa sur la longue table tandis qu'Alain ironisait :

— Il prétend que c'est pour nous, mais en fait il est impatient de rencontrer la jeune fille au pair.

— Non, parce que je l'ai déjà vue ! Marie et Sofia se sont concertées pour choisir la candidate idéale, elles en ont reçu une bonne vingtaine avant de faire leur choix, et je vous préviens, celle-là est sûrement très compétente... et aussi très moche ! Désolé pour toi, Vincent, le temps où la jolie petite Helen bavait devant toi est révolu !

— À propos, qu'est-elle devenue ? s'enquit Alain avec curiosité.

— Helen ? Elle est toujours secrétaire au cabinet, elle a épousé un type qui travaille dans les assurances, je crois, et quand je mets les pieds là-bas elle m'évite...

Daniel éclata de rire avant de donner une grande bourrade dans le dos de son frère.

— Tu plais aux jeunes filles, tu n'y peux rien !

Comme la plaisanterie n'arrachait pas l'ombre d'un sourire à Vincent, qui devait penser à Béatrice, Daniel s'empressa de changer de sujet.

— Est-ce que quelqu'un a eu la bonne idée de remplir la piscine ?

— Quand tu dis « quelqu'un », répliqua Alain, c'est moi que tu vises ? Rassure-toi, vous allez pouvoir barboter tranquilles. À propos, j'ai installé un grillage autour, ce n'est pas très esthétique, mais…

Il n'eut pas besoin d'achever, ses cousins s'empressèrent de hocher la tête ensemble. Aucune précaution ne serait jamais superflue à Vallongue en ce qui concernait les enfants et l'eau.

— J'ai aussi quelques factures à vous présenter, ajouta Alain. Puisque Gauthier doit arriver aujourd'hui, on pourrait peut-être se faire une petite réunion de copropriétaires dans la semaine ?

Vincent alluma une cigarette puis regarda alternativement son frère et son cousin.

— Oui, je crois qu'il est temps, on t'a vraiment tout laissé sur le dos cette année. Eh bien, on va faire les comptes, même si ça ne m'arrange pas en ce moment.

— Tu as des problèmes d'argent ? s'étonna Daniel.

— Oh, ça ne devrait pas tarder.

Il le constatait sans aigreur, certain d'avoir agi au mieux, et il s'en expliqua :

— L'avenue de Malakoff est un gouffre, mais personne ne veut partir et j'ai promis à Tiphaine qu'elle pourrait élever ses enfants là, elle y tient… Je ne dispose plus des revenus du cabinet, qui sont versés à Cyril, et j'ai bloqué ce qui me restait de capital pour Lucas. Comme je suis en passe de divorcer, ce que je compte faire à mes torts, je suppose que Béatrice obtiendra une pension alimentaire. Alors Vallongue, au milieu de tout ça…

Daniel échangea un regard avec Alain puis se leva.

— Si tu as besoin de quoi que ce soit, Vincent, je suis là.

Il se mit en devoir de préparer un plateau, à l'intention de Sofia, tout en jetant des regards intrigués vers son frère. L'annonce de son divorce ne le surprenait pas outre mesure, mais il lui trouvait l'air bien calme pour un homme accablé par les soucis.

Quand il fut sorti, Alain prit le paquet de cigarettes des mains de Vincent et l'expédia à l'autre bout de la table.

— Tu ne devrais pas fumer autant le matin. Et tu pourrais aussi me parler, de temps en temps ! Je m'inscris sur la liste des gens prêts à te secourir, juste derrière Daniel.

— Je n'en suis pas là…

— Alors n'attends pas d'y être ! Est-ce que tu quittes Béatrice pour de bon ?

— Oui.

— Avec quoi derrière la tête ? Magali ? Une autre ?

Vincent leva son regard pâle vers lui, avant d'esquisser un petit sourire réjoui.

— Tu me prends pour Barbe-Bleue ou quoi ? Une autre !

— Que tu aurais carrément choisie à la sortie de l'école, cette fois...

— Alain !

— Je plaisantais. Je sais que tu pleures après Magali, alors fais attention.

Agacé, Vincent bredouilla une phrase incompréhensible qu'Alain ne lui demanda même pas de répéter, préférant enchaîner :

— Magali est bien dans sa peau, mais ça n'a pas été facile pour elle d'y arriver. Ne viens pas tout détruire.

— Je ne vois pas pourquoi et surtout pas comment ! Elle ne m'accorde pas assez d'attention pour ça !

Vincent tendit le bras, récupéra ses cigarettes. Depuis un mois, Magali ne lui avait pas donné signe de vie, n'avait même pas répondu à la longue lettre qu'il lui avait adressée. Avoir fait l'amour avec lui n'était peut-être pour elle qu'une simple parenthèse, un moment de faiblesse, rien de plus. Et comme il ne voulait surtout pas entendre ce genre de verdict, il s'était bien gardé de l'appeler.

— Vincent, ta vie est à Paris. Il n'y a rien de changé ? Qu'est-ce que tu cherches, aujourd'hui ?

Tout d'abord Vincent ne répondit pas, le menton dans les mains et l'air songeur, puis il se décida à expliquer :

— Avant tout à retrouver ma liberté. J'en ai envie et j'en ai besoin. Béatrice me fait de la peine, elle arrive à m'émouvoir même si je suis persuadé qu'elle joue la comédie. Ce n'est pas moi qu'elle a peur de perdre mais plutôt une situation de sécurité qu'elle désirait par-dessus tout. Oh, je mentirais en te disant qu'elle me laisse de marbre, seulement j'aime toujours Magali, je n'y peux rien, et ce sentiment-là est plus fort que le reste. Avec tous les regrets et les remords que tu imagines.

Alain l'observait tranquillement, sans manifester d'impatience, conscient d'être le seul à qui Vincent se confiait si volontiers. Après un silence, il se contenta de proposer :

— Tu m'accompagnes dehors ?

— Et comment ! J'en rêve à longueur d'année...

— De quoi ?

— Des collines bleues, des oliviers. Du moment où je pourrai te casser la tête avec tous mes problèmes !

— Tu ne m'ennuies jamais, viens.

Ils sortirent et, dès qu'ils furent sur le perron, Vincent prit une profonde inspiration.

— Je ne sais pas comment c'est possible, avec tout ce qui s'est passé ici, mais j'aime vraiment cet endroit.

— Davantage qu'un tribunal ?

— Bien sûr que non. La Cour de cass, c'est le summum !

Le long de l'allée, les micocouliers étaient couverts de fruits noirs et les feuilles des hauts platanes s'agitaient doucement dans la brise matinale. Vincent jeta un regard aux plates-bandes qui bordaient la façade, pour s'assurer que la lavande était toujours là, avec les herbes aromatiques plantées chaque année par son cousin.

— Qu'est-ce qui adviendra après nous ? murmura-t-il.

— Tu as un petit-fils, il fera comme toi, il s'en arrangera ! plaisanta Alain en dévalant les marches du perron. Viens donc voir à quoi ressemble cette piscine, je me suis donné un mal de chien...

Vincent le rejoignit et ils contournèrent la maison. Le potager où Clara avait cultivé elle-même ses légumes, pendant la guerre, afin de nourrir la famille Morvan, était désormais remplacé par un bassin de mosaïque bleue bordé de larges dalles blanches. Un grillage vert protégeait l'ensemble, comme autour d'un court de tennis, avec une porte d'accès dont la poignée avait été placée en hauteur.

— Tu as pensé à tout, on dirait, constata Vincent.

— J'ai peut-être vu trop grand ? Je n'imaginais pas que ça pourrait te poser un problème de trésorerie.

— C'est parfait comme ça.

La piscine était assez vaste pour contenter toute la famille, y compris les nageurs exigeants. Malheureusement, le temps était loin où Cyril et Virgile faisaient la course dans la rivière, chronométrés par Tiphaine.

— J'ai aussi modifié les abords, ça m'amusait d'y travailler le soir, précisa Alain. Ton fils m'a beaucoup aidé.

Il avait planté des massifs de fleurs dans un décor de rocaille, un peu à l'écart, et nivelé une sorte de terrasse où s'installer à l'abri des parasols. Plus loin, devant le boqueteau de chênes kermès, se dressait une table de ping-pong flambant neuve.

— Personne ne voudra plus rentrer à Paris, dit Vincent en souriant.

Sans hâte, il commença à déboutonner sa chemise, ensuite il enleva son jean.

— On l'étrenne ? lança-t-il à Alain.

Il ouvrit la porte grillagée, longea le bassin jusqu'à l'endroit le plus profond et plongea. Quand il émergea, il prit une longue inspiration, la tête levée vers le soleil, ensuite il se laissa flotter sur le dos, les yeux fermés, jusqu'à ce qu'il se sente attrapé par les pieds, brutalement tiré au

456

fond. Il lutta un moment, finit par rire sous l'eau et but la tasse. Alain l'aida à remonter et le laissa tousser avant de le pousser vers l'un des bords.

— Petite nature !

— Je vais m'entraîner un peu et dans quinze jours je te bats à la course, protesta Vincent, à bout de souffle.

— On peut toujours rêver ! Sur quatre longueurs, je t'en donne une d'avance et c'est encore moi qui gagne. Tu es un citadin, mon vieux, un sédentaire !

Ils se jetèrent l'un sur l'autre avec entrain, coulèrent ensemble, puis se décidèrent à nager côte à côte, Alain distançant sans mal son cousin. Épuisé, Vincent abandonna et se hissa sur une dalle où il s'allongea, ruisselant.

— Tu veux que je te prête de l'argent ? demanda Alain, debout au-dessus de lui. Quand je parlais de factures, tout à l'heure, je te préviens qu'elles sont salées, j'ai fait refaire une partie de la toiture au printemps.

— Je devrais pouvoir assumer pour l'instant, mais merci de le proposer. Tu es tellement riche ?

— L'exploitation marche très bien. En tout cas beaucoup mieux que ton père n'aurait jamais pu le supposer quand il me regardait comme un simple d'esprit !

— Tu y penses encore ?

— À Charles ? Parfois... Mais je commence à m'habituer à l'idée d'un autre Charles. Ce mioche est tellement craquant !

Vincent se redressa sur un coude et Alain s'assit à côté de lui. La pierre blanche était fine, lisse, très douce. Ils restèrent silencieux un moment, contemplant la maison dont tous les volets bleus étaient encore fermés.

— J'ai lu ton dernier livre, déclara soudain Alain.

— Tu l'as *lu* ?

— Mettons... parcouru.

— Et comment l'as-tu trouvé ?

— Abscons. C'est pour ça que tu me les envoies, non ? Pour me dégoûter de la lecture ?

— Pas du tout. Je veux seulement t'épater, je ne t'oblige pas à les ouvrir, il y a assez d'étudiants malheureux qui sont contraints de les apprendre par cœur !

Une libellule passa tout près d'eux et s'immobilisa au-dessus de l'eau. Le soleil commençait à devenir chaud.

— Où est parti Virgile ? murmura Vincent.

— Ah, quand même ! Je me demandais à quel moment tu allais aborder le sujet. Il passe d'abord une semaine en Grèce, à observer les méthodes artisanales de nos confrères. Pour la suite, il ne m'a pas parlé de ses projets.

— Est-ce qu'il y a une femme dans sa vie ?

— Pas une en particulier. Je ne sais jamais qui je vais croiser quand je me pointe à la bergerie ! Il y est définitivement installé, il s'y plaît... D'ailleurs, maintenant, c'est lui qui s'occupe de la

458

comptabilité et je l'ai associé à l'affaire de manière officielle. Je te l'avais dit ?

— Non.

— Alors c'est fait. Tu n'as plus à te soucier de son avenir, si tant est que tu t'en inquiètes.

Vincent s'assit, passa sa main dans ses cheveux mouillés, ensuite il se tourna vers Alain qu'il observa avant de demander :

— Pourquoi fais-tu tout ça ?

— Parce que je n'ai pas d'enfant et que ça me manque terriblement ! J'ai aimé les vôtres, je les aime toujours, je crois que je m'en suis bien occupé quand vous ne vouliez ou ne pouviez pas le faire. Et puis, souviens-toi, Clara n'aurait jamais permis qu'on laisse tomber un membre de la famille, même le pire...

Ce rappel à l'ordre prit Vincent au dépourvu. Il pensait très souvent à sa grand-mère mais s'imaginait être seul à le faire. Impitoyable, Alain poursuivit.

— Virgile, elle l'aurait secoué, engueulé, remis dans le rang, mais elle n'aurait pas supporté que les autres l'écartent. Tu étais censé reprendre le flambeau, en tout cas, c'est comme ça que tu voyais les choses.

— Alain..., soupira Vincent.

— Or qu'est-ce que tu fais ? Tu rends des juge-ments, tu prononces des arrêts, même en famille tu es toujours au tribunal !

— Tu trouves ?

Devant l'expression indignée de Vincent, son cousin éclata de rire. Au même moment, une fenêtre s'ouvrit, des volets claquèrent, et Marie apparut sur l'un des balcons.

— Au lieu de vous prélasser, leur lança-t-elle, vous pouvez venir une minute ? Je crois qu'on a un problème…

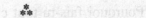

Madeleine était en pleine crise de démence. Elle ne reconnaissait personne, appelait Marie « Madame », et refusait de toucher à son petit déjeuner sous prétexte qu'on voulait l'empoisonner. Comme Gauthier n'était pas encore arrivé, personne ne souhaitait prendre de décision au sujet de la malheureuse, ni même appeler un médecin. Qui plus est, il n'y avait pas grand-chose à faire, sinon lui tenir compagnie afin de la surveiller. Léa et Lucas acceptèrent de se relayer auprès d'elle, mais elle ne tenait pas en place, arpentant la maison de haut en bas. Dans l'après-midi, la jeune fille au pair finit par demander qui était cet Édouard que la pauvre femme semblait chercher à travers toutes les pièces.

Vers cinq heures, alors qu'ils sirotaient du thé glacé dans le patio, Madeleine fut reprise d'une agitation fébrile. Il fallut lui trouver de la laine et des aiguilles à tricoter ; pourtant depuis quelques mois elle était devenue incapable d'aligner un rang sans se tromper de maille. Installée sur la balancelle, elle s'amusa un moment avec un écheveau informe puis se mit à marmonner :

— Il va falloir que je demande à Clara de me démêler tout ça... On ne doit pas gâcher le fil, il paraît qu'on n'en trouve plus ! Ou seulement au marché noir...

Marie échangea un coup d'œil avec Alain, puis avec Vincent, et eut un geste d'impuissance.

— Vivement que Gauthier arrive, soupira-t-elle entre ses dents.

— Oui, mon petit Gauthier ! s'exclama Madeleine, ravie. Est-ce qu'il est là ? Les autres ne s'occupent jamais de lui... J'ai beau le dire à Édouard, il ne veut pas s'en mêler. De toute façon, il n'y a que Judith qui l'intéresse ! Vous l'avez bien remarqué, quand même ?

Interloqués, Vincent et Daniel tournèrent ensemble la tête vers elle.

— Oh, ne faites pas les innocents ! protesta-t-elle en agitant un doigt dans leur direction. Judith est tellement énervante avec ses faux airs modestes ! Mais je ne suis pas si bête... Charles non plus ; la preuve, il s'est mis en colère. Pauvre Charles ! Quand le chat n'est pas là, la souris danse... Il était vraiment furieux...

Vincent quitta sa chaise d'un bond, comme s'il ne voulait pas entendre un mot de plus ; cependant il s'arrêta près du réverbère auquel il s'appuya. Assis par terre, à même les pavés, Alain observait sa mère avec une évidente curiosité. Le silence plana sur eux jusqu'à ce qu'elle reprenne, de sa voix plaintive :

— Vous l'avez connue, vous, Judith ? Charles en était vraiment toqué. Où sont-ils partis, tous ? Il vaudrait mieux ne pas laisser Édouard en tête à tête avec elle, je vous aurai prévenus… Il n'y peut rien, mon pauvre Édouard, c'est un faible. Et moi, je ne suis pas tellement portée sur la chose, avec tous ces enfants, déjà…

— Maman ! s'écria Marie malgré elle.

Un profond malaise venait de s'emparer d'elle et elle se sentait prête à n'importe quoi pour faire taire sa mère dont elle s'approcha, hésitante.

— Ta-ta-ta, protesta Madeleine, trop d'enfants, c'est certain ! J'ai beau me donner du mal, je n'ai pas des yeux dans le dos, alors je ne peux pas surveiller tout ce petit monde. Moi, je regardais Paul, pas Philippe. Pas Philippe, non.

Deux larmes roulèrent sur ses joues, qu'elle essuya d'un revers de manche. Dans le silence consterné qui suivit, Alain déclara, d'un ton plein de dégoût :

— Quand je pense qu'elle est capable de répéter ça devant Chantal…

Il se leva et quitta le patio à grandes enjambées. Vincent esquissa un mouvement pour le suivre mais y renonça. Sur sa balancelle, Madeleine s'était remise à triturer l'écheveau, sourcils froncés.

À trois ans, Albane et Milan couraient partout, et le petit Charles s'efforçait de les suivre. Dûment chapitrée, la jeune fille au pair escortait les trois enfants comme leur ombre, sans jamais les perdre de vue.

Pour les jeunes, les journées s'organisaient autour de la piscine. Cyril passait des heures à crawler, acharné à récupérer une bonne condition physique, Lucas et Paul faisaient des concours de plongeon, Tiphaine et Léa apprenaient la nage sous-marine à Pierre.

La maison était presque pleine depuis l'arrivée de Gauthier, et les cinq cousins se trouvaient réunis avec le même plaisir qu'autrefois. Leur solidarité, qui avait résisté contre vents et marées, s'affirmait spontanément autour de Madeleine. L'idée d'une maison de retraite avait été évoquée puis repoussée par Gauthier. La pauvre femme possédait encore assez de lucidité, entre deux crises, pour être très perturbée par un changement radical d'existence. Si Marie et Vincent acceptaient de la garder avec eux, avenue de Malakoff, une employée pourrait être engagée à plein temps en tant que dame de compagnie ou aide-soignante, selon la fréquence des accès de démence. Les moyens de Madeleine permettaient ce genre de dépense, qui serait de toute façon inférieure au coût d'un établissement spécialisé.

Vincent donna tout de suite son accord. Même s'il l'estimait peu, sa tante faisait partie de son existence depuis toujours, et la perspective d'une solution qui ressemblerait à un internement le faisait frémir. Marie s'inclina, par sens du devoir, bien qu'elle se sente révulsée à l'idée de tous les déballages du passé que sa mère semblait désormais capable de leur infliger. La surprise éprouvée à l'entendre parler de la concupiscence d'Édouard, qu'elle avait donc bien remarquée à l'époque, leur laissait à tous une pénible impression de honte. Sous ses airs dolents, dociles, que savait Madeleine, ou plutôt qu'avait-elle su jusque-là, puisque sa mémoire s'effaçait progressivement ? Était-il possible que, durant tant d'années, elle ait dissimulé ses rancœurs, ses désillusions, peut-être même sa complicité ? Avait-elle compris le rôle exact de son « pauvre » Édouard ?

Afin d'éviter les malentendus, Marie décida que l'heure était venue de parler. Mieux valait aborder la question une fois pour toutes, régler enfin ce qui avait été trop longtemps différé. Un soir, Vincent se chargea de réunir toute la famille dans la bibliothèque, à l'exception des enfants, qui dormaient déjà, et de Madeleine, à qui la jeune fille au pair avait monté une tisane. Sans trop entrer dans les détails, et en s'efforçant de rester neutre, Vincent raconta aux jeunes gens le drame qui, trente-trois ans plus tôt, avait abouti à la mort de Judith, de Beth, et finalement au meurtre d'Édouard. Deux victimes innocentes et un salaud abattu de sang-froid : trois crimes jamais jugés, jamais pardonnés.

Personne n'avait cherché à interrompre Vincent, pas même Alain qui était resté assis dans son fauteuil favori, le regard rivé sur les livres. Pour Cyril, Léa et Paul, la vérité était dure à admettre, leur grand-père tenant le rôle le plus abject dans l'histoire de la famille, mais Tiphaine et Lucas semblaient aussi choqués que leurs cousins.

— Nous n'avions pas envie de déterrer toute cette boue, conclut Vincent. Seulement, avec Madeleine qui perd un peu la tête, autant que vous connaissiez la vérité pour faire la part des choses à travers ce qu'elle pourra dire... Il existe un récit plus précis de ces événements, mais je ne vois pas l'utilité de vous en donner lecture. C'est le passé, nous l'avons surmonté, et ce sera encore plus facile pour vous. Comme vous le savez, on ne choisit pas sa famille !

Sur ces derniers mots, Alain leva enfin les yeux vers lui puis il ébaucha un sourire. Surmonter le passé ? Oui, ils l'avaient fait, mais pas aussi facilement que Vincent voulait le faire croire.

— Il y a une question que j'aimerais poser, hasarda Lucas.

Évitant de regarder sa sœur, il fut obligé de rassembler tout son courage pour achever :

— Puisque Virgile n'est pas avec nous, il faudra bien que quelqu'un lui parle de tout ça...

— Je l'ai déjà fait, répondit Alain. Mais tu as raison de te soucier de ton frère.

Un long silence suivit sa déclaration, jusqu'à ce que Daniel prenne la parole.

— Tant que nous sommes dans les sujets délicats, on pourrait peut-être en profiter ?

Sofia essaya de le retenir mais il quitta son fauteuil et rejoignit Cyril qui était assis sur le tapis, aux pieds de Tiphaine.

— Qu'est-ce que tu en penses ? lui demanda-t-il avec douceur.

— De quoi ? De Virgile ? Tu veux vraiment le savoir ?

— On aimerait tous le savoir, dit Alain qui n'avait pas bougé de sa place.

— J'éprouve encore beaucoup de… rancune. Moins qu'avant, c'est vrai, mais…

Il hésita et Alain acheva à sa place :

— … mais tu n'es pas prêt à le rencontrer ?

— Non !

— Ni à le laisser s'excuser ?

— Lui ? S'excuser ? On croirait que tu ne le connais pas !

— Si, et mieux que toi. Il imagine bien que tu ne vas pas lui pardonner ou passer l'éponge. En fait, il voudrait juste, quand pour toi ce sera le moment, te dire à quel point il regrette.

À n'importe qui d'autre Cyril aurait répondu vertement, seulement il éprouvait pour Alain une tendresse particulière qui le fit taire. Après tout, la position de son oncle était délicate, voire

466

courageuse, puisqu'il avait pris le parti de s'occuper de Virgile, de continuer à vivre et à travailler avec lui, alors que tout le reste de la famille l'évitait soigneusement, y compris Vincent.

— Je ne demande à personne de faire comme si Virgile n'existait pas, murmura-t-il enfin. Pour ma part, je ne veux pas le voir, c'est tout.

— Jusqu'à quand ? s'enquit Alain.

Cette fois, Cyril se leva, passa devant Daniel et traversa la bibliothèque pour venir s'arrêter face à Alain.

— Pourquoi me demandes-tu ça ?

En pleine lumière, son visage était éloquent. Les cicatrices resteraient indélébiles, l'œil droit aveugle, et une évidente dissymétrie dans les traits le rendait très différent du séduisant jeune homme qu'il avait été. Alain soutint pourtant son regard sans ciller, sans manifester la moindre compassion.

— Ce n'est qu'une question, Cyril. Tu n'es peut-être pas en mesure d'y répondre aujourd'hui, je te la reposerai plus tard.

— Laisse-le tranquille ! lança Tiphaine d'un ton sec.

Cyril eut un geste en direction de sa femme, comme s'il voulait l'apaiser, mais il continuait de fixer Alain.

— D'accord, acquiesça-t-il enfin.

Les autres ne comprirent pas ce qu'il acceptait exactement ; toutefois Alain ébaucha un sourire. Il était vraiment le seul à bénéficier de la confiance de tous les jeunes, le seul à obtenir d'eux des choses que nul n'aurait songé à exiger. Vincent risqua un coup d'œil vers Tiphaine qui ne protestait plus, puis il reporta son attention sur Alain, éprouvant un brusque élan d'admiration.

12

Paris, août 1978

VAINCUE, BÉATRICE s'était résignée à faire ses valises. Quinze jours de solitude, avenue de Malakoff, l'avaient persuadée de l'inutilité d'y rester. Vincent n'avait pas téléphoné une seule fois, à se demander s'il ne l'avait pas déjà oubliée. Gommée de sa vie, effacée. Pour tromper son ennui, elle avait appelé d'anciennes amies perdues de vue, toutes mariées à présent, et dont la plupart pouponnaient avec bonheur. Passer vingt-quatre heures à Angers, chez ses parents, ne lui avait été d'aucun secours. Son père l'exhortait à engager un bon avocat et à se défendre bec et ongles dans cet inadmissible divorce, mais elle savait que Vincent se montrerait arrangeant, qu'il était tout disposé à prendre les torts à sa charge. D'ailleurs, il semblait prêt à n'importe quoi plutôt qu'à la garder.

Dans l'hôtel particulier, elle avait erré d'une pièce à l'autre, ouvrant des tiroirs au hasard sans trop savoir ce qu'elle cherchait. Vincent n'avait probablement pas de maîtresse ; quant aux secrets Morvan-Meyer, s'il en existait, ils devaient être bien cachés.

Un temps gris et une petite pluie tiède rendaient Paris sinistre. Magasins fermés pour congés, terrasses des cafés désertées, vieux films à l'affiche. La météo affirmait qu'il faisait beau et chaud dans le midi de la France. Vincent profitait-il de l'été pour revoir son ex-femme ou bien restait-il à bêtifier avec ce petit-fils dont il était fou ? Il pouvait très bien faire les deux en même temps, c'était pour lui l'occasion idéale. Le voir s'extasier devant le bébé avait été si douloureux qu'elle avait cessé de prendre la pilule, bien décidée à forcer le destin. Hélas, c'était trop tard, il ne la touchait plus.

Le soir, elle se préparait un plateau-repas qu'elle allait manger dans le jardin s'il ne pleuvait pas, observant la façade d'un œil mélancolique. Avait-elle été heureuse ici ? Non, jamais. Dès le début, ce mariage s'était révélé catastrophique, les meilleurs moments demeuraient ceux d'avant, quand Vincent la rejoignait chez elle ou lui donnait rendez-vous dans un restaurant. Il était tellement attendrissant, lors de leurs premières rencontres ! Pourquoi lui avait-il tout offert et, presque aussitôt, tout enlevé ?

Remplir des valises de vêtements et d'objets personnels s'avérait si démoralisant qu'elle ne parvenait pas à envisager l'avenir. Chaque jour, elle achetait un quotidien pour parcourir les annonces immobilières à la recherche d'un appartement à louer, sans parvenir à se décider. Pourtant elle avait envie d'un endroit bien à elle, un lieu intime et chaleureux où rien ne lui rappellerait plus son échec cuisant.

Un matin, alors qu'elle sortait de sa douche, elle entendit retentir la sonnette de la porte d'entrée. Elle enfila en hâte un petit peignoir de soie rose, dégringola le grand escalier et eut la surprise, en ouvrant la porte, de se retrouver nez à nez avec Virgile. Ils se dévisagèrent en silence, aussi surpris l'un que l'autre, avant qu'elle ne retrouve la parole.

— Qu'est-ce que tu fais là ?

— Je passe quelques jours à Paris, je pensais qu'il n'y avait personne ici, que vous étiez tous à Vallongue.

— Oh, tu voulais faire des économies d'hôtel ? Entre donc, tu es chez toi ! En ce qui me concerne, je n'ai pas tout à fait fini mes valises, mais je ne devrais plus tarder à débarrasser le plancher…

Comme il restait sans réaction, elle le prit par l'épaule et le tira à l'intérieur.

— Allez viens, tu me tiendras compagnie ! Tu as pris ton petit déjeuner ? Je crois qu'il y a encore du café et des biscottes.

471

Ils allèrent s'installer à la cuisine, vite amusés par ce hasard qui les remettait l'un en face de l'autre, eux qui étaient désormais les deux exclus de la famille. D'abord, il lui raconta son séjour en Grèce, avec beaucoup de verve et d'humour, puis il voulut connaître les raisons de son départ.

— Si ça ne tenait qu'à moi, je ne m'en irais pas ! répliqua-t-elle. Non, c'est ton père qui l'a décidé, il en a marre…

— De toi ?

D'un coup d'œil insolent, il la détailla des pieds à la tête, ensuite il se mit à rire.

— Eh bien, il ne sait pas ce qu'il perd ! Il est idiot ou quoi ?

Les cheveux longs de Béatrice avaient mouillé la soie du peignoir qui se plaquait sur elle, presque transparent. Elle rit avec lui, réjouie par le compliment.

— J'étais sous la douche quand tu as sonné, s'excusa-t-elle. Je vais m'habiller.

— Dommage…

— Virgile ! Tu es toujours aussi dragueur, hein ?

— Non, avec toi c'est différent, tu es ma belle-mère.

— Plus pour longtemps, répliqua-t-elle du tac au tac.

Tandis qu'elle le toisait, provocante, il ébaucha un sourire avant de préciser :

— Peut-être, mais je ne veux pas d'ennuis avec mon père.

Redevenu sérieux, son regard vert se déroba quand il baissa la tête.

— Il te fait peur ? interrogea-t-elle d'un ton cinglant.

— Non, ce n'est pas ça.

Sans rien préciser d'autre, il se leva et alla jeter un coup d'œil par la fenêtre.

— Si tu veux, dit-il doucement, je t'invite à déjeuner. Allons ailleurs, tu me raconteras tes malheurs.

Les intonations de sa voix évoquaient un peu celles de Vincent. Il avait mûri, sa vie au grand air l'avait changé, et l'espace d'une seconde elle se demanda si elle n'aurait pas mieux fait de l'aimer, lui.

— J'accepte ton offre ! lança-t-elle avec une fausse désinvolture. Au moins, ça me changera les idées...

Il ne se retourna pas tandis qu'elle quittait la cuisine, continuant à contempler le petit jardin où il s'était si souvent battu avec Cyril.

*

— Si tu préfères, je ne commande que de l'eau, proposa Vincent.

— Non, c'est une idée ridicule. Prends du rosé. Tiens, un tavel par exemple, tu adores ça !

D'autorité, Magali fit signe à un serveur et choisit elle-même sur la carte des vins qu'on lui présenta.

— Il m'arrive même de boire une coupe de champagne pour les fêtes carillonnées, expliqua-t-elle. L'alcool ne me pose plus aucun problème ; tu peux te saouler si tu veux, ça me laissera de marbre. Avec Jean-Rémi, on se fait souvent des gueuletons dans les grands restaurants, et crois-moi il ne se prive pas...

Elle prit une gorgée de son jus de tomate puis leva la tête vers Vincent qui reçut son regard vert comme un cadeau. La terrasse ombragée était accueillante, les nappes avaient de douces couleurs pastel, quelques vacanciers bronzés trinquaient avec du pastis.

— Que veux-tu manger ? demanda-t-il sans pouvoir détacher ses yeux des siens.

— Peut-être une bouillabaisse, ils la font très bien ici.

— Moi aussi, alors...

— Tu aimes ça, maintenant ? s'étonna-t-elle.

— Je ne sais pas. En fait, ça m'est égal.

— Mon Dieu que tu es bizarre, Vincent ! Et puis qu'est-ce que j'ai ? Un bouton sur le nez, le Rimmel qui a coulé ?

— Non, non... Tu es parfaite.

— Rien que ça ! J'ai quarante-quatre ans, mon chéri, avec plein de rides que je distingue parfaitement le matin dans ma glace, et le soir encore mieux. Sans parler du régime que je devrais faire pour perdre trois ou quatre kilos !

— Redis-le.

— Quoi, les kilos ? Oh, quand même, ce n'est pas si terrible… Tu me trouves grosse ?

— Pas du tout. Mais tu m'as appelé « chéri ».

Elle laissa échapper un petit rire très gai avant de lui tapoter gentiment la main.

— Tu es trop sentimental, *chéri*.

— Je t'ennuie ?

— Eh bien… tu me mets dans l'embarras, voilà.

— Pourquoi ? Je ne te demande rien, je t'ai invitée à déjeuner, pas à dîner, exprès pour que tu te sentes à l'aise. Je ne suis pas un obsédé, je n'ai pas que du désir pour toi, j'ai aussi envie de t'écouter, de te regarder. Au pire, ça peut même me suffire si tu ne veux rien d'autre.

— Tu aimerais que nous soyons amis ?

— Pas vraiment, mais à défaut d'autre chose !

Il souriait, heureux d'être assis en face d'elle, pour une fois en accord avec lui-même. Le chemin parcouru depuis leur jeunesse, ensemble ou séparément, avait été moins facile que prévu. Même aux pires moments, il aurait dû savoir qu'il ne parviendrait jamais à se détacher d'elle, que tout ce qu'il ferait sans elle n'aurait aucun sens.

— As-tu un amant ? demanda-t-il soudain. Existe-t-il quelqu'un que ça pourrait mettre en colère de te voir attablée avec moi ?

— Tu es bien indiscret… Or tu n'as plus le droit de poser ce genre de question.

— Soit, mais je ne peux pas m'empêcher d'y penser. Pourquoi n'as-tu pas répondu à ma lettre ?

— Parce que c'était celle d'un collégien ! Elle contenait beaucoup de bêtises, d'excès.

— Sincères !

— Mais pas réalistes.

Elle lui tenait tête facilement, elle était devenue une femme sûre d'elle, sereine, capable de ne pas céder aux émotions qu'il lui inspirait. Pourtant, quand elle le voyait ainsi, gentil comme lui seul pouvait l'être, tendre et attentif, plus séduisant que tous les hommes qu'elle connaissait, elle avait envie de lui dire que, oui, elle l'aimait encore. Il n'était pas quelqu'un d'inconstant ou d'infidèle, avec elle il avait été d'une patience d'ange, c'était tout de même grâce à lui qu'elle avait pu sortir de l'enfer, et quand elle l'avait rejeté il avait vraiment souffert.

— Il y a quelque chose que je ne t'ai pas pardonné, soupira-t-elle.

— La clinique ?

— Non... Je t'en ai voulu sur le coup mais j'étais descendue bien bas, tu n'avais sans doute plus le choix. Nos ennuis ne viennent pas de là, c'était avant ça, quand tu as accepté ce poste à Paris. J'ai eu l'impression que ton père gagnait la partie, c'était lui contre moi et je n'étais pas de taille, il m'a mise hors jeu comme il a voulu. À l'époque, une carrière ne signifiait pas grand-chose à mes yeux. Vous aviez déjà tout ce qu'on peut souhaiter dans la vie, mais tu courais quand même après les honneurs en me laissant au bord du chemin. Après l'enterrement de ton père, je t'ai dit quelque chose de maladroit, je ne sais plus ce que c'était, et tu es parti. Il a suffi d'une simple phrase, à croire que tu n'attendais qu'un prétexte pour me laisser, pour laisser les enfants derrière toi.

— Tu étais déjà sous l'emprise des médicaments.

— Oui, car je te perdais un peu plus chaque jour. En plus, il y avait Clara, Charles ; je ne me sentais pas à la hauteur, j'avais peur tout le temps. Quand je pense à ce moment de ma vie, je me dégoûte, je me fais pitié tant j'étais dans le brouillard, sans volonté. Je suppose que tout ça n'a pas dû aider Virgile à grandir convenablement. J'aurais préféré que tu sois plus dur avec moi, pas uniquement consterné… et toujours parfait ! Tu me traitais comme une femme compliquée, fragile, alors que je suis très simple, et au fond assez solide.

Pourtant, en parlant, les larmes venaient de lui monter aux yeux et elle prit sa serviette pour s'essuyer furtivement, avec un geste d'excuse.

— Magali…, murmura-t-il, bouleversé.

Il faillit dire qu'il était désolé mais se reprit à temps. Ce n'était pas ce qu'elle attendait de lui, si toutefois elle attendait encore quelque chose.

— Si Alain voyait ça, plaisanta-t-elle, il me suggérerait de ne pas m'apitoyer sur moi-même ! Je ne sais pas ce que j'aurais fait sans lui, pendant toutes ces années.

— Il m'est arrivé d'en être jaloux, avoua-t-il d'un ton piteux.

— D'Alain ?

— De votre complicité. Il était comme ton rempart, c'est lui que tu appelais au secours, pas moi.

— Parce qu'il était là. Pas toi.

— Je me disais que tu finirais par te réfugier pour de bon dans ses bras.

— J'aurais pu. Mais il n'a pas essayé.

Un maître d'hôtel vint déposer devant eux une soupière fumante et leur souhaita bon appétit avant de s'éclipser discrètement. Une odeur de safran, d'ail et de fenouil s'éleva quand Magali servit Vincent.

— Je te donne de tout ? Même du congre ?

De nouveau elle était gaie, son accès de mélancolie déjà oublié.

— Et de la rouille aussi ? Bon, pas trop, tu n'as jamais apprécié le piment...

Lorsqu'elle lui tendit son assiette, leurs regards se croisèrent de nouveau.

— Laisse-moi te voir de temps en temps, demanda-t-il précipitamment.

Elle se pencha au-dessus de la table, saisit sa main qu'elle serra très fort.

— De temps en temps ? Oui ! Tu connais le chemin, tu sais où me trouver. Viens quand tu en auras assez d'être quelqu'un d'important, et quelqu'un de seul. Viens et amène-moi notre petit-fils, que je lui explique qu'il n'y a pas que des Morvan-Meyer de par le monde.

Figé, il baissa les yeux vers la main de Magali qui tenait toujours la sienne. Elle ne portait aucune bague, juste une jolie montre un peu lâche autour de son poignet.

— Pose les conditions que tu veux, je t'aime, capitula-t-il à voix basse.

C'était l'aveu le plus simple et le plus juste qu'il puisse faire, il avait mis des années à s'en apercevoir. Aujourd'hui, il était prêt à une totale reddition. Ce qu'elle lui accorderait, il allait le prendre sans hésiter.

**

Épuisée, de mauvaise humeur, Béatrice regagna l'avenue de Malakoff en fin d'après-midi. Son déjeuner avec Virgile n'avait pas été aussi amusant que prévu, et elle s'était consolée en allant faire du shopping dans les grands magasins. Elle en rapportait deux robes inutiles, des sandales et un maillot de bain achetés en solde, une valise de toile aux couleurs criardes. Il faudrait bientôt qu'elle apprenne à dépenser moins. Et surtout qu'elle s'occupe plus sérieusement de dénicher un appartement. Ensuite, elle devrait se mettre en quête d'un travail, postuler dans un cabinet de groupe ou s'installer à son compte.

L'hôtel particulier était silencieux, sinistre. Virgile avait préféré ne pas revenir avec elle, ne pas habiter sous le même toit, sans expliquer pourquoi, mais elle n'était pas stupide et avait très bien compris. Elle lui plaisait toujours, ça sautait aux yeux, mais aujourd'hui il était devenu assez mûr pour lui résister. Pourtant la jeune femme aurait été capable, dans l'état d'esprit où elle se trouvait, de s'offrir cette ultime vengeance sur Vincent. Puisqu'il ne voulait plus d'elle, elle se considérait libre, leur divorce n'était désormais qu'une formalité. Tromper le père avec le fils aurait été le comble de la dérision, le point d'orgue à son mariage-naufrage. Mais Virgile l'avait quittée très vite en sortant du restaurant, après l'avoir serrée un peu maladroitement contre lui et embrassée au coin des lèvres. Il avait de très beaux yeux verts, auxquels elle ne voulait pas être sensible, agacée d'avoir trop souvent entendu qu'il possédait exactement les yeux de sa mère. Qu'aurait pensé Vincent de ce déjeuner en tête à tête ? Voilà une carte qu'elle n'avait jamais songé à jouer : celle de la jalousie. Tandis que leur couple agonisait, elle s'était contentée de s'accrocher à lui, de le supplier ou de lui faire des scènes, au lieu de prendre un amant. Un amant qui soit plus jeune que lui, afin de lui rappeler qu'il avait de la chance et qu'il devait veiller sur sa jolie femme au lieu de la repousser.

Cette idée fit son chemin pendant qu'elle se préparait une salade de riz, seule dans l'immense cuisine. Elle regretta de n'avoir pas demandé à Virgile dans quel hôtel il comptait descendre.

Quitte à agiter le spectre d'un rival, Virgile faisait mieux l'affaire qu'un autre car, même s'il était – ou se croyait – détaché d'elle, Vincent grincerait des dents à la perspective d'être trompé par son propre fils. Surtout après tout ce qui s'était passé avec lui.

Alors que la nuit tombait, Béatrice monta jusqu'au boudoir de Clara. Elle n'avait pas connu la vieille dame dont ils parlaient tous à longueur de temps, et cette pièce ne lui évoquait rien de particulier, elle la trouvait aussi sinistre que les autres, mais au moins on y était confortablement installé pour téléphoner.

Elle hésita un moment, la main au-dessus de l'appareil, puis décida qu'elle n'avait rien à perdre. À Vallongue, ce fut Alain qui décrocha et à qui elle dut demander Vincent. Tout en patientant, elle essaya de l'imaginer, sûrement bronzé par le soleil des vacances, avec son irrésistible regard gris pâle, toujours élégant même s'il ne portait qu'un jean et une chemise à col ouvert, très à l'aise dans son rôle de chef de tribu. Sa famille d'abord, surtout depuis qu'il était grand-père, mais aucune place pour elle. Heureux de dormir seul au milieu du grand lit, sans la trouver à côté de lui au réveil, pressé d'aller travailler dans le bureau du rez-de-chaussée ou d'arpenter les collines derrière son insupportable cousin.

Les doigts crispés sur le combiné, déjà presque en colère à l'idée qu'il soit si bien loin d'elle, elle entendit enfin sa voix grave.

— Béatrice ? Comment vas-tu ? Est-ce qu'il y a un problème particulier qui…

Il laissait sa phrase en suspens, poli mais distant, et elle se racla la gorge.

— Aucun, non, tout va bien ici, j'ai presque terminé, tu ne trouveras pas trace de moi en rentrant ! C'est ce que tu voulais ?

Malgré tout, elle lui offrait une dernière chance, une occasion de les sauver tous les deux.

— Je crois que c'est mieux, oui, répondit-il d'un ton léger. As-tu visité des appartements ? Il paraît qu'il pleut, à Paris ?

Mondain, affable, sans la moindre intonation de regret, il lui parlait avec indifférence en attendant de savoir ce qu'elle voulait. Elle se souvint brusquement de ce jour lointain où elle était venue l'attendre au Palais de justice, devant son bureau de juge, surveillée par l'huissier en grand uniforme. La façon dont il avait dit : « Je sais très bien qui vous êtes, mademoiselle Audier. » Et l'étrange déjeuner qui avait suivi, dans la brasserie de la place Dauphine, le quiproquo au sujet de Virgile – déjà ! –, puis le regard différent qu'il avait posé sur elle quand il avait compris qu'elle n'était là que pour lui. Elle s'aperçut qu'elle aurait volontiers donné dix ans de sa vie pour être dans ses bras, et cette constatation la mit hors d'elle, balayant d'un coup ses scrupules.

— J'ai déjeuné avec Virgile aujourd'hui, laissa-t-elle tomber.

Avec un décalage perceptible, il finit par répondre :

— Ah bon ? Il est rentré de Grèce ?

— Oui. Il va passer quelques jours ici.

— Avenue de Malakoff ?

— Eh bien… j'espère que ça ne te contrarie pas ? Il est vraiment adorable, je l'ai trouvé très changé… Sauf qu'il est toujours aussi charmeur !

Le silence de Vincent lui donna une bouffée d'espoir. Elle crut qu'il pensait au début de leur histoire, quand Virgile était tellement amoureux d'elle, mais elle ne pouvait pas savoir qu'en réalité il songeait à la conversation surprise la veille du mariage. Le cynisme dont elle avait fait preuve, le mépris de Virgile à son égard : il n'avait pas oublié un seul mot.

— Charmeur ? répéta-t-il. Sûrement…

— Au point où nous en sommes, toi et moi, je suppose que ça n'a plus beaucoup d'importance, mais je voulais te le dire, par honnêteté. C'est lui qui est venu me relancer ici, il devait savoir que tu m'avais laissée seule… Et finalement sa compagnie est plutôt agréable, entre autres il aime le cinéma, il y a tout un tas de vieux trucs qu'il veut voir à la cinémathèque… Nous irons peut-être aussi assister à un ballet dans la cour carrée du Louvre… Autant profiter du mois d'août ! Pour être franche, ça me change les idées de sortir avec quelqu'un de drôle, de jeune, bref il ne me déplaît pas.

Au bout de quelques instants, Vincent répondit, d'une voix qu'il s'efforça de garder neutre, presque conciliante :

— Oui, il est sûrement plus proche de toi que je n'ai pu l'être.

— Donc tu me donnes ton accord ? répliqua-t-elle, sidérée.

— Tu n'en as pas besoin, lui non plus. Y a-t-il autre chose dont tu souhaitais discuter avec moi ?

Il perçut le déclic sur la ligne quand elle coupa la communication, sans doute folle de rage. Il reposa le combiné, resta un moment immobile. Est-ce que son fils était assez amoral pour lui faire un coup pareil ? Oui, il était séduisant et charmeur, il pouvait avoir toutes les filles qu'il voulait et ne s'en privait pas, à en croire Alain, alors pourquoi éprouvait-il le besoin de s'en prendre à Béatrice qui n'était pas encore divorcée, qui portait toujours le nom de Mme Vincent Morvan-Meyer ? Éprouvait-il une réelle passion pour elle, qu'il n'avait jamais réussi à dominer, ou n'agissait-il ainsi que pour se venger de lui ? Mais se *venger* de quoi ? Vincent avait fait tout ce qui était en son pouvoir, y compris marcher sur son orgueil et mettre ses comptes en banque à sec, pour tirer Virgile des griffes de Marie. Protéger l'avenir de son fils avait été son seul objectif, et même s'il n'en espérait pas de reconnaissance, il ne s'attendait pas non plus à ce genre de mauvaise surprise.

Exaspéré, il traversa le hall et sortit sur le perron. Il n'avait pas envie de rejoindre les autres dans le patio, il préférait être seul. Il fit quelques pas le long de l'allée obscure, s'adossa à un platane et alluma une cigarette. Dans dix jours, les vacances prendraient fin. Il retrouverait la Cour de cassation, un métier qui le comblait, des responsabilités qui le stimulaient. Il était plutôt heureux depuis que Magali avait accepté de le revoir ; il saurait trouver du temps pour essayer de la reconquérir peu à peu, tout comme il continuerait à veiller sur Tiphaine et Lucas. Mais Virgile demeurerait un échec, un désastre, à croire que son fils aîné était devenu son pire ennemi.

Que Béatrice le nargue importait peu, il ne se sentait pas jaloux d'elle. Bien sûr, il n'avait pas apprécié de s'entendre assener que Virgile était drôle et jeune, ce qu'il n'était pas, mais il n'éprouvait ni la rage ni la douleur d'un mari trompé. Juste une petite blessure d'orgueil insignifiante, dont il pouvait s'accommoder. En revanche, il ne voulait pas passer le reste de son existence en guerre avec l'un de ses enfants. Il fallait qu'il le voie, qu'il lui parle ; il l'évitait depuis trop longtemps. Réparer les dégâts en signant des chèques n'était pas suffisant, il s'était montré lâche : Virgile le lui faisait payer à sa manière.

Les lanternes de la façade s'allumèrent et la silhouette d'Alain apparut sur le perron.

— Qu'est-ce que tu fais tout seul dans le noir ?

Vincent le regarda descendre les marches, venir vers lui, s'arrêter à un pas pour demander :

— Tu as eu de mauvaises nouvelles ?

— Pas vraiment. C'est juste que…

— Magali vient d'appeler, coupa Alain, elle a récupéré Virgile à l'aéroport ; il a écourté ses vacances. Rassure-toi, il ne viendra pas ici, je pense qu'il restera chez sa mère ou qu'il ira chez des copains en attendant le départ de Cyril, mais peut-être que tu…

— Il est chez elle ? À Saint-Rémy ?

D'abord incrédule, Vincent éprouva soudain un tel soulagement qu'il se mit à rire.

— La garce ! s'exclama-t-il. Et moi, je suis le dernier des cons. Un peu plus et c'était reparti pour un tour ; malentendu, rancune, on peut recommencer à l'infini…

— De qui parles-tu ?

— Rien. Je te raconterai plus tard. En attendant, tu sais quoi ? Je t'adore !

Spontanément, il passa son bras autour du cou d'Alain, l'attira contre lui.

— Si tu n'étais pas là, je ne sais pas ce que je deviendrais… Je vais me réconcilier avec mon fils, qu'il soit d'accord ou pas. Quelle heure est-il ? Tu crois que je peux y aller maintenant ?

— Attends donc demain matin, tu n'en es plus à un jour près. Qu'est-ce qui t'énerve à ce point-là ?

— Je ne suis pas énervé, je suis gai.

— Merci, mon Dieu, ça ne t'arrive pas si souvent !

Négligeant la réflexion, Vincent enchaîna :

— Oui mais là, tu viens de m'ôter un grand poids, je vais pouvoir divorcer sans remords.

Par jeu, il ébouriffa les cheveux d'Alain avant de le lâcher.

— La première fois que je t'ai parlé d'elle, je t'ai dit qu'elle s'appelait Béatrice et tu m'as répondu qu'elle pouvait aussi bien s'appeler Bécassine, c'était prémonitoire ! Je crois que tu es mon bon ange...

— Sûrement pas !

— Si, si, tu l'as toujours été, même quand tu me faisais la gueule.

— Et tu ne t'es jamais demandé pourquoi ?

La question prit Vincent au dépourvu et il essaya en vain d'y trouver une réponse, puis il secoua la tête.

— Il y a une raison précise ?

Alain haussa les épaules, eut un geste insouciant.

— N'en cherche pas, dit-il. Les liens du sang, peut-être ? Allez, va te coucher, demain est un grand jour...

Il s'éloigna de Vincent, lui tapant gentiment sur l'épaule au passage, et se dirigea vers le garage.

— N'oublie pas d'éteindre ! cria-t-il sans se retourner.

**

Quand Magali poussa les persiennes de la petite chambre d'amis, le soleil fit gémir Virgile qui mit son oreiller sur sa tête.

— Debout ! lui lança sa mère d'une voix retentissante.

— Je suis en vacances, grogna-t-il.

— Possible, mais ton père est en bas et c'est toi qu'il attend.

Le jeune homme se redressa d'un bond, la dévisagea pour s'assurer qu'elle ne plaisantait pas, puis protesta, d'une voix mal assurée :

— Tu lui as demandé de venir ?

— Absolument pas.

Elle lui adressa un sourire encourageant avant de quitter la pièce. Sur le palier, elle s'arrêta un instant devant la glace en pied, s'observa sans complaisance. Vincent était arrivé alors qu'elle se maquillait, ce qui ne lui avait pas laissé le temps de mettre du rouge à lèvres. Tant pis, elle ferait un petit raccord à la galerie, mais pas question d'ouvrir en retard, elle était toujours très ponctuelle. Elle s'élança dans l'escalier en colimaçon, qu'elle descendit en hâte sur ses hauts talons.

— Tu n'es jamais tombée ? interrogea Vincent d'un ton de reproche.

Il attendait sagement, assis dans l'un des fauteuils Knoll, mais quand elle passa devant lui il l'arrêta en tendant la main.

— Je te revois quand, Mag ?

Penchée vers lui, elle effleura sa joue du bout des doigts, suivit la ligne d'une ride jusqu'à sa bouche. Elle ne pouvait pas se souvenir de la dernière fois où il avait utilisé son diminutif.

— Appelle-moi à la galerie. Tu me raconteras...

Avant qu'il ait pu réagir, elle s'était déjà éloignée. Elle ramassa son sac sur la console de verre, saisit son trousseau de clefs et claqua la porte. Avec un soupir de frustration, il s'extirpa du fauteuil pour faire quelques pas sur le tapis. Il trouvait la décoration trop moderne mais néanmoins très réussie. Même si la maison était petite, on devait s'y sentir bien, hiver comme été. En tout cas, Magali avait choisi une atmosphère radicalement différente de celle de Vallongue ; ici elle était vraiment chez elle. Jean-Rémi avait dû la conseiller, l'aider à trouver un style qui lui permette de se démarquer du passé, et elle était parvenue à un résultat remarquable.

— Papa ?

La voix hésitante de Virgile le fit se retourner. Son fils se tenait sur la dernière marche, pieds nus, vêtu d'un jean moulant et d'un tee-shirt blanc, les cheveux encore mouillés d'une douche hâtive. Tranchant sur le teint très bronzé, son regard vert évoquait irrésistiblement celui de sa mère. Vincent le considéra attentivement, étonné de découvrir à quel point il avait changé. Au moins un détail sur lequel Béatrice n'avait pas menti.

— Bonjour Virgile. Ta mère nous a préparé un petit déjeuner, je crois…

Ils gagnèrent la cuisine en silence, un peu gênés, et s'installèrent de part et d'autre du comptoir, sur les hauts tabourets d'ébène.

— Tu as écourté tes vacances ? commença prudemment Vincent.

— Je n'aime pas Paris, je n'avais aucune raison d'y rester. À propos, j'ai vu ta femme, hier.

De lui-même il l'avouait, comme pour s'en débarrasser.

— Je sais. Elle était très contente de me l'apprendre.

— Contente ? Pourquoi ?

D'un geste vague, Vincent éluda la question et se contenta de plaisanter :

— Quand tu connaîtras mieux les femmes…

Un silence contraint les sépara quelques instants, puis Virgile se lança le premier, mais trop vite et en butant sur les mots.

— Il faut que je te parle de Cyril, je suppose que tu es là pour ça !

— Pas uniquement… Parle-moi de toi aussi.

— Eh bien, les choses sont liées ; cette bagarre ne m'a pas débarrassé de lui, au contraire, maintenant j'y pense tout le temps.

490

Nerveux, le jeune homme se passa la main dans les cheveux, baissa les yeux sur son tee-shirt froissé. En face de lui, son père était aussi élégant que de coutume, avec une chemise bleu ciel impeccable, une très légère odeur de vétiver autour de lui, une montre extra-plate au poignet.

— Je regrette infiniment d'avoir été aussi violent, dit-il d'une voix nette. Et surtout vis-à-vis de Tiphaine... Je l'aime beaucoup, et elle doit me haïr, c'est normal. Quant à toi, je t'ai mis dans une situation impossible, que tu as gérée parfaitement, comme d'habitude... Non, excuse-moi, je ne fais pas d'humour noir et bien sûr ce n'est pas une critique, je serais vraiment mal placé, mais je veux dire que tu es tellement... enfin, être ton fils n'est pas facile, tu mets la barre très haut. J'ai toujours eu l'impression de te décevoir, alors l'histoire avec Cyril a été ce que je pouvais faire de pire.

— Est-ce que tu le détestes toujours ?

— Comment veux-tu ? Bien sûr que non ! Je ne peux pas détester un type dont j'ai bousillé l'existence, je ne suis pas un monstre ! Je...

Il s'arrêta net, se mordit les lèvres. Vincent ne fit rien pour l'aider, se bornant à attendre qu'il ait recouvré son calme.

— J'ai tous les détails par Alain ou par maman, ils ne m'épargnent rien. Je sais que c'est grâce à toi si je n'ai pas de casier judiciaire, ni une saisie-arrêt sur mon salaire, que tu n'es plus rien dans le cabinet Morvan-Meyer mais que tu t'es débrouillé pour que Lucas ne soit pas trop lésé. Même lui, je n'ose pas l'appeler...

— Tu devrais.

— Non, c'est au-dessus de mes forces.

— Tu as tort. Je crois qu'il aimerait bien t'entendre. Tu es toujours son grand frère.

— Oh, tu parles ! Il vit avec Tiphaine, il voit Cyril tous les matins... C'est vrai qu'il est défiguré ?

— On peut dire ça comme ça.

Virgile mit sa tête entre ses mains et resta silencieux un moment.

— Je vais traîner ça jusqu'à la fin de ma vie, reprit-il avec effort. C'est dur de se sentir coupable en permanence, de devoir décamper dès que la famille arrive à Vallongue... La dernière fois que tu m'as téléphoné, et ça ne date pas d'hier, il n'a été question que d'argent...

— Ne me fais pas ce reproche-là, dit doucement Vincent. C'était le plus urgent, il fallait bien que quelqu'un s'en occupe.

— Mais tout l'argent du monde ne lui rendra pas ce qu'il a perdu ! explosa Virgile. Si le contraire s'était produit, si c'était moi qu'il avait amoché comme ça, je l'aurais tué en sortant de l'hôpital ! Je ne comprends pas qu'il ne me cherche pas avec un fusil ! À sa place...

— Ta sœur l'en empêcherait, mais de toute façon ce n'est pas dans sa nature. Tu es violent et il est très posé, il l'a toujours été.

— Posé au point de te ruiner et de continuer à vivre sous ton toit ? Ce n'est pas un petit saint, comment peut-il te regarder en face ?

— C'est Marie qui a voulu tout ça, pas lui. Elle a agi dans son intérêt, elle était pire qu'une lionne pour le défendre et elle avait raison, n'importe quelle mère en aurait fait autant. Quant à vivre avenue de Malakoff, c'est ta sœur qui y tient… Peut-être aurait-il préféré davantage d'intimité. Cyril est un gentil garçon, on ne peut pas lui enlever ça.

— Je sais, je sais…, soupira Virgile. J'ai failli lui écrire, mais Alain était contre.

— Pourquoi ?

— D'après lui, c'est un peu… lâche.

— Bien vu.

— Non, vous ne comprenez pas, ni l'un ni l'autre. Je n'ai pas peur de Cyril, et je peux aller me traîner à ses pieds sans état d'âme, ça me soulagerait plutôt.

— Alors, qu'est-ce qui te retient ?

— Tu crois que je devrais le faire ?

— Tu peux au moins essayer.

Virgile releva brusquement la tête, croisa le regard de son père. Celui-ci pensait à la manière dont Cyril s'était laissé acculer dans ses derniers retranchements par Alain, quelques jours plus tôt. À ce « D'accord » qu'il avait lâché du bout des lèvres, provoquant le sourire énigmatique d'Alain. Avec un tout petit peu de chance, la confrontation ne tournerait pas forcément au désastre, à condition d'éloigner Marie d'abord.

— Tu resteras avec moi ? demanda Virgile à voix basse.

Soudain, il semblait pathétique, son visage avait repris une expression d'adolescent inquiet, et c'était la toute première fois qu'il réclamait l'aide de son père.

— Bien sûr, affirma Vincent en affichant une assurance qu'il était loin de ressentir.

— On y va quand ? Aujourd'hui ?

Contrairement à ce qu'il venait de proclamer, toute son attitude trahissait l'angoisse, mais aussi une détermination farouche. Il était prêt à se retrouver devant Cyril, à assumer les conséquences d'une bagarre de jeunesse qui avait mal tourné, il ne voulait plus fuir.

— Très bien, accepta Vincent, je repasse te prendre vers onze heures.

Puisque son fils faisait preuve de courage, autant saisir l'occasion. D'ailleurs c'était exactement ce qu'il avait espéré ; il ne pouvait que se réjouir, et aussi se dépêcher d'aplanir les difficultés.

**

D'une cabine téléphonique, Vincent appela Vallongue et réussit à convaincre Hervé d'emmener Marie passer la journée en Camargue. Rien qu'eux deux, en amoureux, et pas de retour avant le coucher du soleil. Ensuite, il joignit Alain, à la bergerie, pour lui faire part de ses intentions et obtenir son aide. Un peu tranquillisé, il flâna un moment dans les rues de Saint-Rémy, entra dans la boutique d'un fleuriste où il acheta un gros bouquet, puis se rendit chez Odette qu'il n'avait pas vue depuis très longtemps et qui fut stupéfaite de sa visite. La brave femme n'avait pas beaucoup changé, sa maison non plus, hormis quelques objets incongrus comme une cafetière électrique ou une machine à laver qui encombraient désormais sa cuisine. Elle s'empressa d'expliquer que Magali la gâtait beaucoup, qu'elles déjeunaient ensemble au moins une fois par semaine, qu'en conséquence elle était au courant de tout. Vraiment *tout*, précisa-t-elle d'un air malicieux.

— Ton remariage ridicule, et Dieu sait que ça l'a mise en colère, la pauvre, toutes les histoires de ta famille, qui sont à ne pas croire, sans parler du malheureux Virgile, que tu as traité en pestiféré, mais que moi j'ai toujours accueilli à bras ouverts !

Volubile, elle l'empêchait de protester ou de répondre, rappelant au passage qu'il aurait pu faire mieux que des cartes de vœux à Noël.

— On dirait que tu ne supportes pas les faux pas, Vincent. Avec toi, personne n'a le droit de démériter ; pourtant Magali t'a donné une leçon dont tu aurais dû faire ton profit. Remarque bien, à l'époque j'ai pris ta défense, je trouvais stupide qu'elle te quitte, mais finalement elle s'est bien débrouillée. La preuve, aujourd'hui elle épate tout le monde, toi le premier !

D'autorité, elle lui servit un café au lait très sucré qu'il se força à boire tandis qu'elle poursuivait, intarissable :

— Tu es quelqu'un de bien, de gentil ; on ne me fera pas changer d'idée, je me rappelle à quel point ta grand-mère t'adorait, et il faut dire que tu as été correct avec Magali malgré tout, mais quelle idée t'a pris d'imaginer que tu serais heureux dans les bras d'une autre ? Tu étais l'homme d'une femme, Vincent ! Je te revois jeune homme, tu la buvais des yeux, tu avais même bravé ton père, fallait-il que tu tiennes à elle ! Alors il paraît que maintenant tu es devenu quelqu'un à Paris ? Un grand... magistrat, c'est comme ça qu'on dit ? Ah, de là-haut, Clara doit se rengorger... Mais je parle, je parle, et je ne sais toujours pas pourquoi tu m'as apporté des fleurs.

— Pour me faire pardonner de vous avoir négligée. J'avais de vos nouvelles par les enfants mais j'aurais dû en prendre moi-même.

— C'est la vie, tu n'y peux rien, ça va trop vite pour tout le monde. Bon, qu'est-ce que tu veux que je dise à Magali, comme ça, l'air de rien ? Parce que c'est la raison de ta visite, ne me raconte pas de blagues... Que tu l'aimes encore ? Mais elle le sait, va, et elle en est fière ! Seulement, si c'est un conseil que tu attends, eh bien, ne refais pas deux fois la même erreur, voilà, je te

496

l'aurai dit. Ta vie est dans la capitale, la sienne est ici. C'était vrai il y a vingt ans, ça l'est toujours. Profitez donc des bons moments, ce sera déjà beau…

Quand il la quitta, une demi-heure plus tard, et qu'il se retrouva sur le trottoir ensoleillé, il se sentait tellement apaisé qu'il s'en voulut de ne pas être venu plus tôt. Odette lui avait rappelé une foule de souvenirs oubliés, des anecdotes enfouies dans sa mémoire et qui remontaient à la guerre, à cette enfance vécue à Vallongue par cinq cousins insouciants. Une époque qu'il se prenait à regretter, sans comprendre pourquoi.

À pas lents, il refit le chemin vers la maison de Magali. Le moment difficile approchait et il voulait conserver tout son calme, dont il allait avoir grand besoin. Pour se rassurer, il essaya de se persuader que sa propre famille ne pouvait pas être pire qu'un tribunal, mais il n'en était pas certain.

**

Une fois Hervé et Marie partis, Alain avait hésité un moment sur la conduite à tenir. Il y avait trop de gens dans la maison, impossible de tous les éloigner, aussi préféra-t-il aller annoncer à Gauthier et Daniel l'arrivée imminente de Virgile. Ce qui supposait d'isoler Cyril quelque part. Sofia s'occuperait de la jeune fille au pair et des petits, Chantal irait tenir compagnie à Madeleine tandis que Léa, Paul et Lucas entraîneraient Tiphaine ailleurs.

Il y eut ainsi une sorte de ballet qui dura un bon quart d'heure avant que Cyril ne se retrouve seul à sommeiller au bord de la piscine, Gauthier assis à côté de lui et lancé dans un interminable discours médical. De l'autre côté du grillage, à l'ombre des chênes, Alain et Daniel disputaient un match de ping-pong lamentable tant ils étaient distraits.

Quand Vincent et Virgile apparurent, au coin de la maison, ce fut pourtant Cyril qui les aperçut le premier. Très lentement, il se redressa, puis se mit debout pour les regarder approcher. Vincent batailla un peu avec la porte du grillage, trop nerveux pour l'ouvrir d'un coup, ensuite il contourna le bassin, toujours escorté de son fils.

Cyril jeta un coup d'œil vers Daniel et Alain qui ne faisaient même plus semblant de jouer avec leurs raquettes, puis il s'adressa à Gauthier.

— Quel genre de traquenard m'avez-vous réservé, tous les quatre ?

— C'est mon initiative, déclara Vincent d'un ton parfaitement calme.

— Alors s'il te plaît, tais-toi, ne parle à la place de personne ! répliqua Cyril.

Sa voix, très oppressée, contenait une violence sous-jacente qui n'augurait rien de bon, mais il fit face à Virgile. Il y eut un insupportable silence durant lequel Virgile se décomposa jusqu'à devenir livide sous son bronzage, après quoi il parvint juste à articuler :

— J'avais préparé des... des excuses, mais...

Les yeux rivés sur les cicatrices de Cyril, il secoua la tête, avala sa salive, renonça à poursuivre.

— Va-t'en, Vincent, dit Cyril d'un ton dur.

Ensemble, Vincent et Gauthier s'éloignèrent, franchirent la porte l'un derrière l'autre puis rejoignirent Alain et Daniel. Ce dernier proposa aussitôt, avec une nonchalance très artificielle :

— Une petite partie ? Comme ça, on ne s'éloigne pas, on n'écoute pas, et ça passe le temps...

Il expédia une balle vers Alain qui la renvoya machinalement tandis que les deux autres prenaient des raquettes. Là-bas, au bord de la piscine, les deux silhouettes étaient toujours immobiles, comme statufiées.

— Morvan contre Morvan-Meyer ? proposa Gauthier en se mettant à côté de son frère.

— Oh, tu as l'art des formules de circonstance ! ironisa Alain.

Daniel laissa échapper un rire qui n'avait rien d'étudié, cette fois, et même Vincent se détendit un peu. Ils mirent le service en jeu, sans conviction, jusqu'à ce que Gauthier exécute un smash imparable.

— Tu t'entraînes à l'hôpital ou quoi ? protesta Daniel. Vous êtes certains que les jeunes vont retenir Tiphaine assez longtemps et qu'elle ne viendra pas s'en mêler ?

— Lucas a promis qu'il faudrait qu'elle lui marche dessus pour s'enfuir, répondit Alain.

— Alerte ! s'exclama Gauthier. J'aperçois de gros nuages à l'horizon...

Les autres suivirent la direction de son regard et virent Marie qui se dirigeait vers eux, flanquée d'Hervé. À leur grande surprise, elle fit un détour afin de ne pas s'approcher de la piscine. Elle s'arrêta à deux pas de Vincent, croisa les bras.

— Qu'est-ce qui t'est passé par la tête, espèce de sale con ?

— Désolé, je ne sais pas mentir, marmonna Hervé qui semblait très gêné.

— Laisse-les s'expliquer, Marie, dit Vincent entre ses dents.

— Tu te fous de moi ! explosa-t-elle. En t'y prenant comme ça, tu es sûr du résultat, je ne mettrai plus les pieds ici !

C'était une menace ridicule, elle regretta de l'avoir proférée et se mordit les lèvres. Derrière elle, Hervé lui effleura l'épaule avant de s'éloigner discrètement. Alain en profita pour lancer à sa sœur :

— Si tu nous servais d'arbitre ? Compte les points, on aura moins l'air de tenir un conseil de famille...

— Oh, toi, boucle-la ! Qu'avez-vous fait des autres ?

500

— Tout le monde est occupé à quelque chose.

Elle se détourna, s'assura d'un rapide coup d'œil que Cyril et Virgile n'avaient toujours pas bougé depuis son arrivée. À cette distance, il était impossible d'entendre ce qu'ils disaient ni de discerner l'expression de leurs visages. Elle perçut le bruit de la balle de celluloïd rebondissant sur la table, dans son dos, et elle maugréa :

— Vingt et un à zéro, fin du match.

Le bras de Vincent entoura aussitôt ses épaules puis elle se sentit tirée en arrière.

— C'est mon fils, Marie…, chuchota-t-il à son oreille. Je veux seulement l'aider.

Elle lutta un moment en silence avec lui pour repousser son étreinte, mais comme il refusait de la lâcher elle finit par abandonner, se laissant aller contre lui.

— Tu aurais dû m'en parler !

— Tu m'aurais envoyé au diable…

D'autorité, il l'entraîna vers l'ombre des chênes, la fit asseoir sur une souche.

— Ne bouge pas de là, donne-lui une chance, dit-il à voix basse.

Combien de temps allait-il la faire tenir tranquille, l'empêcher d'intervenir ? L'enjeu était de taille et il ajouta :

— Personne n'aurait pu réconcilier ton père et le mien, mais, en ce qui concerne ton fils et le mien, je refuse que l'Histoire se répète. Ce n'est pas une malédiction, on peut y échapper.

Elle le regarda avec une sorte de stupeur, choquée par ce qu'il venait d'énoncer et tout à fait incapable de lui répondre. À l'arrière-plan, Cyril et Virgile continuaient de parler, plus près d'eux Daniel et Gauthier s'étaient remis à jouer, Alain se tenait à l'écart, la tête levée vers les collines, et Vincent s'était assis à même la terre, juste à côté d'elle.

— Nous avons donc tellement vieilli ? lui demanda-t-elle de façon abrupte. Je ne peux pas croire que tu sois là, à me donner des leçons, alors qu'il n'y a pas si longtemps tu n'étais qu'un gamin qui ne savait pas reconnaître un radis d'une salade, quand cet endroit était encore un potager... Du plus loin que je me souvienne, il y a toujours eu Clara, et avec elle c'était facile de croire à la famille... Les cadavres cachés, on les a déterrés si tard que ça n'avait plus la même importance... Je n'aimais pas mon père, de toute façon, et j'adorais le tien !

Elle pouvait se permettre de le reconnaître, à présent qu'elle avait Hervé à ses côtés. Des cinq cousins, elle avait d'abord été l'aînée, qu'ils appelaient « la grande » par dérision, puis la marginale, refusant de ressembler à Madeleine, ne se risquant pas à imiter Clara. Elle n'était pas certaine d'être une avocate hors pair, mais en tant que mère elle avait fait ce qu'elle avait pu et elle allait continuer. Son regard lâcha son cousin pour se reporter vers les deux garçons qui venaient de bouger.

— Tu veux vraiment te charger de tout ça, Vincent ? Alors fais à ton idée, mais j'espère pour toi que celle-là était bonne...

Cyril avait esquissé un pas en avant, la main levée. Il toucha Virgile qui recula avant de basculer tout habillé dans la piscine, au milieu d'une gerbe d'eau. Vincent bondit sur ses pieds, prêt à se précipiter, mais la voix d'Alain le cloua sur place.

— Attends !

Penché au-dessus du bord, Cyril riait, et il plongea bien au-delà de Virgile pour ne pas le heurter. Des chaussures trempées atterrirent sur une dalle.

— Eh bien, souffla Marie, on dirait que tu y es arrivé quand même...

Ils restèrent longtemps immobiles tous les cinq, à regarder nager les jeunes gens, comme s'il n'y avait rien de plus essentiel que cette ultime réconciliation à laquelle ils assistaient en silence.

Paris, avril 2001

L'ÉGLISE SAINT-HONORÉ-D'EYLAU est archi-comble, il y a même des gens qui n'ont pas pu prendre place à l'intérieur et qui sont restés sur le trottoir de la place Victor-Hugo, attendant la fin de la cérémonie.

Les familles des mariés occupent les deux premiers rangs de prie-Dieu. Du côté Cohen, il n'y a que les parents et la sœur de Sarah, un peu éberlués d'être là à consacrer un culte qui n'est pas le leur, mais néanmoins très émus. En ce qui concerne Charles, les Morvan et les Morvan-Meyer sont rassemblés au grand complet, ce qui représente une bonne trentaine de personnes.

Cyril et Tiphaine ont voulu un très beau mariage pour leur fils Charles, qui vient de passer le concours d'avocat en obtenant des résultats époustouflants. Tradition oblige, bien entendu, avec quelque chose en plus qui est peut-être l'exceptionnel don d'orateur que possédait son arrière-grand-père.

Le patriarche du clan, Vincent, paraît assez bouleversé par l'union de son petit-fils avec cette ravissante jeune fille dont le sourire subjugue tout le monde. À soixante-huit ans, il a encore une allure folle, c'est lui le plus élégant de l'assemblée. Mais, pour un homme aussi maître de lui que ce célèbre magistrat, il est surprenant de constater que le regard gris se brouille de larmes contenues. Peut-être a-t-il l'étrange impression d'assister aux noces de ses propres parents, célébrées dans cette même église soixante-dix ans plus tôt ? Le consentement de Judith avait sûrement sonné aussi haut et clair que celui que vient de prononcer Sarah.

À côté de Vincent, Magali se tient droite, sereine, imposante. À la voir aujourd'hui, personne ne pourrait plus imaginer quelle petite sauvageonne elle a été, et par la suite quelle femme brisée. Marie serre très fort la main d'Hervé, Daniel celle de Sofia, tandis que Gauthier et Chantal échangent quelques mots à voix basse. Le clan compte de nouveaux membres, de nouveaux enfants, mais ne déplore aucun nouveau drame depuis plus de vingt ans, hormis le décès de Madeleine, survenu comme une délivrance.

Au troisième rang, appuyé contre un pilier, Alain a été sommé par les petits de prendre place parmi eux. Ses cheveux sont devenus blancs, il a l'air d'un vieux gitan mais les jeunes ne jurent que par lui. Pour l'instant, il observe le profil de Vincent et il affiche son sempiternel sourire énigmatique.

Albane et Milan, célibataires l'un comme l'autre, se chamaillent sans bruit en échangeant de discrets coups de pied, jusqu'à ce que Daniel se retourne, sourcils froncés.

À l'instant où éclatent les sonorités triomphantes des orgues, les jeunes mariés font face à l'assistance. Charles Morvan adresse un sourire radieux à son père, mais c'est de son grand-père qu'il cherche le regard, c'est à lui qu'il dédie une promesse muette.

Celle de reprendre le flambeau un jour ?

Vincent songe que rien ne remplace la famille. C'est ce que répétait Clara, et elle avait raison.

"Secret de famille"

(Pocket n°11506)

Une nuit de 1945, à Vallongue, Charles tue son frère Édouard d'un coup de revolver. Pour Clara, qui est la seule à avoir entendu la détonation, la conduite à tenir ne fait aucun doute : il faut que cela ait l'air d'un suicide. Sans laisser au meurtrier le temps de réagir, elle organise la macabre mise en scène. Tandis que Charles se mure dans une douleur insurmontable, Clara, prête à tout pour sauver le bonheur de la famille, est loin de soupçonner dans quelle insoutenable vérité s'enracine son lourd secret.

Il y a toujours un Pocket à découvrir

"Un nouveau départ"

FRANÇOISE
BOURDIN

La maison des Aravis

POCKET

(Pocket n°11505)

Clément, agent immobilier au chômage, et Bénédicte, vétérinaire, vivent à Levallois avec leurs deux enfants. Bénédicte reçoit en héritage une maison près d'Annecy, et, après de longues discussions, Clément parvient à persuader toute la famille de s'y installer. Mais si Bénédicte s'adapte rapidement à sa nouvelle vie, grâce à l'accueil chaleureux que lui réservent les habitants du village, son mari se lasse bientôt de cette existence rude et austère...

Il y a toujours un Pocket à découvrir

"Une femme amoureuse"

(Pocket n°11490)

À quarante ans, Louis Neuville est un compositeur dont le succès ne se dément pas. Séduisant, à la recherche du grand amour, il rencontre France, une jeune femme qui tombe immédiatement amoureuse de lui. Il est veuf, elle est divorcée, tout pourrait être simple. Mais la famille du talentueux quadragénaire qui lui voue une passion terriblement exclusive est bien décidée à tout faire pour éloigner France et Louis l'un de l'autre.

Il y a toujours un Pocket à découvrir

Achevé d'imprimer sur les presses de

BUSSIÈRE

GROUPE CPI

à Saint-Amand-Montrond (Cher)
en septembre 2003

POCKET - 12, avenue d'Italie - 75627 Paris Cedex 13
Tél. : 01-44-16-05-00

— N° d'imp. : 35087. —
Dépôt légal : octobre 2003.

Imprimé en France